龍榆生全集

張暉　主編

龍榆生雜著

圖書在版編目(CIP)數據

龍榆生雜著/龍榆生著. —上海：上海古籍出版
社，2017.6
　(龍榆生全集)
　ISBN 978 - 7 - 5325 - 8462 - 8

　Ⅰ.①龍… Ⅱ.①龍… Ⅲ.①中國文學—當代文學—
作品綜合集　Ⅳ.①I217.2

中國版本圖書館 CIP 數據核字(2017)第 111650 號

龍榆生全集

龍榆生雜著

龍榆生　著

上海世紀出版股份有限公司
上　海　古　籍　出　版　社　出版
(上海瑞金二路 272 號　郵政編碼 200020)
　(1) 網址：www.guji.com.cn
　(2) E-mail：gujil@guji.com.cn
　(3) 易文網網址：www.ewen.co
上海世紀出版股份有限公司發行中心發行經銷
浙江臨安曙光印務有限公司印刷

開本 890×1240　1/32　印張 14　插頁 5　字數 351,000
2017 年 6 月第 1 版　2017 年 6 月第 1 次印刷
印數：1—1,300
ISBN 978 - 7 - 5325 - 8462 - 8

Ⅰ·3167　定價：56.00 元
如有質量問題,請與承印公司聯繫

龍榆生證件照
左上三十年代、右上四十年代、左下五十年代、右下六十年代

最後的全家福，攝於 1950 年南京中央路小五柳堂
左起，前排：夫人陳淑蘭，幼子英材，龍榆生，長女順宜；中排：三女新宜，
四女雅宜，次女美宜，幼女靜宜；後排：次子真材，長子厦材。

美宜：

一月間曾寄一信，託三嫂轉，接著用小马惠妹付稅，同來休

息。姊姊也有信給你，都收到了嗎？李勇的病況怎樣了，已作同來了嗎。

你的工作不太忙吧了，於堅、芳堅料還乘不可，尾三三至，小马在家住

了三個多月，有了很大的進步。兵役事何再誤，所以休些二年，等牠加身作

實坐廠好。你去妹又居了一個女孩，小名叫偉明，也見割膝生的，一切也還

良好。過了五、四媽忠宴清子了。聽之吉妞留在近東，雖地方些程度必然

解之宋宴。張孝华遇來多退係好，那等注持保暖有，必要刹好，枝依作

夫婦和西外孙孙年快雯~

爸 十二月廿七

1955 年 12 月致次女美宜家書

1962 年朱庸齋所畫《小五柳堂授詞圖》

整 理 説 明

本書爲龍榆生雜著，分爲三部分。

第一部分以詞集題跋爲主，包括歷年所撰序跋、附記、題識等文字，以張暉所編"龍榆生雜著目録"及《龍榆生年譜》所附《著述年表》爲基礎，加以排列和增補，按年代編排。增補内容主要爲《詞學季刊》與《同聲月刊》中榆生先生撰寫的跋文、附記與識語；此外又有一些家藏未刊手稿及其他地方所發現的材料，此次悉爲校録。另外這部分彙輯龍先生在《詞學季刊》與《同聲月刊》中撰寫的補白文字，其體近於舊日詩話詞話、筆記隨札，内容較龐雜，其中也保存了一些詩詞作品、評論資料以及名人書札，對研究近代文學與掌故，有一定作用。

第二部分爲散見於雜誌報紙上的各類文章，即散文與雜文。此部分文章，按寫作時間先後排序，大致可分爲四類：一、自述，即1943年連載於上海《古今》半月刊上的《苜蓿生涯過廿年》及同年刊於北平《藝文雜誌》上的《忍寒居士自述》。二、懷人，如《朱彊邨先生永訣記》、《記吳瞿安先生》、《樂壇懷舊録》等。三、時論，主體是1944年相繼發表於《求是》雜誌上的《求才與養士》、《談名實》、《士與商》等。四、遊記及其他，如《廬山逭暑録》、《歲暮北遊半月記》等。此部分所據底本，均爲當時之雜誌報紙，除了龍榆生主編的《詞學季刊》、《同聲月刊》、《求是》外，還涉及淪陷時期上海的小品文雜誌《古今》、《風雨談》、《天地》，以及北平的《藝文雜誌》、《中和》等。其中一些文章，留有龍榆生在那個年代的一些特殊言論，也保留了與時人交往的一些痕跡，在這些方面我們都做了最大可能的保留。

第三部分爲科普讀物，如《蠶寶寶的故事》等。

底本中模糊字樣用□表示。文中徵引前人著作、詩詞，或轉引他書，或僅憑記憶，與原文字句略有出入，除非影響文意或明顯錯漏，一般不加校改。雜誌底本中所用標點、句讀，轉換爲現行標點符號，盡量保留作者的書寫習慣。

雜著的收錄範圍，大體遵照張暉生前擬定的目録，在整理過程中得到龍榆生後人的大力支持。

熊　燁

袁一丹

目　　録

目　　録

目　録

水 雲 樓 詞 跋

　　江陰蔣春霖鹿潭《水雲樓詞》二卷,《續集》一卷,《常州八家詞選》本。上元宗源瀚爲作序云:"鹿潭晚歲困甚,益復無聊;倒心迴腸,博青眸之一顧。詞中所謂黃婉君者,聚散乖合,恩極怨生;鹿潭卒爲婉君而死,婉君亦以死殉。"余每誦其文而悲之。一日,過錢塘張孟劬爾田先生於上海寓廬,縱談近代詞人逸事;偶及鹿潭,爲言蔣、黃之死甚悉。其言曰:"鹿潭先君子按張先生父名上龢,字瓻孟學詞之師也。性落拓,官兩淮鹽大使;罷官,避地東淘;杜小舫文瀾觀察愛其才,時周給之。小舫所刻詞,多出其手定。鹿潭素不善治生,歌樓酒館,隨手散盡。晚年與女子黃婉君,結不解緣,迎之歸泰州。又以貧故,不安於室。鹿潭則大忿,走蘇州,謁小舫。小舫方署臬使,不時見鹿潭。既失望,歸舟泊垂虹橋,夜書冤詞,懷之,仰藥死。小舫爲經紀其喪。婉君聞之,亦以死殉。余從嫂黃家泰州,親見婉君死狀;爲余言之如此。"此所謂"聚散乖合,恩極怨生";而兩人者,卒俱以情死;倘所稱"純潔之愛"非耶? 余又聞之南陵徐積餘乃昌先生,鹿潭死後,遺櫬寄江陰蕭寺中,積數十年,曾無爲之舉葬者。積餘先生嘗與江陰繆筱珊荃孫先生,議合資買一丘土,以寧其魂魄。會筱珊下世,亦不果行。嗟乎! 天生此才,爲咸豐兵事,長歌當哭;世或擬之"杜陵詩史";而飄零落拓,埋骨無山;斯又非人世之至悲? 至鹿潭詞格,則彊村先生所云:"窮途恨,斫地放歌哀。幾許傷春家國淚? 聲家天挺杜陵才;

1

辛苦賊中來"！彊村未刻詞《望江南》已爲定論；無用小生之饒舌矣。

十九、十二、十六於暨南村

（刊《風雨龍吟室叢稿初編》）

冷 紅 詞 跋

《冷紅詞》四卷，鐵嶺鄭文焯小坡作也。以"冷紅"名集者何？余聞之張孟劬先生曰："光緒甲午，先君子棄官僑吳中，與小坡及張子苾諸君，連舉詞社。小坡方有比紅之賦，即所謂侍兒紅冰是也。後遂歸於小坡，乃於蒭金橋卜西樓以貯之。《冷紅詞》一編，大半詠此。"按詞中涉及此事，而有明文可稽者凡三闋。卷一《暗香》題云："歲晚江空，微聞紅兒消息。感憶白石載雪垂虹故事，和其二曲，寄聲湖上。"是紅冰未歸小坡以前，嘗往來於三竺六橋間也。卷三《折紅梅》題云："余新得吳趨歌兒，亦有比紅之賦。"又《暗香》題云："余昔和石帚《暗香》、《疏影》二曲，爲感西湖之別也。今冷紅閣子落成經年，不可無詞以報。"是紅冰湖上歸來，旋即歸於小坡。所謂"卜西樓以貯之"者，即詞中所稱"冷紅閣子"是也。予近從彊邨老人所，得讀小坡《瘦碧盦詩》未刊稿，有《遲紅詞》十二首，足與《冷紅詞》相印發。因備錄之。其一云："瑤想天風墮碧城，雲中鸞鶴太孤清。仙緣第一靈山夜，花雨無聲濕姓名。"其二云："去時秋月夢空諧，來日春風不滿懷。斷送一年心跡冷，落花紅沒鳳頭鞋。"其三云："迢遞天階問女牛，銀屏香冷思深愁。仙姿任有丹砂在，禁得紅牆幾度秋。"其四云："晚薇開遍去年枝，紅露霏霏點鬢絲。腸斷江南花落後，更無人醉補秋簃。"（自注：客汪氏壺園，臨水遍種蕉竹，以"補秋"名其居。）其五云："瘦沈風流老趣真，解將絲竹動詞人。只今墮雨離雲感，零落衣香隔歲塵。"（自注：去年余生朝，沈耦園置尊石湖，命紅兒典釵爲壽。今耦園之官春明，紅兒消息，又累月杳然矣。）其六云："斜陽歌棹石湖西，紅袖青尊晚尚攜。絶愛水窗親滌硯，笑拈花葉乞新題。"其七云："不辭禮佛更登山，香徑弓弓蘇露寒。僥倖上方一私祝，爲誰好夢卜燕蘭。"其八云："水風池閣晚觴開，翦刻芳心劇費才。記得琴邊貪讀曲，夜涼花影上身來。"其九云："攤箋醉墨灑縱橫，四座風鬟唱好聲。花底有人抛扇避，怕逢酒座説狂名。"（自注：一日，於耦耕席次，酒酣，潑墨作指頭畫。觀者爲之叫絶。）其十云："美人心地玉玲瓏，能箇憐才許未工。好著琴書新伴侶，遮渠林下步清風。"（自注：紅兒嘗欲從内子學琴。）其十一云："昊天廣闢選花場，狂福能消意可香。卿固卿卿誰負負，謾憑冶習例蕭郎。"其十二云："不信回黃轉綠難，蓮花舌底挽狂瀾。何當一斛鉛華水，牢與文簫染肺肝。"（詩稿卷七）據此，知小坡之戀戀於紅冰，蓋不出"彼姝憐才"之癡念。小坡性情好尚，差與白石相同。自製新詞，小紅低唱，固小坡心目中之所存想不忘者也。因讀此編，附記所聞於此。俾世之覽者，有所考焉。

一九、一二、一六於暨南村
（刊《風雨龍吟室叢稿初編》）

4

彊邨棄稿跋

　　右《彊邨棄稿》一卷，爲先生晚年手定詩集。先生自庚子秋與半塘翁以歌詞相切磋，遂嫥力倚聲之學，不復措意於詩。原有《玉湖跌館詩存》，删汰幾半，國變後所作尤少。題曰"棄稿"，意謂詩不足存也。先生雅不欲以詩傳，而世之誦先生詞者，莫不以一讀其詩爲快。則兹集之刻，又烏可以已乎。壬申春龍沐勛謹跋。

（刊《彊邨遺書》）

彊邨語業跋

　　右《彊邨語業》三卷，前二卷爲先生所自刻，而卷三則先生卒後，據手稿寫定補刊者也。先生始以光緒乙巳，從半塘翁悒，删存所自爲詞三卷，而以己亥以前作爲前集，曾見《庚子秋詞》《春蟄吟》者爲別集附焉。後又增刻一卷，而汰去前集別集，即世傳《彊邨詞》四卷本是也。晚年復并各集，釐訂爲《語業》二卷，嗣是不復多作。嘗戲語沐勛，身丁末季，理屈詞窮，使天假之年，庶幾足成一卷，而竟不及待矣。傷哉。先生臨卒之前二日，呼沐勛至榻前，執手嗚咽，以遺稿見授。曰：使吾疾有間，猶思細定。其矜慎不苟如此。兹所編次，一以定稿爲準。其散見別本或出傳鈔者，不敢妄有增益，慮乖遺志也。壬申初夏，龍沐勛謹跋。

（刊《彊邨遺書》）

詞莂跋

　　《詞莂》一卷，原出彊邨翁手。當選輯時，翁與張君孟劬同寓吳下，恒共商略去取。翁旋至滬，與況蕙風蹤跡日密，復以況詞入選。孟劬則力主録翁所自爲詞，卒乃託名孟劬以避標榜。予既從翁録副，輒請於翁：曷不與《宋詞三百首》合刊行世。則答以尚待删訂。去年翁歸道山，爰商諸孟劬，亟出付梓，仍以原序冠篇首，而附著其始末如此云。壬申夏龍沐勛記。

（刊《彊邨遺書》）

雲謠集雜曲子跋

　　《雲謠集雜曲子》一卷，燉煌石室舊藏唐人寫卷子本。彊邨翁據英京博物館及巴黎國家圖書館所得，合校待刊者也。曩歲武進董授經丈，從倫敦手録一本，貽翁刻冠《叢書》，獨自《傾杯樂》以下皆缺佚，引爲大憾。去年夏，獲讀劉半農復在巴黎所輯《燉煌掇瑣》，亦載雲謠雜曲，亟走告翁。翁取以校舊刊，除《鳳歸雲》前二首兩本重出外，餘悉爲倫敦本所無，合之適符三十之數。翁大喜過望，既悉心鉤稽，復命予與香山楊鐵夫玉銜共爲參校。凡兩本重出間有異同者稱"倫敦本"或"巴黎本"以別之，餘並稱"原本"。即寫定，亟待補入《叢書》矣。會有倭警，翁由虹口寓廬移居牯嶺路，徧索此本不得。入冬翁疾作，殊委頓。一日翁子容孺方飭忽於舊簏中檢獲之，翁舉以授予。未逾月而翁下世。滬上諸知好方爲輯刻《遺書》，因出此本刊入，亦聊以償翁未竟之志云爾。壬申秋日，萬載龍沐勛敬跋於真如寓居之受硯廬。

（刊《彊邨遺書》）

彊邨集外詞跋

　　《彊邨集外詞》一卷，據先生手稿寫定。稿原二册，於先生遺篋中檢得之，大抵皆二十年來往還吳門滬瀆間所作，亦有成於國變前者。料其初當爲零縑斷楮，掇拾彙存，故不盡依歲月編次。各詞每自加標識，隱寓去取之意，今悉仍之。其卷首《買陂塘》一闋，則江陰夏閏枝丈自舊京錄示者也。先生晚歲酬應題詠之筆，間或假手他人，即此册中亦復時有代作。先生往矣，輒本過而存之之意，并付手民，學者分別觀之可也。校錄既竟，附識數語於此。壬申重九龍沐勛謹跋於真如寓居之受硯廬。

（刊《彊邨遺書》）

9

彊邨詞賸稿跋

《彊邨詞賸》二卷，歸安朱先生《語業》刪餘稿也。先生既於光緒乙巳薙存丁酉以來所爲詞，刻《彊邨詞》三卷，前集、別集各一卷，而三卷末有丁未歲作。是此集雖開雕於乙巳，亦續有增益，以汔於宣統辛亥，足成四卷，而汰其前集、別集，不復附印，世幾不獲見先生詞集之全矣。戊午歲先生復取舊刊各集，益以辛亥後作，刪存一百一闋爲《彊邨樂府》，與臨桂況氏《蕙風琴趣》以活字版合印爲《鶩音集》。後五年癸亥續加訂補，刻《語業》二卷。先生詞蓋以是爲定本焉。其癸亥以後有手稿題《語業》卷三者，已爲寫定續刊矣。先生臨卒之前數月，曾舉手圈《彊邨詞》四卷本及前集、別集見付，其詞爲定本所刪者過半。在先生固不欲其流傳，然先生所不自喜者，往往爲世人所樂道，且於當時朝政以及變亂衰亡之由可資考鏡者甚多，烏可任其散佚。爰商之夏閏枝、張孟劬兩丈，仿先生刻半塘翁詞例，取諸集中詞爲《語業》所未收者，次爲《賸稿》二卷，而以辛亥後存有手稿不入《語業》卷三者，別爲《集外詞》以附《遺書》之末，俾世之愛誦先生詞者，不復以缺失爲憾云。壬申冬十二月龍沐勛謹跋於真如寓居。

（刊《彊邨遺書》）

彊邨老人四校定
本夢窗詞集跋

　　右《夢窗詞集》爲彊邨先生最後手校寫定待刊者。先生以光緒己亥與半塘翁同校吳詞，有四印齋本行世，意猶未慊，守翁五例，再勘於戊申。後從嘉興張氏涵芬樓假得明萬曆中太原張廷璋藏舊鈔本，鉤稽同異，即依張本刻入《叢書》，而以別見毛、王諸本者爲補編，并所撰小箋附焉。先生治吳詞二十年，蓋至癸丑而三鍰版矣。近數年來，每謁先生於滬上，從問詞家正變，輒謙讓未遑，獨於覺翁頗自負能窺厥奧。嘗出示此本，謂將精刻單行，并擬廣徵時人專治吳詞著述如新會陳述叔洵《海綃説詞》、永嘉夏瞿禪承燾《夢窗詞後箋》之類，匯爲鉅帙，以成一家之言。孤懷未竟，遽歸道山，絕學銷沉，深滋危懼。爰先取此本，鑴入《遺書》，其補編及小箋之曾見《叢書》者，以先生無所增删，暫不重録。此本原出張藏舊鈔，視初刻《叢書》本又多所訂正。雖先生自謂尚有疑義，苦無舊槧可資比勘，而吳詞沉翳六七百年，得先生而絕業重光，覺翁有靈，亦當驚知己於地下矣。壬申歲暮龍沐勛謹跋。

（刊《彊邨遺書》）

詞通刊載附記

　　友人趙叔雍先生，以庚午春日，偶於上海坊肆，得無名氏《詞律箋榷》手稿八册，蠅頭細字，多所塗乙，知爲未定之本。序次悉依萬氏《詞律》，更取晚出宋元人詞，爲紅友所未及見者，羅列比勘，一字一句，往往論例至數千言。計全書僅成十之二三，而積稿厚已盈尺。對於萬、徐本立舊本，糾正極多。首冠《詞通》，分立"論字"、"論韻"、"論律"、"論歌"、"論名"、"論譜"諸門，參互斠覈，至爲精審。惜稿屬草創，序次偶有凌亂；塵事牽率，未遑續爲理董。其所徵引詞籍，迄於王氏《四印齋所刻詞》，不及見《彊邨叢書》，料其人或卒於清末。書雖未竟，而其志學之堅卓，運思之縝密，咸足令人佩仰無窮。因請於叔雍，將《詞通》一卷，交本刊陸續發表，藉爲斠訂《詞律》者之先導。世有知作者姓氏里居及其生平志行者，尤盼舉以見告。庶使專門學者，不至終於湮沒而無聞，又豈特本刊之幸而已。癸酉春，沐勛附記。

（載《詞學季刊》創刊號）

陳東塾先生手譜白石道人
歌曲識語

　　世傳《白石道人歌曲》，旁綴音譜。吳瞿安先生謂"不傳拍子，雖翻作工尺譜，仍不能歌"，引爲大憾。番禺陳東塾先生澧，爲近代大師，兼精聲律。所著《切韻考》、《聲律通考》等書，世共宗仰。兹承汪憬吾先生兆鏞録示此譜，并注板眼，應可取被管絃。亟爲刊布，俾世之研治姜詞及宋詞歌法者共探討焉。癸酉中夏，沐勛謹識。

　　　　　　　　　　　　　　　　（載《詞學季刊》一卷二號）

稼軒長短句小箋附記

　　右《稼軒長短句小箋》一卷，從乙盦先生手批四印齋本《稼軒長短句》録出，蓋嘗有志詳爲箋釋，而未及成書者也。彊邨老人嘗稱："先生所自爲《曼陀羅㕷詞》，的是稼軒法乳。"既爲刊入《滄海遺音集》矣。公子慈護（頴）於先人手澤，珍護備至，方謀彙刻遺書，因出此稿，屬爲理董。再三紬繹，乃知先生詞學淵源之所自；彊翁之論，固非溢美之辭。此雖未竟之業，亦大可爲攷訂辛詞之助。爰商諸慈護兄，先於《詞刊》登出。校補之責，所望後賢。

　　先生又擬爲稼軒重撰年譜，略排年月，未及銓次史實。蓋始紹興十一年辛酉，終嘉定元年戊辰。於紹興二十九年己卯注云："二十歲。"乾道元年乙酉注云："虞允文參政，王剛中同知樞密院。與金和。錢端禮罷參政。洪适平章，洪澈樞密，葉顒參政。"四年戊子注云："通判建康府。"五年己丑注云："三十歲。"六年庚寅注云："召對，知滁州。"淳熙二年乙未注云："六月，以江西提刑討茶寇賴文政。閏九月，誅文政。十月，賞平寇功，加祕閣修撰，京西轉運判官，差知江陵府，兼湖北安撫。"四年丁酉注云："自湖北安撫，遷江西安撫。"六年己亥注云："四十歲。自湖北移漕湖南。八月，奏置飛虎軍。"七年庚子注云："平園奏有論辛棄疾飛虎軍事，在七年十月。"十三年丙午注云："是年江西諸州旱。"十六年己酉注云："五十歲。"紹熙二年辛亥注云："起福建提刑。"三年壬子注云："春赴閩憲，三山被召。"慶元元年乙卯注云："落職。"四年戊午注云："主管冲佑觀。"五年己未注云："六十歲。"如上所云，與萬載辛梅臣舊編《稼軒年譜》，無大出入。意其時先生或尚未及見辛氏祠堂本《稼軒集抄存》歟？

晚近梁任公先生啓超亦有《稼軒年譜》之作，賚志未就，遽歸道山。外患侵凌，寖成南渡之局；斜陽烟柳，感喟無端。思憑豪傑之詞，以作懦夫之氣。則稼軒詞集，亟待提倡。讀先生此箋，不禁憂心悄悄矣。癸酉仲夏，龍沐勛校畢附記。

（載《詞學季刊》一卷二號）

東海漁歌附記

　　右顧太清春《東海漁歌》二,紹興諸貞壯先生宗元舊藏,號稱海內孤本者也。予從彊邨老人所,假得錄副。貞壯原跋云:"予既得其原稿,復迻錄此冊,以便校印。"其書樓不戒於火,原稿恐早蕩爲飛煙,貞壯旋歸道山,副本亦無從蹤跡矣。往年況蕙風先生,得《漁歌》三卷,存卷一,卷三,卷四,而缺卷二。嘗付西泠印社,用活字版印行,而爲之序曰:"曩在京師,搜羅古今人詞,以不得漁樵二歌爲恨事。"又稱:"太清詞得力於周清真,旁參白石之清儁,深穩沈著,不琢不率,極合倚聲消息。求其致此之由,大概明以後詞,未嘗寓目,純乎宋人法乳。故能不煩洗伐,絕無一毫纖豔涉其筆端。曩閱某詞話,謂:'鐵嶺詞人,顧太清與納蘭容若齊名。'竊疑稱美之或過。今以兩家詞互校,欲求妍秀韶令,自是容若擅長,若以格調論,似乎容若不逮太清。太清詞,其佳處在氣格,不在字句;當於全體大段求之,不能以一二闋爲論定,一聲一字爲工拙。此等詞無人能知,無人能愛。夫以絕代佳人,而能填無人能愛之詞,是亦奇矣。"蕙風論詞,以重、拙、大爲主,而於太清之作,備極推崇,可想見其格調之高矣。頻年兵燹,舊籍日稀,今此殘帙,既合刻未能,輒先揭載,以資流布,亦庶幾稍彌蕙風之缺憾云。傳聞日本鈴木虎雄博士藏有《漁歌》六卷足本,不知視此奚如。合浦珠還,定在何日,聊誌數語,以待後緣。癸酉仲夏,沐勛附記。

(載《詞學季刊》一卷二號)

彊邨遺書總目附記

　　彊邨先生下世未浹月而淞滬戰起，予處真如，交通梗塞，日惟抱先生遺稿，扶老攜幼，計無所出。久之乃得潛行入法蘭西租借地，匿居音樂學校一斗室中。喘息甫定，稍稍從事於叢稿之校理。先生親舊如夏閏枝、張孟劬二公遠在燕都，時復馳書問訊，因與就商體例，議輯刻《遺書》。又念先生在時，棲遲海澨，且以鬻書所入，校刊唐宋金元人詞無慮百數十家，兼及朋游纂述。其敝精力於此，蓋臨歿而不渝，則未了之業，寧容恝置。先生故人之居滬粵者，既相約集貲，任梨棗之費，而以校刊之事見屬。又逾年而書成，蓋距先生之卒已一載有半矣。先是先生疾亟，以所定《雲謠集雜曲子》、《夢窗詞集》、《彊邨語業》卷三、《彊邨棄稿》及手輯《滄海遺音集》見授，病榻執手，哽咽不成聲。次日先生遽逝，旋權厝閘北湖州會館。倭變驟作，先生介弟梅生先生既爲妥移遺櫬於滬西，復檢遺篋得雜稿若干種，并以授予。往復與夏、張兩公商榷，因取先生手定者爲內編，其由予輯録者爲外編，而以世系、行狀、墓志銘、校詞圖題詠之屬附焉。先生嗣子方飭養痾武林，亦以世變方殷，屢相督促。予末學新進，於先生之學術風節行誼未能仰窺萬一。相從數載，敢負深期。竊幸遺稿之未與此身偕亡，而得及時刊布，感懷疇昔，又不禁泫然以悲也。工竣，爰紀始末，而以助貲諸君姓氏敬列簡端，聊誌高誼云。癸酉長夏龍沐勛謹識於真如邨居。

　　　　　　　　　　　　　　　　　　　（刊《彊邨遺書》）

17

忍寒廬零拾 七則

鄭叔問自評所作詞（一）

春假，過南潯劉氏嘉業藏書樓，留一日，瀏覽所藏善本圖籍，大有"如行山陰道上，應接不暇"之勢。在普通書庫內，見鄭叔問先生（文焯）手寫《樵風樂府》稿本二册，塗乙甚多，與刊本常有出入；惜以時間迫促，不及細勘。僅將叔問自爲評語，錄出若干條，"得失寸心知"，倘亦足爲研習鄭詞者之資助歟？

《念奴嬌》題云："甲辰仲夏，半塘老人過江訪舊，重會吳皋，感遇成歌，以致言歡不足之意。"詞云："小山叢桂，問淹留、何意空歌《招隱》。自見淮南佳客散，雞犬都霑仙分。碧海三塵，白雲孤抱，不羨靈飛景。仙才誰惜，世間空舐丹鼎。　　我亦大鶴天邊，數峯危嘯，一覺松風枕。三十六鷗盟未遠，獨立滄江秋影。詞賦哀時，湖山送老，吟望吳楓冷。梅根重醉，舊狂清事能領。"（《樵風樂府》六）批云："老友宋芸子誦此解，淒唳低徊，至'滄江秋影'之句，甚爲予感喟不置，至'冷'字韻，不覺泫然涕之何從也。吾知鶩翁見之，又作何根觸之態，賞音良難，而歌者亦太苦矣。"《迷神引》云："看月開簾驚飛雨，萬葉戰秋紅苦。霜飆雁落，繞滄波路。一聲聲，催笳管，替人語。銀燭金鑪夜，夢何處。到此無聊地，旅魂阻。　　睠想神京，縹緲非煙霧。對舊河山，新歌舞。好天良夕，怪輕換，華年柱。塞庭寒，江關暗，斷鐘鼓。寂寞衰燈側，空淚注。苕苕雲端隔，寄愁去。"（《樵風樂府》七)批云:"結句又極難合拍,蓋人人易作是調,却未輕許能到此境。南宋諸詞家,賦此解絕少,幾成虛譜矣。"

鄭叔問自評所作詞(二)

《蝶戀花‧擬馮延巳》(刻本無此四字)云:"春雨晚來過一陣,送了清明,有限花番信。又是傷春天氣近,陰晴半日都難定。　見説好春新值閏,如夢如酲,依舊年時病。人事音書誰與問,遊絲舞絮空添恨。"(《樵風樂府》八)批云:"此詞昨夜口占,聲文諧會,屬引淒異,頗似《陽春》,三復爲之泫然,字字皆言之有物,可以自注,却不須注,轉深美也。"又一闋題"江南冬燠"云:"攜酒重尋看菊處",檢刻本中未見,惜未全錄。批云:"昔人論詩,意高故可無文,文工則不求意,此解純以意以韻勝,略似《花間》,不惜歌者苦也,知音其惟漚尹乎。"

《夜半樂》題云:"秋盡夜聞雨有懷。"詞云:"暝寒中酒情味,江天漠漠,秋盡仍連雨。繞舊綠闌干,覓愁無處。砌蛩乍咽,城鳥旋起,滿廊黃葉飄零,散風還聚。背暗燭、敲簾作人語。　夜窗又到雁陣,獨掩低幃,更添沈炷。霜堞隱、羌笛淒淒危曙。淚凝叢菊,魂縈蔓草,幾回夢裏登臨,亂山歧路。渺京國、蒼茫見煙霧。　此際追感,少日狂遊,舊家歌舞。念俊約、經時動離阻。恁蕭條、空歎雪滿梁園賦。驚歲事、一臥滄江暮。畫樓天遠孤雲去。"(《樵風樂府》八)批云:"伯弢云:'長調上去字音節呼應,宜慎審爲之。'此作發端一字,及第二段'草'字,均宜去聲,因改定。('暝'原作'晚','草'字刻本未改,原稿改作何字,惜忘錄出。)又審詞中用上去例,以押韻爲轉應互合,不名一格。"《夢芙蓉‧秋江霞散綺》闋斷句云:"畫屏曾展連唱,度花外幾叢扶晚醉。"(《苕雅餘集》)批云:"'度'字百思始得之,音拍之難如是。"又論舉典云:"詞中舉典至難,其妙處欲理隱而文貴,志微而辭顯。若朱、厲雕繢滿紙,便是撮囊。"

19

鄭叔問石芝西堪宋十二家詞選目(一)

今春於嘉業堂獲見鄭叔問遺稿數種,内有《石芝西堪宋十二家詞選》寫目。惟細目僅及耆卿東坡二家,蓋未定本也。兹爲迻録如下,以備省覽。

《石芝西堪宋十二家詞選》

　　小令五家:晏元獻《珠玉詞》　　歐陽文忠《六一詞》　　張子野《安陸集》(案草窗《齊東野語》云:"余家藏子野詩三帙,名《安陸集》。"然則"安陸"爲子野集之總名,詞僅集中之一卷耳。《北宋人小集》稱爲《張都官集》者,非子野集原名也。朱竹垞《詞綜》亦載張先有《安陸集詞》一卷。稱《子野詞》者,惟見之陳振孫《直齋書録解題》,馬端臨《文獻通攷》。今據草窗説,定爲《安陸集詞》,從其原名,最爲近古。)　　晏叔原《小山樂府》　　秦少游《淮海詞》

　　曼曲七家:柳耆卿《樂章集》(吳興陸氏藏宋本)　　周美成《清真集》(北海鄭氏校元巾箱本汲古閣本)　　蘇子瞻《東坡樂府》辛幼安《稼軒長短句》(見宋韓淲《澗下放言》)　　吳君特《夢窗詞》(據舊鈔本明萬曆二十六年太原張氏廷璋藏校定)　　姜堯章《白石道人歌曲》(陶南邨鈔宋嘉泰壬戌雲間錢希武刻本,乾隆己巳華亭張奕樞景宋本,又乾隆癸亥江都陸鍾輝刻本,乾隆二年仁和江炳炎鈔本。)　　賀方回《東山寓聲樂府》(四印齋重刻本)

鄭叔問石芝西堪宋十二家詞選目(二)

柳耆卿《樂章集》(據宋本校吳興陸氏十萬卷樓藏)

雙　　調　《雨零鈴》《佳人醉》《歸朝歡》

散水調　《傾杯樂》　又"樓鎖輕煙"一解

歇指調　《卜算子慢》《浪淘沙慢》

林鍾商　《破陣樂》《雙聲子》《陽臺路》《定風波》《拋球樂》

中呂調　《戚氏》《輪臺子》《引駕行》《彩雲歸》《夜半樂》
　　　　《祭天神》

仙呂宮　《如魚水》《八聲甘州》《臨江仙引》《竹馬子》
　　　　《望海潮》《迷神引》《鳳歸雲》《玉山枕》《滿江紅》

黃鍾調　《傾杯》

般涉調　《塞孤》《安公子》二解

正　　宮　《雪梅香》《尾犯》(應列雙調前)

右共三十三闋

《東坡樂府》(據元延祐刻本校參吳興朱氏編年集證本)

　　《青玉案》《江城子》二解　《滿庭芳》《水調歌頭》二解　《八
聲甘州》《醉蓬萊》《念奴嬌》《水龍吟》二解　《歸朝歡》
《永遇樂》三解　《賀新郎》

　　右共十六闋

江蓬仙記彊邨先生逸事

　　自彊邨先生歸道山,即擬爲撰年譜;而遺聞佚事,搜訪未周;遂致
因循,難於脱稿。兹得友人永嘉夏瞿禪兄,轉示其鄉人江蓬仙君(步
瀛)所記逸事一則,亟爲迻録如次。江君曾與先生共事法政學堂。其
言當有可信也。

　　朱祖謀字古微,別號彊邨,浙江歸安人。癸未翰林,禮部右侍郎。
庚子秋,清廷有招撫義和團之舉。公至朝,痛陳利害,毅然高聲大駡
招撫者殺無赦。上怒,命左右捉公;幸其身矮小,從人叢中逸去;星夜

出京,歸隱吳江。至光緒三十四年,攝政王檢庚子奏案,以公之奏摺,敢言而不失國體;遂命蘇督端方勸公出山;詔書數頒,卒不受。上着蘇撫聘爲江蘇法政學堂監督,以示國家禮賢之至意。該堂係光緒三十二年間,就蘇州海紅坊之仕學館改組,以官款創設之,故稱官立,規模粗具。經公接辦後,整理改善,日見發達。學生二百餘人,分本選兩科;本科三年畢業,選科年半畢業;不收費,不寄宿,僅留中膳一餐,由官歀供給之。常年經費,計銀二萬餘兩,按月向藩司具領;經費固屬充裕,而辦理尚感困難。學生中有所謂紳班者,雖經受過中等以上教育,然類多五陵年少,習氣難消;又有所謂官班者,上自道府,下至佐雜,其年齡大者四十五十,小者亦在二十左右;老少同堂,管理非易;而公能每日蒞堂,躬親計畫;莘莘學子,情感彌深;長校三載,無日不爲來學謀去路也。迨宣統三年八月間,奉詔命爲弼德院顧問大臣;正在拜闕謝恩之日,適川路發難,未幾革命軍興,兩湖光復,蘇浙響應。光復之後,蘇人士請公主持法校,浙人電公任軍政府事,皆以衰病力辭。從是退居滬上,易名鬻書,林下優遊,校詞傳世。

謝榆孫記彊邨先生《廣元裕之宮體〈鷓鴣天〉詞》本事(一)

漚社同人謝榆孫孝廉(掄元)隱於星相,所居牯嶺路,與彊邨先生寓廬,相距咫尺;曾聞先生述所爲《廣元裕之宮體〈鷓鴣天〉詞》本事,録入所爲《親廬詞話》中;云不日印行,因先逐取此節,以入《詞刊》。

朱彊邨師爲先大夫同年,交最深;余初未之見,旋於乙丑年在滬上馮君木處晤之;談及詞,則云:“子頗守家法。”先大夫與譚復堂、李蓴客交最久,不多作詞,作則篤守格律。師勉余曰:“子有暇,盍再研習乎？他日可成一家。"遂於次日袖《彊邨語業》見貽；余由是作一詞必請業焉。師云："作詞之難，難於用虛實字；短調宜多用實字，凡於五言七言律句，下三字更宜用實字；長調亦然，但長調律句較少；各大家詞都如是。"其說與菭客師同，謹誌之不敢忘。師逝世後，龍榆生刊其續集見貽；其《鷓鴣天·廣元裕之宮體》，皆有所諷，師曾爲余言之。詞云："生小仙娥不自妍，璧臺金屋誤嬋娟。幾曾宛轉酬千琲，已忍伶俜過十年。　　虹箭水，鵲爐烟。無端芳會散金錢。簾櫳早是愁時候，爭遣新寒到外邊。""已忍"句言夫己氏就總統後，越數年始稱帝；"爭遣"句言與日人締密約，爲日人所紿，卒爲英人所知也。"金斗微薰向夕涼，撲簾真見倒飛霜。竊香鳳子紛成陣，撼局獪兒太作狂。

三歎息，百思量。迴腸斷盡也尋常。鏡前新學拋家髻，猶被狂花妒淺妝。"此言夫己氏一稱帝，反抗者羣起也。"微步塵波避洛神，玉顏團扇與溫存。牽牛夜殿聞私語，騎馬宮門拜主恩。　　翻覆雨，合離雲。經年纔雪舊啼痕。清狂一往寧無悔，却繡長旛禮世尊。"此言稱帝不成，一時册封女官，都失望也。

謝榆孫記彊邨先生《廣元裕之
宮體〈鷓鴣天〉詞》本事(二)

"罷轉歌喉道勝常，多生爭忍不疏狂。直饒在髮爲薌澤，未願將身作枕囊。　　蟾齧鎖，鵲橫梁。東家著意在王昌。情知薄倖青樓夢，且坐佳人錦瑟旁。"此言夫己氏舊門客反對稱帝也。"聞道嬋娟北渚游，東風連苑冷於秋。無多裝綴花宮體，禁斷排當菊部頭。　　歡易散，夢難留。女牀鸞樹向人愁。紅蠶憔悴同功繭，繅盡春絲未放休。"此言勸進之人也。"臨鏡朦朧懶卸釵，無聊啼笑枉多才。探看青鳥沈歡訊，橫臥烏龍本妬媒。　　笙字錯，錦梭迴。肯將心力事妝臺。不知下九還初七，且疊紅箋寄恨來。"此言登極有期，勸進者都失望也。"未必芳期未有期，等閒蜂蝶劇嬌癡。側商小令翻新水，卷地狂香發故枝。　　風雨裏，苦禁持。有人低唱比紅兒。纔知滿樹金鈴繫，未省秋蟬落葉悲。""側商"兩句，言復辟也。"歷劫相思信不磨，親將雙帶綰香羅。未灰蠟苣拌成淚，垂絕鵾絃忍罷歌。　　休躑躅，已蹉跎。珊鞭拗折負恩多。人間會有相逢事，奈此青春悵望何。"言反對復辟也。

大鶴山人詞話附記

高密鄭叔問先生（文焯），畢生專力於詞，爲近代一大家數。復精聲律，善批評。凡前人詞集，經先生批校者，散在海内藏家，不可指數。以予所見，有《東坡樂府》、《清真集》、《白石道人歌曲》、《夢窗甲乙丙丁稿》、《花間集》等，各家或一本，或屢經批校至三四本，莫不朱黄滿紙，俱有精意。友人唐圭璋君，方議彙刊詞話，屬爲搜輯遺佚，因擬彙録先生批校各集，兼及遺札中之有關於詞學者，爲《大鶴山人詞話》若干卷，以報唐君；并先揭載本刊，爲海内治詞學者之助云。倘海内藏家，有得先生論詞遺著，爲沐勛所未採及者，尚冀録副見惠，俾得彙成全書；發潛闡疑，又不特沐勛一人之私幸而已。癸酉秋，沐勛附記。

（載《詞學季刊》一卷三號）

粵詞雅附記

　　蘭史先生，晚年息影淞濱，放意詩酒，雖貧亦樂。前與彊邨翁，及海上詞流，共結漚社，藉倚聲以抒身世之感，與家國之憂。先生把酒論文，興復不淺。既而彊翁歸道山，旋有倭亂，詞社亦星散。先生徙居法租界福履理路，相見恒有戚容。予既舉辦《詞刊》，先生贊助尤力，特允爲撰稿，分期登載。不料今春先生遽以疾卒，身後蕭條，賴友好以舉其喪，遺書亦散盡矣。《粵詞雅》僅及宋代，竟成絕筆，撫茲遺墨，不覺涕泗之橫流也。甲戌中夏，沐勛附記。

（載《詞學季刊》二卷一號）

詞律箋榷卷一附記

　　右爲《詞通》作者徐戟門先生遺著《詞律箋榷》殘稿。本刊第一卷分載《詞通》，初不知作者姓氏。後經路弧盦先生（朝鑾）來函，謂疑爲徐榮之筆。旋質之吳董卿先生（用威），言榮字戟門，曾舉於鄉，早逝。當更託夏映庵先生向其兄固卿先生（紹楨）處，詳詢其生平行跡，迄未得報，深爲耿耿。此稿雖草創未竟，而比勘精覈，糾正紅友之謬誤甚多，洵詞苑之功臣，不容任其泯没者也。因特商之趙叔雍先生，録副付本刊分載。世有好學深思之士，更進而續成未竟之盛業，又同人之所馨香禱祝矣。

（載《詞學季刊》二卷二號）

織文詞稿附記

　　織文女士，爲桐鄉勞玉初先生（乃宣）次女，歸秀水陶勤肅公次子拙存部郎爲繼室。幼從祖母學詩，出語驚其儕輩。迨嬪於陶，極唱隨之樂，伉儷間儼同師友。拙存侍父遊秦隴燕粵間，女士亦偕往，所至覽其山川風物，形諸歌詠。不幸早卒，有遺稿若干卷，藏於家。此遺詞由莊一拂君，從手稿錄以見寄。詞格清麗，洵是慧心人吐屬，閨閣未易才也。沐勛附記。

（載《詞學季刊》二卷三號）

王病山先生遺詞識語

　　病山年丈，以庚寅進士，歷官京內外，清介自守。其在湘中，嘗與王夢湘（以敏）及彊邨先生以詩詞相唱和。辛亥後，避居滬瀆。一室蕭然。與彊翁過從頻煩。反不復措意於倚聲之業。前歲病歿旅邸。聞其詩文遺稿，悉由親友檢寄胡惜仲君（嗣瑗）。暌隔山河，未知殺青何日。偶於彊翁遺篋檢得遺詞若干首，特爲刊布。以廣其傳焉。沐勛敬識。

（載《詞學季刊》二卷三號）

易大厂宋詞集聯附識

　　大厂居士，窮愁著書。倦攲胡牀，輒以宋詞集聯自遣。先後得若干首。皆一氣呵成。或悱惻纏綿，或悲涼慷慨。所謂借他人杯酒，非僅如無縫天衣而已。予嘗戲語居士："曷寫以貽予，俾裝成小册，朝夕展對。吾廬幻設，得此亦足爲蓬蓽之光矣。"相與大笑。承寫示若干首，亟爲刊布，以公同好云。忍寒廬附識。

（載《詞學季刊》二卷三號）

開明書店六十種曲題辭

感人心者，莫切於有聲韻組織之文字。自風騷以降，古樂府、五七言古近體詩，以逮詞曲、雜劇傳奇等等，其體屢變，後出轉精。而其利用聲韻之美，以期有所感化一也。閒嘗與友朋談論，思舉所有韻文，依類抉擇，匯爲鉅編，俾學者便於購求，由研習而進於創造。今開明書店既爲予發行《詞學季刊》，闡揚倚聲之學，又取毛刻《六十種曲》重印行世，苦心孤詣，深契鄙懷。晚近承學之士，漸知注意詞曲。而舊籍日少，書賈居奇，望洋興嗟，尤應亟圖補救。所冀諸公益弘初願，觸類而廣之，行見詞山曲海，大啓寶藏，所以沾溉吾儕者，正日出而未有已也。二十四年五月龍沐勛。

詞律箋榷識語

　　右《詞律箋榷》五卷，番禺徐氏未竟稿，藏友人武進趙叔雍君處。予既假録副本，與作者所著《詞通》，陸續登載本刊矣。獨惜徐氏用力精勤，多正紅友以來言詞律者之缺失，而草創未半，竟夭天年，即此斷簡殘編，亦幾全遭湮没，此非特作者之不幸，抑亦詞學之一厄也。晚近宋元舊槧，月出未已，詞律之改訂，尤有待於好學深思之士，世有願繼此而作者乎？當馨香禱祝以俟之矣。丙子長夏，龍沐勛識於廣州東山寓廬。

（載《詞學季刊》三卷二號）

飲水詞箋序

　　詞興於唐而盛於宋。當世士大夫，類皆以餘力爲之，視爲小道，不以躋於五七言詩之列。以是唐宋諸大家詩集，爲之箋注者大不乏人，獨於詞則作者既別本單行，讀者復加歧視，箋證之作，多付闕如。東坡、清真，領袖疏密二派，其詞集之流傳於今日者，有傅幹之《注坡詞》殘本，陳元龍之《片玉集集注》，而採掇殊多疏漏，不似注詩者之精審，舍是更無聞焉。金人魏道明爲《蕭閒老人明秀集注》，於徵引故實之外，兼及同時賡和諸人仕履，以逮遺聞逸事，足補史之闕文，而與詞旨相發，始斐然有述作之意。清代廣陵江昱，取周密之《蘋洲漁笛譜》，張炎之《山中白雲詞》，博採舊聞，作爲疏證，於是詞林乃有箋注之學，讀者便之。勝清詞號中興，作者無慮數千家，其有人爲注者，亦僅朱彝尊之《曝書亭》一集。昔胡寅題《酒邊詞》，以詞曲爲"古樂府之末造，然文章豪放之士，鮮不寄意於此者，隨亦自掃其跡曰，謔浪遊戲而已。"詞曲之不爲士大夫所重視，其故可思。至張惠言輯《詞選》，以此體上附於《風》《騷》，其道始尊，而其學益盛。晚近人才輩出，風靡一時。於是稍習文藝者，莫不競喜言詞，而箋注之學，遂不容緩。樂清李君志遐，曩歲遊學滬上，從予治詞特勤，先後爲《花外》、《飲水》二箋，既寫定有年，稿燬於淞滬之亂。亂定，復理舊業，當先以《飲水詞箋》出版行世，抵書問序於予。予愧無以益君，獨喜君之久而不懈，所以羽翼斯學而張吾軍者，方將日出而未有已也。爰述所見諸家詞注，以復於君。

至此箋之援引博洽，足以增重藝林，固無待區區之揚扢，而《飲水》一集，得此益彰，"冷暖自知"，是又在乎讀者矣。中華民國二十五年四月一日，龍沐勛序於廣州東山寓齋。

（刊李勖編注《飲水詞箋》，正中書局 1937 年版）

唐宋金元詞鈎沉序

　　自臨桂王氏與彊邨先生合校《夢窗四稿》，明定義例，始取清儒治經之法，轉而治詞，糾謬正訛，詞籍乃漸爲世人所重視。厥後《彊邨叢書》出，網羅益富，勘校益精，海內之言倚聲者，莫不奉爲圭臬。晚近詞風之盛，雖緣時尚所趨，而二氏理董之功，爲不可沒也。惟是唐宋人詞，類多不自珍惜，或任其散落，或別本單行。長沙坊刻《百家》，今已無從踪跡。在王、朱諸刻未出之前，吾人所恃以窺探宋詞寶藏者，第恃有毛氏汲古閣《宋六十家詞》已耳。但其所采録，已有本非原書，而從選本中彙集而成者。如黄昇《散花菴詞》之全出《中興以來絶妙詞選》，輯佚之舉，蓋自毛氏已發其端矣。勝清末造，治斯學者，既取校勘經史之法，以從事於詞籍之校勘，更進而網羅放佚，一如諸家采輯漢人説經之作者然。於是詞壇有校勘之學，有輯佚之學，而先賢遺製，幾於萬象畢羅，有如四印齋之《漱玉詞》，《彊邨叢書》之《宋徽宗詞》、《范文正公詩餘》，皆輯本也。晚近之專精於此者，則有江山劉子庚氏之《唐五代宋遼金元名家詞輯》，輯録失傳已久之唐宋金元人詞集近六十家，採摭之勤，有足多者。而真膺雜糅，抉擇未精，識者憾焉。海寧趙斐雲君，繼茲有作，遂成《校輯宋金元人詞》七十三卷，謹嚴縝密，遠勝劉書。詞林輯佚之功，於是燦然大備矣。大理周泳先，往歲從予治斯學，斐然有述作之意。淞濱重晤，出其三年來所輯《唐宋金元詞鈎沉》一書問序於予。予惟泳先春秋方富，謂宜致力於經世之學，以效用於當時，而頻年養疴湖濱，自甘寂寞，耗其精神於蟫編蠹簡，一若抱殘守缺者之所爲，殆亦所謂有所託而逃者歟？予觀其書體例一遵趙氏，而其所輯録，又皆爲趙書所未及。且得向未爲人所知之詞集近二十家，想見作者坐文瀾閣，遍檢宋金元人集部，及諸家選本、類書、筆記、譜録、方志時，其神與古會，樂以忘憂，又遠非頻年轉徙，都無成就如予者，所能彷彿其萬一。予既嘉其用力之勤，而大有功於詞苑也，於是乎書。

中華民國二十五年九月二十四日，萬載龍沐勛序於滬西康家橋寓居。

（刊周泳先《唐宋金元詞鈎沉》之首）

盧冀野飲虹樂府序

冀野將刊行所爲《飲虹樂府》，索序於予，三年未有以應也。念余文不足爲冀野重，而氣類之感，每怦然於中，所欲爲冀野言者，大都無好語耳。乾坤否塞，雅音就喪，士不得行其志，而寄情於詞曲，以一抒悲憤鬱勃之懷。醇酒婦人，等之沉溺。既幸而遭逢際會，曳裾王門，亦但倡優畜之，詞曲之不爲世重，由來久矣。往歲與冀野同客真如，予方溺於詞，而冀野以南北曲來，教授於暨南大學。課餘談藝，投契特深。每當酒酣耳熱，慷慨論天下事，各誦所製，輒復顧盼自雄。任十萬胡兒，百萬胡兒，談笑於斯，歌舞於斯，熟視若無所睹，叔寶全無心肝，滔滔皆是，亦惟與冀野相對歔欷耳。冀野年未及冠，即從長洲吳先生遊，與江都任訥，並稱高弟。既溯江西上，入成都，謁蜀相祠，訪工部草堂故址，旋復東下，遊汴梁，經朱仙鎮，弔鄂王遺廟。所以激揚意氣者，亦至夥頤。少陵憂國之情，鵬睪衝冠之恨，夢回千里，和以鳴蜇，曲中稼軒，別開生面，惟吳先生爲真知冀野，而吾猶慮世人儕論倡優之列，使冀野轉以曲家自限，而無所發抒也。冀野春秋方富，而又豪飲，善詼諧，面團團，於物無所忤，宜可得志於當時，而結習未除，猶將益弘造詣，他日安知不爲和相之《紅葉》稿，更自聚而焚燬之。則吾將爲絕學憂，而不得不重爲冀野慶矣。冀野學宗喬夢符，而氣格尤與君家疏齋爲近。詩云："風雨如晦，雞鳴不已。"願吾冀野，其終爲曲家之稼軒。

丁丑初夏，龍沐勛序於滬西之康橋寓宅。

（原載《制言》雜誌，1937 年第 43 期）

中興鼓吹跋尾

　　治世之音安以樂，亂世之音怨以怒，亡國之音哀以思。於斯三者何居，願以質諸冀野。曩與冀野共事真如，值淞滬戰後，外侮日亟，國勢阽危。思以激揚蹈厲之音，振發聾瞶，期挽頹波於萬一。乃相與鼓吹蘇、辛詞派，以爲生丁衰亂之秋，不悲不憤，是謂尸居餘氣。怨怒之音作，相感相應，磅礴充盈乎宇宙間，浩乎沛然而莫之能禦。撥亂世而反之正，其在斯乎，其在斯乎？予既轉徙嶺南，冀野危絃獨撫，逾年相見，所積遂多，題曰《中興鼓吹》，將以鼓吹中興之業也。哀莫大於心死，而聲音之道實與政通，有心哉若人，我亦餘勇可賈矣。

　　二十六年五月，龍沐勛。

（原載《制言》雜誌，1937 年第 43 期）

朱轇瘦石詞序

　　自歌詞之法不傳，而號稱倚聲家，咸爭託興常州詞派。本此以上附於《風》、《騷》，其體日尊，而離樂益遠。嚮日紅牙檀板，所資以遣興娛賓者，至是遂全變爲長短不葺之詩，專供學士才人抒寫情性。所謂逸懷浩氣，浮遊乎塵垢之外，指出向上一路，新天下耳目，此意實自東坡發之。後有作者雖趨舍萬殊，門户各異，而究其旨趣，必以意格爲歸。所謂詞外求詞，必其人之性情抱負，有以異乎流俗，動於中而形於言，可泣可歌，乃爲難能可貴。予生丁衰亂，更不幸而枉抛心力以作詞人，每誦楊誠齋"虛名賺後生"之句，未嘗不如芒刺之在背，跼促而不能自安也。既念頻年設教於四方，思所以挽頹風而振末俗，導來學以入於至美至善之境。迦陵頻伽之鳥，一一演説法音。詞雖小道乎，血漬斑斑，淚痕點點，使人而木石也，吾且爲之奈何。而吾終信人之非木石也，詞亦寄吾意耳，淚盡而繼之以血，吾以此而讀古人詞，吾以此創造吾一家之詞，吾以此教人，亦以此自勵，而深有善乎朱生之能明吾意也。往歲教授暨南大學，值危疑震撼之際，岌岌不可終日。乃日與從遊諸子，以此學相漸摩，且相約爲讀詞之會。其始至者不下四五十人，每當朝曦初上，宿霧未銷，引吭高歌，齊聲應和。窗外行人，爲之駐足，亦有從而非笑之者，而吾輩意氣自若也。吾語諸子，堅苦卓絶之精神，吾將以此覘之，詞特寄吾意耳。已而朔風漸屬，嚴霜裂膚，其相守歲寒，共與冰雪相搏者，纔十許人。予以犯寒，病逾月幾殆，諸子日來相視，親逾骨肉。予每晨雖未能躬往，而迄乎歲暮，曾未

39

稍斷誦聲，予於是而益信人之非木石也。相感相應，化大戾而即於太和，將泯種族人我之界，相與同遊於極樂至善之域，而一空文字障，詞小道云乎哉。朱生相從既久，益肆力於倚聲，觀其所製《瘦石詞》，因有深契於古作者，亦由其性情之淳至，非假外鑠故也。所冀擴而充之，以毋背乎區區之初意，血斑斑而淚點點，以普化有情。詞以人傳，流俗之毀譽，亦烏足言哉。予歸自嶺南，舊日從遊，稍稍引去。朱生既卒業暨南，行且以所學教授，猶殷殷時來請益，吾以是知其歲寒之操，將歷久而不渝也。因出詞卷求序，爲書所感如此。

　　二十六年五月。

（原載《制言》雜誌，1937 年第 44 期）

傍山亭隨筆

王荆公贊杜少陵詩

　　杜少陵爲集大成之詩聖，古今幾無異辭，而知杜最深者，殆莫過於王介甫氏。《臨川集》中有《杜甫畫像》一首云："吾觀少陵詩，爲與元氣侔。力能排天斡九地，壯顏毅色不可求。浩蕩八極中，生物豈不稠？醜妍巨細千萬殊，竟莫見以何雕鎪。惜哉命之窮，顛倒不見收。青衫老更斥，餓走半九州。瘦妻僵前子仆後，攘攘盜賊森戈矛。吟哦當此時，不廢朝廷憂。常願天子聖，大臣各伊周。寧令吾廬獨破受凍死，不忍四海寒颼颼。傷屯悼屈止一身，嗟時之人死所羞。所以見公畫，再拜涕泗流。惟公之心古亦少，願起公死從之游。"惟介甫能以少陵之心爲心，苟可以拯濟黎元，振起衰廢，雖遭羣謗，亦毅然起而肩任之，使新法果得實行，宋室亦未必如斯削弱，以致終遭滅亡之禍也。竊意杜詩之可貴，正如介甫此詩所贊，詩人有此抱負，雖未能及身發展，以償素願，而使讀者有所感發，終必得有其人，奮其才略，以出斯民於水火之中，成功固不必在我也。

（載《同聲月刊》創刊號）

寒 蛩 碎 語

予往年讀陸放翁詩，至"自恨不如雲際雁，南來猶得過中原"之句，未嘗不悲其志而憫其遇。後又讀楊誠齋《過淮河三絕句》之一云："兩岸舟船各背馳，波痕交涉亦難爲。惟餘鷗鷺無拘管，北去南來自在飛。"時適困居上海，每行過所謂"越界築路"，輒暗誦此詩，未嘗不愴然涕下也。

予最喜誦岳鄂王《小重山》詞："昨夜寒蛩不住鳴。驚回千里夢，已三更。起來獨自繞階行。人悄悄，簾外月朧明。　　白首爲功名。舊山松竹老，阻歸程。欲將心事付瑤琴。知音少，絃斷有誰聽?"以爲沈鬱悽壯，遠勝於世共傳誦之《滿江紅》一闋。惟欲戲爲作一轉語云："儘管没有人聽，我依舊要拚命的彈，好教一般醉生夢死的人，有些警覺，何況知音還有呢。"

每念河山殘破，滿目瘡痍，平生師友知遇之恩，父母鞠育教誨之德，曾未能少圖報效，心之憂矣，白髮橫生。偶憶王静安先生詞云"閒愁無分況清歡"，愈覺其沈痛入骨也。

（載《同聲月刊》創刊號）

來禽仙館詞識語

右《來禽仙館詞》一卷，嘉興女史沈蘂遺著。蘂字芷薌，西雍先生之女，桐鄉勞玉初（乃宣）先生之母也。生於嘉慶二十年，以光緒八年卒，享年六十七，葬蘇州木瀆榮家山。此家藏未刊稿，往年承勞篤文先生寄示，將以載入《詞學季刊》。會因時變，未果刊出。適檢舊篋得之，亟爲印布。至其詞之清麗典雅，亦晚清閨閣中未易才也。辛巳孟春，龍沐勛謹識。

（載《同聲月刊》一卷三號）

花 陰 偶 筆

　　精衞先生最喜陳蒼虬（曾壽）先生所作菊花詩，以爲古今絶唱。
偶檢蒼虬先生《舊月簃詞》（《滄海遺音集》本），詠菊之詞，多至五闋，
倘所謂芳潔之懷，神與俱化者歟！特錄二闋如下，期與同好共賞之。

　　《木蘭花慢・舊京移菊憔悴可憐感賦》云："冷牆陰一角，結幽怨，
舊痕青。自辛苦移根，戀香殘蝶，夢也伶俜。羞憑。別畦新綠，算年
年稱意占階庭。一寸霜姿未展，西風涼透窗櫺。　　　亭亭。還向畫
圖尋。影事慰飄零。悵蟬休露滿，芳心委盡，枉致丁寧。微醒。晚來
乍洗，賸無多清淚奠寒馨。流浪他生未卜，斜街花市重經。"

　　《八聲甘州・十月返湖廬晚菊尚餘數種幽媚可憐》云："慰歸來，
歲晏肯華予，寒花靚幽姿。賸青霞微暈，殘妝乍整，仍自矜持。休更
銷魂比瘦，惆悵易安詞。潔白清秋意，《九辯》難知。　　　我是辭柯落
葉，任飄零逝水，不憶東籬。早芳心委盡，翻怯問佳期。看燈窗疏疏
寫影，算一年今夜好秋時。平生恨，儘淒迷了，莫上修眉。"

（載《同聲月刊》一卷四號）

44

遯盦樂府小引

　　孟劬先生生平所爲詞，往往不自存稿，多散在朋好間。此《樂府》前一卷，吾師彊邨翁曾刻之《滄海遺音》，後一卷則勛從篋衍中選録者也。孟劬嘗奉教於吾師，又嘗從鄭君叔問研討聲律。故所作清商變徵，一唱三歎，有《小雅·匪風》之思焉。流離北渡，投老依人，其阨窮之所遭，亦復似之。今海内承吾師衣鉢者，尚有其人。而親接大鶴墜緒者，蓋寥寥矣。睠《伐木》之相勞，感知音於未沫。忝附玄賞，以代引喤。此後續有所得，尚當善之爲《集外詞》云。

　　辛巳端陽日，萬載龍沐勛。

（載《同聲月刊》一卷八號）

清詞壇點將録識語

　　《清詞壇點將録》，爲予數年前校刻《彊邨遺書》時，友人聞在宥先生録以見寄者。據在宥言，此爲彊邨先生晚年遊戲之作。又以董平自居，故原稿不署真名，但題"覺諦山人"云云。此一別號，他處未見題署。雖一時戲筆，要爲談清代詞林故實者一絶好資料也。偶從行篋中檢出，特爲刊布，以示同好。辛巳初秋，龍沐勛謹識。

（載《同聲月刊》一卷九號）

疏篁館雜綴 九則

疏篁館雜綴（一）

　　杜陵兼工各體，古今來推爲集大成之詩家。惟所作絕句，除《贈花卿》及《江南逢李龜年》二首，膾炙人口外，其餘諸作，世或以別調目之。絕句貴有絃外之音，故以含蓄蘊藉爲主。然情感觸發，亦復萬殊，表現方式，寧可拘於一體。曾滌笙氏選《十八家詩鈔》，獨全錄少陵絕句。豈非以其能文因情變，開逕獨行耶。讀少陵七絕，如《黃河》二首云：“黃河北岸海西軍，椎鼓鳴鐘天下聞。鐵馬長鳴不知數，胡人高鼻動成羣。”“黃河南岸是吾蜀，欲須供給家無粟。願驅衆庶戴君王，混一車書棄金玉。”又《三絕句》云：“前年渝州殺刺史，今年開州殺刺史。羣盜相隨劇虎狼，食人更肯留妻子。”“二十一家同入蜀，惟殘一人出駱谷。自說二女齧臂時，迴頭卻向秦雲哭。”“殿前兵馬雖驍雄，縱暴略與羌渾同。聞道殺人漢水上，婦人多在官軍中。”刺譏當世，一以雄直之氣行之，略無隱諱，眞風雅遺音也。詩以溫柔敦厚爲教，然三百篇中，怨怒之音，數見不尟。詩人本有爲民衆代訴冤苦之責任，民衆之所不敢言與不能言者，惟賴詩人爲表達之，庶幾言之者無罪，而聞之者足以戒，且無悖於興觀羣怨之旨。吾以爲王龍標之絕句，譬之正風，少陵則變風變雅也。因時而發，異曲同工，寧容有所軒輕於其間耶？

疏筤館雜綴（二）

索居無俚，但爲無益之事，以遣有涯之生。"知我者謂我心憂，不知我者謂我何求"。讀《王風‧黍離》之篇，肝腸寸裂矣。按譜填詞，昔人已視爲小道。然雖小道必有可觀者焉，能端其本，譬之迦陵頻伽之鳥，一一演說法音，不猶賢於博弈者乎。晨起覆閱《蕙風詞話》，喜其示人以學詞之法，多可取者。爰爲摘錄數則，且以自勵云。

"學填詞先學讀詞。抑揚頓挫，心領神會。日久胸次鬱勃，信手拈來，自然丰神諧鬯矣"。"真字是詞骨。情真景真，所作必佳，且易脫稿"。"作詞有三要，曰重、拙、大"。"詞中求詞，不如詞外求詞。詞外求詞之道，一曰多讀書，二曰謹避俗，俗者詞之賊也"。"填詞要天資，要學力。平日之閱歷，目前之境界，亦與有關係。無詞境即無詞心，矯揉而強爲之，非合作也。境之窮達天也，無可如何者也。雅俗人也，可擇而處者也"。"學詞程序，先求妥帖停勻，再求和雅深秀，乃至精穩沈著，精穩則能品矣，沈著更進於能品矣。精穩之穩，與妥帖迥乎不同。沈著尤難於精穩。平昔求詞詞外，於性情得所養，於書卷觀其通，優而游之，饜而飫之，積而流焉。所謂滿心而發，肆口而成，擲地作金石聲矣。情真理足，筆力能包舉之。純任自然，不假錘鍊，則沈著二字之詮釋也"。

疏筤館雜綴（三）

讀武陵陳伯弢（銳）先生《裒碧齋詞話》，於近代詞家，多所評品，亦研治倚聲者之絕好資料也。節錄如次。

王幼遐詞，如黃河之水，泥沙俱下，以氣勝者也。鄭叔問詞，剝膚存液，如經冬老樹，時一著花，其人品亦與白石爲近。朱古微詞，墨守一家之言，（案此言未諦，古微先生晚年之作，固未嘗墨守夢窗也。）華實並茂，詞場之宿將也。文道義詞，有稼軒、龍川之遺風，惟其斂才就範，故無流弊。張次珊詞，軒豁疏朗，尤有守律之功。宋芸子詞，學非顒門，要自情韻不匱。夏劍丞詞，秀韻天成，似不經意，而出其鍛鍊，仍具苦心。胡研孫詞，標格在梅谿、玉田之間，往往風流自賞。蔣次香詞，伊鬱善感，信筆寫出，亦鐵中之錚錚。況夔笙詞，手眼不必甚高，字字銖兩求合，其涉獵之精，非餘子可及。蕭琴石詞，老氣橫秋，乃時有拖沓之態，今遺稿不知流落何許矣。洪未聃詞，聰明絕世，亦復沈著有餘音。程子大詞，源於三十六體，粉氣脂光，令人不可偪視。易實甫詞，才大如海，惟忍俊不禁，猶有少年豪氣未除。王夢湘詞，工於賦愁，長於寫豔，故亦卓犖偏人。之數君者，投分既深，故能管窺及之，而竊歎爲不可及。客曰，君詞自謂何如。余曰，天分太低，筆太直，徒能以作詩之法作詞耳。

疎筐館雜綴（四）

潯暑困人，輒喜臥閱宋人筆記，以消永晝。而年來飽經憂患，寖致善忘，誠恐立功立言，兩俱無分，思之悵然而已。生平頗喜聚書，二十年教薪所入，除事畜外，輒以搜羅舊籍。雖殘編斷簡，不忍拋棄。以是亦積至數十篋。遭亂轉徙，大是累人。而結習難除，室人交讁，頗有劉伶斷酒之感。比讀《墨莊漫録》，見晏叔原聚書事，不禁爲表同情，轉録如次。

晏叔原（幾道）聚書甚多，每有遷徙，其妻厭之，謂叔原有類乞兒搬漆椀，叔原戲作詩云："生計惟茲椀，般檠豈憚勞。造雖從假合，成不自埏陶。阮杓非同調，顏瓢庶共操。朝盛負餘米，暮貯籍殘糟。幸免墦間乞，終甘澤畔逃。挑宜卭作杖，捧稱葛爲袍。倘受桑間餉，何堪井上螬。綽然真自許，嗃爾未應饕。世久輕原憲，人方逐子敖。願君同此器，珍重到霜毛。"

又讀岳珂《桯史》"逆亮辭怪"一條，載有完顏亮詞三首。其"雪詞"《昭君怨》云："昨日樵村漁浦，今日瓊川玉渚。山色捲簾看，老峯巒。錦帳美人貪睡，不覺天花剪水。驚問是楊花，是蘆花。"又"中秋待月不至"賦《鵲橋仙》云："停杯不舉，停歌不發，等候銀蟾出海。不知何處片雲來，做許大通天障礙。虹霓撋斷，星眸睜裂，惟恨劍鋒不快。一揮截斷紫雲腰，子細看嫦娥體態。"岳氏稱其"語出輒崛強惣惣，有不爲人下之意。"予以爲文學必須有我在，乃見生氣。彼專以塗飾爲工者，又烏足於此耶。

疎篁館雜綴（五）

予每讀陶淵明《雜詩》云："白日淪西河，素月出東嶺。遥遥萬里輝，蕩蕩空中景。風來入房戶，夜中枕席冷。氣變悟時易，不眠知夜永。欲言無予和，揮杯勸孤影。日月擲人去，有志不獲騁。念此懷悲悽，終曉不能靜。"又《詠貧士》云："萬族各有託，孤雲獨無依。曖曖空中滅，何時見餘暉。朝霞開宿霧，衆鳥相與飛。遲遲出林翮，未夕復來歸。量力守故轍，豈不寒與飢。知音苟不存，已矣何所悲。"觀其悲心內蘊，悽音外發，迴環諷諭，未嘗不爲之惆悵移時。世僅以沖淡求陶詩，又如白香山謂"以淵明之高古，偏放於田園"（《與元九書》），皆未爲知淵明者也。唐詩人學陶而得真髓者，要當首推韋蘇州（應物）。集中如《對芳樹》云："迢迢芳園樹，列映清池曲。對此傷人心，還如故時綠。風條灑餘靄，露葉承新旭。佳人不再攀，下有往來躅。"《秋夜》云："庭樹轉蕭蕭，陰蟲還戚戚。獨向高齋眠，夜聞寒雨滴。微風時動牖，殘鐙尚留壁。惆悵平生懷，偏來委今夕。"《幽居》云："貴賤雖異等，出門皆有營。獨無外物牽，遂此幽居情。微雨夜來過，不知春草生。青山忽已曙，鳥雀遶舍鳴。時與道人偶，或隨樵者行。自當安蹇劣，誰謂薄世榮。"寓刻摯於高簡，化沈鬱爲悲涼，皆所謂傷心人別有懷抱者。願與言詩之士，試共參之。

疎篁館雜綴（六）

兩宋詞人，除浙江外，以吾鄉爲最盛。名家輩出，異軌同奔。如臨川二晏，廬陵歐陽公，以及劉龍洲、劉須溪，其尤卓卓者也。辛稼軒原籍歷城，突騎渡江，慨然以恢復中原爲己任。壯懷莫展，晚乃卜居上饒，旋徙鉛山以卒。其後嗣至今蕃衍，然則雖謂稼軒爲江西人可也。乃自元明以後，風流消歇。清代詞學中興，而西江作者寥寥。直至末葉，萍鄉文道希先生（廷式）始出而振之。朱彊邨先生以爲兀傲難雙，爰有西江詞派之目。吾鄉七百年來作者，未能或之先也。暇當爲專篇論之。次則新建勒少仲先生（方琦）《太素齋詞》，采藻妍麗，聲律諧婉，亦不媿爲近代名家。短調如《浪淘沙》云：“闌角檥吳檣。人對離觴。一川夢雨濕春光。解向玉樓遮望眼，多謝垂楊。　　後約指新涼。蘭鬢吹香。見時重認別時妝。留取羅襟紅淚點，添繡秋棠。”又：“風葉響虛廊。燈颭寒光。翠衫蕭瑟十年香。記起江湖春夢影，千遍思量。　　窗外急啼螿。如説衷腸。倩誰傳與卻愁方。難道秋來聽夜雨，都不淒涼。”皆悽豔可喜。長調如《水龍吟·望江道中守風》云：“凍雲飛度亭皋，浪花萬疊連霜渚。漁村人散，驚濤卷雪，亂山橫霧。冷逼鶊裘，暈迷蟾鏡，聲喧鼉鼓。訝千軍馳驟，金戈鐵馬，長圍合、麈貙虎。　　還恐潛虯夜舞。喚移舟葦叢深處。間鷗應笑，江空歲晚，客程良苦。靜對蘭缸，細斟梨醖，憂時懷古。定何年穩泛，鴟夷一舸，向吳淞路。”狀江行阻風之景，亦殊逼真。

疎篁館雜綴（七）

頃從友人陳柱尊教授處，假得日本阿部房次郎氏印行《爽籟館欣賞》六巨冊。所載皆氏家藏歷代名畫，攝影精印，直與真蹟無殊。中有宋遺民鄭所南翁畫蘭，原爲清宮藏本，乾隆嘉慶宣統三朝御璽，赫然具在。流往域外，爲時當尚不遠也。所南翁自題一絕云："向來俯首問義皇，汝是何人到此鄉。未有畫前開鼻孔，滿天浮動古馨香。"後附元明諸家題句，多爲世不經見之作，因並錄之，留供譚助。陳深題云："芳草渺無尋處，夢隔湘江風雨。翁還肯作楚花，我亦爲翁楚舞。"中吳王育賦云："所南老翁磊落人，胸底飽含萬劫春。吐出必須作怪異，聚空削有還强陳。撮山捏雲欲隱袖，爭自兩手無力空張脣。歸來垂頭默無語，懹然捉得身內神。從此縱橫踏天地，儻狂闊步誰能倫。倒拂溪藤直畫蘭，花紫葳蕤香可餐。清風無聲煙露翠，月白凝秋半夜寒。入夢迷人燕姑醉，相逢援琴愁對歎。老翁不見今何在，忍着遺墨眉皺攢。人亦香兮蘭亦香，相思脈脈欲斷腸。雲開山阿見圭璧，風散羣飛聞鳳皇。長使消搖不拘束，與蘭千載共幽芳"。烈哲云："雨過春山曉，雲歸空谷香。靈均不可見，惆悵對幽芳。"余澤題云："南子毫端有古香，不求或與意尤長。如今好事非前輩，祇愛昌陽掛屋梁。""曾游澧上過湘中，祇見葩花作小叢。近日靈均生意轉，衡從千畝媚春風。"

疏篁館雜綴（八）

所南翁畫蘭卷後題句又有魏俊民云："南望湘江歌楚聲，癯癯鶴骨老山林。濡毫爲染萇弘血，澹掃幽芳寄此心。"臥龍山人陳昱云："家學相承寶祐年，東籬幾度菊花天。紫莖綠葉留殘墨，更覺秋光分外妍。"遂昌鄭元祐云："南冠江上哭湘纍，淚着幽蘭雨裏枝。不獨萇弘血化碧，孤芳愁絕有誰知。"屠澤釋懷欽云："君子譬如蘭在谷，所翁得之香可掬。湘江浩蕩波濤空，月落蒼梧滿秋屋。"王冕云："老子平生忠義俱，棲棲山澤太清癯。疏豪不作尋常醉，恰似三閭楚大夫。"後附短跋云："鄭所南胸次不凡,文章學問有古人風度。不偶于時,遂落魄湖海。晚年學佛,作詩作畫每寓意焉。然其白首南冠,磊磊落落,或者有未知也。"胡熙云："鄭公高蹈出風塵,心蘊靈均九畹春。每向毫端適幽興,自然花葉逼其真。"汴段天祐云："手種沅湘九畹春,所南心事似靈均。古今俛仰俱塵跡,紙上幽芳見似人。"奕云："惟公生南楚,侍宦來吳中。身遭宋國亡,耿耿懷孤忠。無家又無後,南冠號北風。洒淚寫離騷,咄咄如書空。幽花間疏葉,孤生不成叢。翛然數筆間,遺恨自無窮。圖成綴數語,語怪誰能通。流落爲世重,心苦寧論工。此花有時盡,此恨無時終。吁嗟匹夫心,所受由天衷。我思殷頑民,千古將無同。"卷末有正德辛未祝允明記云："所南不易作,作必賢士。不然,寧付之方外,不肯落凡夫手。此絚先藏於衲子,今歸吾子魚。所南在地,必欣然以爲得也。"

疏篁館雜綴(九)

頃有人以彭剛直畫蘭來此求售。露葉煙苞,幽香欲活,自題兩詩一跋,風致尤佳。剛直素以畫梅名,蘭則殊少見。顧以價昂,未能購置。燈窗默坐,惘惘於懷。爰將所題,追録於後。清姿微馥,尚依稀於几案間也。詩云："披榛采得出山林,別有仙根撰結深。春雨綠濃名士袖,秋煙素沁美人心。夫妻蕙纈瓊英佩,姊妹花抽玉蕊簪。我與幽蘭最相契,誰言空谷少知音。""風雨無端摧蕙質,天涯芳草泣王孫。難忘靜女幽思致,莫覓秋娘倩影痕。一曲素琴空寫怨,三湘碧月爲招魂。國香零落園林冷,幸有梅花鐵骨存。"跋云："予性躭山水,喜花木。丙申春,得並頭素心蘭,以紫泥白描美人盆,供養吟香館茜紗窗下,綠萼仙梅與爲侶。每花時相對,煮茗焚香,神往情怡。而秋陽春雪愛護倍至者,歷有年所,此前一律所由詠也。旋以投筆從戎,莫遂惜花心性。家山作別,頓辭空谷佳人。今夏仲得故園書,蘭則萎矣。

嗚呼。蘭棄我我負蘭耶。芳魂與碧月同消,倩影共幽香俱滅。冰綃作霧,青玉成煙,憾何如之。爰磨盾作小幅,肖其生,更以一律誄之。噫。我爲蘭花寫照,未免情癡。誰知香草宜人,深縈夢想。戈船兀坐,惆悵無聊,信筆拈來,遣悶云耳。時乙卯秋七月十有七日。梅仙外子彭玉麐並識于漢江沌口水師軍次。"

（載《同聲月刊》一卷七至十號）

藕香館詞序

　　詞爲倚聲之學，而緣情綺靡，低徊要眇，以曲達騷人志士不能自已之懷，實合古之詩教與樂教而一之，感人之深，蓋無過於斯體者。而舊時士大夫往往以小道目之，遂視爲文章之末技，鮮復措意於此，以致沉霾湮晦者，且五六百年。清代號爲詞學中興，而浙西一派，務崇典雅，莫識聲律之妙用。且自唐、宋遺譜絕而莫傳，而嚮之依聲感人者，亦遂不可究詰；即號稱知音識曲之士，徒以平仄圖譜懸揣某一曲調之聲情，藉爲依聲託事之標準。雖所有曲調咸因曾受音樂之陶冶而富有音樂性，吾人按譜填詞，以成"長短不葺之詩"，未嘗不悱惻纏綿，足以動搖人情志。而顧名思義，則詞必附麗於樂，乃能極聲容之美。物窮則變，變則通。居今日而求詞學之發皇，則移根換葉，殆爲吾人之急務。且今之樂，猶古之樂也。唐、宋曲子詞自與樂離，一變而爲長短不葺之詩，其聲律調韻猶足令人沉酣把玩，絕非五七言古近體詩所能比擬。由此可知，長短句之宜於入樂而富有音樂性之詩體，一旦復與樂合，其能移人情志，殆有非言語文字所可形容者。予往年居滬上，兼任暨南大學文學院及國立音樂院講席，常以此意召諸生，將欲通二者之郵，而復詩樂合一之舊，亦因亦創，事本至難，而聰明絕特之才又未易數數觀。懷抱此心，終冀有及身而行之一日耳。門人中之習今樂者，經予積年之誘導，每取唐、宋人詞，一一分析其聲韻配置與夫句度長短參差之故，其才智之過人者以爲予說往往與西洋作曲之理暗合，而信從者漸衆，予以是益感詞學前途之發展，捨重合詩樂而一之，其道末由。而循舊轍以闢新途，固吾輩之所有事也。

章子石承曩歲就學於暨南外文系，既工爲新體詩，復從予講論詞學，是時所作已超邁流輩，温馨綿麗，有納蘭容若之遺風。予既遠適嶺南，石承旋亦赴日本求深造。猶憶當予離滬之前夕，石承置酒真如村舍，相與促膝快譚，已而歔欷相泣，若不勝其依戀，是其賦性之篤厚，所以醞釀其詞心者，又復軼羣絶倫，迥非晚近僄薄少年，惟趨炎附勢者之所能幾及於萬一也。

數載暌違，滄桑驟變，石承歸自海外，壹意於鄉邦教育，倉皇戎馬，不廢絃歌，而情之所鍾，又有達士所不能自已者，宜其詞之纏綿悽怨，益進於婉約之域，淮海後人，當之無愧矣！予也頻年落拓，偷活兵間，念亂傷離，雖塊然自居於死灰槁木，獨此倚聲結習，不避秀鐵面之訶，而猶以詩樂合一之宏圖，期之吾黨，行且謀集舊侶，試演新聲，獨惜吾石承遠居江北，不獲相與從容討論，重振雅音於狂歌痛哭之餘也。石承將刊近歲所爲詞，書來索序，因雜抒所感以寄之。

一九四一年十二月十六日，萬載龍沐勛。

重編海日樓詩四卷跋

　　右《重編海日樓詩》四卷，平湖金篯孫先生手定。《補遺》一卷，則重編後歷經乙盦先生諸舊好鑒別，以爲年月不合者，倉卒排印，不及改編，姑彙集以待將來之重訂而已。乙盦先生以餘事作詩人，一時興到，隨取斷爛報紙或簡札封套書之，往往令人不辨首尾，因亦不易編次。乙盦先生下世後，哲嗣慈護悉取未刊各稿乞朱彊邨先生爲之審正，朱先生亦苦其爬梳不易也，又以託諸陳蒼虬先生。當朱先生易簀時，予深恐其散落，爰爲請歸慈護。慈護先後就商於馬一浮先生，卒由金先生編定，而予門人朱居易爲寫清本。予復爲郵致陳散原、夏映盦、李拔可、李證剛諸先生，亦各稍有更定。而文字奧衍，又多引用梵典，讀者不易驟識。原稿既不可悉見，訛文奪字亦姑仍之而已。清本置敝篋中者有年，慈護原欲雕版而頻年喪亂，遂致因循。大懼先賢手澤將歸湮沒也，爰商諸慈護，先行分期載入《月刊》，以省傳鈔之煩，而備他日重壽梨棗焉。至乙盦先生詩稿之散在各方者當猶不少，容待搜訪補録，期與其他遺著早謀刊行，以傳世行遠。且先以此爲券云。辛巳孟冬，萬載龍沐勛謹識於秣陵。

（載《同聲月刊》一卷十二號）

影 山 詞 跋

　　右《影山詞》二卷,《外集》一卷,貴陽凌氏筍香室據原稿迻録本。往年在滬,任心白先生舉以見示,意欲爲載入《詞學季刊》以廣其傳,會東事驟起,《詞刊》中斷,不果登出。此本訛文奪字不可勝數。憶在葉遐庵先生處亦曾見一鈔本,亂後無由借校。凌氏所稱原稿亦不審尚在人間否。輒以私意,略爲勘定,及兹流布,庶使先賢遺製不至竟化劫灰,倘亦稍盡後死者之責歟。辛巳初冬,龍沐勛謹識。

(載《同聲月刊》一卷十二號)

徧行堂集詞附記

　　《徧行堂集詞》四卷,清初丹霞寺原鈔本。予往歲客嶺南,謝英伯先生以全集見示。緑格精鈔,中縫"徧行堂集"四字爲木刻,知當日所鈔或不止一本也。英伯語予,澹歸詩文集清初曾刊版行世,後遭禁燬。附詞四卷,則世無刻本。因從假歸録副,其第一卷已載拙輯開明書店出版之《詞學季刊》第三卷第三號,趙叔雍先生亦從予轉録一本,將收入所輯《惜陰堂彙刻明詞》。遭亂輟工,英伯亦經謝世,其全集殆不可復問。僅此四卷之詞尚存篋中,懼其湮没不彰,有負死友之託也,爰從第二卷起續載本刊,以廣其傳。案澹歸俗姓金名堡,字道隱,浙江杭州人。明崇禎庚辰進士,戊子詣肇慶謁永明王,授禮科給事中。抗直不畏强禦,後薙髮爲僧,住韶州丹霞山寺,《南疆逸史》載其行事頗詳云。辛巳季冬,龍沐勛附記。

(載《同聲月刊》二卷一號)

易水送別 <small>歷史歌劇</small>

　　此劇取材於《史記·刺客列傳》。以中無女主角，不合劇情，爰採趙人徐夫人匕首一語，構爲空中樓閣，亦傳奇之體宜然也。劇中歌詞，或襲用詞曲舊調，或率意爲長短句，自創新名。將倩新興樂家，爲製新譜。作者不解西洋歌劇，但雜採唐宋大曲，及金元散套雜劇之遺式，而變化出之，命曰"四不象體"，亦聊以解嘲云爾。中華民國三十一年三月三日。

第一幕　開　　場

　　登場人物男女合組大樂隊

　　《鵲踏枝》舊曲　男女聲大合唱

　　落落死生原一瞬，奮迅爲仁，成敗何須問。世亂寧容身遁隱，幾人青史將心印。　　橫掃千軍誇筆陣，發憤龍門，節俠同傳信。水冷風蕭還自忍，風回待解吾民慍。

　　陶淵明《詠荊軻》詩全體演員朗誦

　　燕丹善養士，志在報強嬴。招集百夫良，歲暮得荊卿。君子死知己，提劍出燕京。素驥鳴廣陌，慷慨送我行。雄髮指危冠，猛氣衝長纓。飲餞易水上，四座列羣英。漸離擊悲筑，宋意唱高聲。蕭蕭哀風逝，淡淡寒波生。商音更流涕，羽奏壯士驚。心知去不歸，且有後世名。登車何時顧，飛蓋入秦庭。凌厲越萬里，逶迤過千城。圖窮事自

60

至,豪主正怔營。惜哉劍術疎,奇功遂不成。其人雖已沒,千載有餘情。

第二幕　邯　鄲　奇　遇

　　登場人物荆軻　　徐夫人

　　《臨江仙》舊曲　男聲獨唱

　　荆軻唱歌哭無端燕月冷,行游又到邯鄲。危絃獨撫向誰彈。秦雲遮望眼,趙舞愜幽歡。　　半爲無聊還縱博,揮拳相較何難。隔鄰閃出劍光寒。萬般須隱忍,默默上征鞍。

　　《蝶戀花》舊曲　女聲獨唱

　　徐夫人唱莫笑深閨無好手,萬道清光,本自名師授。雷電收威餘怒吼,嬋娟豈是尋常有。　　到眼何非雞與狗。駐得華年,只惜歡難偶。陌上兒郎雄赳赳,不辭肝膽從君剖。

　　《締鴛盟》新曲　男女聲合唱

　　荆軻唱問何處卿卿。有情,目成。須知我、隱忍就功名。前路光明。問卿卿,緣結多生,肯與締鴛盟。　　徐夫人唱千金一諾久聞聲。是熱血男兒心性。一見傾心,相期同命。且自奮前程。合唱我我卿卿,卿卿我我,相期同命。努力奮前程。

第三幕　燕　市　酣　歌

　　登場人物荆軻　　狗屠　　高漸離

　　《展長圖》新曲　男聲獨唱

　　荆軻唱怎奈佳人義重,相期各奮前途。飄零書劍,重到舊燕都。待結交慷慨悲歌侶,共展長圖。　　歎捭闔縱橫,幾多策士,朝秦暮楚相攀附。不顧吾民轉死在溝渠。羨西方强且富,謂他人父竟何如。

61

只落得封疆日蹙勢日孤。百結愁腸待酒舒。去尋訪隔鄰狗屠。

《醉糊塗》新曲　男聲獨唱

狗屠唱我是坊間一老粗。好酒貪杯，爛醉糊塗。管不了豺狼當路，荊棘塞途。幾人曾把蒼生誤。　磨刀霍霍朝還暮。斫取狗頭自燔羹。難得嘉賓同下箸。爛醉狂呼。終當有日，合把他們當狗一般的來屠。

《醉中天》新曲　男聲合唱

高漸離擊築荊軻狗屠合唱眼前黑白都無據，醉中天地是吾廬。白眼看天、天高不可呼。此情誰訴。只落得佯狂玩世，相歡相泣，拍手兒童喚酒徒。

第四幕　燕丹圖秦

登場人物燕太子丹　鞠武　田光

《共甘苦》新曲　男聲獨唱

太子丹唱脫出虎狼叢。思量萬種。隱隱心頭有餘痛。念燕趙鄰封。理應甘苦相共。忠言莫用。累歲交鋒。相持蠻蚌利漁翁。可憐我身陷秦中。幾諫無從。坐使虎狼威日縱。盡情播弄。席捲而東。來勢洶洶。堪傷幾輩猶酣夢。　思量萬種。便今日途窮。忍把江山斷送。便今日途窮。忍把吾民斷送。熱血心頭湧。肯許從容。願太傅，鼓予勇。

《勢懸殊》新曲　男聲獨唱

鞠武唱秦據崤函之固，擅巴漢，倚隴蜀。兵強國富。相形彼此勢懸殊。真堪怖。犧牲無補。並非我顛而不扶。　待西約三晉，南連齊楚，北購於單于。其後乃可圖。　更有田光處士，智深勇沈，可當大敵，謀大事，不迂疏。曷與伊，同攷慮。

《蹈湯火》新曲　男聲獨唱

田光唱精力已消亡。非同少壯。可供馳騁、效命在疆場。有孤雅望。圖謀國事不敢當。　　我友荆卿最豪爽。曾見他、燕市悲歌淚萬行。曾見他、沈潛文史多修養。曾見他、見義勇爲，當仁不讓。無雙國士，國士無雙。爲知己死無虛誑。赴火蹈湯。唯所命，是宜往。

第五幕　荆卿縱樂

登場人物荆軻　美女數十人　駿馬數十匹　騎士數十人

《囀春鶯》新曲　女聲合唱

衆舞女合唱躧利屣，曳鳴琴，目挑心招，腰細掌中輕。　　燕歌趙舞娛清夜。春宵一刻千金價。人生幾何須盡歡，有酒不飲真騃呆。

鬥娉婷。獻温馨。眼波徐動思盈盈。迴眸一笑百媚生。聽。嚦嚦囀春鶯。踏上了迷香徑。任你是鐵石心腸，也須動情。

《馬上桃花》新曲　男女聲合唱

衆歌女騎士合唱秋郊試馬。又送夕陽西下。白草黄沙。颿歸鞭、風流蕭洒。看西山一帶渾如畫。　　馬上桃花。城上悽笳。感懷身世莫驚嗟。恩重命輕，要趁時陶寫。今日豪華。明日荒遐。從教抛捨。斷腸人向天涯。

第六幕　於期授命

登場人物荆軻　樊於期

《除殘賊》新曲　男聲獨唱

荆軻對太子丹唱待入虎狼秦。警衛森嚴，如何可親近。聞說秦王殘暴復貪嗔。但得督亢圖，於期首，必悦見臣。見臣。志乃獲逞。

荆軻對樊於期唱深仇大恨。問將軍，可能忍。試撫頭顱，黄金懸賞過千斤。秦王凶狼。人神共憤。問將軍，爲除殘賊蘇民困。公誼私恩。

63

這頭顱一擲知無吝。

《髮衝冠》新曲　男聲獨唱

樊於期唱不共戴天仇。切齒腐心，日把秦王咒。欲報乏因由。無謀轉自羞。仰天搔首。有衝冠怒髮，原自雙親受。熱血盈腔肯罷休。此頭。願攜向秦庭，看君雙手。搣伊胸，把伊袖。烈烈轟轟豁兩眸。

第七幕　百金求劍

登場人物燕使者　徐夫人

《路迢迢》新曲　男聲獨唱

燕使者唱路遠迢迢。人行悄悄。行李一肩挑。來到了邯鄲道。探訪暮連朝。剛巧。是處人家、有龍光、射雲表。試把門兒敲。乍見娉婷人影、光彩旋相照。對徐夫人唱賢嫂。是當今奇俠女中豪。銜密命，特來報。

《鬢初凋》新曲　女聲獨唱

徐夫人唱生來嬌小。閉深閨、門巷寂寥。流光容易把人拋。自別了荊卿後，綠鬢初凋。眉黛嬾描。暮暮朝朝。魂牽夢勞。只爲他壯志凌霄。忘了歸期及早。冷落鳳凰巢。　　怪宵來、劍光出鞘。報知音、極意相招。驚人事業期同調。奈高堂母老。白髮飄蕭。地遠天遙。捨去如何好。且將利器、付與伊家、努力除殘暴。這黃金、何足道。祈歸報。説一聲感恩罷了。

第八幕　易水送別

登場人物太子丹　高漸離　諸賓客美女　荊軻　徐夫人

《南樓令》舊曲　男女聲大合唱

太子丹、高漸離、諸賓客美女合唱風緊葳將闌。脣亡齒自寒。聽晴

64

空、歸雁聲酸。舊恨新愁消不得,同扼腕,望長安。　　滿座白衣冠。悲歌行路難。便功成、無計生還。宗社興亡期壯士,憑一劍,保江山。

《易水歌》大合唱

荊軻領導諸賓客美女合唱風蕭蕭兮易水寒。壯士一去兮不復還。

《水龍吟》舊曲　風雨龍吟室詞　男聲獨唱

荊軻唱所期不與偕來,雪衣相送胡爲者。高歌擊筑,寒波酸淚,一時俱下。血冷樊頭,忍還留戀,名姬駿馬。問誰深知我,時相促迫,恩和怨,餘悲咤。　　孤注早拚一擲,賭興亡、批入聲鱗寧怕。秦貪易與,燕仇可復,逐騰吾駕。日瘦風悽,草枯沙白,飄然曠野。漸酒醒人遠,暗祈芳劍,把神威借。

《夢飛揚》新曲　女聲獨唱

徐夫人唱國破家亡。浪跡在他鄉。匿影韜光。爲老母、須供養。朝思暮想。忘不了、我那豪俠好義的有情郎。知他負氣激昂。先將短劍伴行裝。　　驀聽得、風聲擾攘。懷惡意、寇賊須防。爭奈老母、受不了栖皇震蕩。斷腸。親喪。只草草、荒原葬。　　我來到這易水岸旁。早單車西去向咸陽。滿目悲涼。只奔注寒流、猶似歌聲壯。苦難追訪。但相隨魂夢,夜夜共飛揚。

第九幕　秦 庭 驚 變

登場人物秦王　荊軻　秦舞陽　夏無且　秦國羣臣　各國使臣　宮女衛隊

《殿前歡》舊曲　男女大合唱

秦臣宮女衛隊合唱樂嘉賓。萬邦相繼並來臣。獻圖端被皇威震。擁千官、祝聖神。山呼進。尺咫天顏近。小心趨陛,日暖龍鱗。

《清平樂》舊曲　男聲獨唱

秦王唱威加海內。不是閒朝會。快展輿圖心自喜。瞋目樊頭須避。　　何來異樣光芒。驚呼神色倉皇。幸得隱身銅柱，無且平聲還提去聲藥作平囊。

《滿江紅》舊曲　男聲獨唱

荊軻唱倚柱狂吟，堪笑處、名王氣奪。誰暇顧、金創被體，此身難活。失算待酬生劫願，銜悲閒撫衝冠髮。細思量、未負好頭顱，心還熱。　　除暴志，常覬覦。豺虎橫，終當滅。但長留浩氣，爭光日月。此去深慼同命鳥，再來須掃狂鯨穴。辨恩仇、不是爲吾私，揚芳烈。

第十幕　徐氏殉情

登場人物徐夫人　狗屠

《一燈青》新曲　女聲獨唱

徐夫人唱野廟一燈青。窗外流螢。寒光閃爍淡於星。越顯得、人孤另。　　單枕夢難成。自惜伶俜。揮杯勸影。驀聽得、犬吠兩三聲。怎遣驚魂定。　　傷情。我那荊卿。血濺秦庭。劍術雖疏志常猛。丹青彪炳。留得千秋百代名。　　重省。黃金臺冷。翡翠巢傾。忘不了、鴛鴦交頸。忘不了、爲蒼生請命。相期同作萬人英。深盟。願生生世世，世世生生。千磨百折，百折千磨、事竟成。把心事、從頭證。

《弔芳魂》新曲　男聲獨唱

狗屠唱朝朝。鼓刀。俎上哀號。誰叫你、逐臭貪膻。向那有錢的人、只把尾巴兒掉。忘恩負義，猖狺只自驕。怎能夠、將你這狗命兒饒。　　壞了。風聲不好。聞說荊卿此去只徒勞。秦王着惱。鬧轟轟、有十萬大兵來到。逼近燕郊。河山動搖。逃、逃、逃。　　逃到這寒山破廟。門荒徑悄。是何人頸血污征袍。瞧。誰家窈窕。英威凜凜如生貌。瞧。有遺書，字妍妙。好一腔悲壯熱烈奇懷抱。不負荊卿一世豪。待取紙錢燒。來把芳魂弔。留得衝霄劍氣出蓬蒿。

第十一幕　漸離擊筑

登場人物秦皇帝　高漸離

《醉太平》舊曲　男聲獨唱

秦皇帝唱車書混同。夷蠻嚮風。歷來誰擬豐功。正安居九重。皇皇鼓鐘。烏烏韻桐。娛情拊缶聲中。喜時清運隆。

《念奴嬌》舊曲　男聲獨唱

高漸離唱舊游回首,記歸風送遠,寒流同咽。酒市悲歌人散後,只賸盈懷蕭瑟。俠骨成塵,荒雞警夢,幽恨憑誰説。無窮隱畏,可堪技癢難遏。　　　聞道車駕東巡,中年陶寫,雅興新來發。豪竹哀絲何限感,轉爲知音愁絕。事往情留,目亡心在,此憤終須洩。懷鉛一縱,人間寧望偷活。

第十二幕　餘　　韻

登場人物男女合組大樂隊

雙照樓《題易水送別圖》詩全體演員朗誦

酒市酣歌共慨慷,況兹揮手上河梁。懷才蓋聶身偏隱,授命於期目尚張。落落死生原一瞬,悠悠成敗亦何常。漸離筑繼荊卿劍,博浪椎興人未亡。

少壯今成兩鬢霜,畫圖重對益徬徨。生慚鄭國延韓命,死羨汪錡作魯殤。有限山河供墮甑,無多涕淚泣亡羊。相期更聚神州鐵,鑄出金城萬里長。

《滿江紅》舊曲　《漱碧詞》　男女聲大合唱

煮酒談天,且休笑、荊卿謀拙。燕趙勢、虎蹊委肉,幾何能輟。功就定誇曹沫勇,身亡未讓專諸烈。算當時、百計費沈吟,方投玦。

67

一諾感，田光節。片語濺，於期血。豈縱橫游俠，恩酬冤雪。短劍
單車濡水遠，高歌哀筑秦宮歇。甚丹青、千載卷圖看，酸風咽。

《臨江仙》舊曲　大合唱

濟物終須憑俠義，何妨往事重陳。恒如鐵鑊烈如薪。熊熊騰火
燄，粒粒療飢民。　　好仗仁心生勇氣，犧牲寧惜吾身。世間無限虎
狼秦。火傳薪自繼，飯熟鑊常新。

《浪淘沙》舊曲　大合唱

飯熟鑊常新。粒我烝民。恒將壯烈抵悲辛。看並寒梅花共發，
著手成春。　　幾輩尚迷津。只自逡巡。金城鑄出證前因。眼底恩
仇須細認，肝膽輪囷。

附　記

詞曲中有檃括前賢或並世哲人著作，以入聲律者。如東坡以陶淵明《歸去
來》，稼軒以《南華秋水》篇，檃括入《哨徧》之種，遽數不能悉終。蓋由聲律之感
人，較他種文體爲尤切至。釋典有長行，有頌或偈。長行等於中土之散文，頌或
偈則撮取其要義，而以韻語出之者也。本劇《餘韻》一幕，竊師其意。以汪先生
在清季謀刺攝政王時遺胡漢民先生書中語意，檃括爲《臨江仙》詞，茲錄原書，以
資參證。原書略云：“前函草就，復念世人性質，好崇拜死人，而批評生人。此風
大不可長，欲爲文以正之，使知生負委曲繁重之任者，其難固有甚於死者也。惜
匆遽之際，爲文不能詳。然亦已簡括言之，煩登諸《中興報》上，即作爲弟之絕筆
可也。革命之勇氣，由仁心而生者也。仁心一日不滅，則勇氣一日不息，故能毅
然以身爲犧牲而不辭。欲犧牲其身者，其所由之道有二焉。一曰恒，二曰烈。
恒乎烈乎，斯二者欲較其難易，權其輕重，非可以一言盡也。設譬以明之。譬之
治飯，盛米以鑊，束薪燒之。鑊之爲用，能任重，能持久，水不能蝕，火不能鎔，飽
受熬煎，久而不渝，此恒之德也。猶革命黨人之擔負重任，集勞怨於一躬，百折
不撓，以行其志者也。薪之爲用，炬火熊熊，頃刻而燼，顧體質雖煨，而熱力漲
發，飯以是熟，此烈之德也。猶革命黨人之猛向前進，一往不返，流血濺同種者

也。夫捨鑊與薪,飯無由成,即取其一而舍其一,飯亦無由成。欲致力於革命者,亦嘗深念及之。則當度德量力,擇其一而爲之,不必較其難易,權其輕重,第視己力之所能爲而已。今欲舉革命黨人之有恒德者一人以爲代表,則以最先進之一人當之,孫逸仙先生是也。今欲舉革命黨人之有烈德者之一人以爲代表,則以最先進之一人當之,史堅如先生是也。吾黨人欲於恒與烈擇其一者,其視此矣。而語其本原,則曰由仁心而生之勇氣。"(張江裁著《汪精衛先生庚戌蒙難實錄》)

(載《同聲月刊》二卷三號)

緑窗閒記 二則

緑窗閒記（一）

　　龍陽才子易實甫（順鼎），才華橫溢，尤擅詩歌。所爲《廬山詩》，最負重名。世謂李太白後，無此作手也。晚年旅寄舊都，託於歌酒以自放。其詩亦雜以詼詭，漸爲識者所譏。然其橫放傑出之才，終不可掩。偶閲張次溪君所輯《哭庵賞菊詩》，内載《梅魂歌》云："千古以來之名花。惟有菊花屬陶家。梅花屬林家。此外諸花皆非一家所能有，豈非天下之寶當與天下共之耶。可知天下之尤物。即是天下之公物。私尤物者災將及。公尤物者福可必。諸侯殃在寶珠玉。匹夫罪坐懷尺璧。惟有以菊屬陶梅屬林，此乃古今輿論全數贊成，不僅三分之二來出席。菊花何以能屬陶。以陶詠菊之詩亦與菊品同其高。梅花何以能屬林。以林詠梅之詩亦與梅意同其深。然而古今輿論勸進表雖上。陶家林家仍復東向三讓南向又再讓。有德居之尚不敢，無德居之豈非妄。元亮君復皆不敢自私。若謂吾之詠菊詩。吾之詠梅詩。乃是代表古今天下人民心理而爲之。若專屬我則謹辭。譬如議院推舉一總統。此議員者不過代表全國人民以示護與擁。豈能謂此總統乃我一人捧。菊我今且勿論。請論數千年來之梅魂。數千年來之梅魂。乃在梅郎蘭芳之一身。哭庵亦復代表全國之人民。來爲梅魂梅影傳其真。然則廿四世紀以前之梅魂，已失林家和靖守。

廿四世紀現在之梅魂,已入易家哭庵手。哭庵又何敢自負,不過梅魂一走狗。吾友瘦公乃云梅魂已屬馮家有。此語頗遭人擊掊。馮家馮家果何人,不過與我同爲梅魂效奔走。質之馮家固不受。詰之瘦公亦引咎。梅花萬古清潔魂,豈畏世間塵與垢。何傷於日月乎,能損共冰雪否。謗我則可謗佛則不可,此語出自婁須先生吾老友。白璧之瑕梅本無,白圭之玷瘦實有。唐突恐傷西子心,慎言宜戒南容口。請罰瘦公酒數斗。更罰瘦公再作梅魂之詩一百首。瘦公昨和我詩勸我作詩先自剖。我今以盾刺矛亦勸瘦公作詩先自剖。"(自注:婁須先生,奭召南也。)此殆胡適之所謂作詩如説話,亦近世白話詩之先河也。今易氏墓木已拱,前歲於滬瀆遇梅郎,亦垂垂老矣。比聞有人都之訊。不知重上氍毹,尚有代表全國人民爲之歌頌如哭庵其人者否。

綠窗閒記(二)

一夕狂風,桃梨飄盡,楊絲拂面,漸引閒愁。斗室無聊,偶閲東莞張次溪君(江裁)所輯《清代燕都梨園史料》,所收自乾隆間之《燕蘭小譜》,下迄清末民初之作,凡三十八種。將男作女,巧錫花名,撲朔迷離,恬不爲怪。斯實情天之奇變,色界之異聞也。然有心之士,亦復藉此以澆塊壘,寓刺譏。其尤膾炙人口者,當推建寧張亨甫(際亮)之《金臺殘淚記》,其《自叙》云:"余居都門三載,深觀當世之故,頗能言其利而救其弊。無薦之者,既不敢獻策,復不敢著書,輒慟哭。遭家多難,顧影自悲,又慟哭。故人憐之,恐其傷生,每爲徵樂部少年,清歌侑酒,以相嬉娛,余於醉後則又慟哭。今將歸矣。偶理舊衣,見嚮時醉後淚痕猶在,迺歎曰:嗟乎。余之淚盡矣,此其殘痕。然一時之情也,不可忘。因譔次爲傳十篇,詩五十九首,詞三闋,雜記三十七則。燕本黃金臺舊地,故曰《金臺殘淚記》云爾。"觀此,其意趣可知。其《雜記》一則云:"《燕蘭小譜》所記諸伶,太半西北。有齒垂三十,推爲名色者。餘者弱冠上下，童子少矣。今皆蘇揚安慶產，八九歲，其師貨其父母，券其歲月，挾至京師，教以清歌，餙以豔服，奔塵侑酒，如營市利焉。券歲未滿，豪客爲折券析廬，則曰出師，昂其數至二三千金不等。蓋盡在成童之年矣。此後弱冠，無過問者。"此亦足見怪俗之一斑。亨甫詩集已刊行，獨其詞世不多見，因錄其《疎影·用姜白石韻爲韻梅題畫梅》一闋如下："嬋娟似玉。記那年舊夢，林下曾宿。喚醒羅浮，雙翠啼痕，斑斑欲化湘竹。僊雲不墮春仍晚，甚處問枝南枝北。恰夜來墨影橫斜，又是月明人獨。　　堪歎朱顏宛轉，抱清怨瘦損，眉嫵孤綠。可得東風，吹汝如花，只在空山茅屋。關河日夕愁煙暗，且莫聽笛中淒曲。便算他冷豔幽芳，也落生綃半幅。"

（載《同聲月刊》二卷四號）

徧行堂集詞跋

　　右《徧行堂集詞》三卷（本刊第二卷第一號誤作四卷），丹霞寺僧今釋澹歸撰。今釋俗姓金名堡，事見《南疆繹史》卷十三。略云：堡字道隱，浙江杭州人。明崇禎庚辰進士，授臨清縣，坐事罷。十六年，吏部鄭三復薦其才，未及用而都城陷，堡南還。乙酉杭州失守，堡偕里人姚志起兵山中。唐王立，堡入朝，授兵科給事中，旋坐讒辭謝。戊子冬，詣肇慶謁永明王，授禮科給事中。堡抗直有鋒氣，不畏強禦，遇事敢直言，甫受職即疏陳八事，劾慶國公陳邦傅十大罪，由是直聲大振。諸輕剽喜事者南陽伯李元胤等咸與交驩。永曆四年，御史朱統錙等合疏論堡把持朝政，罔上行私，列朋黨誤國十大罪，下錦衣衛。瞿式耜聞之，再疏申救不聽。陳刑具用廠衛故事，嚴鞫之，拷掠慘酷。獄成，謫戍。已而元胤入朝。爲堡申雪，王意漸解。庶吉士錢秉澄因言堡被刑最劇，左足已折，相隨止一老僕，又墮水死。安能蹣跚萬里，遠戍金齒。乃改清浪衛，得移居桂林。是冬桂林破，薙髮爲僧，後二十餘年而終。堡有《徧行堂集》四十卷，清初刊，乾隆時遭禁燬。故人謝英伯先生得丹霞寺原鈔本，以詞集從無刻本，因從假録，并附述遺事以資考覽云。壬午長夏，龍沐勛識於秣陵。

（載《同聲月刊》二卷六號）

海綃説詞附記

　　右《海綃説詞》一卷，新會陳述叔先生遺著。述叔先生下世後，汪先生從其家屬取來，將爲壽諸梨棗。予從汪先生乞得錄副，先載本刊，以餉藝林。述叔先生，於夢窗詞致力最深。往歲朱彊邨先生擬刊夢窗詞定本，欲并自著《夢窗詞小箋》，及述叔先生之《海綃説詞》，永嘉夏瞿禪君（承燾）之《夢窗詞後箋》，附刊行世，以爲研讀吳詞者之津筏。嗣以彊翁下世未果。予爲校刻《遺書》，乃取《説詞》之論夢窗者，附刊《滄海遺音集》後。其後江寧唐圭璋君，輯印《詞話叢編》，亦收《海綃説詞》一卷，乃從予借錄。并取中山大學排印講義本，湊合而成。此卷爲"庚辰歲不盡十日，萬雄自大澳鈔寄"者，曾經述叔先生手加删訂。除論稼軒二則，夢窗三則（此三則爲舊刊所未有）外，全論清真，較《詞話叢編》本多過一倍。且所論亦時有出入，殆最後定本也。中華民國三十一年七月十五日，龍沐勛錄畢附記。

（載《同聲月刊》二卷六號）

玉谿生詩題記識語

孟劬翁所著《玉谿生年譜會箋》,版行已久。此題識若干則,爲翁手批玉谿詩原本,吳君丕續録以寄翁者。翁早歲即好玉谿詩,手批詳校,蠅頭細字,全書皆滿。《年譜》但詳事實,此兼論詩。當時舉以贈仁和孫益菴先生(德謙),旋歸吳下一藏書家,近爲吳君所得。後附汪袞甫(榮寶)、宗子戴(舜年)兩跋,推挹備至。爰爲揭載本刊,公之同好。他日吳君倘能全録評語,寄惠印布,俾研習玉谿詩者,有所取資,則尤詞林之大幸也。壬午初秋,龍沐勛附識。

(載《同聲月刊》二卷七號)

迎秋館雜綴 五則

迎秋館雜綴（一）

義寧陳師曾先生（衡恪），爲散原翁長子。工書畫篆刻，餘力爲詩詞，至爲清迥。其女弟子江采蘋，曾爲手録遺詩，付諸影印，近亦尠見傳本矣。頃見其《慶清朝・詠海棠》詞云："絶豔宜簪，倩魂易冷，幾回嚲袅東風。春嬌乍倚，曲欄獨映嫣紅。和醉重鳴怨瑟，無人處幽意誰同。斜陽外，斷霞作被，殘粉成叢。　獨憶故山步月，聽杜鵑啼夜，緑碎煙空。朱英數點，飛簾若爲詩工。鏡裏暗藏清淚，怕教零落亂雲中。深深院，濃愁未醒，争似花穠。"此字原鈔不易辨識亦殊悽豔可喜也。

迎秋館雜綴（二）

《兼善齋録存》記湘潭王湘綺先生（闓運）莫愁湖聯云："莫輕他北地燕支，看畫舫初來，江南兒女生顔色。儘消受六朝金粉，只青山無恙，春時桃李又芳菲。"跋云："同治十年，重新莫愁湖亭。桂薌亭司使邀遊索題。余按樂府詩，莫愁以河中人嫁盧氏，盧亦北方右族也。石城艇子，説者歧異。蓋麗質嘉名，流傳詞賦，如宋子齊姜之比，不宜儕於蘇小真娘也。故爲附引，以誌好事。"

迎秋館雜綴(三)

王伯沆先生(瀣)，早歲授讀散原精舍，人品高絕，兼擅詩詞，爲散原先生所激賞，惟不肯輕以問世。前後教授南京高等師範學校，以迄中央大學，垂三十年。今老矣，病廢，無以贍家。予曾往城南造謁，先生扶病接談，長身玉立，風神散朗，令人俗慮都消。轉念詩人之窮，未能相助，又深愧歉耳。頃從姜君瑞書處，假閱近人某君所著《兼善齋錄存》稿本，載有伯沆先生詩數首，亟爲迻錄，以示世之知先生者。

《辛酉人日，謁泰州師於吳門。適齋中有並蒂水仙一株，因賦呈，並柬毛實老》云："樂事今春二老同。雙花敧側照顏紅。清泉白石通幽夢，玉瓚黃流被聖風。蒜髮對搖香界影，瑞雲長護蕊珠宮。休疑邢尹如相避，取證靈山一笑中。"　　又《雜詩》四首云："貞林寒不解，鐘梵動其間。遂共同心者，拈花薄作閒。松沈銜鶴嗽，翠盛澤禽顏。隱隱空香際，諸天似未還。　　四大飯寒碧，香林夢亦無。恬行融飯力，危坐禮琴孤。點石花長雨，資煙葉正枯。此中名利判，清淨復何途。　　不知禪誦處，清磬鳥巢懸。百藥延春氣，羣峯侍法筵。澹遊如閱夢，空慮直賓煙。日暮松風起，雲霞共謖然。　　水淨頓無體，素鮪如游空。頻視見春鳥，時翻藻荇中。"

迎秋館雜綴(四)

徐又錚將軍(樹錚)，儒將風流，雅擅詞藻，與林琴南、姚叔節諸先生，爲文字交。遇難後，聞有人爲刊遺集，今猶未見行世也。頃見其《金盞子》詞，"題姚少師爲中山王作山水卷子"云："風雨龍飛，望薊門煙樹，九邊雄闊。鵝鴨起軍聲，偏天道民心，老僧能說。那知畫裏功名，早客空飄忽，休更問金陵，大功坊畔，柳花如雪。銷歇。弔勛閥，

77

揩倦眼，縱橫王氣竭。無人願騎戰馬，難重遇天生病虎俠骨。坐看萬里江山，祗春風鶗鳩。泉寒悄，誰管細雨侵簾，燕子愁絕。"一種兀傲縱橫之氣，猶隱現於楮墨間也。

迎秋館雜綴（五）

往歲散原丈爲予題《受硯圖》，有"彊邨侍郎詞，與其性情襟抱相表裏"之語。性情襟抱，迥異恒人，發爲詩詞，自然不同凡響。湘陰左文襄公宗棠，《同治元年，軍次龍邱，九日作》詩云："萬山秋氣赴重陽。破屋頹垣闢戰場。塵劫難消三户憾，高歌聊發少年狂。五更畫角聲催曉，一夜西風鬢入霜。笑語黄花吾負汝，荒畦數朵爲誰忙。"氣韻沈雄，殊有不可一世之概。又清故兩江總督周玉山馥，《冒雪赴膠，入青島，愴懷時局，慨然有作》云："朔風吹雪海天寒。滿目滄桑不忍看。列國尚尊周版籍，遺民猶見漢衣冠。是誰持算盤盤錯，相對枯棋着着難。挽日回天寧有力，可憐筋骨已凋殘。"詩未甚工，亦殊悽壯，所謂言之有物也。

（載《同聲月刊》二卷七號）

邵亭日記跋

　　右《邵亭日記》手稿一卷,分訂二册,自咸豐十一年正月初一日起,至是年五月廿八日止。皮紙朱絲欄,每半葉十二行,每行字數不等。卷首有"獨山莫氏圖書"(朱文)及"邵亭"(白文)二印。卷尾有"邵亭寓公"(白文)及"其名曰友"(朱文)二印。自四月初一以後,恒多空白,亦有忘書干支者。殆由事冗,欲補記未暇也。考是歲胡文忠公(林翼)方駐太湖督師,病勢日劇。以六月庚申,始還武昌。八月壬午,薨于武昌節署。邵亭自望江至太湖,旋赴武昌。所記多足與寧鄉梅英杰所編胡公年譜相印證。文忠公是時以疾痛垂死之身,值戎馬倉皇之際,猶復孜孜治學,汲汲求才。而邵亭亦得以周旋其間,不以世亂而廢其業,大賢之風度,誠足令人仰慕無窮哉。讀文忠《與李次青》書,謂有一二幾希之望,仍不如盡力幹去。譬之大海遭風,已知萬無可救。然苦無島嶼可望,行固不得活,不行亦必不得活也。因迻抄日記,遂及文忠全集,感而附記於此。壬午浴佛節,龍沐勛記。

（載《同聲月刊》二卷九號）

玉谿生詩評附記

張孟劬先生曩撰《玉谿生年譜會箋》,由吳興劉氏刊版行世。辯證博洽,見重詞林。近從錢仲聯兄假得吳君丕績過録孟劬先生手批義山詩集,蠅頭細字,丹黄俱滿。於詩中奥藴,抉出靡遺。尤於紀評,多所駁正,洵爲玉谿生之曠代知己,亦治李詩者之寶筏也。原書用何義門、朱竹垞、紀曉嵐三家評朱鶴齡箋注本,兹爲便於讀者,凡有張氏新評,仍將原詩録出,間亦附以紀批,以便參證。總題曰《玉谿生詩評》,從年譜會箋例也。玉谿詩最稱難讀,元遺山已有"詩家總愛西崑好,苦恨無人作鄭箋"之語。孟劬先生致力於此者,二三十年。予懼其湮没無傳,而思予來者以津逮,遂命舍姪旭光,爲加校録,次第載入本刊,想亦海内文壇之所欲快覩也。壬午仲冬,沐勛附記。

(載《同聲月刊》二卷十一號)

荒雞警夢室雜綴 三則

荒雞警夢室雜綴（一）

頃讀高密李石桐懷民《重訂中晚唐詩主客圖説》，其論張爲原作主客圖云：“余嘗讀其詩皆不類，所立名號，亦半强攝。即如元白張劉，當時統謂元和體。爲乃獨以元積屬白居易，而張籍、劉禹錫，更分承之李益、武元衡，誠不知其何所見。以韋應物之冲淡，獨步三唐。宋人論者，惟柳宗元稍可並稱，而乃僅入孟雲卿之室，且與李賀、杜牧比肩，何其不倫耶。其他不可勝舉。至其所標目，適如司空表聖二十四品。但彼特明體之不同，非謂人專一體。且即六者亦不能盡體矣。是蓋出奇以新耳目，未爲定論也”云云。李書以張籍、賈島爲二大宗派，極見卓識。其書刊於乾隆甲午，傳本絶稀，金陵大學有油印本，大足爲研究唐人律詩之助也。

荒雞警夢室雜綴（二）

日本人士，喜爲漢詩者甚多。獨於填詞，不甚措意。予來白下，獲交今關天彭先生（壽麿），屢爲稱道其邦人竹田先生有填詞圖譜之作。比承以所藏田能村竹田全集見贈，則圖譜在焉。其《自序》云：“宋人以爲詞者詩之餘也。詩既爲文章中之一途，又以餘稱之，最戔戔者也哉。況於本邦固爲無用物耶。士人不敢專攻其業,殆束閣焉。然於古人中要之,有前中書親王《憶龜山》之詞。蓋王夙好文學,才藻典麗。罹時不淑,退隱西山,掩關却掃,因製此詞,寄調《憶江南》也。讀之辭致悽惋,世與《菟裘》諸賦并傳。當推以爲我邦開山祖也。有祖無傳,爾後絕響,一千年于兹。憲也稟性碌碌,躬遇泰運之日。進則無任官之能,退亦無耕野之業。拘拘乎雕蟲刻鵠之末,偸生於藝林菁華之際。往日養病竹田書屋,湯藥餘暇,輯諸圖譜,參訂斟酌,綜爲六卷。摘句選聲,娛樂遣日。人或嘲之,因自解曰,憲也稟性碌碌,爲斯戔戔者。原是本分内之事,復奚疑焉。若夫竊論其志,則嗣龜山之音,以代華封之頌。欲明文治之象,弘彙萬類,毫末無遺也。勿謂靡音麗語,以爲閒散逸豫,燕賓誇客之資矣。"於此可略窺其旨趣。竹田自爲詞,有《清麗集》、《秋聲館集》、《竹田布衣詞》各一卷,自署紅豆詞人,令慢皆備,固一大作家也。

荒雞警夢室雜綴(三)

頃從太疏樓獲觀宜興任豁庵先生所藏包慎伯世臣書《白真真女士蕪湖留仙亭題壁詞》。小真書極似《道因碑》,後有周止庵濟小字題記,亦精勁可喜,爰爲迻録如下。慎伯題署"嘉禾",下鈐"包十五"小印,知者亦殊鮮也。

題蕪湖留仙亭壁并序

吳中女士白真真著

嗟嗟阿真,秀育香徑。劫歷莽年,幼嗜弦歌。長通緗帙,州里稱豔。玉帛時營。然而筐實刲羊,字貞皤馬,不逢元禮,未許乘龍。必覘世忠,尚堪搤鼓。求賢良難,斯言信矣。遭家不造,所天早棄。葉落似水,身寄如萍。琵琶過司馬之舟,閨中不乏柳下。絲桐發求凰之操，文君翻作男兒。千里飄零，舉目悽斷。固越禮之是羞，尤同心之未接。有憾同于白蓮，無言殊乎穠李。能發皓齒，甘委朱顏，肝鬲之要，託諸短什云爾。

吳門楊柳不藏雅，看遍靈巖山裏花。却被紛紛游冶子，等閒認得碧油車。　閒情却訪虞山老，唯見七條泉綠澄。尺半鯉魚依淺藻，不知萃尾上誰罾。　金焦屹立如雙戶，不鎖長江萬里流。若得踢翻橫截住，便應灣作一湖秋。　莫愁湖上三間屋，分與中山置一枰。休怨金釵行十二，更誰早製阿侯絣。　不問蠙磯事有無，西風吹浪沒蒲菰。誰憐江上懸帆客，只爲無郎弔小姑。

嘉慶十年乙丑春正月二十日，嘉禾爲保緒書。

此在揚州時所書。是日同人小集湖上，余書晉卿《金陵述懷詩一百均》貽慎伯，慎伯以此爲報，嗣即由揚州入都。道中往往唫諷，感其悁趣，爲絕句十首仿之，不能似也。今年在蘇州，與璇衡爲天平之游，劇飲十日。偶從行笈中爲所見，輒欲得之。近人小真書絕少合作，余所見翰風、古香兩三輩而已。翰風之堅勁廉悍，古香之縈紆委備，俱自成一家。而慎伯尤力求頓挫跌宕。余從慎伯受筆訣，三年于今，間有得手之處，終以未能妥貼爲憾。此紙余所貴重，璇衡實知慎伯書，故肯以爲贈，因并爲作此跋。亦可知作書之難，以予之好慎伯書，且親受口訣，心慕手追，既尚且久，而相去若此也。嘉慶十一年四月二十一日，濟跋于泆溪之聽雨樓，即日將復之蘇州尋慎伯。

（載《同聲月刊》二卷十二號）

雲起軒詞鈔序附語

　　文芸閣先生詞，以光緒三十三年春二月，由其門下士南陵徐乃昌刊入《懷豳雜俎》，題曰《雲起軒詞鈔》。民國丙子，上海開明書店彙印《清百名家詞》，即據徐本重印。江寧王氏娛生軒，曾出其家藏先生手稿，攝影上石，於是世乃獲見芸閣先生詞之別本。亂後影印手稿本散落市間，徐刊本亦少流布，爰以客居之暇，取兩本細加參校，互有出入。雖並不能據以編年，而手稿勝處爲多。復得溧水王伯沆先生瀅手批徐刊本，評騭頗精審，足爲讀芸閣先生詞者之一助。遂據以寫定爲《重校集評雲起軒詞》，序次一依手稿本。其同時諸家酬和之作，並爲博采附刊焉。其爲手稿本所無，而見於徐刊或他人撰述者，則別次爲《補遺》一卷。又雜録近人論及雲起軒詞之語，彙爲《文芸閣先生詞話》，以便省覽云。壬午浴佛節後三日，萬載龍沐勛謹識。

（載《同聲月刊》二卷十二號）

竟無小品附記

《竟無小品》一卷，宜黃歐陽先生手稿。予於金陵兵燹後獲之，珍護有年矣。今年二月二十三日，先生示寂江津。予擬爲詩文以寫哀，皆不就，蓋由其所學之精微博大，與夫奮迅勇猛之精神，未易形容於萬一也。伏中稍暇，因將此册分類排比，手錄一通。友人陳柱尊先生，亦得其雜稿三册。其間書札，足爲他日研治近代佛教流通史之資料。爰并篋中舊存各稿，依類編入，別加按語，仍題曰《竟無小品》，以廣其傳云。予之獲識先生，約在民國二十年前後。每自滬入京，輒往內學院請益。當予南游嶺表，先生特備素筵相餞，并成七律二章贈行。（因置滬寓，不及編入此册。）臨別以國士相稱，所以期許之者特厚。予既鎩羽北還，先生亦經亂入蜀。四年前猶復時通問訊。迨予重來白下，則舊時講學之地，已化瓦礫之場。回首前游，萬端感愴。先生之絶業，自有傳人爲之發揚光大。嘗一滴而知大海味，則此《小品》倘亦爲海内學者所共關心歟？癸未盛夏，萬載後學龍沐勛謹識。

（載《同聲月刊》三卷五號）

張孟劬株昭集跋

　　右詩小樂府十三首，七絶二十九首，五律二十四首，七律二十八首，排律二首，都凡九十六首。中惟《無題》十五首，是感逝之作，其餘則大都豔情。或有所寓託之篇，今亦不復區別，分體編之。遯堪居士詩，初宗虞山二馮，繼學西崑。以專於詞，遂不復作。晚遭世屯，流離瑣尾，嘗自謂髣髴韓冬郎居南安時，始寫定此少作一卷。所謂古之傷心人別有懷抱，異時當有好之者。爰爲揭載本刊，以代雕版。廣平梅花之賦，忠簡黎渦之詩，讀者但賞其幽憶怨斷，可以澡雪性靈，不必與《疑雨》諸集，等量而交譏也。癸未夏日，沐勛附記。

（載《同聲月刊》三卷五號）

北遊瑣記二則

北遊瑣記(一)

予舉辦《同聲月刊》，相助最力者，一爲新建夏映庵丈，一爲德清俞階青先生。階翁爲《同聲》撰文，蓋由江陰夏閏庵丈之介，予故未曾一瞻丰采也。今夏北游，始獲謁翁於老君堂寓宅。所居殊僻左，疎疎庭院，棐几筠簾，蕭然有出塵之致。翁豐額廣顙，年七十有八。雖稍重聽，而娓娓清談，令人生温然如春之感。曾留共飯，有炖肉絶佳，蓋猶是春在堂中遺製，外間無此烹調法也。翁勤於撰述，所評選歷代詩詞，積稿盈尺，輒取以相示。有女弟子蔣慧，擅丹青，翁笑謂有出藍之譽云。哲嗣平伯先生，予亦因周知堂先生之介，獲與相識。豐額廣顙，一似乃翁，望而知爲曲園老人苗裔。其沈默寡言，別具一種風度。予私告知翁，北游所識當代賢豪，當以平伯狀貌爲特異云。

北遊瑣記(二)

俞階青先生所撰《樂静詞》，爲哲嗣平伯先生寫刊本，鐫刻絶精。既檢一册相貽，復出手寫續稿，屬爲題句。予攜之行篋，把玩不已。原有夏閏枝丈題二絶句云："鼓聲聲裏賦閑居。白紵紅牙樂有餘。移

贈試拈山谷語,身閒心苦一春鉏。　　課畫青衣有異才。秋窗幽思筆
端開。鄭家詩婢徒牙慧,那識烟雲供養來。"卷首有蔣慧女士畫《樂静
居填詞圖》,故末語及之,亦詞林一佳話也。

(載《同聲月刊》三卷七號)

芸閣先生書牘跋

右文道希先生遺札若干通，皆致于晦若先生者。承葉遐庵先生錄以見寄。爰分二卷，揭載本刊。書中所稱順德學士即李文田，樂初即長善，伯愚、及穎皆即志銳，仲魯、及陶皆即志鈞，張延秋即張鼎華，巽之即張孝謙，蘭臺即葉衍蘭，藹卿爲張樹聲之子。書中備見二公交誼，而關心世變，尤足使人興起。文字亦別具風格，非特足供留心晚清史料者之參稽而已。原鈔略有訛誤，無從校改，姑仍其舊，而附紀數語於此。癸未季秋，萬載後學龍沐勛謹識於金陵寓舍。

（載《同聲月刊》三卷七號）

忍 寒 零 拾

友人徐澐秋先生，頃以鄭叔問先生致其西席書數通，自吳門見寄。其一云："蘂舫仁兄先生侍史，昨竟日未辱惠臨，懸盼已極。想因雨阻。敝處僅一輿夫，未能敬迓，此心闕然。小兒正在求其放心之際，近作稍有可觀者。詳考察之，皆非己出。昨《論後生可畏》一篇，終日伏案弄筆，直無一句通順，不知其所學何事。實深灼焦。或此等虛題未易著手。此後仍乞以論人論事命題，俾免枯窘。並切求及時嚴課，令其多讀古文，熟誦四子書及史略諸要件。即函丈爲之改本，亦須飭其講習，明白於心。所用典語，必使之字字得其解，庶無囫圇吞没之弊。昔人所謂讀書不放一字過也。小兒既不善學，又不善問，以中人之資，懵然泛騖，何異求馬於唐肆也。曩之塾師，往往見好於學徒，不肯令其多改，一味潤色。或改本典故，皆非所素知。深文大意，轉致迷誤。無所取材，甚非語上語下之道。近屢諭小兒，日課原稿，務留置備覽。而始終忘卻，不知所謂。敢乞諄誨，令將課草全留，不得棄置。鄙人得有所考察，以覘進退。是所至禱，匆匆倚裝。敬頌道安。小弟焯白疏。十八日。"於此見老輩課子之嚴。叔問詞人，雖名士習氣甚重，而對此事卻不肯放鬆。讀此書，令人有淵明責子詩之感也。

（載《同聲月刊》三卷八號）

淮海集箋長編跋

疚齋先生,耆年篤學,撰述不倦。嘗謂兩宋江蘇人,詩以陳后山爲巨擘,詞以秦少游爲巨擘。故於撰成《後山詩箋》,付商務印書館刊行之後,復欲爲《淮海詞箋》,未果。頃承以《長編》見示,喜其採摭之富,有裨於研習秦詞者之參稽也。亟爲載入本刊,以見老輩致力學術之勤,與淮海之流風遺韻,歷時既久,猶彰彰在人耳目云。癸未季冬,龍沐勛謹識。

偶讀南海鄺露所著《赤雅》,其"烏蠻國"條云:"又十里爲海棠橋,有秦少游筆蹟。"因并錄於此。沐勛再識。

(載《同聲月刊》三卷九號)

薴鄉詩鈔跋

　　右《薴鄉詩鈔》一卷，錢唐張沚薴先生所著，余從其嗣君孟劬處録副者也。先生有《吳漚煙語詞》一卷，已刊行。其事蹟詳《兩浙詞人小傳》。詩格在漁洋、竹垞之間，而不墮嘉道以來性靈惡派。久官畿輔，晚年挂冠僑吳中，與王半塘、鄭叔問、朱古微諸先生以詞相唱和。生平於詩不自留稿，故身後所存者僅此。自項中原板蕩，故家遺籍，半委灰燼，及今不爲搜耇，恐將有玄陸俱沉之歎。爰爲商諸孟劬，先登本誌，以廣其傳。聞先生尚有駢體文數十篇，容異日訪得，再行次第刊布云。甲申秋日，萬載龍沐勛附識。

　　　　　　　　　　　　　　（載《同聲月刊》四卷一號）

張孟劬歷史五講跋

　　孟劬先生此文，乃去夏講稿，由及門張君記錄者也。適中法研究所主者見之，擬登載所創辦之《漢學雜誌》。排印甫畢，乃因手民關係，遲延半年，至今未能出版。今春沐勛北游，訪先生於大覺胡同寓齋，得見最後改本，語意較前稿更爲完善。竊以爲先生此文，乃天下之公言，非一家之私言也。其是其非，自當予天下人以共見。輒援章實齋《言公》之例，先行轉載本刊。異日《漢學雜誌》出版，前後兩稿，不妨並行於世。立言不爲一詩，識者諒之。甲申重九前十日，龍沐勛識。

（載《同聲月刊》四卷二號）

雙照樓詩詞未刊稿跋

　　汪先生《雙照樓詩詞稿》，前有曾仲鳴氏仿宋聚珍本，斷手於十九年六月，題曰《小休集》。其後續有所作，改題《掃葉集》，久未續刊。自予創辦《同聲月刊》，因從先生乞得未刊各稿，分期刊布。已而日本人黑田君，及上海中華日報社，並有排印本，《小休》、《掃葉》兩集俱備。澤存書庫主人陳人鶴君，復從先生乞取刪定本，壽諸梨棗，藉爲先生六十祝嘏之資，仍題曰《雙照樓詩詞稿》。予曾與校訂之役，世行諸本，蓋以此爲最善云。後此有作，時時手寫寄予，予爲載入《月刊》，然亦偶有未備。自先生下世，曹少巖、屈沛霖兩君，爲理董遺稿。予從假得錄副，以校澤存本，亦續有增改。因特補錄，并爲校記如上。容更商諸人鶴，爲謀續刊。其已載《同聲・今詩苑》諸篇，亦仍重錄，以免後先失次。嗚呼！先生往矣。每念數載以還，深宵昧旦，吟興偶發，輒飛箋相示，賞音契合，既感先生年來用心之苦，未嘗不躍然以喜，悄焉以悲也。青簡尚新，而其人已亡，孤燈恍然，如見顏色。而國家興亡之痛，從容文酒之歡，夢影前塵，直同天上矣。乙酉季春，龍沐勛謹記。

（載《同聲月刊》四卷三號）

海日樓遺札跋

　　右沈乙庵先生寄謝復園遺札一卷，松生從兄從謝君哲嗣伯衡迻錄，擬輯入《海日碎金》者。適上虞羅奉高君，亦從旅順傳寫一本見寄。參校小有出入，因彙存之。復園名鳳孫，字石卿，湖北漢川人。曾列乙庵先生門下，誠樸爲先生所喜。故書中獎誘之意特多云。乙酉春，龍沐勛謹識。

（載《同聲月刊》四卷三號）

海日樓日記跋

　　右日記殘稿二葉，書於《讀藏經筆記》之前，爲先生官京朝時作，當屬光緒季年也。當日京朝士大夫，飲宴無虛日，亦足見一時風氣，與夫聯誼之雅，物值之廉。以今日視之，真有此曲祇應天上之感矣。録畢悵然。乙酉初夏，龍沐勛附識於金陵寓宅。

（載《同聲月刊》四卷三號）

海日樓詩注序跋

　　按孟劬先生此序，初稿已載《學海月刊》。予於客臘北遊，先生手出定稿見示，頗復自負，又悽然謂精力已盡，殆不復能從事於載筆矣。執別依依，以身後遺文爲託。孰料余南歸未旬日，遽傳先生於人日下世，儒林文苑，遂閟靈光，傷已。先生在時，於本刊贊助最力，屬望最殷，屢勸不可中斷。今幸復刊，而先生已不及見。爰將先生絕筆，重載於此，亦聊表哀慟之私云爾。乙酉春盡日，龍沐勛謹識。

（載《同聲月刊》四卷三號）

忍寒漫録 四十二則

忍 寒 漫 録 （一）

往年予居滬上，舉辦《詞學季刊》，頗主蘇辛，謬欲以壯音轉移風氣。老友大厂居士，方持嚴律之説，於四聲陰陽虛實，一一篤守，以爲必如此，乃得與填詞之"填"字，名實相符也。是時胡展堂先生，方臥病香港，與予及大厂以詩歌相酬答，藉遣煩憂。胡先生以予二人交誼極深，而論詞相左，終乃以調人自處，爲詩兩解之。今胡先生下世數年，而大厂窮愁客寄，音書阻絶，歲寒濡呴，悵憶前游，不禁感喟交集矣。偶檢《不匱室詩鈔》，轉録有關於詞學之作如次：

《讀榆生教授論學詞文，九疊至韻寄之》云："藝事非苟然，矩矱有必至。治詞嚴四聲，如詩争半字。抑亦傷心人，甘自縛才思。式穀念後生，時復祝我類。奄奄二百年，蘇辛幾擯棄。詞派闢西江，感深興廢事。照天騰淵才，奔走呼號意。樂苑耿傳鐙，豈奪常州幟。邁往足救亡，斯言可終味。"

忍 寒 漫 録 （二）

《不匱室詩鈔》，又有《十疊至韻，續寄榆生教授》云："我不能倚聲，感興亦嘗至。去家三萬里，懷人一百字。歸示嶺南客，謂有東坡思。内慙竭吭吻，敢望齊品類。冒易三折肱，黽索使勿棄。漸於此道嫺，當識甘苦事。君爲多士言，慷慨非常意。依然託體尊，不廢異軍幟。高調取自娛，何如有同味？”

又《榆生以答大厂作見示，二十八疊至韻，率呈兩君》云：“大辯在無言，有言皆篤至。同住海之涯，衷石復衷字。一心儀廣樂，萬態約微思。但患遠於人，不患出其類。居士固嘗云，泛愛無所棄。賢哉朱彊翁，何止藏山事。託體有必尊，救時亦深意。我如聾者歌，敢樹調人幟。冷暖祇自知，一滴大海味。”

時予與展堂先生，尚未謀面，而聲氣之相投如此。救時私願，何日稍酬？區區文字之微，亦聊盡我心而已！

忍寒漫録（三）

張孟劬先生於研經紬史之暇，餘力爲詩詞，別具風標，婉麗獨絶。十數年來，每有所作，輒以見寄。予既爲寫定《遯盦樂府》，頃正付刊。又擬編次所爲詩，別繕清本，藏諸篋笥。偶於舊肆，得民國初年蔣箸超君所輯之《民權素》雜誌，有先生所爲七律三首，詞十數首，皆未經見之作，想先生亦不復省憶及之矣。特爲轉録三詩如下：

《春感》：“眼昏四海仍兵氣，心似孤雲爲底忙？越客高吟動寥泬，吳天遠色亟青蒼。看花已恨春無主，止酒寧聞醉有鄉。如此滄江堅一臥，何須季主卜行藏。”

《歲闌口占二首》云：“一爐團坐各搘頤，天遣勞人慰所思。豈有蛾眉畏謡诼，絶憐鶴骨太清奇。腸澆苦茗愁堪滌，夢憶寒梅俗可醫。手拓軒窗聊一笑，殘年飽飯欲何爲。”“十日曾無一事成，愁聽臘鼓鬧年聲。宦情似繭重重縛，客味如醪細細傾。欲把大醇還宇宙，敢忘小忍就功名。諸公莫訝狂奴態，坐擁殘書亂一檠。”

忍寒漫録（四）

　　亂後偶於金陵小肆，以法幣三圓，買得休寧程孟陽（嘉燧）摹王叔明山水小幅，愛其氣韻渾厚，因亟求孟陽《松圓居士集》，以一讀爲快。託人訪諸燕市滬濱，久無消息。最後始由友人曹靖陶君，爲覓得鄧氏風雨樓重印本《松圓浪淘集》十八卷，《偈庵集》二卷。予最愛其題畫絕句，欵爲淒涼怨慕，得未曾有。漫録數首如下：

　　《題畫（題帕二絕）》云：“清溪百疊遠含風，樵路漁源望欲通。一段鄉愁何處著，傷春無味夕陽中。”“客路無媒類轉蓬，人間薄命是丹楓。胭脂縱似桃花色，難挽春光二月紅。”（自注：比玉畫“霜葉紅于二月花”，索詩與伎。）

　　《憶金陵雜題畫扇》云：“最憶西風長板橋，笛床禪閣雨瀟瀟。只今畫裏猶知處，一抹寒烟似六朝。”

　　《許儆韋白下寄丙午所畫〈秦淮秋雨〉索題》云：“六年光景未題詩，畫得如塵似夢時。斷雨濕雲休細看，看來容易鬢成絲。”

忍寒漫録（五）

　　往年讀上元宗原翰《水雲樓詞續跋》，有“婉君亦以死殉鹿潭；瀕死，向陳百生再拜乞佳傳”之語，因徧求陳傳不可得。頃偶於冷攤見陳百生《遺集》四卷，亟購歸讀之。泰興朱銘盤爲撰序及墓表，略稱：“廬江吳武壯公，嘉君之文，以賵賻之貲，命予爲刊布之。君家在東臺，去吾縣幾二百里，家又無張户之子，久不相通問，獨其詩日陳於予前，時時得諷誦之。”此《遺集》四卷，爲著易堂仿聚珍版印，僅有其詩，所爲婉君傳，殆不可復見矣。百生名寶，東臺人，同治辛未進士，授翰林院檢討，以光緒四年八月十七日，卒於京師館舍，年四十有二。予以鹿潭故,求百生文不得,乃得讀其詩,亦在沈埋幽翳中,然則百生翻藉鹿潭以傳矣。集中有《哭蔣鹿潭》詩四首,亟爲録出,以供讀蔣詞者之參稽焉。

《哭蔣鹿潭》:"拾橡逢狙怒,乘軒爲鶴謀。一身成長物,無處著扁舟。湖海幾人識,水雲餘此樓。冷楓江上淚,多事又千秋。""瀰迤津亭暮,筌簽最可哀。青山吳市錥,白酒未陽杯。斷送嗟何計,牢愁政爲才。衆人方笑汝,魂在莫歸來。""切切琵琶語,勞勞燕子家。三生空夢裏,半照忽天涯。螺黛貧先減,鶅裘冷更賖。小紅原未嫁,何處馬朘花。""江寒雨雪多,獨夜鬢須皤。別路疑吳楚,悲心雜嘯歌。宦餘差結客,情至倦驅魔。何日要離冢,呼君出女蘿。"

忍寒漫録(六)

頃於吳下,得桐西漫士編《聽雨閒談》稿本,有記日本詩人竹添漸卿一則,所舉諸詩,並饒情韻。不知其人仍健在否?思求其全集讀之。特將《閒談》所紀,轉録如次:

日本詩人竹添漸卿,工詩古文詞。光緒丙子,挾貲游隴蜀,著有《棧雲峽雨日記》。年近三旬左右,好學不倦,洵東國之傑出也。《泊鄧家沱》詩云:"久爲巴蜀客,又向楚天過。村古蛟聲集,江開日色多。淫祠仍故俗,夜舫自蠻歌。搔盡星星鬢,羈愁奈汝何。"《潯陽》云:"淪落天涯白髮生,荻花楓葉又秋聲。琵琶聽徧江南北,纔到潯陽便有情。"《白家店雨夜》云:"石氣蒸作雲,吹送千峯雨。客子倦不歡,冷火掩蓬户。夜黑林有風,惡夢忽逢虎。"斷句如"一澗白雲人影淡,千林緑雨客衣涼","衣帶棧雲疑有雨,日蒸峽樹欲生烟","輕燕受風忙似客,垂楊委地懶於春",皆清雋可誦。

忍寒漫録（七）

　　武進沈生，以其先德子佩（昌宇）先生所著《泥雪堂詩詞鈔》見贈。其詞有《惋秋》、《草間》、《過江》、《錦瑟》、《轉蓬》等五集，各自爲卷，共得一百十三首。仁和譚復堂（獻）先生，曾選入《篋中詞續》，又爲點定全集，附以短跋云：“子佩已矣！才高失職，佗傺不平，身世之故，託於倚聲，皆商音也。”清代常州詞派，自茗柯出而大啓門庭，作者輩出。子佩先生承其鄉先哲之餘緒，又值咸豐兵事，故多激昂慷慨之音。所謂“流別甚正，家數頗大”者也。爰録二首如下：

　　《醉太平·紫琅晚眺》云：“平沙遠洲，斜陽小樓。微茫一葉輕舟，到長江盡頭。　　鄉關早秋，江山暮愁。繁華轉瞬都休，只寒潮自流。”

　　《水調歌頭·自題燈昏酒醒圖四首》之一云：“却坐黯無語，殘照閃虛幃。美人遺我長劍，云可斷相思。我試低頭拂拭，淬水蓮花灩灩，手滑不能持。恐作不平嘯，誤我少年時。　　遊仙夢，迷弱水，路逶迤。千秋萬歲魂魄，相見杳無期。纔聽杜鵑啼血，又見慈烏頭白，宛轉喚歸棲。君看酒襟上，都化淚痕滋。”

忍寒漫録（八）

　　溫飛卿以“金荃”、“握蘭”，名其詞集，取其香而弱也。在歌詞盛行之世，金尊檀板，取便珠喉，抽祕騁妍，固宜香弱。然思不越乎閨房之内，語不離乎兒女之情，陳陳相因，亦復令人生厭。況詞樂久亡之後，詞已變爲長短不葺之新詩體，不有沈雄邁往之氣，瑰偉奇麗之辭，亦何足以開拓萬古之心胸，推倒一世之豪傑乎？元遺山稱東坡詞有因病以爲妍者，豈與夫縛於聲律，窘若囚拘者，所可同年而語也？

　　頃讀趙氏惜陰堂新刊《道援堂詞》,明遺民番禺屈翁山先生(大均)撰。中多邊塞之作,闢前賢未有之境。蓋先生自明亡後,嘗歷游秦隴,觀山河之勝,慨然有興復之志,與顧亭林氏如出一轍,故其磊落悲涼之概,一發於詩詞,迥異凡響也。茲特迻録數首,與同好共賞之。

　　《長亭怨·與李天生冬夜宿雁門關作》:"記燒燭雁門高處,積雪封城,凍雲迷路。添盡香煤,紫貂相擁夜深語。苦寒如許!難和爾,淒涼句。一片望鄉愁,飲不醉鑪頭駝乳。　　無處問長城舊主,但見武靈遺墓。沙飛似箭,亂穿向草中狐兔。那能使口北關南,更重作并州門戶。且莫弔沙場,收拾秦弓歸去。"

忍寒漫録(九)

　　屈翁山《道援堂詞》,又有《意難忘·自宣府將出塞作》云:"山轉雲中。問花園上下,蕭后遺宮。鴛鴦雙灤在,木葉四樓空。洋河雪,紇干風,愁不度居庸。恨一春戰雲慘淡,直接遼東。　　揮鞭且莫恩恩。愛笳吹兜勒,邊女唇紅。駝鞍眠正穩,馬乳飲還濃。休出口,奮雕弓,更奪取胡驄。料數奇,徒然猿臂,白首難封。"

　　《滿江紅·陰山道中》云:"只赤陰山,黃水外,龍堆相接。最愁見,邊雲羣起,牛羊無別。白草已將青草變,平城並與長城没。倩蘆笳吹出漢宮春,梅休折。　　天斷處,沙如雪。天連處,沙如月。總茫茫冰凍,未秋寒徹。柳未成條風已斷,鶯將作語春頻歇。勸行人莫殢紫游韁,教華髮。"

　　《八聲甘州·榆林鎮弔諸忠烈》云:"大黃河萬里卷沙來,沙高與城平。教紅城明月,白城積雪,兩不分明。恨絶當年搜套,大舉事無成。長把秦時塞,付與笳聲。　　最好榆林雄鎮,似駱駝橫臥,人馬皆驚。更家家飛將,生長有威名。爲黃巾、全膏原野,與玉顔、三萬血花腥。忠魂在,願君爲屬,莫逐流螢。"(自注:榆林鎮,流寇號爲駱駝城,馬見而畏。)

右録各詞,皆噴薄而出,讀之使人神王。

忍寒漫録(十)

永福黄任,字莘田。予弱冠任教廈門,嘗從閩縣陳石遺先生(衍)問詩學。先生於清人絶句,最喜稱道樊榭"萬頃吴波摇積翠,春寒來似越兵來",及莘田所作《春日雜思》:"百折紅闌不見人,小池風皺緑鱗鱗。夕陽大是無情物,又送牆東一日春。""橘花和露落青苔,鏡檻無風暗自開。涼月不知人已散,殷勤猶下畫簾來。"屢於廣坐誦之,謂堪師法也。迄今二十年,始獲讀莘田《秋江集》。集爲乾隆刊本,有許廷鑅、陳兆崙、桑調元三序。陳序稱"莘田以康熙壬午舉於鄉,屢擯禮部。中間流寓姑蘇,頗事聲色,不自顧藉,大病而歸。踰年宰粤東四會,兼攝高要。高要故領端溪三洞,而莘田有硯癖,喜過其望。又長於吏幹,爲上官所器。高要本劇邑,迎刃以解,四會恢恢耳。風葉雅措,聲聞日隆,遂有忌之者讒於當軸,以嬾嫚不親政罷去。莘田既廢,而嗜硯益篤。家居構精舍,榜曰'十研軒',招三數密友,歌嘯其中。然終以負冤謗未究施設爲恨,故多託於美人香草,繚戾抑塞之音。抑或禪榻茶煙,撫今懷昔,往復折挫,情辭哀到而韻彌長"云云。全書六卷,古體少而近體多,尤以絶句爲最擅勝場。低徊掩抑,一唱三歎,如《楊花》云:"行人莫折柳青青,看取楊花可暫停。到底不知離別苦,將身還去作浮萍。"又《三月十六夜作》云:"傳語吴棉半臂添,楝花風到晚來尖。如何香霧濛濛湮,愛忍春寒不下簾",皆悽婉可誦。

忍寒漫録(十一)

南海潘若海先生(之博),雅善倚聲,夙爲彊邨先生所推許。梁令嫻女士，曾採其詞十餘闋入《藝蘅館詞選》。彊翁復爲删定遺稿，與順德麥孺博先生（孟華）所作合刊爲《粵兩生集》。二氏詞並多激昂慷慨之音，信不愧爲抑塞磊落之奇才也。頃承張孟劬先生檢寄潘氏遺詞二闋，特爲迻録於此。惜案頭無《粵兩生集》，不省曾否收入集中耳。

《西河·壬子八月遊頤和園作》："深静地，宸遊當日曾記。逶迤御宿比昆明，翠華慣蒞。瑤池王母望依稀，仙山樓閣飛峙。　閬風夢，易吹墜。斜陽暗換人世。波漂菰米黑沈雲，半池膡水。牙檣錦纜幾飄零，白鷗時自驚起。　偶來眺賞不自意。怯高寒危闌愁倚。漠漠黍禾無際。感興亡漫洒西風殘淚。如見銅駝荆棘（作平）裏。"

《霜葉飛·宿開平鎮署和清真韻》："接天衰草。荒山戍、夕烽光照林表。戰雲羣馬猛嘶風，動四城悽悄。漸獵獵旌旗蕩曉。譙樓低挂寒星小。便縱不聞雞，也起舞須臾，尚喜燭影留照。　因笑皂帽青衫，江南倦客，此間何事來到。白頭幕府厭趨迎，感杜陵懷抱。況戰伐乾坤未了。邊笳猶作凄涼調。看夜徂干戈裏，萬事低迷，恨添多少。"

忍寒漫録（十二）

客居無俚，稍稍留心於清人詞集。所得約近百種，大抵皆中葉以後小名家也。偶感於彊邨先生"枉抛心力作詞人"之句，已覺悔遲。而又惜此劫灰鼠蠹之餘，並爲作者畢生心血所寄，相憐同病，奚忍令其湮没無傳。而或者索值稍高，未能悉得，則姑從坊間假閲，略記其卷帙内容，而舉原本還之。他日將彙編爲《清詞經眼録》，俾喜談近代詞學者有所採焉。

《淮海秋笳集》一卷，咸豐庚申冬遲雲山館刊本。前有甘泉李肇增序。凡選録十二家：儀徵張安保石樵《晚翠軒詞》七首，甘泉范凌

105

霊膏庵《冷灰詞》二首,儀徵吳熙載讓之《匏瓜室詞》五首,儀徵汪鋆硯山《梅邊吹笛詞》二十首,甘泉李肇增冰渠《冰持庵詞》一首,甘泉王葵小汀《受辛詞》二十首,儀徵張丙炎午橋《冰甌館詞》四首,樂平黃涇祥琴川《荳蔻詞》五首,江都郭夔堯卿《印山堂詞》六首,江都馬汝楫濟川《雲笙詞》十首,甘泉黃錫禧子鴻《棲雲山館詞》二十二首,蓋平姚正鏞仲海《江上維舟詞》二十二首。又附刻通州白桐生《書亭詞》二首,類皆朋游唱酬之作,亦足覘彼時淮海詞風云。

《琴隱樓詞集》四卷,別題《畫梅樓倚聲》,武進湯貽汾雨生撰,光緒初曹愷堂重刻《琴隱園詩集》附刊本。貽汾風流文采,大節凜然,事詳清史本傳,及《國朝常州詞錄》。與同邑董士錫善,嘗共論詞,亦常州詞人中之健者。其集初經曹氏授梓,旋成煨燼,今傳世者率爲重刊本也。

忍寒漫録(十三)

《聚紅榭雅集詞》二卷,咸豐丙辰閩刊本。前有黃宗彝序,及謝章鋌小引。悉爲社課之作,限題不限調。卷一題爲"海棠"、"春雨"、"春月作弔柳會"、"春夜聞笛"、"葬花"、"春柳"、"范蠡泛西施"、"春夢"、"垓下"、"春燕"、"紅豆"、"殘棋"、"鐵佛"。卷二題爲"柳青女史圖"、"櫛髮"、"過小西湖"、"蠹魚"、"登烏石山"、"《琵琶記》題後"、"禿筆"、"鸚鵡洲弔禰正平"、"瓶花"、"團扇"、"書燈"、"驅蚊"、"荷露"、"曇花"、"射虎"、"詞債"、"燈花"、"七夕"、"秋蘭"、"秋雨"。作者有錢塘高思齊文樵,長樂謝章鋌枚如,侯官宋謙已舟,劉三才壽之,閩縣劉勸贊軒等五人。除章鋌負盛名,有《賭碁山莊詞話》等行世外,餘皆不甚爲世所知者也。黃序略稱:"純鼻之音,惟吾閩尚存,乃千古一綫元音之僅存於偏隅者。漳泉人度曲,純行鼻音,則尤得音韻之元矣,夫豈崑山弋陽所可及哉,豈可以南蠻鴃舌外之哉。且江韻中字,古多與東

冬同用。其偏旁从工,空春童農丰夐恩從宗龍等字,皆東冬部。設文
以之取聲,閩音得之。四方人讀江如姜,遂合爲江陽韻,乃俗音,非古
音也。先仙韻中字,如天田等字,半入真部。尤侯幽韻中字,如劉流
留樓投頭矛浮猴等字,半入肴部。此皆閩音之有合於古者也。兒字
古近日平聲,吾閩獨存,四方將笑爲里語者矣。大字古近代字音,吾
閩獨存,四方將誚爲土諺者矣。至重脣音之轉爲輕脣,舌頭音之轉爲
穿齒,吾閩依然三代之前之本音也。"此可爲研究古音及方音之參考,
特節存之。

忍寒漫録(十四)

《香草詞》一卷,南通周曾錦晉琦撰,民國十年排印周晉琦遺著
本。晉琦少孤,既以優行試京兆不第,愈恣意詩詞,與里中諸子結
大鏞詩社,以酬唱爲樂。又工弈,精篆刻,卒年三十八。詞雖頗傷
率易,未足名家,而天趣盎然,亦才人之筆也。《如夢令·送綏伯回
揚》云:"試問玉堂金馬。何似竹籬茅舍。送子上雕鞍,我亦布帆將
挂。歸也歸也。相見水邊林下。"《七娘子》云:"扁舟蕩入西湖裏。
隻身來訪孤山寺。不見梅花,杳無仙鶴,孤山此際真孤矣。忽然雨
作東風起。冥濛一片天連水。處士墳邊,小青墓下,恩恩展罷無留
意。"可見其詞格之一斑。曾錦又有《臥廬詞話》一卷,其論魏伯子
(際瑞)詞云:"伯子本不以詞名家,其詞不衫不履,然頗有俊快之
筆。《蝶戀花》云:'妾本城南楊淑女。小字留姑,自小南門住。門
對桃花三四樹,春風日日花叢駐。那日門前曾一遇。郎自多情,
特地回頭覷。妾本無情仍未許,等閒花裏窺郎去。'又'獨立蒼苔
東望久。明月黄昏,恰上西園柳。幾陣宮鴉歸去後,碧天雲樹空
搔首。漫說破愁須是酒。影落深杯,越看成清瘦。淚迸銀盤如散
豆,翠微峯上人知否。'又'年少風流人第六。小扇新詞,字字蠅頭

綠。扇手一時同似玉,玉人何必何平叔。我欲爲君歌一曲。我唱
君酬,歌斷心相續。但願無情無眷屬,無愁無恨無孤獨。'"曾錦謂
小時誦之,至今不忘,亦足徵其蘄嚮之所在矣。

忍寒漫錄(十五)

予前草《論常州詞派》一文,於常州作者之得失利病,妄有論
列。旋讀《復堂類稿》,喜其先獲我心,特爲摘録日記二條,以補拙
稿之未備。其一則云:"閱王氏《詞綜》四十八卷,二集八卷。王侍
郎(昶)去取之旨,本之朱錫鬯,而鮮妍修飾,徒拾南渡之瀋,以石
帚、玉田爲極軌。不獨珠玉、六一、淮海、清真皆成絶響,即中仙、
夢窗深處,全未窺見。予欲撰《篋中詞》,以衍張茗柯、周介存之
學。今始事王選,所掇者百一而已。"又一則云:"閱黃爕清韻珊
《詞綜續編》。填詞至嘉慶,俳諧之病已净,即蔓衍闒緩貌似南宋
之習,明者亦漸知其非。常州派興,雖不無皮傅,而比興漸盛。故
以浙派洗明代淫曼之陋,而流爲江湖。以常派挽朱厲吳郭(頻伽
流寓)侂染餂飣之失,而流爲學究。近時頗有人講南唐北宋,清
真、夢窗、中仙之緒既昌,玉田、石帚,漸爲已陳之芻狗。周介存有
'從有寄託入,以無寄託出'之論,然後體益尊,學益大。近世經師
惠定宇、江艮庭、段懋堂、焦里堂、宋于庭、張皋文、龔定庵多工小
詞,其理可悟。"吾前以復堂所輯《篋中詞》,實受常州影響,觀此
足證吾言之尚非大謬矣。

忍寒漫錄(十六)

英夷盤據香港,瞬及百年。自鴉片戰争,此彈丸荒島,經我國割
讓,遂爲英夷侵略遠東之根據地。傾全國之膏髓,填他人之慾壑。彼

所謂高等華人，竄伏其間，受其穿鼻，死而無悔者，真不解是何心肝
也。今者形勢轉移，回思舊事，猶有餘痛。偶閱閩縣郭蟄雲先生《清
詞玉屑》，有關於鴉片戰役之詞料，因亟錄出，以供留心世運者之考覽
云。《清詞玉屑》卷四："海氛肇自焚煙一舉。林文忠以江督奉使涖粤
督其事，與粤督鄧嶰筠有笙磬之契。嶰筠賦《高陽臺》云：'鴉度冥冥，
花飛片片，春城何處輕煙。膏膩銅盤，枉猜繡榻閒眠。九微夜熱星星
火，誤瑤窗多少華年。更那堪一道銀潢，長貸天錢。　星楂恰到牽
牛渚，歎十三樓上，暝色淒然。望斷紅牆，青鸞消息誰邊。珊瑚網結
千絲密，乍收來萬斛珠圓。指滄波細雨歸帆，明月空舷'，即述搜檢鴉
片事。文忠和云：'玉粟收餘，金絲種後，蕃航別有蠻煙。雙管橫陳，
何人對擁無眠。不知呼吸成何味，愛挑燈夜永如年。最堪憐，是一丸
泥，損萬緡錢。　春雷歘破零丁峽，笑蜃樓氣盡，無復灰然。沙角
臺高，亂帆收向天邊。浮槎漫許陪霓節，看澄波似鏡長圓。更應傳，
絕島重洋，取次回舷。'二詞俱盛傳於世。又因防海，於中秋夕同登沙
角礮臺絕頂瞭樓，月輪湧上，海天一色，以《月華清》詞相唱和，嶰筠詞
有云：'卻料通明殿裏，怕下界雲迷，蜃樓成市。訴與瑤閶，今夕月華
煙細。'文忠詞亦云：'向煙樓撞破何時，怪鐙影照他無睡。'固不離本
恉。相傳文忠募善泅者，鑿破敵艦，敵頗憚之。因有詔留文忠督粤，
而移嶰筠督兩江。嶰筠上元人，建節鄉里，尤推異數。於道光庚子元
旦受代，賦《換巢鸞鳳》云：'梅嶺煙宵。正南枝意懶，北蕊香饒。甚因
催燕睇，底事趁鴻遙。頭番消息恰春朝。蓼汀杏梁，青雲換巢。離亭
柳，漫縮綫繫人蘭橈。　思悄。波渺渺。簫鼓月明，何處長安道。
洗手薑姑，畫眉詢壻，三日情懷應惱。新婦無端置車帷，故山還許尋
芳草。珠瀛清，者襟期兩地都曉。'文忠亦和之，迨抵金陵，寄文忠《酷
相思》句云：'眼下病，心頭事。怕愁重和春擔不起。儂去也心應碎。
君住也心應碎'，尤見藎臣肺抱。二公忠誠體國，而其詞皆雍容閑雅，
世以韓范擬之。"

忍寒漫録（十七）

《清詞玉屑》卷四，又紀林、鄧二公在戍所以詞相唱和云："朝廷用時相穆鶴舫議，以琦相督粵主和，而二公俱譴戍。嶰筠有伊江新月《百字令》詞，頗傷遲暮云：'戍樓西眺，乍纖纖光逗，邊庭新月。曾是烏孫盤馬地，笳管而今吹裂。草尚藏鉤，冰將碎玉，冷照弓刀雪。如環纔好，那禁窺户如玦。　　搔首欲問嬋娥，還應知我，白了盈簪髮。縱不傷春春也瘦，休負枚生七發。雲擁參旗，風催疊鼓，夜向南山獵。歸來欹枕，夢回天上宫闕。'又與文忠綏定城看花，同賦《金縷曲》，嶰筠句云：'雁柱華年真一夢，問嗁鵑可解離人意。春漸老，勸歸未。'文忠則云：'怨緑愁紅成底事，任花開花謝皆天意。休問訊，春歸未'，襟抱固稍不同。蓋嶰筠長於文忠者十年，當戍邊時，已逾周甲，後竟先文忠賜環。九日入嘉峪關，有'説與歡腸，者回客況是歸去'之句。嶰筠七十，文忠亦六十，有寄壽少穆《壽星明》四闋，次闋後半云：'賈生才調無倫。聽交口同聲徧搢紳。笑吾先衰也，安能爲役，公真健者，迥不猶人。百斛扛餘，千鈞繫處，宣室還聞念逐臣。曾造膝，謂公才勝我，天語如春。'注謂'去冬引對養心殿，蒙諭：朕看林某才具，似勝於汝。具徵先皇睿識。'又末闋述墾荒事云：'萬里邊城，地幹遥通，萊蕪未開。恰我聞有命，勸農隴右，公行復起，闢地輪臺。雁户操豚，鱗塍買犢，搜粟摸金莫浪猜。真成笑，笑屯田籌海，一例相陪。曼胡纓短風吹，定策馬龍沙幾日回。念花門種别，休教咨怨，葑陂利溥，盡盼招徠。將受厥明，曰嘉乃績，異域銘功羡此才。承丹詔，向酒泉西望，定遠歸來。'文忠督墾，周歷邊城者累載。迄奏績，歲省濟邊費甚巨。邊帥入告，盡歸其功於文忠。乃以京卿内召，其不蔽賢，亦有足多者。"

忍寒漫録(十八)

自《孽海花》説部,豔稱賽金花事,近人尤喜言之。《清詞玉屑》引晚清諸家詩詞,似較他説爲可徵信,爰特録之如次。

瓦酉踞西苑,適儀鸞殿災,盪腥氛,劖瑕迹,若有神主之。劉忍盦《河瀆神》云:"東望海塵飛。青山千騎來時,霧花零落彩鸞啼。紅牆十里烟迷。八琅靈曲宮商換。沈醉瑤池宵宴。開徧宮牙小蒨。芙蓉城畔誰見。"疑即紀瓦酉事。蓋北里有賽娘者,曾從某學士使西瀛,因與瓦酉舊識。油碧重迎,流黃雙縎,時憑鸞舌,以戢鯨牙。半塘《畫堂春》云:"清歌都作斷腸聲。西園斜月朧明。海棠濃睡近三更。誰喚春醒。自是楊花輕薄,等閒易逐浮萍。墜歡如夢隔銀屏。慵似心情。"當亦指此。後聞瓦酉以此擯譴,賽復流轉章臺。林畏廬於酒間見之,傷其憔悴,爲填《子夜歌》一解云:"悄花陰玉人半面。抑抑似聞微歎。溯前事鸞宮,春圍夢裏,柳風吹散。臨鏡黛蛾,勝衣釵客,未解年光換。甚天家全缺,金甌抛下,趨臺黯碧,燕慵鶯懶。 舊游處珠樓錦榭,望裏已堪悽惋。倦枕追歡,芳園罷酒,都覺傷心慣。儘移紅換紫,春痕銷盡啼眼。年少風流,擔愁禁恨,爭比楊花健。想歸休人静鐙昏,怎生排遣。"前數年聞人言,賽娘適人復寡,留滯故都,時爲人述所歷事。貧甚,至以米袋爲簾,蓋幾於李師師之掬飲檐溜矣。樊山《彩雲曲》結句云"彩雲易散琉璃脆,此是香山悟道詩",爲之三歎。

忍寒漫録(十九)

朱彊邨先生詞,言外多有事在。先生晚年寓滬,予嘗叩以各詞所指。僅約略告知若干則,嘗就所聞,爲文載於《詞學季刊》,意欲備他日爲《彊邨語業》作箋之用。人事牽率,迄無所成,殊可愧也。向閱郭氏《清詞玉屑》，有紀及《庚子秋詞》本事者，因并録之。

《庚子秋詞》，惟漚尹（彊邨別號）弔山陰王輔臣郎中《鳳銜杯》詞，序其事特詳，其詞云："幹難河北陣雲寒。咽西風鄰笛淒然。説著舊恩新怨總無端。誰與問，九重泉。　悲顧影，悔投箋。斷魂招、哀迸朱絃。料得有人，收骨夜江邊。鸚鵡賦誰憐。"蓋輔臣客吉林將軍幕，將軍欲募拳仇外，輔臣力諫，不納，遂行。或言去將不利於將軍，乃追回而殺之。先是輔臣嘗濟其困，故有"舊恩新怨"語，余已録於《詩乘》。其他諸作，皆隱約其詞，惜無箋釋之者，然大旨尋繹可見。如漚尹《夜游宮》云："門掩黃昏細雨。乍傳出當筵金縷。休唱江南斷腸句。小銀箏，十三絃，新換柱。　花外殘蛩絮。暗咽斷碧紗烟語。愁結行雲夢中路。起挑鐙，疊紅箋，封淚與。"言政府易人，留京臣僚，合詞請懲凶議款也。半塘《鷓鴣天》云："無計銷愁獨醉眠。倦看星斗鳳城邊。舊時勝賞迷游鹿，入夜秋聲雜斷猿。　空暗澹，漫留連。眼中不分此山川。何堪歌酒東華路，淚盡西風理怨絃。"謂聯軍盤據禁苑，叫囂廛陌也。又《謁金門》云："霜信驟。消得驚秋人瘦。昨日紅蓮今日藕。斷腸君信否。　人世悲歡原偶。休怨雨雲翻覆。寶玦珊瑚珍重取。五陵佳氣有。"哀首禍親貴也。《三字令》云："春去遠，雁來遲。恨參差。金屋冷，綠塵飛。玉關遙，羌笛怨，盡情吹。　從別後，數歸期。幾然疑。紅爐暗，玉繩低。枕邊書，襟上淚，斷腸時。"謂京僚疏請回鑾，而訂期屢展也。餘作皆有所指，略舉其大端而已。

忍寒漫録（二十）

吾鄉文道希先生（廷式），爲陳蘭甫先生（澧）高第弟子。光緒庚寅成進士，以一甲第二授編修，旋擢侍讀學士。感激帝知，屢上封事，太后憎之，削職南歸。戊戌政變，慮禍及，走日本，與彼邦詩人游處，甚見推挹。內藤湖南博士所著《意園懷舊録》，屢稱道之。頃閱番禺葉氏輯印《文道希先生遺詩》,所存與彼邦人士唱酬之作,如《日本古城貞吉,字坦堂。相遇滬上,贈予以所撰〈支那文學史〉,索詩,別後卻寄》云:"滄海橫流寄此身,頭銜私喜署天民。豈知零落栖遲地,忽遇嶔崎磊砢人。定論文章千古在,放懷世界一花新。停雲自此長相憶,何處桃源欲問秦。"又《和禾原君韻》云:"同洲贈縞話新歡,醉聽清歌七返丹。鐵鑄六州成錯久,鋼經百鍊化柔難。冲霄龍劍光仍燦,照座鶯花夜未殘。翦燭欲論興廢事,天河不動感微瀾。""春風吹暖白蘋江,嘉客來遊泛海艖。叔度風裁容我接,元龍豪氣爲君降。篋中劍術千人敵,鏡裏花光一笑雙。酒半更添詩思綺,夜珠如月勝蘭缸。"又《贈内藤湖南》云:"七國三邊正糾紛,驚猿挂木雁呼羣。逍遥曠野期遺世,縹緲仙山獨見君。奇字每詢劉貢父,兵謀還憶杜司勳。靈芝芑草今猶昔,重理瀛洲百代文。"又《和野口寧齋贈詩韻》云:"小院風簾皺細漪,梅花飄霰紙窗知。可無雪櫂尋安道,恰有琴絃待子期。世局長安連□□,君心樂府只銜碑。他時殿閣微涼夕,爭得南薰解愠吹。"又《再疊前韻》云:"聞香讀畫静風漪,春信猶寒燕子知。並饜熊魚從我欲,相逢勞燕與君期。優游且唱無愁曲,感仰終書有道碑。回首崎陽題別緒,南風猶惜片帆吹。"於此足見同聲之雅。日前與今關天彭君譚及,知道希先生在彼邦詩友,當不止上述諸人。其詩篇之散佚者,殆亦不知幾許矣。

忍寒漫録(二一)

夏映盦丈手批《東山樂府》,又拈出其近清真者,如《斷湘絃》《《萬年歡》》云:"淑質柔情,靚妝豔笑,未容桃李爭妍。紅粉牆東,曾記窺宋三年。不問雲朝雨暮,向西樓南館留連。何嘗信美景良辰,賞心樂事難全。　青門解袂,畫橋回首,初沈漢佩,永斷湘絃。漫寫濃愁幽恨,封寄魚箋。擬話當時舊好,問同誰與醉尊前。除非是明月清

風,向人今夜依然。"批云:"迴環宛轉,清真作法如此。"又《傷春曲》
(《滿江紅》)云:"火禁初開,深深院儘重簾箔。人自起、翠衾寒夢,夜
來風惡。腸斷殘紅和淚落,半隨經雨飄池角。記採蘭攜手曲江游,年
時約。　芳物大,都如昨。自怨別,疏行樂。被無情雙燕,短封難
託。誰念東陽消瘦骨,更堪白紵衣衫薄。向小窗題滿杏花箋,傷春
作。"批云:"'人自起'句,挺接妙極。此篇所用虛字,前後貫串。此
類處所,又清真所同。"又卷末總批云:"《老學庵筆記》,稱方回喜校
書,丹黃未嘗去手。詩文皆高,不獨工長短句。張文潛序,亦有或
者譏方回好學能文,而惟是爲工之語。今人稱方回,遂但知其詞
矣。《四庫提要》於《慶湖遺老集》評語,亦言詞勝於詩。余以爲方
回詞之工,正得力於詩功之深也。《王直方詩話》,謂方回言,學詩
於前輩,得八句云:'平淡不涉於流俗。奇古不隣於怪僻。題詠不
窘於物義。敘事不病於聲律。比興深者通物理。用事工者如己
出。格見於成篇,渾然不可鐫。氣出於言外,浩然不可屈'。此八
語,余謂亦方回作詞之訣也。　小令喜用前人成句,其造句亦恒
類晚唐人詩。慢詞命辭遣意,多自唐賢詩篇得來。不施破碎藻采,
可謂無假脂粉,自然穠麗。張叔夏謂與吳夢窗皆善於鍊字面者,多
於李長吉、溫庭筠詩中來,大謬不然。方回詞取材於長吉、飛卿者
不多,所以整而不碎也。"

忍寒漫録(二二)

予素喜賀方回《東山樂府》,以爲能兼豪放婉約二派之勝,爲學
詞者所宜先。頃讀夏映庵丈手批本,發明義蘊,尤足爲讀賀詞者之
大助。其認爲近稼軒者,有如《將進酒》(《小梅花》)云:"城下路。
淒風露。今人犁田古人墓。岸頭沙。帶蒹葭。漫漫昔時流水今人
家。黃埃赤日長安道。倦客無漿馬無草。開函關。掩函關。千古

如何不見一人閒。　　　六國擾。三秦掃。初謂商山遺四老。馳單車。致緘書。裂荷焚芰接武曳長裾。高流端得酒中趣。深入醉鄉安穩處。生忘形。死忘名。誰論二豪初不數劉伶。"批云："是漢魏樂府。"又《行路難》云："縛虎手。懸河口。車如雞棲馬如狗。白綸巾。撲黃塵。不知我輩可是蓬蒿人。衰蘭送客咸陽道。天若有情天亦老。作雷顛。不論錢。誰問旗亭美酒斗十千。　　　酌大斗。更爲壽。青鬢常青古無有。笑嫣然。舞翩然。當罏秦女十五語如絃。遺音能記秋風曲。事去千年猶恨促。攬流光。繫扶桑。爭奈愁來一日却爲長。"批云："稼軒豪邁之處，從此脫胎。豪而不放，稼軒所不能學也。"又《橫塘路》(《青玉案》)云："凌波不過橫塘路。但目送、芳塵去。錦瑟華年誰與度。月橋花院，瑣窗朱戶，只有春知處。　　　飛雲冉冉蘅皋暮。彩筆新題斷腸句。若問閒情都幾許。一川煙草，滿城風絮，梅子黃時雨。"批云："稼軒穠麗之處，從此脫胎。細讀《東山詞》，知其爲稼軒所師也。世但言蘇辛爲一派，不知方回，亦不知稼軒。"又《六州歌頭》云："少年俠氣，交結五都雄。肝膽洞。毛髮聳。立談中。死生同。一諾千金重。推翹勇。矜豪縱。輕蓋擁。聯飛鞚。斗城東。轟飲酒罏，春色浮寒甕。吸海垂虹。閒呼鷹嗾犬，白羽摘雕弓。狡穴俄空。樂恩恩。　　　似黃粱夢。辭丹鳳。明月共。漾孤篷。官冗從。懷倥傯。落塵籠。簿書叢。鶡弁如雲衆。供麤用。忽奇功。笳鼓動。漁陽弄。思悲翁。不請長纓，繫取天驕種。劍吼西風。恨登山臨水，手寄七絃桐。目送歸鴻。"批云："與《小梅花》一曲，同樣功力。雄姿壯采，不可一世。"又《伴雲來》(《天香》)云："煙絡橫林，山沈遠照，邐迤黃昏鐘鼓。燭映簾櫳，蛩催機杼，共苦清秋風露。不眠思婦，齊應和幾聲砧杵。驚動天涯倦宦，駸駸歲華行暮。　　　當年酒狂自負，謂東君以春相付。流浪征驂北道，客檣南浦。幽恨無人晤語。賴明月曾知舊游處。好伴雲來，還將夢去。"批云："稼軒所師。"

忍寒漫録（二三）

春韶且逝，芳節多陰。偶憶湖上舊游，不勝悵惘。適從廖懺翁
處，獲觀奚鐵生（岡）爲郭頻伽（麐）畫《西湖餞春圖》，題詠諸家，皆一
時名勝。感懷今昔，又不僅有風流消歇之悲而已。頻伽自爲《西湖餞
春詩序》云："山水之樂，友朋之懽，離合聚散之感，動於中而發於言，
人情所不能已者乎。西湖天下之名山水也。羈旅之日，春盡之朝，放
舟延緣，折簡招客，於時新樹皆綠，孤花猶紅，白雲忽起，滃渤浮動。
少選之間，四山盡失，湖雨乍歇，倒景入船。蒼翠萬狀，一日數變。婆
娑其間，不知日之向夕。夫山水終古而在，四時之序，終則復始。友
朋之離合聚散，邈然不可得而知也。況東西南北之人之偶會於此，而
又值其時與地之足以樂乎心者乎。忻然而樂，悽然以感，斐然而有
作，情也。與是會者，東鄉吳嵩梁、錢唐何元錫、陳鴻壽，期而不至者
錢唐奚岡。岡以畫名一時，實爲其圖。序之者吳江郭麐也。"又是日
得五律二首即書於後云："湖頭誰浣紗，湖面明朝霞。良友忽相見，莫
春初落花。船如天上坐，人以水爲家。（蘭雪時居舟中）及此渺然去，
我生安有涯。""好雨疏還密，亂山澹欲無。天連三面水，人弄一湖珠。
投宿漚鷺國，餞春櫻筍廚。不須王潑墨，隨意作新圖。"吳何諸家詩，
容俟續録。先録阮文達公（元）所題五律云："湖似詩常好，春如人易
歸。六橋紅雨歇，三月綠陰肥。把琖理吟篋，題襟聯裌衣。浮蹤愁未
定，雙槳白鷗飛。"

忍寒漫録（二四）

伏中於雙照樓席上，聞鶴亭翁誦其外叔祖祥符周昀叔先生（星
譽）詞，有"牆裏梨花花上月，花底闌干"之句，以爲風華絶勝。頃間于

役吳門,買得江陰金氏原刊《東鷗草堂詞》二卷,展誦一過。知其取逕於白石、稼軒。疎快清新,信爲才人之筆。其《浪淘沙》全闋云:"六曲小屏山。杏子單衫。笙囊如水玉鳧殘。雙燕和人同不睡,商略春寒。

　香霧溼雲鬟。迤邐慵彈。重門深鎖蠮牆南。牆裏梨花花上月,花底闌干。"輕綺而不流於纖弱,讀之殊令人迴腸盪氣也。

　頃又於吳門舊肆,得嘉慶初吳江徐山民(達源)校刻《誠齋詩集》十六卷。誠齋詩宋刻本,世已無傳,乾隆間廬陵楊氏曾據舊鈔重刻。今中華書局《四部備要》本,即據以翻印者也。原刊亦殊罕覯,《四部叢刊》所據舊鈔本,訛奪特多。往聞王伯沆先生藏有精鈔,惜已經亂散佚矣。此徐刻本,由郭頻伽得吳氏瓶花齋鈔本,考校付刊,頗有删汰,約得全集十之七八。前有陽湖趙翼序,略云:"詩文隨氣運日趨於新,新者未有不故,惟就人人所共見共聞,習焉不察者。慧眼静觀,一經指出,不覺出人意外,而其實仍在人意中。此則新者常新,可歷久不敝。故巧於爭新者,必不肯傍門户,落窠臼,夏戛獨造,以自成一家。其爭新也,在意而不在詞。當其意有所得,雖村夫牧豎之俚言稚語,一切闌入,初不以爲嫌。及其既成,則俚者轉覺其雅,稚者轉覺其老。初閱之,不免列爲小家。惟不避小家,乃益成其獨有千古。此誠齋詩所以不可無一,不能有二也。"吾觀甌北詩,出以淺語,往往能曲盡人情物態,宜其知誠齋之深切也。

忍寒漫録(二五)

　北宋人論詞之作,殊不多覯。近讀李之儀《姑溪居士文集》,有關論詞之作,足爲研討之資。之儀見重於東坡,又與蘇門四學士及賀方回等常有往還。而遺集除《姑溪詞》見於毛刻《宋六十家詞》外,惟《粵雅堂叢書》有其詩文全本。以是他家引用宋人詞論者,亦罕及之。兹爲轉録如次。

之儀《跋吳思道小詞》云："長短句於遣詞中最爲難工，自有一種風格，稍不如格，便覺齟齬。唐人但以詩句，而用和聲抑揚以就之，若今之歌陽關詞是也。至唐末，遂因其聲之長短句，而以意填之，始一變以成音律。大抵以《花間集》中所載爲宗，然多小闋。至柳耆卿，始鋪叙展衍，備足無餘。形容盛明，千載如逢當日。較之花間所集，韻終不勝。由是知其爲難能也。張子野獨矯拂而振起之，雖刻意追逐，要是才不足而情有餘。良可佳者，晏元憲、歐陽文忠、宋景文，則以其餘力游戲，而風流閒雅，超出意表，又非其類也。諦味研究，字字皆有據，而其妙見於卒章。語盡而意不盡，意盡而情不盡，豈平平可得髣髴哉。思道覃思精詣，專以花間所集爲準。其自得處，未易咫尺可論。苟輔之以晏歐陽宋，而取舍於張柳，其進也，將不可得而禦矣。"此一段可見李氏教人學詞之法。

忍寒漫録（二六）

《姑溪集》又有《跋小重山詞》云："右六詩，託長短句，寄《小重山》。是譜不傳久矣。張先子野始從梨園樂工花日新度之，然卒無其詞。異時秦觀少游，謂其聲有琴中韻，將爲予寫其欲言者，竟亦不逮。崇寧四年冬，予遇故人賀鑄方回，遂傳兩闋。宛轉紬繹，能到人所不到處。下略"此一段可見北宋人填詞，必依樂譜，以求協律。不似後人之斤斤於四聲清濁，而仍不免盲填也。

又《題賀方回詞》云："右賀方回詞。吳女宛轉有餘韻，方回過而悦之，遂將委質焉。其投懷固在所先也。自方回南北，垢面蓬首，不復與世故接。卒歲注望，雖博記抑揚一意不遷者，不是過也。方回每爲吾語，必悵然恨不即致之。一日暮夜，叩門墜簡，始輒異其來非時。果以是見訃，繼出二闋。予嘗報之曰，已儲一升許淚，以俟佳作。於是呻吟不絕韻，幾爲之墮睫。尤物不耐久，不獨今日所艱。予豈木石哉。其與我同者,試一度之。"此一節可爲考方回行實之資料。

忍寒漫録(二七)

亡友大厂居士,詞翰之餘,兼精繪事。偶因興到,放筆寫花卉山水,有蕭疏淡遠之趣,洵爲天賦逸才也。畫成,隨手題句,或詩或詞,立就不加雕飾,較其精心結撰之作,轉近自然。惜未能彙刻成编,傳之來葉耳。偶於行篋中,得其水仙小幅,題云"吳覺翁'昨夜冷中庭,月下相認',詞旨蕭寂,率筆傚之。并賦小句,仍次翁《夜游宮》韻":"鐙下摧絲已響,謦孤夢練衣初冷。如寄珠江蛋家艇。賦湘妃,奈塵生,水中影。　　毫禿鋒猶勁,臙慘綠蘸成俄頃。未借幽馨愛光景。抱清幽,隔年人,獨知醒。"是幅作於丙子長至夕。録存於此,蓋不勝人琴之痛矣。

忍寒漫録(二八)

《姑溪集》又有《跋凌敲引》云:"凌敲臺表見江左,異時詞人墨客,形容藻繪,多發於詩句。而樂府之傳,則未聞焉。一日,會稽賀方回,登而賦之。借《金人捧露盤》,以寄其聲。於是昔之形容藻繪者,奄奄如九泉下人矣。至其必待到而後知者,皆因語以會其境,緣聲以同其感,亦非深造而自得者,不足以擊節。方回又以一時所寓,固已超然絶詣。獨無桓野王輩,相與周旋,遂於卒章以申其不得而已者。則方回之人物,兹可量已。"此一節可爲研讀《東山寓聲樂府》之參攷。

忍寒漫録(二九)

南皮張文襄公之洞"酖毒山川是建康"之句,爲時傳誦。頃讀文襄全集,有《金陵雜詩》十六首,精闢之處甚多,撮録數首如次:"兵力無如劉宋强,勵精政事數蕭梁。何因不享百年祚,酖毒山川是建康。""太白南遊意可傷,吳宮泯滅國山荒。雪讒自寫浮雲感,豈爲登臺弔鳳凰。""孟老録中思汴臺,達摩曲裏鄴城灰。世間少有蘭成賦,便覺江南最可哀。""宰相荒嬉夜宴闌,保儀新拜掌書官。春風一半殘桃李,獨有潘郎忍淚看。""媒孽開場隴麥肥,君王射雉撒重圍。祇今遊戲無生氣,惟見蕃兒獵騎歸。"文襄號爲近世達官中之最工歌詠者,此亦足見一斑矣。

忍寒漫録(三十)

吾鄉楊昀谷先生,名增犖,又稱僧若。工詩,尤敦風操。晚歲歸依佛法,憔悴以終。遺詩已刊行。頃見其題釋戡先生握蘭籢裁曲圖《沁園春》詞云:"誰譜新歌,促調繁聲,使人不歡。歎桂華飄斷,柘枝顛倒,雲階寂寞,月殿荒寒。樹下逢君,花間斠律,幾度追尋空谷蘭。天如夢,又瀣風相激,井水都乾。　　偷閒嚼句珠鞍。記酒後歸來星未闌。有玉簫金管,銀笙鐵笛,仙姝驚喜,梵衆留連。周郭豪情,湯洪餘韻,今日猶聞三五絃。君何恨,怪數章初定,兩鬢微斑。"典瞻可喜,因轉録之。

忍寒漫録(三一)

《樂府補題》載《水龍吟·浮翠山房擬賦白蓮》,除王沂孫外,尚有周密、王易簡、陳恕可、唐玨、吕同老、趙汝鈉、李居仁、張炎諸家同作。蓋皆南宋遺民,結社聯吟,以寄身世之悲,與宗邦之痛也。詞多不備録,録王易簡、唐玨各一首,以資參證。王作云:"翠裳微護冰肌,夜深暗泣瑶臺露。芳容淡泞。風神蕭散,凌波晚步。西子殘妝,環兒初

起,未須匀注。看明璫素襪,相逢憔悴,當應被,西風誤。　　十里雲
愁雪妒。抱淒涼盼嬌無語。當時姊妹,朱顏褪酒,紅衣按舞。別浦重
尋,舊盟惟有,一行鷗鷺。伴玉顏月曉,盈盈冷豔,洗人間暑。"唐作
云:"淡妝人更嬋娟,晚匳淨洗鉛華膩。泠泠月色,蕭蕭風度,嬌紅斂
避。太液池空,霓裳舞倦,不堪重記。歎冰魂猶在,翠輿難駐,玉簪爲
誰輕墜。　　別有凌空一葉,泛清寒素波千里。珠房淚溼。明璫恨
遠,舊游夢裏。羽扇生秋,瓊樓不夜,尚遺仙意。奈香雲易散,綃衣半
脱,露涼如水。"二家非專力於詞者,託意亦殊相仿佛也。

忍寒漫録(三二)

　　旌德呂碧城女士,早歲蜚聲詞苑,晚乃皈依佛法,而仍不廢倚聲。
其所歷可喜可愕之境,殆爲我國數千年來女子中所僅有。其人奇,其
境奇,故其發而爲詞,亦絶非歷來閨秀所能囿。其詞初刊於中華書局
出版之《呂碧城全集》。壬申秋末,在日内瓦湖畔,重加訂定,單印《信
芳詞》二卷。丁丑孟夏,復合舊稿,益以新製,釐爲四卷,題曰《曉珠
詞》,後附其長姊遺著《惠如長短句》一卷,託友人刊於新嘉坡。曾寄
數十册,屬予分貽同好。其後復手寫《雪繪詞》一卷見寄,藏篋衍中。
去歲得女士自香港寄予新刊小册,則《雪繪詞》又改題《山中白雪詞
選》,附於所著《觀音菩薩靈籤·勸發菩提心文》之後。播梵音於樂
苑,而仍不失其爲絶妙好詞。其人雖亡,而芳菲無歇矣。

忍寒漫録(三三)

　　嘉興沈乙庵先生,在近世名儒中,最稱淹博。中年致力西北輿地
之學,撰述甚富。遺稿經張孟劬先生校定者,將在本刊次第發表。餘
力爲詩詞,隨手拈破舊日曆,或截新聞紙之一角,或取友朋箋封,反面

書之。無題可考者，尤居多數。先生下世後，歷經朱彊邨、陳仁先諸先生爬梳理董，仍未能一一寫出。本刊第一卷所載《重編海日樓詩》四卷，尚非其全也。

忍寒漫録（三四）

大厂居士病中曾爲予作《衰柳殘荷》立幅，淡墨留痕，極凋疎之致。并題《浣溪沙》詞云："多難誰從證此秋。新涼能病悟真愁。肯扶幽怨共登樓。　　絲慘儘交流夢去，香紅猶帶夕陽收。近池塘處笑輕漚。"蓋絶筆也。

忍寒漫録（三五）

長洲吳瞿安先生（梅），以治南北曲，擅名當世。事變忽起，避兵轉徙湖湘間，復由桂入滇，病殁於大姚縣。當居湘潭日，曾以手定《霜厓詞録》寄予滬上，欲予爲刊入《滄海遺音集續編》。時變亂方亟，力有未能也。其門人潘景鄭君（承弼），從予録副，云將爲壽棃棗。轉瞬五年，潘君始以石印本見示。喜其得廣流傳而無負師門風誼也，因綴數語紀之。瞿翁《自叙》略云："長調澀體，如耆卿、清真、白石。夢窗諸家創調，概依四聲。至習見各牌，若摸魚子、水龍吟、水調歌頭、六州歌頭、念奴嬌、甘州、臺城路等，宋賢作者，不可勝數，去取從違，安敢臆測。因止及平側，聊以自寬。中調小令，古人傳作，尤多同異，亦無勞斷斷焉。"此足窺見其填詞之態度矣。

忍寒漫録（三六）

詩發於人情所不能自已。勞人思婦，偶然寄懷於此，往往超出名

家之上。以其情真語真,無意於弋名取譽也。讀瀏陽譚復生嗣同《石
鞠影廬筆識》,載有灞橋題壁詩云:"柳色黄於陌上塵,秋來長是翠眉
顰。一灣月更黄於柳,愁殺橋南繫馬人。"又會寧縣云:"最是凄涼鄉
夢醒,臥聽老馬嚙殘芻。"又西安旅舍有贊卿氏詩云:"閒花著地秋將
盡,落葉敲鐙夢不圓。"皆掩抑低回,令人把玩無盡。

忍寒漫録(三七)

檢行篋得沈乙庵先生致朱彊邨先生二札,特録存之。其一云:
"古微仁兄大人閣下:冶城分道,瞬已逾年。冬月明聖泛舟,雲山韶
濩,頗有領會。惜不得與公偕行共證也。獻歲以來,伏惟起居集福。
坡詞校例精詳,恐當爲七百年來第一善本。願記數語,發揮此意,機
緒尚未湊泊也。杭游得詩十餘首,録奉教覽,以當晤談。頗有鄧尉探
梅之意,天氣稍和,即當買棹,但須公作導師耳。甚望覆我數字,此請
道安。植,初九日。"其二云:"古微仁兄大人閣下:冶城分手,倏已五
旬。歸禾後埋首書叢,幾及一月,卷帙始稍歸次第,而《詞律》末帙迄
未檢得。感夫人楚歌聲節,尚在夢夢也。硯傳大屋,未曾忘懷,兹請
李景虞君往前一看。景虞爲橘農廉訪喆嗣,公在都當曾見過,乞飭紀
綱導爲盼。鄉閒凋敝,月異歲殊,而農民疾苦真形,轉掩於斷爛名詞
之下。法政學者主持加稅,心理更熱於農曹。此事隱憂,殊難意量。
憲法不保治安,氓庶安所托命乎。日内擬至杭一轉。近有新製,乞示
一二,以警蓬心。即請著安不具。植,冬月初五日。"

忍寒漫録(三八)

近閲《松江府志》稿本,附《松風餘韻》,載上海徐文定公光啓詩二
首,其《邊塞苦寒吟》云:"四座且莫譁,聽我吟苦寒。寒從何地起,乃

自邊城始。涼秋白露前，霜華大如錢。窮陰歲欲往，雪片過於掌。木皮三寸隴山頭，層冰百尺交河上。愁遠望，空青蒼。玄猿嘯，雕鴻翔。衝飆旦夕至，沙礫自飄揚。地迥浮雲凍，城危落日黃。戍孤笳響切，風緊角聲長。金柝朝朝傳朔氣，鐵衣夜夜迸寒光。慘兮絕，憭兮洌。行路難，無家別。自古向沙場，驚魂常九折。君不見，戰將人持瀚海冰，忠臣獨飲天山雪。嗟嗟苦寒，慨以眇歎。憂來無方，何用相寬。弧矢男兒志，鬚眉壯士顏。雕文雙劍去，龍額錦衣旋。那羨五陵游俠子，終老紅爐暖閣間。"頗有古樂府遺意。文定詩流傳絕少，爰特錄之。

忍寒漫録（三九）

張孟劬先生寄示其師秦右衡先生遺詩一首，爲孟劬寫詩而作，其詩云："君詩如披沙，金光見瀺沱。珠玉信罡風，咳唾寧有我。我書亦君詩，十彘會一妥。方法孕靈水，陽燧胚奇火。鵬背厚於積，鷃枋搶且墮。所遇非強對，耳耳良亦叵。文人何以觀，瘋木浪爲厄。媿彼稷下人，帥天雜髡過。"書近狂草，頗難辨識，惜孟劬遠客燕都，不獲就詢有無訛誤耳。秦名樹聲，字晦明，與朱彊邨先生爲至友，著有《乖庵文録》。詩詞不多作，詞只一首，已載入葉遐庵氏之《廣篋中詞》云。

忍寒漫録（四十）

晚近詞流，以高密鄭叔問（文焯）、榮縣趙堯生（熙）兩先生最精筆札。寥寥短簡，風趣盎然。予與趙先生神交廿載，往還書問，累數十通。直至最近數年，始行阻絕。峨眉西望，輒爲神傷。鄭先生卒於民國初年，予不獲奉手，然絕愛其手蹟。吳友徐澐秋君，爲收集見贈，前後亦得數十通。內有致鄧秋枚（實）一札云："一昨散帙寒窗，忽得戊戌秋夜舊製《月下笛》一解。時方信宿故人王給諫半塘前輩西齋,是夕急風飄雨颯然自西來,殘鐙相對,揮忽無魂。哀天難之橫侵,悲才命之奇薄。感音而作,不自知老淚之浪浪也。半塘極爲嗟異。此紙猶囊所書,十餘年竄置篋衍,不忍發視。今以寄奉秋枚先生,亦久要遺存之一端也。"吐屬悲涼,書法蒼秀,令人愛不忍釋。因思學藝皆與年俱老,不可以倖致。録畢不勝悵望千秋之感矣。乙酉春盡日。

忍寒漫録(四一)

予篋中所存趙堯生先生書札,得暇擬彙録一通,公諸同好。兹先録冒孝魯兄見示堯翁寄其尊人鶴亭先生一札云:"鶴亭先生:昨漚公招飲,出示喬梓新詩。不覺快飲劇譚,狂奴故態復作。今日雨水節也,果得細雨,遂勉强奉和。老年知舊,不免性命相依。工拙誠不計矣。山腴辟居鄉縣,音問久乖。桑梓龍沙,臨筆三歎。即頌興居百適。熙再拜。"又《得冒君孝魯詩即寄其尊人鶴亭翁》云:"索居聞喜鈍宧存,異代山含古木尊。生日記將三月望,同僚招得幾人魂。衰年了不殊哀樂,信史無堪記怨恩。有子真爲不羈馬,詩才青海出龍孫。"時爲己卯小雪前,先生年七十三云。

忍寒漫録(四二)

予於十載前,以詞學受知於汪先生,函札往還談藝,積高尺許。方擬手加校録,公表於世,藉見先生文學評論之一斑。半載而還,耗心力於校務,夙興夜寐,冀獲一變士風,庶不負先生知遇之明,而償百年樹人之願。鈔校之役,遂致因循。除本期先載數通外,全行發表,尚須留待後緣也。予教授南北,已逾廿年,志在育才,無情禄仕。雖感知心切,且以激於先生"爲蒼生請命,爲千古詞人吐氣"之語,勉至金陵。五年之中，專心教育。自參加籌備"中央大學"復校，以迄於今。當陳昌祖繼任校長之時，先生病榻作書，以此相託。其書云："榆生先生惠鑒：手書敬悉。弟割症創口已完全平復，惟旬日以來，感冒風寒，熱度忽高忽低。予創口以惡影響，疼痛不止，竟至不能起坐。久稽晤教，至歉於心。先生與昌祖交誼甚篤，爲中大爲朋友，乞和衷協力，以期改進。《同聲》收到，謝謝。百物騰貴，自本月起酌增至萬元，祈查收。枕上作書，潦草不堪，祈寬宥爲幸。此上敬請文安。兆銘頓首。一月卅一日。"自後病勢益劇，遂絕嗣音。每展此書，輒爲掩涕。既竭心力，以匡輔昌祖。乃昌祖師心自用，誤信讒言，駸相疑忌。校事不復可爲，惟有潔身以退。方謀躬率妻子，遯跡荒山，設帳授徒，博升斗以苟全性命。聊書此以自白云。

（載《同聲月刊》一～四卷）

陳璧君手抄本雙照樓詩詞稿跋

壬午春汪先生六十歲時，陳君人鶴以校刻先生所爲詩詞全藁，請先生取曾仲鳴氏校印《小休集》，益以十九年後所爲《掃葉集》，手加删訂，仍總題曰《雙照樓詩詞藁》付之，余實與於勘校之役，即世所傳澤存書庫本也。先生下世後，冰如夫人及曹君少巖復哀集遺藁，寫定爲未刊藁一卷，其於澤存本《掃葉集》字句間亦小有删改，並於《初秋偶成》後增"風雨縱橫"一首，《辛巳除夕寄楡生》前增《菊花》、《梅花》兩絕句，詞末增《水調歌頭·辛巳中秋寄冰如》一首，余曾據撰校記，載入所輯《同聲月刊》中。越二歲，余遭囹繫，與冰如夫人同在吳門獅子口獄中，先生子婿何君文傑自京獄手録全藁以寄夫人，夫人據寫數本，分貽親厚，復命余爲寫一袖珍本，以爲朝夕吟玩之資。余十數年來以倚聲之學受先生知遇，仲鳴既没，先生每有所作，必飛箋見示，自二十九年後手書篇咏，存余篋中者幾十之六七。一夕漏將盡，聞叩門聲甚急，家人驚起，發函伸紙，則先生所自改詩，蓋三易藁而後定。急足凡三至，亦驚訝莫審所由也。先生憂勞萃於一身而不廢歌詠，且矜慎不苟如此。某夜余得讀其新製《虞美人》詞，至"閣筆悽然我"之句，爲之泫然，徹旦不復成寐。先生故喜陶詩，晚歲益廣羅衆本，致力愈勤且細，曾草《讀陶隨筆》數千言，亦屢易其藁，先生五言詩之淵源所自，於此亦略可窺知焉。先生詩詞全藁，自曾氏校印《小休集》後，越十年始出《掃葉集》，初由余分載於《同聲月刊》，其後日本人黑田君復

127

從先生假録一本,以仿宋聚珍版印布於北平,詆欼滋甚。已而澤存本出,校刻頗精而流傳特少。林君柏生復以仿宋字精印於中華日報社,其後柏生又並未刊藁,屬由報社别以鉛字印行。余所見先生詩詞集之行世者止此。嗚呼!先生往矣!人鶴、柏生亦後先身殉,每撫茲集,當日情況歷歷如在目前,未嘗不愴然長懷。竊意先生之心終當大白於天下,而讀先生詩詞者,必各有所興觀也。余既依何鈔迻録,復略爲更定款式,以歸一律。其先生爲余題《彊邨授硯圖》一絶句,亦依手迹補入《掃葉集》中,以見余受知於先生之所由。他日如爲吾力之所能,猶思别壽梨棗也。中華民國三十六年歲在丁亥盛夏之月,龍沐勛謹跋。

（收汪夢川注釋《雙照樓詩詞稿》附録）

陳璧君手抄本雙照樓
詩詞稿識語

　　丁亥夏大熱，冰如夫人以國事繫吳門獄中，終日據小几鈔書自遣，汗涔涔浹背。既爲端木律師手寫《雙照樓詩詞藁》竟，復語余曰："自前歲吾家遭難，老身而外，逮吾兒女，若壻，若在襁褓中之外孫，皆牽連入獄。乃端木先生挺身爲吾兩子及壻任辯護，不特不受費，而往來於京、滬、吳間行旅所資，亦由自出，有心哉若人也！老身無以爲報，惟竭其血汗之所注，勉寫汪先生此集，以表感激之微誠而已。"余惟汪先生憂國之情與四十餘年所從事，實歷吾中華亙古未有之變局，其難言之痛，自可於諸篇什弦外得之。而夫人之所以手寫此本以貽端木先生者，其微旨當爲端木先生所默喻。伸公道而重人權，明是非而雪冤抑，此固法律家之神聖責任，而爲舉國人士所共欽挹者也。於是乎書。中華民國三十六年八月四日，忍寒居士謹識於吳門師子口獄中。

（汪夢川注釋《雙照樓詩詞稿》附錄）

與吳則虞論碧山詞書

溝顧詞長撰席：

前荷寄示尊著《花外集斠箋》，困於羸病，未暇細讀爲愧。至其考覈之精審，數易稿而後定，使碧山心事，歷數百年，猶能與讀者精爽相接，其有功詞苑，又豈待短拙之仰贊耶？碧山生天水末造，躬罹亡國之慘，舉其幽潔芳悱、淒涼怨慕之懷，一托之於詠物，危絃自咽，欲吐還茹。集中如《齊天樂》之詠蟬、詠螢，《眉嫵》之詠新月，《疏影》之詠梅，《慶宮春》之詠水仙，《天香》之詠龍涎香，皆詞外別有事在。試一詳其身世，有不爲之低徊往復，臨風掩涕，而深歎其無涯之戚，故有難於自已者乎。在當時朋輩中，如周公謹、張叔夏，已深氣類之感，叔夏且贊其琢語峭拔，有白石意度，其可言者如此。其在彼時有絕不能言者，則有待於陵谷遷變後之知人論世，於嘲風雪、弄花草之中，故自猿嘯鵑啼，淚盡而繼之以血，此亦歷來選家所不敢明言，至晚清周止庵、譚復堂輩，乃稍稍逗露消息耳。碧山詞見采於公謹《絕妙好詞》者十首、朱竹垞氏《詞綜》者三十一首，二氏故已心知其意，至武進張氏茗柯《詞選》，以比興言詞，始標舉碧山詠新月、詠蟬、詠梅、詠榴花四闋，而各綴以識語，使讀者得知其用心之所在。周止庵氏《宋四家詞選》，則逕取碧山與清真、稼軒、夢窗並列，而又爲之説云："清真，集大成者也。稼軒斂雄心，抗高調，變溫婉，成悲涼。碧山饜心切理，言近旨遠，聲容調度，一一可循。夢窗奇思壯采，騰天潛淵，返南宋之清泚，爲北宋之穠摯。是爲四家，領袖一代。"又云："問途碧山，歷稼軒、夢窗以還清真之渾化。余所望於世之爲詞人者,蓋如此。"自《周選》一出,碧山乃大爲世重,《花外》一集,既於沉霾數百年後,由鮑氏知不足齋、王氏四印齋次第刊行,一時作者如端木子疇、王佑霞、況夔笙輩,幾無不染指於碧山,有如《薇省同聲集》、《庚子秋詞》、《春蟄吟》等,更唱叠和之作,亦駸駸乎《樂府補題》之嗣響。蓋自甲午以來,外侮頻仍,國幾不國,有心之士,故不能漠然無動於中,一事一物,引而申之,以寫其幽憂憤悱之情,以結一代詞壇之局,碧山詞所以特盛於清季,殆不僅因其隸事處以意貫串,渾化無痕,爲有矩度可循也。彊邨先生序《半塘定稿》,且贊其與止庵周氏之説,契若鍼芥,至其晚歲,始稍稍欲脱常州羈絆,以東坡之清雄,運夢窗之縣密,卓然有以自樹。弟曾以《周選》叩諸先生,先生謂以碧山儕諸周、辛、吳之列,微嫌未稱,蓋由其格局較小耳。拉雜書此,質之左右,以爲何如? 幸有以教之。

　　一九五六年九月,弟龍元亮謹上。

介紹夏承燾唐宋詞人年譜

　　夏瞿禪先生這本著作,從出版到現在,剛巧半年,一般研究唐、宋詞的專家們和文學史家都給以很高的評價。《文學遺産》第一〇五期(一九五六年五月二十日《光明日報》)載有顧學頡先生的《〈唐宋詞人年譜〉評介》一文,提出四點,肯定了這本書的成績。他的評論是很中肯的。筆者和夏先生雖然有了三十年的往來,而且當它陸續在《詞學季刊》發表時,都曾親自校閱過,但對作者辛勤勞動的成果,卻只有驚喜贊嘆! 我是疏於考據之學的,對本書的看法,很難越出顧學頡先生的範圍。現在單就本書給予唐、宋詞的批判者和欣賞者的許多幫助,提供一些不成熟的意見,作爲讀者們的參考:

　　本書内容,包括韋端己(莊)、馮正中(延巳)、南唐二主(李璟、李煜)、張子野(先)、二晏(晏殊、晏幾道)、賀方回(鑄)、周草窗(密)等七種九家年譜,溫飛卿(庭筠)、姜白石(夔)、吳夢窗(文英)等三家系年,還附有《草窗著述考》、《樂府補題考》、《白石懷人詞考》、《夢窗晚年與賈似道絕交辨》等四篇重要論文,全書三十多萬字,在詞人史迹的考證上,可稱得起是空前的杰構了!

　　詞本是依附於"胡夷里巷之曲"而産生的。它的初期發展,也和《詩經》十五國風一樣,多數是抒寫"勞人思婦之情",借着管弦和喉吻的力量,散播在廣大人民群衆中間,希望引起同情而發生共鳴的作用。它的情感是真率的,語言是樸素的,没有專門的作家。這在敦煌千佛洞遺留下來的《雲謡集雜曲子》和許多無名作者的小詞,都很容易看出它的題旨所在。可是到了中唐以後,這種新興歌曲引起了詩人們的興趣,大量地從事創作,因而有了所謂"曲子相公"(和凝)一類的填詞專家。自溫庭筠"能逐弦吹之音,爲側艷之詞"(《舊唐書》列傳卷一百四十下)到姜夔的"初率意爲長短句,然後協以律"(《白石道人歌曲》卷四《長亭怨慢》詞序),雖然所採的方式不同,而作家的複雜情感和表現手法,是和初期無名作家的作品大不相同了。他們的階級出身,他們的思想根源,他們的社會關係,他們在彼時彼地的政治經濟環境,錯綜複雜地影響着作者們的思想情感,因而表現在作品上的,也會隨時隨地發生或多或少的變化。他們所採用的形式,同樣地"相挾俱變"。我們要在這個錯綜複雜的情況下,瞭解某一作家、某一作品的真實內容,那末,第一步就得掌握這一切有關的資料,進而考訂這些資料,分析這些資料,更從而結合作品,相互印證,這樣才能夠得出一個比較正確的結論來。這工作是相當細緻而艱巨的。本書著者積累了四十年的辛勤勞動,尤其是在他的青少年時代的寶貴光陰,都消耗在這渺無涯際的故紙堆裏,"披沙揀金"般的隨筆疏記下來,再把許多片斷的資料,鈎稽考校,貫穿成每一作家的專史。這著者的畢生弘願和堅持不懈的精神,正是爲了要完成這一部分的艱巨任務,不但爲讀者們省下了不少精力,還有許多詞學史上懸而未決的問題,得着這樣一份淵博而精覈的材料,只要再加以正確的分析批判,就不難"迎刃而解"了。譬如最近關於"如何評價李煜的詞"的爭論,如果仔細讀過《南唐二主年譜》,有些不必要的爭執,是很可以"節約"的。這是本書有助於理解批判唐、宋名家詞的第一點。

　　一個卓然自立的作家,因了他的身世關係和藝術修養,必然會有他的獨特風格和真實內容,或多或少地反映着彼時彼地的社會生活。依照過去的說法,這就是所謂"言之有物",所謂"言在此而意在彼"。清代常州詞派所爭的"寄托",也就是說,好的作品,必定要有真實內容,而不是"無病呻吟"或"塗飾爲工"的沒有生氣的東西。原來傳統的表現手法，是着重於"含蓄"的。尤其是作者生活在混亂的社會裏或者身經"亡國之痛"，他們的情感是要用另一種方式來發泄的。讀者如果不能够掌握一切有關的資料，結合作品，加以反復體會，那就只有和張惠言對馮延巳的看法一般，把作家和作品孤立起來，以致認識模糊，搔不着癢處。過去詞評家所以多是"捕風捉影"之談，很難作出具體的分析和正确的結論，主要原因就在這裏。本書《馮正中年譜》對南唐黨爭的史實，考訂得異常精審，從而明白"延巳爲人，專蔽嫉妒"（張惠言《詞選》説）的説法，全由異黨傾軋而來。在這樣一個複雜矛盾的生活環境中，作者内心的苦悶，是可以理解的。他的作品雖然未必像張惠言所稱"忠厚纏綿"，而如馮煦所説："其旨隱，其詞微，類勞人思婦羈臣屏子鬱伊愴怳之所爲"，（四印齋本《陽春集序》）這確有它的内在原因，更由《馮譜》的分析考證而可以深入體會了。著者《後記》亦頗以這一節自喜，説："偶亦訂正《通鑒》及馬、陸兩家書之失照。"這是本書有助於體會欣賞唐、宋名家詞的第二點。

晚唐、五代詞，以西蜀、南唐最爲突出。温庭筠、韋莊是"花間派"的宗匠，南唐二主和馮延巳則代表江南一系的作風。這兩個系統的不同作風，又和兩個偏安局面的政治經濟環境有着不可分割的關係。北宋詞風，是承接南唐系統的。二晏專工小令，張先和柳永開拓了慢詞的疆土。賀鑄出入於蘇（軾）、柳兩派之間，下開辛棄疾一派。南宋則姜夔、吳文英、周密三人是畢生致力於詞的專家。本書對於這些作家的史實，幾乎搜輯得"燦然大備"，而且能够着眼於時間、地點的考覈，注意於行迹和作品的結合探究，以史證詞，以詞印史，這樣，對唐、宋詞的發展過程，也就有了十之六七的可靠資料。依靠這一份資料，進而"標舉作品以考索作家之思想"（本書《自序》），治詞史者可以減少因襲謬論的浮談，搞批評者可以得出比較明确的結論。這是本書有助於研治文學史者的第三點。

詞到了南宋，除了叶夢得、張孝祥、陸游、辛棄疾一系發揚踔厲以自寫其壯烈襟抱之外,範圍越來越窄了! 專家們争奇鬥靡於一句一字之間,特別致力於"咏物詞"的雕琢。有如劉過的"美人指甲"、"美人足",(汲古閣本《龍洲詞》)叫人看了"惡心"。可是宋末遺民却常借着"咏物"來發抒他們的"亡國之痛","其旨隱,其詞微",像這一類帶有愛國主義思想的東西,用了許多典故,加上一些朦朧的字面,把内心的隱痛掩蓋了起來,這在作者有其萬不得已的苦衷,也正反映了在當時暴力壓迫之下,一般有心之士是很難從正面吐一口氣的。因了所咏的是"物",又用許多詞藻掩蔽了這裏面的真相,如果不把其人、其事搞個清楚,就會只看到一大堆"炫人眼目"的垃圾,感覺討厭,連作者的苦心都要全被湮没了! 本書附錄的《樂府補題考》,就是爲了要體會作者王沂孫、唐珏等的"國族淪胥之痛",而不憚煩瑣地加以疏通證明的。這是本書有助於分析作品内容的第四點。

之外,在資料考訂方面,遇有疑難問題,著者用心的細密,真可稱得起是"一絲不苟"。例如:考定韋莊生年(第三頁)和訂補"除左補闕"(二〇頁)的缺文,辨明馮延巳的"巳",當是辰、巳的"巳"(三六頁),糾正馬令《南唐書》誤引楊溥詩爲李煜渡江之作(一五一頁),考定張先的生年(一七〇頁)和《西崑酬唱集》無晏殊在内(二〇六頁),以及推論温庭筠(三八八頁)、晏幾道(二二七頁)的生年和周密(三六六頁)的卒年,考證晏殊罷相(二四二頁)和温庭筠貶官(四〇三頁)的事實,都是經過反復推勘,能够有新發現的。至於考晏殊草丁謂制(二一三頁),記范仲淹論事不與晏殊苟同(二二四頁),辨吳文英晚年與賈似道絶交(四八四頁),又都根據史實,不作偏袒"隱惡"之論,這是符合科學精神,也是著者所説"知人論世之學,貴求真而戒附會迴護"(四八六頁),確能實踐其言,值得我們學習的。

提到本書的缺點,我覺得著者對各作家彼時彼地的社會經濟情況是相當忽略的,因而影響到作家和作品的深入探究,有待重新發掘的資料還很多。由於著者採輯的辛勞,考訂的細密,一方面固然肯定了本書的卓越成就，同時也就難免有些"不忍割愛"，存在着一些累贅的東西。還有爲了要顯示著者深入探索的創見，有的地方很可能指引讀者陷入鑽牛角尖的危險，反而會貶損了作家和作品的某些價值。例如《白石懷人詞考》，對姜詞的體會，真可説得是"細入秋毫"，因而證明有本事的情詞幾占全部歌曲三分之一，好像姜夔在詞學上的地位，幾乎全是爲了那一位"合肥人"。這怕有些受了陳海綃（洵）、楊鉄夫（玉銜）兩先生説夢窗詞的影響，可能産生一些流弊。還有温、姜、吳三家，因難確定他們的生卒，不稱"年譜"而稱"系年"，爲了史迹有所附麗，這樣做，當然是有其必要的。但對各人假定年歲來排列，我總覺得不很妥當。這幾點，由於個人的看法不同，對本書的崇高價值是毫無貶損的。一時想到，提供著者和讀者的參酌而已。

　　末了，我要向出版社提出，像這類的專門性著作，校對是應該特別重視的。本書還有不少訛奪的字句，希望再版時即予補正。

　　　　　　　　　　　　　　（載《文藝書刊》1956 年 6 月號）

竟無小品跋

予獲奉教於宜黃歐陽竟無先生，蓋在三十年前。時予方教授上海暨南大學，每於春秋佳日，恒作秣陵之遊，盤桓數日而返。先生創內學院於秦淮河畔之半邊街，專弘法相之學，遠近學者聞風而至。新會梁任公於東南大學講學之暇，亦嘗往聽先生說法焉。予以鄉後進初謁先生，先生亦不甚措意。已而國難日炎，不可終日，先生怒焉憂之，思得海內賢豪，共以文字圖匡救，謬以予爲有志焉，遂深期許。一九三五年秋，予移講廣州中山大學，特赴金陵告別，先生所以策勉之者尤至。爲設素筵并命其高第弟子呂秋逸接席共話。先生激昂奮厲，一及內憂外患，輒瞋目直視，目光炯炯逼人，使人肅然悚然，儼若金剛怒目，凜乎其不可犯也。聲若洪鐘，震徹屋瓦，席散復以七言長句一首書諸扇面以贈行。逾歲，予鎩羽北歸，復謁先生於秣陵，先生慰喻良厚，思共振夏聲，未果也。當南都淪陷之前，先生多方奔走，獲將內學院歷年所收梵藏經典及其他珍籍舟載入蜀，設分院於江津，與余函札往還猶不絕，直至兵戈道梗乃已。旋傳先生之子某被害於某氏，先生憂悷以卒，予惟望風殞涕而已。先生之學出入儒釋間，特於奘師之學究極精微，世共推爲千年來所未曾有，而旨在濟世，非棲心禪悅苟圖自了者所可同年而語也。所輯《藏要》第一二輯，皆精心抉擇，手自勘定，窮三藏之奧義焉。入蜀後刊有《大般若經序》三卷、《大涅槃經序》一卷、《瑜伽師地論序》二卷、《法相諸論序》一卷、《藏要》序經論各一卷、《經論斷章讀》二卷、《唯識研究次第》、《唯識抉擇談》各一卷、《内學院院訓釋》一卷、《内學雜著》二卷，皆闡述釋迦遺教者，其宏富如是，而旁及世法之作不與焉。此《竟無小品》一卷率爲聯語、雜文之屬，信手拈來，都成妙諦。十八年前予獲諸劫火餘燼中，既擇要録副，因記所感如次。一九六〇年中華人民共和國建國十一周年。

（未刊，據手稿）

錢塘張爾田清史后妃傳跋

《清史后妃傳》二卷,錢塘張爾田孟劬撰,山陰平毅校録《遯堪外集》本。往歲同客滬上時,先生舉以見貽者。憶予初識先生,約在一九二八年至二九年間,予方任教於上海真如暨南大學兼音樂院講席。七日一入市,以半日講授,半日走朱彊邨、章太炎兩先生或孟劬先生家請業。與孟劬誼兼師友,所以匡益之者良厚。其時先生居貝勒路同益里,距樂院尤近,因而月必至焉。其後先生北行教授燕京大學,絶迹南下。雖晤對末由,而翰札往還,商討倚聲之學,月必數通。有新制即寄示,予因得匯刊爲《遯盦樂府》二卷,惜遭亂版毁,印本甚稀,爲快怏耳。一九四一至四五年間,予三至舊京,輒往謁先生於寓宅,歔欷談國事,且恒以飾巾待盡爲言之,予特爲寬解。四五年農曆除夕前數日,予復因事北游,與先生撥爐火話舊,且稱生平纂述略已刊行,惟少壯日讀《俱舍論》而篤好之,蠅頭細字,滿卷帙間,老眼昏花,已不復能辨認,遑言理董,亦無來者可傳。爲悵惋者久之,既執手告别,意甚戀戀。予南歸未及半月,而先生凶問至矣。北望沾巾,以不得一哭寢門爲憾。先生於史學特深,爲日本内藤湖南博士所激賞。入清史館,任纂《樂志》及《后妃傳》,史筆絶似范曄。《清史稿》迭經他手纂亂,不足窺先生之全。獨此《后妃傳》,由平氏録櫻花館别本單行,庶幾媲美班范,爲史家之矩則焉。先生詩學李商隱,詞喜元好問,身世悲涼之感,纏綿悱惻之思,一於韻語發之。晚作諸詞直摩遺山之壘,蔣春霖未足以喻也。先生撰述之已行世者有《史微》及《玉谿生年譜會箋》，皆吳興劉氏承幹嘉業堂刊本。《遯堪文存》有排印本，《遯堪書跋》爲燕京學報抽印本，詩曾載入予往歲所輯《同聲月刊》中，皆卓然有以自樹。予所及知如此，特爲記之如上，俾來者有所考焉。中華人民共和國建國十一周年國慶後七日拂曉，萬載龍元亮瑜生謹跋，庚子中秋後二日。

（收《龍榆生先生年譜》附録）

普 庵 咒 跋

世所傳琴曲中有《普庵咒》，稍習操縵者類能言之，而不知所自出。或有以爲蕭梁時某高僧作者。沈知白方與《辭海》編纂之役，疑不能明也。予告以此爲南宋乾道間宜春高僧普庵印肅禪師在山中習禪定時，聽流泉音所作。湘贛間婦孺率多知之，且有刊印爲小幀，家貽户送，以鎮宅驅邪者。宜春、萬載、萍鄉、瀏陽、平江一帶爲猶盛。憶予於一九二五年夏自廈門返鄉省親，曾侍先君蜕庵與從兄松生往慈化南泉寺訪禪師遺迹。得觀禪師手寫自注《金剛般若波羅蜜經》，泥金端楷，書於磁藍紙上，寶光粲然，作梵夾式。前繪佛像數葉，筆細若游絲，而精勁絶倫，嘗招照相技師攝影數片，至滬以奉章太炎先生，于所主編《華國月刊》印布。寺樓尚存宋刊經注版，字大如蜀本，匆匆無暇清點，亦無力重印。但從真迹録副一通，用木活字排印若干本，攜滬以貽知好。某寺僧復爲翻印數千册，藉廣流傳。蓋諸家都未著録，世人已絶不知禪師有此經注也。《普庵咒》則盛傳於僧尼及善男信女間，并見禪門日誦。曩年印光法師曾與松生言之，贊印肅師爲神通廣大也。師爲臨濟宗法嗣，本宜春余氏子，民間沿稱余祖師，自幼出家，兼通顯密二宗，《金剛經注》所以發"顯"，《普庵咒》所以闡"密"。其《普庵印肅禪師語録》□卷，中土散佚已久，獨日本所刊《續藏》有之。商務印書館曾縮印《續藏》二百部，中邦始得重睹其書焉。南泉寺自南宋至清康乾間，香火不絶，棟宇綿亘數里。予往觀時，於頹垣敗瓦中猶可想見當日之興隆氣象。今又卅餘年，不知《經注》尚在人間否？《南泉寺志》存有禪師所作詩及言《普庵咒》事，今亦不復可得。輒書所聞以示世之習《普庵咒》者。庚子中秋後五日昧旦。

（收《龍楡生先生年譜》附録）

唐人寫經殘卷跋尾

　　右唐人寫本《妙法蓮華經》及《大智度論》各一小段，敦煌石室舊藏，曾入德化李氏木樨軒，經亂散出者也。石室所貯圖書，封閉千年，至清季始被道士發現，并竊出若干以易米，初不知其爲可貴也。其後匈牙利人史坦因與法蘭西人伯希和聞風而至，賂道士得入室，恣取所有珍本，捆載以去，分入倫敦博物院與巴黎圖書館，而國人懵無所覺也。迨域外盛傳，清廷始命學部派員往勘，僅有唐寫佛教經論尚富，遂盡運往北京。時李盛鐸氏方掌學部，復乘機竊取以入私藏。廿年前李氏藏書全鬻於北京圖書館，所有唐寫經卷，合之原存京都圖書館者共得八千餘卷。於是沉埋已久之石室秘藏，遂乃復全落人間，所惜重要文獻，不能復爲國人所有耳。黔中馬生於李氏爲戚屬，曾攜唐人告身數卷求售於予，予以索值過高無力收取，僅留寫經三殘卷。一卷爲金陵老友酈衡叔承銓索去，餘二卷藏之行篋，歷經轉徙，幸獲無恙。以　　平廬道長清修梵行，復分一卷奉貽，附記因緣如此。

　　庚子歲不盡九日，忍寒居士龍元亮記於滬南小五柳堂。

（未刊，據手稿）

詳評明刊牡丹亭還魂記跋尾

　　右明刊《牡丹亭還魂記》二卷,白棉紙印本,絕精。卷首止萬曆戊戌穉清遠道人《牡丹亭還魂記題辭》一篇,與木石居舊石印本同其款式,殆出作者原刊,可無疑也。卷內鈐有"豐華堂書庫寶藏印"、"自得草堂藏書"、"特健藥齋珎去金石書畫圖籍"、"豐華堂藏閱書"、"豐華堂鬻賸書"、"洪字"、"字曾有"、"○章心賞"、"武林唐氏所藏"諸圖記。己亥冬偶從古籍書店見之,愛其細批滿紙,字跡特矯健,料必出一時名手。遂商諸書友孫實君,以篋中所有明嘉靖刊白棉紙印《歐陽永叔文集》五十卷本、日本覆刊白皮紙印《白氏長慶集》巾箱本、歸安朱氏原刊連史紙印《彊邨叢書》足本,作價百圓,從而易得,矜爲小五柳堂中壓架之品。藏諸玻璃櫥內,亦未暇細讀也。越一年,偶於市上遇實君,詢予願更出讓否。予姑漫應之,旋即爲上海圖書館沒收歸公有。因念身外之物,終難永保,藏諸公庫,原契夙心。爰請略緩其期,俾得迻録諸評語以爲研討之資。既竭五日力録竟,即分黏石印本內。於原刊雖依戀不捨,亦末如之何。公理固當戰勝私情也。評語出乾隆間人手筆,卷首《題辭》稱此書爲"僉俞伯祖貽先君子者,僉俞公今已百年外",又稱"乾隆己酉清和下澣,偶置案間下酒,爲貓雛抓傷數頁,既慨殘劫何常,且傷題括不易,輒填其殘闕,因而析其句讀,標其筋節,以殘膏賸馥轉餉世賢。猶憶十四歲時,外祖蒼霞先生手《會真記》填詞見與,且曰是千古文章大關鍵也",其淵源可攷者止此數語。評者又稱"詞指刺太倉相國女爲木商見誘,但以此求之,費解語都落了地頭。如自號曇陽子，曾傳言仙去，尤其微詞注射所在"，又稱"四川有嘉定府，元馭先生本蘇之嘉定縣人，已改邑隸太倉，故影稱蜀。而杜字從半，則右影姓，左影所犇也。家傳第載其出處大者，亦不及所配誰氏。而云壽登八十，旁無姬侍，然則氏之以甄，固醜其女，并隸所生，亦借以直揭魏姓之影耳。文肅十二爲諸生，及隆慶壬戌第，子衡亦萬曆辛丑第二人，孫時敏刻其疏稿行世"，又稱"衡非所生，而若士所刺乃其中年事也"云云。又下卷眉批中有"即如曇陽始末，文肅身家，二百年始幸而有人宣著"之語，評者之精心考核，可見一斑。獨惜卷尾損傷，不知果出誰氏，俟更訪諸通雅，以發幽光。至其評語之批郤導窾，析入毫芒，設非斲輪老手，莫得而仿佛一二也。乃世竟無刊本流傳，文士苦心往往及身而泯，亦良可傷已。庚子小雪前五日昧旦書。

（未刊，據手稿）

145

沈巽齋影印張奕樞本
白石道人歌曲跋

　　今所傳宋詞樂譜，以姜夔《白石道人歌曲》十七闋所注旁譜爲唯一可據文獻，在我國音樂史上有其重大價值。自番禺陳東塾先生澧以工尺譜譯出《暗香》、《疏影》二曲（見予所輯《詞學季刊》）後，楊蔭瀏、夏承燾、丘瓊蓀、錢仁康諸先生皆曾作深入探究，並多譯成五綫譜，廣爲演奏，重傳於世焉。

　　此爲嘉興沈巽齋先生曾植影印清乾隆間張奕樞景宋刊本，爲世傳《白石道人歌曲》各種版本之最爲可信者。張氏原刊已絕不易見，此影印本流傳亦稀。予在滬四十餘年，僅遇二册。一以貽先師蘄春黃季剛侃教授，燬於倭亂。一即此本，爲先師歸安朱彊邨先生孝臧舊藏，眉端所錄，皆出先生之手。後附《樂星圖譜》，亦足爲研治宋樂之助。予珍藏行篋，歷三十餘年。今以捐獻上海音樂學院，爲建立民族四學系之慶。幸讀者護惜之。

　　一九六四年五月，龍榆生題記。

（收《龍榆生詞學論文集》）

海日樓札記手稿跋

右《海日樓札記》一册，嘉興沈乙庵先生曾植手稿，原藏其子慈護潁家。慈護曾屬爲校理，珍藏行篋者二十餘載。慈護亦於去年下世，因以歸之浙江圖書館，俾來者有所考焉。

予來滬差晚，不獲承教於先生，惟從歸安朱先生孝臧、錢塘張孟劬先生爾田處數聞緒論，驚其學識之淹博，徒深向往耳。先生晚歲遯迹滬濱，居新閘路所謂海日樓者，終日不出户，而海内外踵門問字者絡繹於庭，先生酬應如流，無不饜其意以去。治學恒以夜，隨筆疏記，倦即攲沙發椅稍偃息，不更就枕，故雖號寐叟而實極少睡也。

先生逝後，慈護奉其遺稿，分乞仁和孫隘堪德謙、錢塘張孟劬、蘄水陳蒼虬曾壽、臨川李證剛翊灼諸先生爲任校理。其叢殘札記，則以屬其鄉人王瑗仲蘧常。其專著如《元朝秘史注》及《蒙古源流箋證》早經雕版行世。《蠻書斠補》以下八種，並由孫、張二氏寫定待刊。札記庋瑗仲篋中，其後爲孟劬假閱，曾以若干種屬予及予從兄松生試爲參校，苦牽塵冗，率率未遑也。終由常熟錢仲聯尃孫爲之編次，定爲《海日樓札叢》八卷、《海日樓題跋》二卷，付中華書局印行。

先生札記手稿中之專論詞者，有《菌閣瑣談》二卷，江寧唐圭璋收入所輯《詞話叢編》，此册《宋詞三家》條略稱："叔耕《方壺詩餘》作者汪莘字。詞頗質木，其人蓋學道有得者。其所稱舉，則南渡初以至光、寧士大夫涉筆詩餘者標尚如此，略如詩有江西派然。石湖、放翁潤以文采，要爲樂而不淫，以自別爲詩人之旨格。曾端伯《樂府雅詞》，是以

147

此意裁別者。白石老人此派極則,詩與詞幾合同而化矣。吳夢窗、史邦卿影響江湖,別成絢麗,特宜於酒樓歌館,酊坐持杯,追擬周、秦,以續東都侈盛,於聲律爲當行,於格韻則卑靡。賴其後有草窗、玉田、聖與出,而後風雅遺音,絕而復續,亦猶皋羽、霽山振起江湖衰響也。自道光末,戈順卿輩推戴夢窗,周止庵心厭浙派,亦揚夢窗以抑玉田。近代承之,幾若夢窗爲詞家韓、杜;而爲南唐、北宋學者,或又以欣厭之情,概加排斥。若以宋人之論折衷之,夢窗不得爲不工,或尚非雅詞勝諦乎。"此論雖亦稍有偏頗,要具特識。結尾所説,前者殆暗指朱、況諸氏,後者其爲海寧王氏《人間詞話》而發乎!因附及之而略紀所聞如上。

　　一九六四年五月九日拂曉,萬載龍元亮榆生題記。

(收《龍榆生詞學論文集》)

海日樓批注四印齋景元刊本稼軒長短句跋

　　右臨桂王鵬運四印齋重刊元大德信州書院本《稼軒長短句》十二卷，嘉興沈乙庵先生曾植批注本。予曾輯録眉批爲《稼軒長短句小箋》一卷，載入《詞學季刊》。此爲哲嗣慈護所藏，留予篋中者甚久。慈護下世，謹以歸之浙江圖書館，俾永保之。

　　劉後村克莊曾稱稼軒詞爲"大聲鏜鞳，小聲鏗鍧，橫絶六合，掃空萬古，自有蒼生以來所無"。《後村先生大全集》卷九十八《辛稼軒集·序》。傳至今日，彌爲世重。而自來無爲之箋注者，讀者憾焉。晚近新會梁啓超、啓勛兄弟稍有疏釋，至鄧廣銘氏《稼軒詞編年箋注》徵引浩博，於作者用意所在，多所發明。而大輅椎輪，實自先生創始。乃鄧氏略不及之，爲可怪也。

　　一九六四年五月十日拂曉，萬載龍元亮謹跋。時年六十二，臥病上海南昌路寓齋。

　　　　　　　　　　　　　（收《龍榆生詞學論文集》）

149

彊邨先生手寫蟄庵詞跋

　　右揭陽曾習經剛父《蟄庵詞》一卷，歸安朱彊邨先生孝臧晚年删定手寫本，已刊入《滄海遺音集》中。

　　剛父爲《春蟄吟》倡和諸家之一。其所爲詩，由番禺葉氏恭綽據手稿本影印行世。此彊翁寫本詞集，綠格端楷，與所寫海寧王國維靜安《觀堂長短句》了無二致。於以見老輩學者篤於友誼，一絲不苟爲可風也。謹以獻之浙江圖書館，庶永保之。

　　一九六四年五月十日雨窗下，萬載龍元亮謹識。

　　　　　　　　　　　　　　　（收《龍楡生詞學論文集》）

跋彊邨先生舊藏王鵬運味梨、鶩翁、蜩知三集原刊初印本，校夢龕集原鈔本

右臨桂王鵬運幼遐《味梨集》一册，光緒乙未原刊初印本；又《鶩翁集》、《蜩知集》合一册，原刊初印本；並經彊邨先生標識，選入《半塘定稿》中。又《校夢龕集》一卷，清祕閣朱絲欄紙舊鈔本，亦彊邨先生所藏。册中別錄靈川蘇汝謙栩谷《雪坡詞》一卷，尾有半塘老人手書跋語。三十年前，北流陳柱尊柱曾從予假錄，雕版行世。

彊邨先生嘗語予："五十後始學填詞，實出半塘翁誘導。"又稱："翁以不獲登甲科，頗引爲憾，因之自定詞集，獨缺甲乙兩編。"今觀《味梨集》題"半塘填詞丙稿"，《鶩翁集》題"半塘丁稿"，《蜩知集》題"半塘戊稿"，《校夢龕集》題"半塘己稿"，則彊翁之説爲不虛矣。

清季詞家，以愚所見，當推半塘老人及萍鄉文道希先生廷式最爲傑出。半塘直逼稼軒而道希逕入東坡之室，其繫心宗國，怵目外侮，一以抑塞磊落不平之氣發之，故自使人讀之神王。兹檢敝篋，得此諸本，寄贈廣西圖書館，庶永保之。

一九六四年五月十日，萬載龍元亮榆生書於上海南昌路寓廬之葵傾室。

（收《龍榆生詞學論文集》）

151

樂 静 詞 跋

　　右《樂静詞》一册，德清俞階青陛雲手寫本。卷首有其女弟子蔣慧所繪《樂静居填詞圖》及江陰夏閏枝孫桐《鷓鴣天》題詞一闋。所録詞三十三首，皆階青先生晚年定稿也。

　　予廿年前，始獲納交於平伯，曾至北京老君堂寓宅，謁其尊人階青先生，相與談詞極契，因舉此册相貽。階翁爲曲園先生長孫，額突出，四世略無少異，此爲予所留印象之最深者。翁年八十餘，撰述不輟。下世亦逾十載矣。今以此册歸之浙江圖書館，亦使來者知平伯詞學之淵源所自云。

　　一九六四年五月十五日，萬載龍元亮榆生謹識於上海寓樓。

　　　　　　　　　　　　　　　（收《龍榆生詞學論文集》）

跋天游閣集東海
漁歌卷二抄本

　　右《天游閣集·東海漁歌二》一卷，太清西林春著，山陰諸貞壯宗元從原稿録出。予從彊邨先生處得之，曾據以載入《詞學季刊》。

　　有清一代滿族人詞，男以納蘭性德、女以太清春最爲杰出。清季詞家臨桂王半塘鵬運、況蕙風周頤皆極重之。況氏曾從如皋冒甌隱廣生得傳鈔本《東海漁歌》三卷，爲撰序跋，付西泠印社以仿宋活字本印行，署"西林顧春太清著"。獨以不得第二卷爲憾。今西泠活字本傳世亦稀，安得有好事者并此重刊爲四卷足本乎？特以此册歸之浙江圖書館，略綴數語如上。

　　一九六四年五月十五日，龍元亮榆生題記。

　　　　　　　　　（收《龍榆生詞學論文集》）

153

凌 波 詞 跋

　　右《凌波詞》一卷，吳曹元忠君直撰，歸安朱孝臧漚尹刪定手寫本，已刊入《滄海遺音集》。

　　君直長於三禮之學，亦嘗與朱先生商榷宋、元詞籍，寫有校記，見《彊邨叢書》中。茲以此册歸之浙江圖書館，略綴數語如上。

　　甲辰初夏，萬載龍元亮榆生記於上海寓齋。

（收《龍榆生詞學論文集》）

154

舊紙初印遯庵樂府跋

予曩爲錢塘張孟劬翁爾田校刻所爲《遯庵樂府》二卷,雕版初成,翁寄所藏舊紙,屬印兩部,一以寄彼,一以見貽。翁下世瞬且廿年,都門臨別之言,怳猶在耳,思之腹痛。今以此本轉獻浙江圖書館,以永其傳焉。

一九六四年孟夏,龍榆生題記。

(收《龍榆生詞學論文集》)

跋鈔本湘真閣詩餘

囊居真如，從某友借讀舊刊本《陳忠裕公全集》，因屬舍弟華生鈔出《湘真閣詩餘》一册，以備吟諷。其後武進趙氏尊岳惜陰堂彙刻明詞，亦據《全集》本。鏤版初成，而倭寇陷金陵，大肆屠戮，刻字工姜毓麟爲埋版地下，遂多斷爛，不獲印書，《湘真》一編，遂尠流布。偶於敝篋中檢出此册，爰綴數語，以貽沈軼劉。忽忽且卅年，華生亦下世久矣！

明季詞人，惟青浦陳臥子子龍、衡陽王船山夫之、嶺南屈翁山大均三氏風力遒上，具起衰之力。臥子英年殉國，大節凜然，而所作詞婉麗綿密，韻格在淮海、漱玉間，尤爲當行出色，此亦事之難解者。詩人比興之義，固不以叫囂怒罵爲能表壯節，而感染之深，原別有所在也。

甲辰孟夏，忍寒居士龍榆生記於上海南昌路寓樓。

（收《龍榆生詞學論文集》）

156

彊邨雜稿跋

　　右《彊邨雜稿》一册，歸安朱孝臧古微手寫本。有詞七十七首。《薄倖》一首，早由先生改定，錄入《彊邨語業》卷三。其餘除經先生乙去及注明代筆者外，先生逝後，徇諸故舊之請，輯爲《彊邨集外詞》，附刻《彊邨遺書》中。詞後雜錄前人詩詞，有周密《蠟屐集·湖上感事》二絕句，汪元量《柳梢青·湖上和徐雪江》（有目無詞），孫居敬《畸庵詞·湖上·水調歌頭》，《定齋林淳集·清明湖上·浣溪沙》，李璧《雁湖集·同蔣洋州飲湖上賦·滿江紅》，又《蔣示和篇余亦再作》，耿元鼎《雨中湖上作·浣溪沙》，孫居敬《畸菴集·念奴嬌·游湖》，陳造《臨江仙·江湖長翁集·六月十日偕客泛湖客有賦香袋詞者甚工予賦臨江仙袋兒綉雙鴛鴦》、《蝶戀花·泛湖》、《賀新郎·六月十日泛湖歸作》等闋。意或從《永樂大典》湖字韻錄出，以備補入《彊邨叢書》者歟？又次錄秦晦鳴樹聲《霜葉飛》二闋，則先生朋舊之作也。又次爲文稿，計有《施渚書院碑記》、《重建道場山萬壽寺記》（注：劉裴邨代作）、《徐蔭軒相國八十壽頌》、《熊母雷淑人六十壽敍》、《言仲遠妻丁夫人傳》共五篇。中雜集宋詞聯語若干則，殆如《梡鞠錄》以備鸎書者，迻錄如下：

　　　　素壁寫歸來，畫舫行齋，細雨斜風時候；
　　　　瑶琴才聽徹，鈞天廣樂，高山流水知音。

　　　　　　　　　　　　　　　　　　右集稼軒

157

竹邊松底，曾贈梅花，共結歲寒三益；

蘚老苔荒，摩挲峭石，恍然月白千峯。

右集玉田

欺寒茸帽，拂雪金鞭，漸爲尋花來去；

款語梅邊，虛堂松外，幾番問竹平安。

右集白石玉田

錦幄初溫，葡萄上架春藤秀；

闌干四繞，蒼蘚沿階秋意濃。

右集美成

高會惜分陰，爲我攀梅，細寫茶經煮香雪；

長歌自深酌，請君置酒，醉扶怪石看飛泉。

右集幼安

竹杖敲苔，倚窗小梅索句；

簾波浸笋，閉門明月關心。

右集梅溪

飛雪翻空，窺魚笑汝癡計；

浮圖倒影，與鷗同一清波。

右集幼安玉田

古今興廢幾池臺，往日繁華，雲烟忽過，者般庭院，風月新收，人事底虧全，美景良辰，且安排剪竹尋泉，看花索句；

從來天地一稊米，漁樵故里，白髮歸耕，湖海平生，蒼顏照影，我志在寥廓，朝吟暮醉，又何知冰蠶語熱，火鼠論寒。

右集幼安

流水洗花顏，擁蓮媛三千，誰道采菱波狹；

紫雲承露掌，倚瑶臺十二，猶聞憑袖香留。

右集夢窗

蓮葉共分題，貯月杯寬，笑拍闌干呼范蠡；

158

筠屏掩雙扇，避風臺淺，旋移芳檻引流鶯。

右集草窗

雲綱插天開，欲往何從，一百八盤狹路；
湘屏展翠疊，臨流更好，幾千萬縷垂楊。

右集幼安草窗

此事吳中文士最喜爲之，其工者直如無縫天衣，彌堪把玩。彊邨興寄所托，偶亦及此，庶幾文同己出，饒有絃外之音。此外則吾亡友鶴山易大厂居士曾手寫《集宋詞帖》一册，用珂羅版印行，亦多可喜。今則嗣音闃然矣。

甲辰孟夏之月，萬載門人龍元亮敬識於上海寓樓。

（收《龍榆生詞學論文集》）

影明萬曆刊本南唐二主詞跋

　　《南唐二主詞》一卷，一九三四年北平來薰閣影明萬曆庚申譚爾進精刊本，前有俞平伯一序並原刻譚氏題詞。雖所采亦頗雜他人之作，兼有訛誤，要爲現存《二主詞》之精槧。即此影印本，亦不易得矣。

　　江楓同志從予問倚聲之學，自謂"一片芳心千萬緒，人間没個安排處"二語，爲能道著其心中事。因檢此册，漫次原韻，題一闋以貽之。其詞云："肯向邯鄲輕學步。青眼相看，那復傷遲暮。只恨芳韶留不住。消凝洛浦淩波去。　　一霎滄桑經幾度。月上潮平，静愛幽花語。合共湘累絲墜緒。澧蘭沅芷迷歸處。"亦冀楓也能以靈均之芳悱，重光之語妙，更從大處着眼，使所有含靈普被薰染，以躋於大同之盛，亦如若梅花之化身千億，香滿三千大千世界也。

　　甲辰孟夏之月，廿六日拂曉，忍寒詞客漫筆。

（收《龍榆生詞學論文集》）

清 嘯 集 跋

　　《清嘯集》二卷,卷首有康熙戊辰上元日古村項以淳序及受業門人新安成瑄跋。上下卷並有"檇李項以淳長孺氏選輯"與"受業成瑄葭律氏參訂"各一行,其爲康熙原刊本,自無疑義。

　　據光緒重修《嘉興府志》卷四十二《人物志·列傳·隱逸》秀水縣國朝:"項觀國,字子濱,潛心理學,鍵户著述,造就弟子多成器。項以淳,字長孺,棄舉業,避地以自娛,號古村老圃,有《邨居集》、《蠹餘草》、《洗硯篇》、《秋水倡和詩》。"疑以淳當即出觀國門下,其輩分於同邑朱彝尊、李良年等當不甚相遠。而府志無一語及其詞,徧檢《浙西六家詞》原刊本,亦無一語及長孺者。料其人或果甘隱遯,絕不馳騖聲華,遂與朱、李諸氏,亦格不相入歟?

　　成跋引古村之説:"學詞之家,須原本古樂府,得其轉折頓挫之力、婉曲宕逸之神,而後見之於詞,則抑揚抗墜,自中乎節,清濁高下,不失於律。若徒襲《花間》、《草堂》之膚貌,雖工爲繁麗,無當也。又見先生篋中有所選《清嘯集》一編,皆登覽、宴會,及行役、弔古與夫咏物、懷人之作,故或澹宕而飄逸,或凄愴以纏綿,而淫靡之曲,浮曼之音,絕弗之及也。"觀其所議論,證以所甄采,南宋以下諸家之作爲多,其言似與朱氏《詞綜》所標宗趣無殊,而一則以托興爲高,一則唯俊雅是尚,朱本大顯,而此集在若存若亡間。山谷詩云"文章藻鑒隨時去,人物權衡逐勢低",可慨也夫!

　　甲辰芒種節拂曉,龍元亮書於上海寓宅之小五柳堂。

(收《龍榆生詞學論文集》)

無著盦脞録跋

　　《無著盦脞録》一册，歸安朱彊邨先生孝臧手寫本。雜記有關宋元人詞事，附録顧圖河《與覺堂論書一百韻》，朱跂惠启連《三希堂帖題辭》十首，又《題内景經郁岡齋本》四首、《崔兔床詩》六首、《朱棣垞詞》二首、吳摯甫汝綸所撰聯語二十三則，沈濤園瑜慶、沈子培曾植、陳伯岩三立、秦晦鳴樹聲、梁卓如启超、陳弢庵寶琛、瞿子久鴻禨等所撰聯語十三則，皆先生隨手抄撮，以備省覽者也。

　　先生晚歲旅居上海，以鬻書爲活計，書作顔平原體，特稍偏側耳。又多與一時書法家往還，故頗留意此事。聯語流行於清代，中葉以後佳製益多。倘有好事者録而存之，以備中國文學之一體，於梁章鉅《楹聯叢話》之後，别撰鉅編，亦非絶無意義之作也。

　　棣垞启連爲朱執信之父，其詩詞集未見刊行。此所録《高陽臺·庚辰冬粤秀山探梅》："南雪都非，西園幾換，梅花底事還開。便解尋香，冷蜂猶自疑猜。春風除却何郎筆，算無人肯費詩才。恁相逢，不似孤山，不似瑶臺。　　而今索向冰霜裏，任飛霙捲雨，没個人來。有限春心，年年寄與天涯。天涯又祇無歸處，漸東風不管塵埃。盡消凝，一段蒼烟，一片蒼苔。"《臺城路·雁來紅·時叔嶠將北赴禮部試》："烟霄錦字書難寄，浮沉楚江無迹。冷逗楓霜，低縈茜水，都做滿園秋色。斜陽向夕。又看似非花，問誰堪摘。十樣西風，幾行南浦但相憶。　　商聲又催怨笛。悵隨陽去遠，何處香國。冠幘鷄人，仙裳鳳侶，應有舊時相識。瓊枝露積。待煊染寒芳，更成消息。一點燕

162

支,帶將歸塞北。"二詞頗見風骨,亦有興諷,他日徵存粵東詞學者所宜留意也,故特拈出之。

兹當以此册并《彊邨晚年詞稿》、《彊邨雜綴》等手迹,寄獻浙江圖書館,爰綴短跋如上。

甲辰芒種節,萬載門人龍元亮。

（收《龍榆生詞學論文集》）

彊邨晚歲詞稿跋

　　《彊邨晚歲詞》一册，自《百字令・沈石田三檜圖卷郭季仁藏》以下至《清平樂・題所南翁畫蘭用玉田韻》共五十四闋，爲歸安朱先生晚居上海時手稿。其間除《高陽臺・過蒼虬湖舍》、《清平樂・何詩孫爲梅蘭芳畫長卷徵題》、《小重山》三闋，已由先生選入《彊邨語業》卷三外，餘則先生下世後，余徇諸朋舊之請，別録爲《彊邨集外詞》，刊入《彊邨遺書》中。

　　先生晚歲以校刊唐、五代、宋、金、元人詞爲專業，每一種刊成，必再三覆勘，期歸至當，復就心賞所及，細加標識，其關掫所在，恒以雙圈密點表出之。雖不輕着評語，而金針於焉暗度。予於此學略有領會，所得於先生手校詞集者爲多。先生餘暇填詞，亦至矜慎。其酬應之作，多倩旅滬友好爲之，詩文亦復如是。雖親自録存稿，恒雜他人代筆。就予所知，錢塘張孟劬爾田、仁和孫隘堪德謙、長洲吳瞿安梅、吳縣吳湖帆、閩縣黄公渚孝紓等皆曾捉刀，其《清平樂・題所南翁畫蘭》一闋，則予承命爲之者也。

　　予年三十，濫竽上海暨南、復旦各大學，爲諸生説詞。每於星期日，自真如走虹口東有恒路先生寓廬質疑請益。先生樂爲誘導，亦每以校詞之事相委。時旅滬詞流如番禺潘蘭史飛聲、寧鄉程子大頌萬、歙縣洪澤丞汝闓、吳興林鐵尊鵾翔、如皋冒鶴亭廣生、新建夏劍丞敬觀、湘潭袁伯夔思亮、番禺葉玉虎恭綽、吳縣吳湖帆、義寧陳彦通方恪、閩縣黄公渚等二十餘人，約結漚社，月課一詞以相切磋，共推先生爲盟主。

予年最少,與先生往還最密。屢欲執贄爲弟子,而先生謙讓未遑也。先生嘗語予:"生平不敢抗顏爲人師。除任廣東學政時所得士例稱門生外,不曾接受談詞者列弟子籍。有以此請,即爲轉介於臨桂況蕙風周頤。"是時蕙風已早下世矣。會"九·一八"變起,東北淪於倭寇。鄭孝胥圖挾愛新覺羅·溥儀由天津潛往遼瀋。先生怒焉憂之,曾屬陳曾壽力加勸阻。先生病日篤,一日強起,邀予往石路口知味觀杭州餐館小酌,語及東北事,相對歔欷者久之。復低聲太息云:"吾今以速死爲幸。萬一遜帝見召,峻拒爲難。應命則不但使吾民族淪胥,即故君亦將死無葬身之地。"嗣是遂臥床不復能興。一日,予走謁先生於牯嶺路寓樓,既出所作《鷓鴣天·絕筆詞》見示,復就枕邊取生平所用校詞雙硯授予,因曰:"吾未竟之業,子其爲我了之。"遂以辛未十一月廿二日溘然長逝。其明年秋,其子容孺扶柩歸葬吳興道場山麓,予往臨穴焉。旋爲集貲,刊成《彊邨遺書》行世。轉瞬且卅年,屢經轉徙,先生手澤,幸未失墜。上海解放後,即以《彊邨語業》卷三手稿及先生手寫知好詞集若干種捐獻上海文物管理會,旋歸上海圖書館。頃以衰病日增,於敝篋中復檢出先生手稿若干冊,因并寄獻浙江圖書館。略紀因緣如上,俾留心鄉邦文獻者有所考焉。

一九六四年六月八日拂曉,萬載龍元亮謹跋於上海寓宅之受硯廬,時年滿六十二歲。

(收《龍榆生詞學論文集》)

跋槐廬詞學

　　《槐廬詞學》一卷,臨桂龍繼棟松琴撰,劉弘度教授永濟四益堂精鈔本。存詞三十八首,補遺二首,未刊。

　　槐廬爲翰臣先生啓瑞子,舉人,官户部主事。因事革職遣戍,賴李鴻章力得放還。兩江總督劉坤一屬撰《圖書集成考證》,將用以進呈,爲開復之計。書成,曾用石版印百部,浙江圖書館藏有一部。中華書局縮印《圖書集成》,即據以附載,亦不詳作者名氏也。弘度姑母歸槐廬,因得鈔本二部。抗戰軍興,弘度由武漢大學轉徙湘、桂間,崎嶇入蜀。曾以一部寄存漢口大陸銀行保險庫。及美空軍轟炸日寇,銀行中彈被毀,書亦化爲灰燼。其一贈與廣西教育廳,並《經德堂集》版片,藏桂林石洞中,亂後不知存否? 其他遺稿,亦由槐廬子付弘度,有《十三經地名今釋》,分經、史兩部份,經部業經寫定,史部則僅成《史記》、《前後漢書》、《三國志》,至唐代遂輟。弘度來書,爲予言之如是。

　　此册爲廿數年前,弘度寄予,備載《詞學季刊》。會日寇犯淞滬,開明書店印刷所毀於砲火,不果刊出。槐廬與半塘老人生同里閈,又於光緒初同往北京,應禮部試不售,留京任職,每以填詞相唱和。弘度藏有二氏唱酬詞稿一册,即作於光緒六年庚辰前後,而二家集似皆未載。檢王氏《鶩翁集》僅《南鄉子》一闋,題有"槐廬書來"等語,豈以東西萍泊,爾後蹤迹遂疏耶?

　　聞粵西有人方謀匯刊半塘全稿,因並以此本及王、龍唱和詞册寄獻南寧圖書館,倘得附刊,亦不朽之盛業也。

　　一九六四年夏曆甲辰端午前一日,萬載龍元亮榆生謹跋。

　　曩歲北流陳柱尊曾借録副,旋傳與蘇汝謙《雪坡詞》同時雕版行世。柱尊歿已十八九年,予未獲見所刊本也。甲辰處暑後一日記。

（收《龍榆生詞學論文集》）

王龍唱和詞册跋

　　《王龍唱和詞》六葉，臨桂王幼遐鵬運、龍松琴繼棟手稿。計有半塘詞九首、槐廬詞二首。惟《大江東去》一首，確定作於光緒六年庚辰。二氏同在北京，此當一時遣興之筆。病中以刊本半塘諸集略勘一過，似皆未存稿，豈悔少作耶？武漢大學劉弘度教授永濟曩年舉以見寄，不及載入《詞學季刊》。迭遭亂離，幸未散佚。茲徵得弘度同意，並以寄獻南寧圖書館，以永其傳焉。

　　中華人民共和國建國十五年甲辰端午，萬載龍元亮榆生謹識。

（收《龍榆生詞學論文集》）

168

悔龕詞手稿跋

　　《悔龕詞》手稿一册，江陰夏閏枝孫桐撰。朱彊邨先生删定，刊入《滄海遺音集》中。彊翁下世後，閏枝先生續有所作，曾録寄白門，予爲補刻《悔龕詞續》一卷，擬並前集，别本單行。會予遘拘幽之厄，版片亦毁於國民黨劫收者之手，遂不復可問。病中於舊篋檢得此稿，因并紅印《悔龕詞續》及陳蒼虬曾壽《舊月簃詞》足本，寄贈黄生永年，庶永保之，兼圖流布焉。

　　閏枝先生與彊邨翁爲兒女親家，填詞早於彊翁，亦晚近倚聲家之工力深邃者。永年與同里閈，愛書如命。知獲此鄉先賢手迹及初印孤本，必倍加珍護也。

　　甲辰端午日，龍元亮題記。

　　　　　　　　　　　　　　　　　　　（收《龍榆生詞學論文集》）

169

詞總集考稿本題記

　　此《詞總集考》十巨册，武進趙氏珍重閣手稿本。粗分爲十六卷：卷一，唐、五代、宋；卷二，宋；卷三，金、元；卷四，明；卷五至十，清；卷十一，近人；卷十二至十四，彙刻；卷十五，叢鈔；卷十六，合刻。所見傳世詞總集，大致幾備。初題《詞籍提要》，曾錄若干，分載《詞學季刊》，此其最後手定全帙也。作者名尊岳，字叔雍，爲武進趙竹君鳳昌子，少曾從臨桂況蕙風周頤氏學詞，搜羅古今詞籍甚富。既爲其師校刻《蕙風詞話》附《蕙風詞》，復輯朱明一代詞三百餘種，自總集至別集彙爲《惜陰堂彙刻全明詞》，由南京姜文卿刻書處開雕，僅印樣本數十册以備覆勘，未及編定目次，印布人間也。叔雍以出處不慎，家遭籍沒，所藏詞籍及明詞樣本，多轉入上海圖書館者。十六年前，脫身走海外，轉任新嘉坡大學講席。前歲以書抵其女姍，抱全稿見畀。謂此亦其父生平精力所萃，可略備研求詞學者之參稽，有願爲之整理保存者，削其名氏可也。病中涉覽一過，雖殊蕪雜，而網羅頗富，特以轉獻杭州大學文學研究室，附記因緣如次。

　　甲辰秋日，籜翁。

（收《龍楡生詞學論文集》）

太古傳宗琵琶調宮詞曲譜殘卷跋尾

　　《太古傳宗琵琶調宮詞曲譜》一册，清代康、乾間精刊初印本。卷首題毗陵鄒金生漢泉、茂苑徐興華紹榮同閱，古吳朱廷鏐嵩年、松江朱廷璋龍田重訂。殘存上卷，計收：
黃鐘宮
　　　醉花陰　短棹輕帆下江水　　　　　　趄蘇卿
　　　醉花陰　國祚風和太平了　　　　　　賈仲明　賞燈
　　　絳都春序　團團皎皎　　　　　　　　雍熙樂府　月下聽琴
　　　三十腔　喜遇吉日　　　　　　　　　雍熙樂府　慶壽
仙呂宮
　　　點絳唇　三月韶光　　　　　　　　　楊文奎　四時景
　　　點絳唇　天淡雲孤　　　　　　　　　千金記　埋伏
　　　聚八仙　巴到西廂　　　　　　　　　投宿
　　　賞花時　休說功名皆是浪語　　　　　瀟湘八景
　　　步步嬌　暗想當年羅帕上曾把新詩寫　高東嘉　阻歡
　　　望吾鄉　爛熳春光　　　　　　　　　楊斗望　四景題情
　　　春雲怨　壽比南山　　　　　　　　　雍熙樂府　慶壽
中呂宮
　　　粉蝶兒　寶殿生涼　　　　　　　　　盛世新聲
　　　粉蝶兒　憑着俺手摘星辰　　　　　　千金記　點將

粉蝶兒	創立秦都	詞林摘艷	大十面
古調石榴花	顛狂柳絮撲簾飛	關漢卿	閨思
粉蝶兒	小扇輕羅	貫酸齋	西湖十景
粉蝶兒	三月鶯花	詞林摘艷	
粉蝶兒	錦繡全唐	邯鄲記	
好事近	東野翠煙消	高東嘉	春遊
瓦盆兒	教人對景無言	鄭虛舟	閨怨

越調

喬合笙	喜得功名遂	彩樓記	
繡停鍼	蕩起商颷	雍熙樂府	題木犀

正宮

端正好	柳輕柔花嬌媚	楊彥華	春遊
端正好	青藹藹柳陰濃	詞林摘艷	
端正好	翠圍屏鮫綃帳	王舜耕	金錢問卜
端正好	享富貴受皇恩	詞林摘艷	
端正好	水晶宮鮫綃帳	雪訪	
端正好	我恰纔秋香亭上正歡儂	白仁甫	御溝紅葉
花藥欄	新綠池邊	雍熙樂府	送別

共二十九套。殆並當年流行之元、明舊曲,以琵琶伴奏演唱者也。予不及以他書細校曲詞,但就《點絳唇·埋伏》、《粉蝶兒·大十面》二套,以明刊本《詞林摘艷》校之,文字亦多出入。明季毛晉彙刊《六十種曲》本及近人鄭振鐸影印《古本戲曲叢刊》本《千金記》皆未見《點絳唇·埋伏》一套,亦不知所從來,爲可怪耳。

予於十年前,偶從上海來青閣書店,以重值收得此册。雖殘缺下卷,而傳本絕稀,殊堪寶玩。以予調查所及,只北京圖書館藏有全本一部,殘存半部。上海歷史文獻圖書館藏有影鈔本一部。其價值可想而知矣。

全國解放以來，在我黨中央與毛主席英明領導下，大力提倡民族音樂，多方調查發掘，宋、元舊曲保存於各地方戲曲及民間藝人之手者，亦至夥頤。但或有聲無詞，或聲詞俱變，不易探索其源流嬗衍之故。倘得專家就此聲詞俱全之舊譜，與民間所傳琵琶曲調，參互比勘以求之，庶於推陳出新，發揚光大民族優秀傳統，不無裨助焉。

今以捐獻上海音樂學院，作爲建立民族四學系之慶，幸讀者共珍視之。

一九六四年五月，萬載龍元亮榆生題記。

（未刊，據手稿）

海日樓詩稿跋尾

右嘉興沈乙庵先生《海日樓詩稿》一册，自《滬杭車中口號》以下，除重出三首外，得古近體詩四十首。多出他人代錄，而經先生改定者。至《展墓出南門作》三首、《還家雜述》補二首、《北樓》四首、《彭剛直公尺牘》、《曾文正公尺牘》、《丁叔衡太守山水未完本》各一首，皆先生手筆也。

先生以餘事作詩人，一時興到，隨取斷爛報紙、日曆或簡札封套、賓朋名刺，拉雜書之，往往令人莫辨首尾，且多無題，遂亦不易編次。先是曾由海寧王靜安國維爲寫定《海日樓詩集》一册，歸安朱彊邨先生并初刻《乙卯稿》次爲二卷，雕版行世。先生逝後，慈護悉取未刊各稿，並所錄副乞朱先生爲之審訂。彊邨翁亦苦其爬梳不易也，又以轉託蘄水陳仁先曾壽，裹以綠色錦袱，旋後還之彊翁。當彊翁易簀時，予深恐其倉卒散亂，爰特請歸慈護。慈護後就商於會稽馬蠲叟浮，復命予爲理董之。予既就諸殘楮手錄清稿二册，合之原鈔副本，還之慈護。慈護攜請平湖金籛孫兆蕃一加排比，彙編爲《海日樓詩四卷》補遺一卷。予既屬門人鉛山朱居易重寫清本，復爲郵致陳散原、夏映庵敬觀、李拔可宣龔、李證剛翊灼諸先生，稍稍有所更定。散原老人爲作跋尾，分期載入予所輯《同聲月刊》從創刊號至十二號中。聞虞山錢仲聯萼孫曾據以作注，徵求繁富，謀付書局印行未果也。

此册珍藏行篋者廿餘年，特并手錄《海日樓遺詩》二册，歸之浙江圖書館。附記因緣如上，俾來者有所考焉。

　一九六四年五月十日拂曉，萬載龍元亮題記。

（未刊，據手稿）

海日樓遺詩鈔本跋尾

　　右《海日樓遺詩》二册，嘉興沈子培曾植撰。予於教授暨南大學時，應慈護託，取先生遺稿之寫在報紙、日曆、名刺、箋封諸廢紙上者，手爲録出，以供參校。忽忽且卅年，慈護墓已宿草，予亦白髮盈顛，頹然老矣！偶於廢簏中檢出，因並寄獻浙江圖書館，幸予保存之。

　　一九六四年五月十日拂曉，萬載龍元亮榆生附識。

（未刊，據手稿）

湔游吟草跋

《湔游吟草》一册，共古近體詩五十八首，詞八首，未署作者姓氏。觀諸題有"下第出都"、"金華試院"、"嚴州試館"諸語，則其人蓋落第舉子，曾隨佐當時督學任者，歷往浙中各郡校閱試卷者也。册内附舒明阿題識一紙，有"飛卿麗藻，白石才華，詩詞壇中，獨樹一幟"之言，雖不無溢美，要亦一時才士之作也。

集中佳句，有如《下第出都途中偶成》云："野浮麥氣浪千疊，風動棗花香一林。"《秋郊晚眺》云："遠浦夕陽雙去鳥，亂山黄葉一歸僧。"《傳聞》云："漁丁狎浪先馳檝，犀甲防秋盡控弦。"《冷泉亭》云："清花空色相，冷欲逼鬚眉。"《煉丹臺》云："海天連莽蒼去聲，世界入塵埃。"《曉霽游開化寺登六和塔望江復沿江行數里由梵村至雲棲寺》云："忽入竹深處，千竿萬竿直。山靈愛瀟湘，移置斯山側。"《由靈隱寺登韜光訪正罔上人》云："意想不到處，山勢忽飛起。鼓興更窮幽，盤盤入雲裏。"皆清新雅健，琅琅可誦。詞如《一剪梅·江山船中同侣雲作》："同坐江山小小船，纔過山邊，又過村邊。箇儂晚起試粧妍，嫂也同年，妹也同年。　　細匀脂粉貼花鈿，乍近人前，忽遠人前。䚡紗云幅薄於蟬，算是孤眠，卻是同眠。"亦足爲稽考當日地方風土者之助。至《東風第一枝·題宛蘭簪花圖》，眉端有"此闋刻入《吴中畫舫録》"九字，並記之俟考。

余旅滬前後四十餘年，喜遊舊書坊，每遇殘編斷簡，輒感作者心血所寄，不忍令其湮没，遂收入篋中。此册有關浙中文獻，謹以贈之浙江圖書館。

一九六四年五月十五日，龍元亮榆生題記。

（未刊，據手稿）

彊邨詩存手稿跋

《彊邨詩存》手稿一册,歸安朱祖謀古微撰。原題《玉趺館詩存》,後又删定爲《彊邨棄稿》一卷,予爲刊入《彊邨遺書》。先生晚歲更名孝臧,號漚尹,又稱上彊邨民。詩多壯年時作,故仍署祖謀,從其實也。

先生少時致力於五七言古近體詩,刻意學江西詩派,曾手鈔《山谷詩內集》、《山谷詩外集》二厚册,以備朝夕吟諷。又有《陳簡齋詩錄》手鈔本一册,並藏余篋中。五十後遇臨桂王佑遐鵬運於北京,始學填詞。既遘辱八國聯軍之亂,與半塘諸友集宣武門內所謂四印齋者,相與聯吟爲《庚子秋詞》及《春蟄吟》等集,乃益專意於倚聲之學,並以校刻唐五代宋金元人詞爲職志,卒刊成《彊邨叢書》四十册,爲研治詞學者之寶庫焉。晚歲不復作詩,而所爲詞,每從唐宋詩中樹骨,沈寐叟所稱白石道人"詩與詞幾合同而化"者,雖兩家取徑不同,咸能卓然有立,而感時撫事,慷慨悲涼,視白石殆有過之。

今以手稿歸之浙江圖書館,并略記所聞如上。

一九六四年五月十五日,萬載龍元亮謹識。

(未刊,據手稿)

179

梡鞠録原稿跋

右《梡鞠録》四卷，卷首署“無著盦戲編”，實爲歸安朱彊邨先生孝臧手稿。蓋彙集清代諸名家詩文爲七言及八字聯語，以便爲他人書楹帖者。似曾有巾箱活字本印行，今已不易見及矣。

先生自清季罷任廣東提學使，即引疾歸，初卜居於吳門聽楓園，旋寓滬濱，以鬻書自活，兼助校刻《彊邨叢書》之費，其用心殊苦。

今以此稿歸之浙江圖書館，因附及之。

一九六四年五月十五日，龍元亮謹識。

（未刊，據手稿）

有樂堂韻語跋

《有樂堂韻語》"有樂"亦作"有美"一册，瀋陽曾培祺與九撰，歸安朱彊邨先生手寫本。先生於友朋遺著，恒喜爲手錄，以永其傳。此亦其一也。爰書數語，歸之浙江圖書館。甲辰孟夏萬載龍元亮榆生題記。

（未刊，據手稿）

歸安埭溪朱氏支譜跋

　　此《歸安埭溪朱氏支譜》一卷爲予卅年前借鈔以備刊《彊邨遺書》者，謹以獻之浙江圖書館，俾他日治彊邨詞學者有所考焉。

　　一九六四年五月，龍楡生題記。

（未刊，據手稿）

明季刊本東坡二妙集跋

　　右《東坡二妙集》，明季曼山館刊本。計收《東坡先生尺牘》二十卷，共一千二百八十七通；《東坡先生詩餘》二卷，共三百三十六首。卷首有《蘇長公二妙集敘》，末署"辛酉秋仲西安方應祥題於秣陵之亭柏軒。"《尺牘》卷首題"瑯琊焦竑批點，茂苑許自昌校，錢塘徐象橒梓。"各通並於題下注發書所在地，受函者按先後編次，較《七集》之凌雜無紀者高出遠甚，殆坡翁下世後，其嗣子向諸通家徵集而來者，爲可貴也。《詩餘》卷首題"瑯琊焦竑編次，江夏黃居中訂正，茂苑許自昌校閱。"每半葉十行，行十八字，中縫題《東坡二妙》，下署"曼山館"三字，或有或無，亦晚明金陵刻本之較精者。按辛酉當是明天啓元年公元一六二一，方應祥行實待考。焦竑字弱侯，江寧人，生嘉靖二十年辛丑一五四一，卒萬曆四八年庚申一六二〇，享年八十。焦氏在明文人中號稱淹博，撰述甚富。方序作於竑死之次年，則此編所稱"焦竑批點"、"焦竑編次"，當非偽托。

　　二十餘年前，偶於上海福州路舊書肆中收得此本，藏之行篋，迭經離亂，幸未散亡。特牽塵冗，不及細校。閩中黃生任軻曾借以勘《東坡七集》，多出尺牘一二百通。合刊《東坡詩餘》亦屬創舉。王灼《碧雞漫志》卷二稱："東坡先生非心醉於音律者，偶爾作歌，指出向上一路，新天下耳目，弄筆者始知自振。"又元好問《遺山先生文集》卷三十六《新軒樂府引》云："唐歌詞多宮體，又皆極力爲之。自東坡一出，情性之外，不知有文字，真有'一洗萬古群馬空'氣象。雖時作宮體，亦豈可以宮體概之。人有言，樂府本不難作，從東坡放筆後便難作。此殆以工拙論，非知坡者。所以然者，《詩三百》所載小夫賤婦幽憂無聊賴之語，時猝爲外物感觸，滿心而發，肆口而成者爾，其初果欲被管絃、諧金石，經聖人手以與六經並傳乎？小夫賤婦且然，而謂東坡翰墨遊戲，乃求與前人角勝負，誤矣。自今觀之，東坡聖處，非有意於文字之爲工，不得不然之爲工也。坡以來，山谷、晁無咎、陳去非、辛幼安諸公俱以歌詞取稱，吟詠情性，留連光景，清壯頓挫，能起人妙思。亦有語意拙直，不自緣飾，因病成妍者，皆自坡發之。”予以爲二家所論，是最能理解蘇詞者。南宋以來，豪傑憂國之士，除陳去非與義、辛幼安棄疾外，如岳飛、楊萬里、陸游等，亦莫不瓣香蘇氏，感時撫事，發爲歌詞，一以慷慨淋漓駘蕩縱恣之筆出之。乃宋刊蘇集，無兼收其詞，如秦觀《淮海集》之附《淮海居士長短句》者，此又特爲可怪也。今世傳《東坡詞》，以聊城楊氏海源閣舊藏元延祐庚申葉曾雲間南阜書堂刊本《東坡樂府》二卷爲最古。次爲南陵徐氏乃昌積學齋舊藏影鈔本僊溪傅幹《注坡詞》十二卷《文獻通考》著錄作二卷，予卅年前曾據以參稽歸安朱先生《彊邨叢書》編本，纂次爲《東坡樂府箋》三卷。此外就予所見，惟海虞毛氏汲古閣《宋六十家詞》本《東坡詞》及光緒戊子錢唐汪氏重刊毛本，皆不分卷。同年臨桂王鵬運《四印齋所刻詞》所收《東坡樂府》二卷，則據元延祐雲間本重雕者也。各本次第，皆有不同。此《二妙》本與延祐雲間本亦互有出入，容得暇細加比勘，亦思據以重撰《東坡樂府校箋》，俾世之愛讀蘇詞者有所考焉。

　　一九六四年五月廿二日養疴上海南昌路寓樓之葵傾室，漫綴所聞如次。萬載龍元亮榆生題記。

（未刊，據手稿）

秋江集注題記

  《秋江集注》六卷，永福黃任莘田著，長樂王元麟芝田注，道光癸卯長樂王氏東山家塾刊本。黃氏別有《香草箋》，全作香奩體，清季有石印本，傳誦一時。閩人王鍇少喜吟詠，攜示此集。適予方病冠狀動脈硬化，症號"心肌梗死"，醫戒用腦，遂未暇細讀，率題數語還之。

  予年二十許，任福建集美學校國文教席，課暇頗嗜吟哦。休沐日常乘小汽船渡海汊，訪侯官陳石遺先生衍於廈門大學，從問詩學源流。先生謂予所作絕句雅近吾鄉楊誠齋萬里，並爲朗吟其鄉先輩黃莘田《春日雜思》之前二首："百折紅闌不見人，小池風皺綠鱗鱗。夕陽大是無情物，又送墻東一日春。""橘花和露落青苔，鏡檻無風暗自開。涼月不知人已散，殷勤猶下畫簾來。"吟罷，惘惘若不勝情者。又亟稱黃氏偏工此體，當與王漁洋士禛屬樊榭鶚在有清一代，分鼎三足。忽忽且四十年，言猶在耳。當倭寇犯上海時，先生倉卒由吳門燕子橋聿來堂來滬，轉乘海舶返福州，予親送至十六鋪碼頭，登舟握別。旋傳先生以疝氣大作，注射嗎啡針藥過量，遂致不起。今先生墓木早拱，其所居三官堂號匹園者，傳已轉作尋常百姓家矣。瀏覽此集，至上述二詩，爲泫然者久之。

  《秋江集》中，多流連光景之作，專尚風神，無大起落，內容亦殊貧乏，殆一時風尚如此耳。

甲辰孟夏，養疴上海南昌路寓樓之葵傾室，漫題。忍寒居士，時年六十過二。

（未刊，據手稿）

舊刻西廂圖題記

舊刻《西廂圖》一册，自《遇艷》至《完配》凡二十葉，每葉後附鎸明季諸名家如陳洪綬、藍瑛、周復、李謨、關思、陳繼儒、諸允錫、李素□、李□□、孫杕、黃石、董其昌等所作山水、花卉、竹石之屬，刀法極妙，殆出徽歙名工之手，極堪寶玩。予廿年前從吳下祝心淵家，并其他圖籍若干種，以重值收得之。祝氏爲枝山後人，此亦其家世守之物，惜爲小兒塗抹，略有毀損，雖非完璧，要自稀有之珍也。一九六四年，甲辰孟夏之月，忍寒居士龍元亮題記。

（未刊，據手稿）

嵯峨天皇宸翰唐
李嶠詩殘卷跋尾

　　《嵯峨天皇宸翰唐李嶠詩殘卷》一大册，日本珂羅版精印本。原爲八木幸題贈蔣彬侯者，予偶於滬市收得之，珍藏行篋，亦逾十數載矣。

　　此册除寫李嶠詩目半葉外，存詩二十一首。觀其運筆犀利奇矯，純用歐法，與彼邦宮內省所藏唐摹右軍喪亂諸帖，淵源莫二。前人論書法者謂定武本蘭亭敘爲率更手橅，真有鐵畫銀鉤之妙。證之嵯峨此册與喪亂諸帖，乃悟晉唐勝諦，惟東邦實得其傳焉。空海之學顏，嵯峨之學歐，並能得髓，洵爲海東奇蹟，愛玩莫釋，漫書數語如上。一九六四年五月，忍寒居士龍元亮榆生題記，時方養疴上海寓齋。

　　　　　　　　　　　　　　　　　　（未刊，據手稿）

188

蘄春黃氏切韻表跋

　　《切韻表》一卷，蘄春黃侃季剛撰，予弱冠居武昌黃土坡時據原稿手錄。中間轉徙流離，迭經兵燹，幸未失墜，忽忽四十三年矣！

　　予五歲喪母，依先君贊卿轉徙於當陽、監利、鐘祥三縣，最後在隨州入小學。旋值辛亥革命，先君去職還鄉，教予讀姚氏《古文辭類纂》及《昭明文選》以至《論語》、《孟子》、《史記》、《杜詩》之屬，多能暗誦。弱冠始出遊武昌，從季剛先生習聲韻文字之學，即住先生黃土坡寓宅，并課先生季子念田讀《四子書》。未半年而武昌兵變，倉卒從先生避居城外長春觀。旋渡江居漢口。亂定，予以艱於資斧，遂辭歸。時先生年三十餘，罷講北京大學，鎩羽南下，任教武昌高等師範學校，亦頗抑塞不自聊。講學餘暇，往往邀集同人玩麻將牌或渡江作冶遊，用資消遣。游罷歸來，即據案研朱墨，讀《說文解字》，取千年來有關許叔重之說，擇要錄入眉端，或作種種符號以資識別。嘗語予自幼治許氏書，日夕以此自隨，輔以《爾雅》、《廣韻》，用力至專且久。予每見其夜深兀坐，一燈熒然，時或達旦方休。以此知專業之成，非積年累月，鍥而不捨，好之篤而習之勤，莫由倖致也。

　　予既去武昌，索筆游廈門、上海，不十年而忝居上庠講席。先生亦離鄂東下，教授南京中央大學。予恒以春秋佳日，自滬往省先生於文昌橋寓居。先生旋築量守廬於雞鳴寺臺城遺址，以庀生平所收圖籍，爲終焉之計。一九三五年暮春之月，爲先生五十初度，予與海寧孫鷹若（世揚）偕往祝嘏。廣濟劉博平（賾）亦自武昌來會。先生喜

189

甚,招集浣花川菜館,旋復偕往太平門外看桃花。歡游屢日而散。是夏,予去滬,盡室徙廣州,先生亦常有書來。不料重陽後數日,先生即以中酒大嘔血。遽爾溘逝。聞訃悽然北望,不知酸涕之何從也。

其明年秋,予復避亂北還。既爲先生刻所著《日知錄校記》於吳下,後謀之臨川丁戁音,決由商務印書館將先生手批《説文解字》、《爾雅》、《廣韻》三種,用照相放大,朱墨套印,藉以傳世,兼資來者之考索,而議久不諧。倭寇旋犯金陵,向之所謂量守廬者化爲一片瓦礫,不堪回首矣。逾十數年而亂定,聞三書尚在念田手,一時亦斷印行之望。又傳金陵初陷,量守廬藏者移貯採石,并儀征劉申叔(師培)遺稿多種在焉,隨皆被盜散佚。有收得《量守廬日記》數十葉者,予曾借以錄副。今又廿年,劫後餘生,亦不知遺置何所矣!

此《切韻表》錄於辛酉暮春,後附《切韻表刊誤》二紙,爲予居廈門時,晉江丘生(立)所制。丘生年長於予,曾從羅莘田(常培)受聲韻之學,頗有成就。莘田亦出黃先生門下,逝去忽又數年。丘生則一別卅六年,了無音息,亦不知尚在人間否?世傳章(炳麟)黃之學,不絕如縷,展卷爲之憮然。

憶廿數年前,開明書店曾與先生家屬有約,將爲影印《量守廬日記》全稿及《切韻表》清本。《切韻表》曾用別一鈔本印行若干冊,今亦不易重睹矣。

病中偶檢此冊,深感先生往年見厚之誼與先生治學之精勤,而五十著書,餘杭章君所以勗勉之者卒不廢有所就。年命迫促,信志士之大痛。畢生精力所寄,亦不在滅没中,白首門生,唯余一慟而已!率書所聞見,聊殺余悲。一九六四年五月三十日,元亮記於上海寓齋之葵傾室。

(載《文教資料》1999 年第 5 期)

彊邨雜綴跋

　　《彊邨雜綴》一册,歸安朱彊邨(古微)先生孝臧手寫本。首録《王
惕甫先生雜集屏障書》三十五則,皆唐、宋以來諸名家之名章雋語,以
備爲人書屏幅者。次録《題沈羲明先生遺照》以下古近體詩三十七
首,類皆題畫及應酬之作。又次録《馮君木撰聯》四十則,又次録《蒹
葭樓詩》七律二首,七絶一首,摘句若干,附王病山《題馮君木逃空圖》
七絶三首,沈曾植《菌閣瑣談》二十一則,李慈銘《越縵聯語》十八則,
金香嚴、况蕙風等聯語十一則,陳散原三立《金磷臾生壙銘》一篇,志
盦《題畫》絶句七首,近人詞集目録及任廣東學政時所得士題名録各
半葉。題名録共四十九人,以古應芬、汪兆銘、汪宗洙、杜之枕爲最著。

　　按王惕甫名極,廣西馬平人,以詞名同、光間。馮君木名开,浙江
慈谿人,有《回風堂詞》,已刊入《滄海遺音集》。《蒹葭樓詩》作者黄
節,字晦聞,廣東順德人,撰述甚富。王病山名乃徵,四川華陽人。越
縵爲會稽李慈銘別號,有《越縵堂駢體文》及《越縵堂日記》等刊行。
金香嚴爲秀水金蓉鏡,著作不詳。沈、陳、况三氏爲世所共知,不復
疏記。

　　先生自五十入京後,從臨桂王半塘鵬運習倚聲之學,遂絶不作詩
文,此册所存,疑皆倩人代筆。特《題徐湘蘋畫册》:"《絡緯吟》連《拙
政詞》,鉛華洗盡見修眉。饒他才女論門□,大阮何妨小阮隨。《絡緯
吟》徐小淑著。湘蘋實小淑從孫,人以方阮氏之有仲容。""隴頭水咽窮荒恨,
塞上秋生落葉愁。詩律居然到臣甫,何曾叉手作詞流。""衰楊霜徧灞陵

191

橋，每讀新詞意便消。賸有幽花供點染，可分秋雨到前朝？”“一朝詩史吳槎客，絕妙詞從卷尾題。好謝鍾情諸老輩，又添掌故小桐溪。槎客著詩話，自負良史。”以其有關閨秀詞人掌故，故特拈出之。

甲辰芒種節，龍元亮題記。

又《題缶廬畫葉》：“生面開煙光，太古含石理。胸吞彭澤雲，腕有清湘鬼。”“聞話郭南山水佳，冷齋相對撥爐灰。薄田苦竹今何似？消盡江南獨客懷。”“酒醒忽憶龜堂句，但聽松風自得仙。那便蜿蜒霄漢去，空山猶有著書年。”“書畫皈依向一乘，世人誰識老聾丞？不須更把楊枝供，長作人間粥飯僧。”“並無一片雲來去，略有三間屋退藏。水漸清泠山漸瘦，幾人消受好秋光？”“石態手揖讓，樹影鱗之而。想見酸寒尉，科頭放筆時。”先生晚歲旅食淞濱，與安吉吳倉石昌碩交至密，此諸絕句亦瘦硬近黃魯直，或出先生自製，故並錄存之。

元亮再記。

（未刊，據手稿）

菌閣瑣談卷上鈔本跋

此嘉興沈寐叟曾植遺著《菌閣瑣談》卷上一冊，予任教廈門集美學校時，屬閩縣陳生雨亭從《國學專刊》中鈔出者。彊邨先生亦曾借録副本，略有校正。嗣從沈慈護家獲觀原稿，并曾録副，塵事牽率，未暇對勘也。其後常熟錢萼孫校輯《海日樓札叢》，復加割裂，非復二卷之舊，安得爲別刊單行本耶？

《國學專刊》爲閩縣陳石遺先生衍教授廈門大學時，與國文系學生葉長青等所編印，僅載《瑣談》上卷，旋即停刊。"菌閣"訛爲"茵閣"，江寧唐圭璋收入《詞話叢編》時，始據另一鈔本更正，但訛誤仍所不免。陳生甚富才華，字迹亦秀挺，予游福州時曾過其家，不幸短命死久矣。彈指卅七八年，病中撫此殘帙，爲惘然者久之。一九六四年六月八日龍元亮題記。

（收《龍榆生先生年譜》附録）

193

黄賓虹畫黄山圖卷題記

　　《黄山圖》一卷，爲黄賓虹先生晚年傑構。其自題云："黄山自湯口登文殊院，歷平天矼，望西海門，石筍林立，縹渺霞際，回首鰲魚洞、度仙橋諸絕險，俱在屨足之下。榆生先生文詞斐亹，詩中有畫，可奪化工。寫此一角，聊博大嘑。庚寅，賓虹，年八十又七。"觀其氣象雄偉，筆勢磅礴，真可謂能以造化爲師者，並世畫師莫能與之抗手也。十七年前，曾裝鏡框，懸之白下寓廬。遭亂轉徙，曾託亡壻鄭吉勇空運至滬，幸未散失。頃偶於敝篋中檢出，略加裱褙，轉獻陳仲弘毅元帥，藉供清賞。亦冀有好事者，見而懇求攝影，製版流傳，庶此名蹟允爲藝苑模楷，亦不負作者相知之意云。一九六五年中秋前九日，龍元亮題記。

（未刊，據手稿）

194

蕲春黄氏切韻表題記

　　右《切韻表》一卷,蕲春黄侃季剛撰。予弱冠時遊武昌,從先生治文字聲韻之學,因獲録副。置篋中四十三年矣。先生畢生精力,萃於《説文》、《廣韻》二書,治許書尤勤篤,從十五六歲至五十之年,每夕必挑燈研索,至午夜始休。嘗語予,凡有關此書之古今圖籍,必於簡端細字籤注,并以各種符號標識。古文字聲韻之學,至先生而集其成,嘉惠來學,至今未已,世所稱章黄學派是也。先生年五十時,太炎先生勸以寫定專書,方擬著筆,遽以嘔血死。予曾商之商務印書館,將原書攝影放大,用朱墨套印,以廣其傳。議方定而倭難作,遂不克果。聞尚存其子念田處。頗望在此學術昌明之偉大時代,能爲及時印布,以期不没先生之畢生業績焉。一九六五年九月一日,弟子龍榆生題記。解放後以字行,又及。

（未刊,據手稿）

195

藍印本日知録校記跋尾

　　此書刊於吴下，藍印二百本。倭寇犯蘇州，版片化爲灰燼，以是流布絶稀。其原稿於解放後，即送上海圖書館保存，謹以此册呈獻毛主席。一九六五年九月一日，龍榆生。

（未刊，據手稿）

彊邨先生校點稼軒詞題記

　　歸安朱彊邨先生清季僑居滬上,壹意於唐宋金元詞之校栞,既刊成《彊邨叢書》四十册,爲學詞者所共珍視。此晚歲校點《稼軒詞》二册,未及補刊,讀者憾焉。謹并先生校點《東坡樂府編年本》一册呈獻　毛主席。

（未刊,據手稿）

陳東塾先生手書團扇題記

　　番禺陳東塾先生澧為近代嶺南第一通儒，畢生以講學為業。書學米芾，亦蕭灑出塵。此團扇為亡友鶴山易大厂舊藏，特以轉贈蕭向榮將軍，藉供清賞。一九六五年中秋前十日，龍榆生題記。

　　先生於古今圖籍瀏覽至富，尤長於樂律聲韻詞章之學。其教人力排門戶之見，及一切支離破碎之説，一以提挈綱領，深入淺出，務通古今之郵而以致用為歸。以為不如是而夸夸其談，徒使學者陷於迷惘，或且聞而生畏，適足促宗邦文化之消亡，更何有於發揚光大。百年前有此進步思想，為可頌也。

（未刊，據手稿）

詞學季刊三卷合訂本題記

曩以詞壇諸知好之贊助,創辦此刊。每期發行千册,頗有流傳域外者。出至第三卷第四號,排版未竣而倭禍作,開明印刷所燬於火,遂致斷絶。劫後僅存二部,既早以其一捐獻上海圖書館,頃復於敝篋中檢得三卷四號校樣若干葉,因併合裝爲三卷,亦遂成爲人間孤本矣。此諸陳跡將隨卷中作者之零落以俱盡,每誦毛主席"數風流人物,還看今朝"之句,推陳出新之偉業,所厚望於來者矣。乙巳中秋龍榆生題記。

（未刊,據手稿）

章太炎黃季剛詩翰跋尾

一九三五年，予應中山大學之聘，提挈老幼，盡室南行。行前分往蘇州、南京，謁太炎、季剛兩先生告別。承各書所作詩一紙見贈。章書《送日本川南領事移駐昆明》云："海客今何往？西方有化人。寧爲桂家役，不作建夷民。柳暗蒼山霧，花明麗水春。金沙天險在，釣者莫垂綸。"黃書《壬戌京都清明》："漂泊何心度佳節，小院晴光乍堪悦。偶因檢點識清明，祇恐多憂難拔絜。此都花事舊時衆，清游已惜無人共。幾家亭館變淒涼，廿載風塵仍澒洞。白日西睌流水遠，索居那畏青春晚。寄愁天上事難期，濺淚花邊悲豈遣。舊塋松栝隔雲山，鋒鏑縱橫且未闌。坐羨巢林江上燕，六州破後尚思還。"未半載，而兩先生相繼下世，保兹片楮，屢經轉徙，幸未遺軼。自幸晚際偉大時代，不特兩先生所憂之事皆已一掃而空，且將進斯世於大同，深惜兩先生之不及見也！特爲合裝，轉獻　毛主席，而附誌始末如右。一九六五年十月一日國慶，龍榆生題記。

（未刊，據手稿）

張牧石夢邊詞序

張子牧石從夏瞿禪教授處獲知予居止，自天津來書乞爲題《夢邊填詞圖》，并刻兩小印爲報。旋復寄示所爲詞數闋，屬撰小引。予方養疴淞濱，衰邁無能，何足以知牧石？聞牧石少嗜倚聲，初學淮海、碧山，嗣復沉浸於稼軒、夢窗之作，以夢邊自題其集，意謂欲追蹤君特而才力未逮，殆自謙之詞耳。自周止庵氏有《宋四家詞選》之輯，標舉周、辛、王、吳四家，領袖一代，又教人以"問塗碧山，歷夢窗、稼軒以還清真之渾化"。此説出而一時作者靡然響風，爲張皋文氏擴大門庭，大張常州之幟。而沉埋數百年之夢窗四稿，遂被倚聲家奉爲圭臬。清季王半塘、朱彊邨、鄭大鶴、況蕙風四氏競起評校而扇揚之，由是，北自幽燕，南逾五嶺，東瀕於海，西迄川黔，幾全歸籠罩，捨是輒爲朋輩所輕焉。末流乃有以"百澀詞心不要通"自相誇耀者見亡友大厂居士自題《雙清池館詞稿》，又復專選周、吳僻調，一一依其四聲清濁而填之，謂不如是不足與言諧律也。彊邨先生嘗對予言，平生於吳詞致力特深，頗能窺知其奧藴，何必强人以此自限自苦爲也。又謂周選四家，碧山器小，殊覺未稱，桃蘇祖辛，尤爲顛倒。其晚年定論如是，且力贊文芸閣《雲起軒詞》之異軍特起，其不主故步自封當爲人所共見，宜其爲廣大教主也。牧石年力方壯，所作能於密緻中運匡以剛勁之氣，其造詣固未可量也。含咀英華，能入能出，以寫一代之盛，是所望於牧石諸英俊之共同努力矣。

一九六五年國慶後八日，龍元亮書於小五柳堂。

（收《龍榆生詞學論文集》）

曲石詩録跋尾

　　騰衝李印泉先生逝世後三閱月，哲嗣希泌以先生遺著《曲石詩録》十六卷見寄，屬爲校閲，以備重刊。時予方臥淞濱，又以承教之日淺，於先生之嘉言懿行，未足以仰窺萬一；既受讀一遍，乃有不能已於言者。先生生於南徼，西接緬甸，爲白、彝、傣、傈僳諸少數民族與漢人雜處之區，其山川險隘，與夫淳樸敦厚之民情風土，少日耳濡目染，固已異乎尋常。又怵於清庭之腐朽無能，招來外侮，懍國亡之無日。既東渡日本，旋即追隨孫、黄二公致力革命，其犖犖大端，自將著之史册，不假予之縷述也。

　　先生不欲以詩名，而數十年中所身親目擊，内憂外患，分崩離析，此起彼仆，紛至叠乘，使四萬萬人民憔悴於三座大山之下。直至垂老，乃獲躬逢否極泰來之會，蒲輪優禮，以養天年，其間可驚可愕，痛心疾首，以迄破涕爲笑，歡欣抃舞之豪情壯采，成功不自我而共與其榮。情動於中，長謡短詠，滿心而發，肆口而成，不待雕鏤藻繪，而自成其爲曲石之詩。萬象畢羅，彈指即現，使讀者如入史料庫，如觀山川地域圖，如聽民間謡諺，稱情而出，如實而談，不加掩飾，此號稱詩人者所未有之境，正未可以尋常格律相繩也。

　　予之獲識先生，遠在三十年前。餘杭章先生方寄居上海同福里，值章公生日，先生自蘇州來會，同席有長沙章行嚴、吳縣汪旭初諸先生及亡友海寧孫鷹若等。予年最少，未敢交一言。嗣是亦未曾一通音訊，而先生默識於心。後二十年，先生來滬參觀古文物，竟荷見顧。

於以見先生於讀書種子之愛護，老而彌篤，乃亦齒及不才，其風誼爲尤可欽也。

一九五六年春初，予奉召入京，獲重謁先生於絨線胡同寓宅。時先生已艱步履，偃胡床，執手慰勉之者良厚，不意竟成永別也。

昔吾鄉楊誠齋先生，行蹤所至各爲集，詩格往往隨時地而異。先生退隱吳下，歷十六載，喜爲五、七言絶句，其留連風景之作，亦復韻致翛然，與誠齋不相上下。古稱能者不可測，不其然乎！讀竟，輒書所感，退之希泌，早付梨棗，傳此不朽之盛業，不特一人之私幸也。

一九六五年十二月十五日，萬載後學龍榆生敬跋於上海香山公寓，時年六十四歲。

（收《龍榆生詞學論文集》）

錢塘張孟劬先生爾田遺稿跋尾

　　右錢塘張孟劬先生遺稿二册，先生逝世廿年後，予從敝篋中檢出，略加整理，黏綴成編，歸之浙江省文物管理委員會。其《株昭集》爲先生晚歲删定少作詩，予擬爲刊行而未果。其詞則并《滄海遺音集》所收，續刊爲《遯盒樂府》，曾印數百本傳世。餘爲前後與予手札，多屬商榷編印《彊邨遺書》體例及談詞事者。予之得識先生，始在上海貝勒路同益里，亦常遇於彊邨先生座上。彊翁下世後，先生轉就燕京大學之聘，盡室北行，相見日稀而書札往還日密，所以匡益之者良厚；博學而工詞，情深而誼重，師友中未有過於先生者也。先生撰述至富，其《史微》、《玉谿生年譜會箋》及爲嘉興沈寐叟補正《蒙古源流箋證》，均已次第雕版印行，《清史后妃傳》亦有平氏排印本，惜流傳皆未廣耳。一九四四年臘尾，予作北游，因獲與先生重晤。先生謂壯歲曾治佛教小乘之學，於《俱舍論》致力尤勤，惜年力就衰，並世亦無能爲之理董者。惘然執別，謂後會殆不可期。未半月而先生遽逝。其細字密批之《俱舍論》底本亦無可蹤迹矣。此諸雜稿，略見先生興寄所在，遂匯存之，而紀其因緣如次。

　　一九六六年夏曆丙午立春前一日，龍元亮記。

（收《龍榆生詞學論文集》）

204

書彊邨遺札後

　　歸安朱彊邨先生晚歲專力於宋、元詞集之校訂，對倚聲之學下筆特爲矜愼。其與友好往還書札，亦僅寥寥數語，不似並世詞人如鄭叔問文焯、況蕙風周頤之放言高論也。篋中所存先生手迹已分別歸之上海、浙江兩圖書館，此手札若干通，謹以轉獻浙江省文物管理委員會，亦略見前賢流風遺韻之一斑云。

　　丙午立春前一日，龍元亮謹識。

　　　　　　　　　　　　　　（收《龍榆生詞學論文集》）

廬山逭暑録杏花春雨廬日記

六月廿二日,己卯,晴。

晨起,牙痛漸消。離陳宅,乘黄包車,至新壩;易汽車,約行二十里,抵蓮花洞。更雇山轎,向牯牛嶺進發。轎籐製,四人舁之;曲折行磴道中,殊矯捷。一路峯巒奇秀;翠篠蒼藤,微透日影。涼風乍至,塵襟盡滌。過小天池,巨石摺叠而上,崪若斷岸,而勢絶雄偉,又或懸崖突出,疑有大力負之以趨;真壯觀也。午達牯嶺,折入大林衝寓廬。妻子迎門,相視而笑;兒曹所患咳逆,皆不藥而瘳。半月舟車勞頓,至此已心迹雙清矣。夜御薄棉。

牯嶺道中口占

藍輿一徑任盤旋,行到廬山便欲仙。半嶺風來搖萬緑,滿林嬌鳥雜哀蟬。

二十三日,庚辰,晴。

黎明起,散步大林衝,枕清溪,掬寒泉以嗽齒。日出歸飯。午後,同陳外舅步行過大林寺。道左有石鐫花徑二大字;字方尺許,筆力挺秀,新發見於叢棘中;人或謂爲白傅遺蹟云。復緣山脊而下,至御碑亭;觀明祖所製詩文,荒謬怪誕,不可以句讀。惟碑石極細緻,堅若青銅,不識來自何方;爲摩挲諦視不忍去。右折入佛手巖,下視絶壑多怪松;因念坡仙有句云:"清寒入山骨,草木盡堅瘦。"其言庶幾能識物理。巖前可望東西林,想蓮社之高風;而致慨於名山浄域,迄今日而半爲賈胡俗子所據也！嘻！

二十四日，辛巳，晴。

晨，入牯嶺市。遂沿溪流，出中谷；松杉夾道，緣蔭蔽虧，西教士李德立園林在焉。坐溪橋，聽水風激激，雜以哀蟬墜葉之聲，如鳴素琴。澗側茅亭三五，時見西婦袒胸露臂，手鋼鍼作女紅，意態蕭閒，恍然如隔塵世也。自西人經營牯嶺，披荆棘，斬草萊，不五十年，而層樓傑閣，錯出於雲樹之巔；便覺世外桃源，距人不遠。

二十五日，壬午，晴。

晨犯大露，沿下山路，往小天池。更繞山行二里許，入蓮花谷。有泉由山巔曲折下墜，小橋流水，潺潺可聽。右立數峯，極清瘦；聞有窄徑，可達女兒城。山雲忽來，彷彿十七八女郎，被冰綃臨風而舞，嫣然自媚也。下瞰鄱湖，已混水天爲一，俄而白雲坌湧，幻出奇峯萬叠，朝陽映射，瞬息萬狀；不覺神移目眩者久之。四顧寂寥無人，亟返小天池，入野店啜茗。午後同陳外舅游剪刀峽，遂過宋園。

二十六日，癸未，晴。

午後挈妻女游中谷，雨驟降，急返寓廬。夜閱《倚松老人集》。初飲雲霧茶。

二十七日，甲申，晴。

晨約琴軒遊黃龍，倩一攝影師往。沿中谷行，折向獅子嶺，問徑於樵牧；度小山數重，過蘆林。復取小徑行四五里，隔篁竹聞梵唄聲；遂入黃龍寺啜茗。寺前二十許步，有娑羅樹二株，修幹摩雲；其一稍小，尤堅瘦。傳爲晉僧曇詵手植。或云：“柳杉，來自日本。”疑莫能明也。木欄護之。因坐雙樹間，攝一影。更從石磴下，約半里，至黃龍潭。山北諸泉流，至此由丈許峭壁，急溜而下，下注深淵；四面藤蘿蒙密，陰森可畏。臨流踞石，復留一影。折返省立農塲小坐。地故端方別墅也。傳端入廬山，至此，愛其幽勝；寺僧遽割院後一角，爲建精舍；舍未成而端已死亂兵手矣！午復前行，過牧馬廠，入林塲保護區。山北諸峯拱立左右；俯視天池，直培塿耳。忍飢到此，林塲中人以脫粟飯進，不能下咽。歸途改由交蘆橋，入俄租界，至寓廬，已近黃昏矣。

二十八日，乙酉，晴。

昨日山行三十里，微有倦色。飯後獨往大林寺，借閱《大藏經》。有僧智禪，略解佛法；與談，至日暮始歸。

二十九日，丙戌，晴。

晨往中谷散步。念山北已無可遊之地，思獨往山南；親友輒泥之，謂隻身虞山賊也。

七月初一日，丁亥，晴。

晨同琴軒循大林衝，遊天池寺。寺內供明祖遺像，煩間微有黑痣，下頷突出如野豕，朱衣圓領；一望而知爲狠毒人也。午後復同琴軒往小天池；望大姑立波心，輕帆出沒，亦復可喜。

初二日，戊子，晴，熱。

爲琴軒題小照。薄暮往松樹林；番屋重重，隱現林杪。華燈初上，遊人漸稀。悄然不怡，急覓仄徑返寓。

初三日，己丑，晴。

有骨董商來，爲買古磁數事，大抵皆贗物也。

初四日，庚寅，晴。

晨入市，閱新聞紙；故鄉多難，深以爲憂。午後往雇山轎；明日決度嶺，游山南。往年過西湖，爲朋儕所苦，未能盡興；自是尋幽訪勝，雅不欲結伴同行。

初五日，辛卯，晴。

晨八時，發牯嶺，取樵徑，躋女兒城。宿霧未消，寒風刺骨。更上，踏亂草，盤繞至大月山；是爲廬山第二高頂。朝暾初上，遙望漢陽，五老諸峯，如巨艦出没驚濤。迴身左顧，左乃臨絶壑，怪石危立，如怒發春筍。白雲復挾冷氣來襲人，凜乎其不可留也！由山頂下降，度恩德嶺；一巨石如長案，斜欹於三石之上，而不下墜。予在閩南海畔，時見有似此者；特未易以常理推耳。下嶺，復越小岡巒四五；興夫履滑石，俯絶澗，猱升鶻没，令人不敢張目下顧。歷時可一刻，乃稍平。緣巖行，巖盡，得一嶺脊；脊上有新建石亭，三叠泉至此畢見。時已停午，渴甚，無所可得沸水；因取所攜蘋果食之。坐亭上，看瀑從五老峯背來，遽墮大盤石上。其蓄勢而將發也，如丹竈之怒噴青煙，乍霏霏而下墜，倏玉碎而珠聯。驕陽喜而斜睇，光的皪而彌鮮。曳輕盈之縞袂，明疏越之朱絃。暫離復合，欲斷還連。終乃觀乎三叠，更紆徐以爲妍。倚蒼巖而懸注，披霧縠乎雙肩。吾以是益歎造物者之工巧，而深信其有不可以言傳者焉。既復傍巖行，達瀑流口，觀石鐫"竹影疑蹤"四大字；更進入一深洞，陰黑如漆，諦視乃見一線天光。以其境過清，急趨出。仰面望絶壁，茅屋構其上，聞昔有老僧，習禪定於此。復前行，從九叠屏下，望彭蠡走山足，島嶼出没其間，嵐影波光，爭供吾眼。更度數重嶺，榛莽與人齊，石滑徑迷，斜溜數百步，至山麓，天氣驟熱。遵大道，過土橋鎮；自牯嶺行三十餘里，至此乃見茶肆焉。沿山麓行，望九叠屏，綿亘五六里，懸崖峭拔如鐵墉，迴抱五老，尖峯八九，環侍如兒孫，莊嚴奇秀，得未曾有！日斜，入海會寺，院宇頗修潔。更從寺外看五老，奇峯斷處，雙崖對聳若天門；石罅雲生似抽繭，別有奇致。寺僧以趙子昂書《普門品》見示，每頁泥金繪圖，作游絲體，工細無匹。又有普超和尚刺指血書《華嚴經》，雖迹近癡愚，然能乘大願力，度衆生苦，其志亦可欽矣。夜宿寺後小軒，聽松濤，不成寐。

三叠泉歌

何年老龍垂饞涎，下飲百丈之深淵。天寒地凍崖谷裂，涎也隨風舞迴旋。拋珠貫玉墜復懸，縞衣素裳作春妍，繅絲出釜遜此鮮，淡煙濃霧相糾纏。少焉日出明冰絃，欲往撫按隔層巔。乍顧三叠轉悠然，淵淵廣樂出鈞天，主客拱揖似讓賢，雙流對瀉媚便娟。獨遊到此飢忘食，勝景差喜我得專。人言瀑瘦少奇致，寧知飛燕當風更可憐？雁宕飛瀑我未見，對此不覺神魂爲倒顛。安得買山搆屋錦屏上，與汝更結不解緣！

海會寺

排雲五老飲湖光，梵唄蟬聲鬧夕陽。欲識廬山真面目，萬松如海一庵藏。

從海會望五老峯

五老蒼然可自閒，倚天萬古露屍顏。蓬萊瀛洲不可到，低眉俯首愁人間！我來訪勝向山麓，蒙茸仄徑虞顛仆。倦鳥峯頭自往還，薄雲巖際相追逐。須臾幻出兜羅綿，石罅油然吐白煙；似憐五老慘不樂，爲剪冰綃被兩肩。雲海茫茫波浪湧，一時震撼羣峯動，疑有大力負以趨，不見五老增惶恐。萬方儀態變陰晴，更向山中待月明；海會寺前秋色好，鄱陽湖畔夜潮生。打包一宿招提境，五老排雲爭寫影。爲愛嵐光耿無眠，欹枕不嫌清漏永。

又口占一絶句

五老掀髯待我來，湖光更逐錦屏開。謫仙已杳坡仙死，誰是當年賦詠才。

初六日，壬辰，晴。

曉起拄杖看五老生雲，飄蕭散亂，如老人晞髮。七時飯罷，發海會，西南行，踰大排嶺，折而東下，清溪潵潵流，沿溪行，合抱蒼松數十百株，竦立道左，繞出白鹿書院之背。林盡，見一角紅牆，舍輿從林業學校旁門入。觀其屋舍縱橫，蛛網塵封，想朱元晦之遺規，不勝慨歎。院內本富藏書，元晦手蹟，聞亦頗有存者。數年前燬於火。或謂主其事者盜賣東瀛，終乃假一炬以滅迹。詢之彼土人士，亦疑莫能明也。出書院，度枕流橋，復向西南，錯行阡陌間，時見小村落。過馬頭鎮，飲苦茗一杯。又前行，早稻將登，黃雲彌望。由此至星子，不及十里程。遥望漢陽峯，莊嚴渾穆，鬱爲重鎮。還顧五老，如倚胡床，稍頽廢矣。行六七里，復入山，過萬杉寺；寺僧趨奉如恐不及，俗態可憎也。急趨出。見棟宇朽敗，益危懼，不敢少留。門前五爪樟，亦憔悴枯槁；爲悄焉不怡者久之。離萬杉，趨秀峯，可三里。臥籃輿，觀雙瀑並從雙劍峯左直溜而下；《廬山指南》言：“分由左右”者謬也。入寺門，殿基蓮座，鐫刻極精，與丈許石槽，支離草際。當日規制之宏麗，猶可想像得之。由廢基右折，行數百步，乃見青玉峽。雙瀑之水，至此下墜深澗，匯爲洪流；而兩崖束之，不得張其勢，左右衝擊，終乃奔入石槽，斜溜直瀉，注爲深潭。水花沸騰，迸珠散玉。聞其上尚有潭四五，苔侵石滑，境絕攀躋。兩旁石刻多漶漫，不易辨識，而米氏“第一山”三字，筆力最爲勁挺。離秀峯，循山麓西南行，度亂流，過爛泥塘，行大村落中，十里看山，渾忘暑氣。望舍利鐵塔，立金輪峯頂，懸絕萬仞，塔尖利如錐，直上刺天，不可思議。峯下爲歸宗寺，竹樹環合，蒼翠撲人眉宇。院宇整潔，宜冠山南五大叢林。寺僧導遊藏經閣，觀北板《大藏經》。閣前爲王右軍洗墨池，淺淺方塘，頗生萍藻。壁間刻《宗鑑堂帖》，有拓本，尚精晰。僧以鹽筍苦茗款客，咀嚼有餘味。出寺行四五里，過柴桑，濯足於溫泉；一廣不及五尺之溪流耳，而人言水沸處可熟雞子，試之良然。泉側有南海康氏所買田，謂將構精廬於此，爲終老之計；康氏亡，田亦暫入寺僧手矣。距栗里不遠，擬尋元亮故居，紅日西斜，不果往。尋入農家，乞湯水，飲罷，亟循原徑返秀峯。寺僧安靜導遊南唐中主讀書臺。從臺上望鄱湖，一泓秋水，蕩漾乎林際。臺下雙碣，鐫山谷《七佛偈》及陽明《平宸濠紀功碑》；王書瘦硬通神，似不讓山谷。薄暮，復同安靜至青玉峽，尋漱玉亭遺址。坐潭上，細看東西雙瀑，從百丈懸崖，飛流直下，旋墮入虎山山背，匯合注大壑中。神工鬼斧，劈開雙峽。驟聞千軍萬馬，崩騰馳驟，鼓噪而前，前遇大敵，摧鋒挫鋭，潰而東之，偃旗息鼓，狐奔鼠竄。蓋水勢至此，已屢殺其威，崖石蕩摩，鏹金戛玉，別饒幽韻。澄潭寫影，乍看鶴鳴、龜背、雙劍、香爐諸峯，叠壓而下。雙劍尤聳拔，香爐圓頂如蓋，又稍温文，彷彿冠劍大臣，左右分立也。文殊塔立虎山山後小峯巔，聞其下有徑可達黃巖，第犖確不易行耳。飯後與僧净安坐庭前雙桂樹下閒談。桂老似二百年前物，枝柯交映，疎星透頂，熠燿如流螢。净安浮沈宦海數十年，行蹤遍東南諸省；晚乃遁而入佛，卓錫九華，雲遊過廬山，談鋒殊健，但唯唯諾諾，結習未空耳。寺住持出清聖祖手書《心經》，及御賜袈裟見示。經亦藍紙金書，字體雅近松雪。前後有大士護法畫像，極工細。疑與海會所藏《普門品》，同出一手也。

過柴桑得句寄呈大人

幽棲好傍歸來館，廬阜晴光照眼明。但得兒曹腰脚健，筍輿盡日作山行。

宿秀峯寺

寂寞禪關夜不扃,莊嚴古佛一燈青。虛簷未礙流螢度,飛瀑聊從破壁聽。欲話開先摩斷碣,乍攀雙桂問山靈:讀書臺上真堪隱,容我來翻貝葉經?

初七日,癸巳,晴。

晨發秀峯,循山麓西行,過萬杉,折而北,越溪谷數重,趨三峽橋。道側深潭八九,水皆作紺碧色。過招隱泉,深不過尺許,極清冽,遂掬而飲之。其上有寒泉館,爲梅縣古層冰直別業;古挈妻孥遁跡於此,著書自娛。因便往訪之,則見雙扉緊閉;聞又被飢驅,入陳銘樞幕府矣。稍前,至三山峽橋,俗亦謂之觀音橋。橋曲如新月,極堅緻。橋下爲金井,旁一巨石,可容十餘人;仰窺見所鐫造橋僧人姓氏,字體瘦勁可喜。橋成於祥符十年,無少剝蝕;宜西人之來遊者,驚歎不已也。過橋入慈航寺。寺僧取雲霧茶,烹第六泉款客,極清甘。復出示南海康氏留題峽橋詩,有"老夫三宿峽橋上,看月聽泉不肯眠"之句,書法極奇恣,當爲此老平生得意筆。思以銀幣十圓易之,不果,殊悵悵!前行過巨松林,從道左觀玉淵,若人裸身臥,玉液注其口,其上肖人頭;兩崖石流泉飛漱,光滑若青玉,水深黑不見底,諦視似有尺許游魚唼喋於青壁間。此時山泉枯涸,宜與蘇軾、袁宏道諸人所稱述,各異其趣也。更行數百步,入棲賢。寺外古樟森然立,又有孤松,老幹盤屈如虯龍。院後萬竹蔽天,佛殿乃潛藏於深谷;雖牆宇頹敗,彌見清幽。寺僧烹珍珠泉,具素麵餉客;數日飲饌,此最適口。觀許從龍畫羅漢數十巨幅,殊粗獷,少士氣;而人咸詫爲奇寶,可謂瞎却雙眼矣。離棲賢,行澗谷中,有褐色獸,躍亂草而過,心悸,詢輿夫,則麝麂屬也。農村三五,田疇梯山而上,黃稻如雲。復越松林,至白鶴澗,輿夫乞降輿徒步,曳藤

213

杖,循石磴,盤折入息肩亭,喘不可耐。稍憩,復登輿,上陡壁如攀天梯;下視萬仞深谿,不寒而慄。坐道左一石,望大乙峯如束筍,直插霄漢;犂頭尖立其右,奇峭亦相埒。石磴盡,入含鄱口。立山脊石亭,望鄱湖出没於淡烟濃霧中,洲渚縈迴,時見帆影。漢陽五老,左右挾持;山北山南,此其屏障矣。風吹人欲倒,緣山徑下,過女兒城,望盧林墮深谷中,穹廬錯落。旋過牯嶺,入大林衝。三日遊事遂竟。達安自高安來,赴遊山之約也;而我已先去,竟負約謂何!

初八日,甲午,晴。
午後同達安重遊黃龍,坐巖下聽瀑,日暮始歸。

初九日,乙未,晴。
達安又獨往山南。午後挈妻女遊御碑亭,遂入仙人洞小坐。

初十日,丙申,晴。
晨訪武昌李矩亭,借《廬山志》。得觀張濂亭,梁節庵,沈寐叟諸老輩遺札。梁書爲能於媚嫵中見風骨,彌可寶也。夜,月色甚佳,立門前風露中,朗吟昔賢名句。因念達安方坐秀峯雙桂下,聽玉峽奔雷,悠然神往。

十一日,丁酉,晴。
連日飲山泉,遂病下痢,因煎泉州神麴治之。午後大霧,達安自山南歸。

十二日,戊戌。
晨大霧,既化爲雨。枯坐,閱《廬山志》。達安病痁,與偕往牯嶺醫院,午歸。

十三日，己亥。

雨霽，快晴。晨訪閩人高夢旦，未晤。便上醫生窪，望大江賽湖，目力所及，可數百里。

十四日，庚子，晴。

晨晤夢旦，談及雁宕水石之奇，更勝廬阜。又欲襆被而往也。午後與達安重遊天池，遂循斜坡下，尋神龍宮瀑。宮廢，惟敗壁存耳，有瀑飛漱其間，四面蒼崖環合，如入釜底。臥石上，惟聞幽幽鳥鳴，轟轟泉聲，又視黃龍爲勝矣。歸途至大林寺左，觀天橋，攀草萊，走峭壁，乃得上。其下可望東林。薄暮歸。計行四十餘里。

十五日，辛丑，晴。

午挈妻孥分乘筍輿下山，至蓮花洞，易黃包車，行二小時，入九江陳宅。山居二十餘日，幾無日不出遊，遊輒竟日忘返。獨以不得登漢陽，躋五老爲憾耳！

（原載《集美周刊》一九二九年第二〇二、二〇三期，
後改題《廬山紀游》，刊入《風雨龍吟室漫稿》）

歌社成立宣言

　　我國歌詞之體製，恒視音樂爲轉移。而一種樂曲之發生，亦往往藉優美之歌詞，以增其效率。徵之載藉，莫不皆然。孔子稱："詩可以興，可以觀，可以羣，可以怨。"又云："移風易俗，莫善于樂。"蓋自詩三百篇，以迄漢魏六朝樂府，宋之詞，元明以來之南北曲，歌詞恒與當世樂曲爲緣。因二者之結合，在過去文學史、藝術史上，並曾開放莊嚴燦爛之花，影響於吾民族者至鉅。然而時移世異，社會生活狀況，與夫民風國俗之轉變遷流，音樂方面之新陳代謝，不期然而促進歌詞體製之改革。過去不宜於現在，古歌無當於今曲，此事勢所必然，觀於詞曲之不能不遞相變移而可知也。自宋元遺譜，絶而莫傳，即晚出之崑腔，亦成强弩之末。所謂詩歌詞曲，僅爲文人吟玩之資，舉不能重被管絃，遑論轉移風俗？如是，舊體文學，既日與音樂脱離，以失其普遍效能，致不爲人所重視。而新興歌曲，非逕效歐風，即相率爲靡靡之音，苟以迎合青年病態心理。至於本身之責任，與其對社會民衆所發生之影響爲如何，不暇計也。同人等有鑑及此，將謀文藝界音樂界之結合，以彌諸缺陷，而從事於新體歌詞之創造，以蘄適應現代潮流，爰有歌社之組織。經與作曲諸君數度討論之結果，以爲舊體詞，有下列各缺點：

　　甲、從形式上觀之：

　　（1）舊體詩歌，大率不外四言、五言、七言三種，格式過於方板。以之入譜，無論如何計劃，不能作出新式節奏。節奏既無變化，其歌曲必失之單調。

（2）晚近數百年，西方歌曲之發達，恒由於新式歌詞，爲之引導。蓋歌詞形式上既有變化，歌曲節奏，亦即隨以轉移。譬如最流行之櫂歌（例一）軍歌，與簡短的三段式歌詞（例二）爲民歌所不能缺，而吾國舊詩詞中，均罕此形式。

例一　意大利櫂歌（兩段式）首章，青主譯

今夜的月色好，照耀到天盡頭。

清涼的和風，把水面吹縐。

（以上四句覆唱一次爲第一段）

我停舟待著你，

快登舟，莫延遲！

珊他盧奇雅！（意國拿破里附近地名）

珊他盧奇雅！

（以上四句爲第二段亦覆唱一次）

此歌共三章，章九句，此處只引用首章

例二　蒼蒼松樹（德國民歌）次章，青主譯

吁，美女人！吁，美女人！

你真是險詐難親！（此爲第一段）

當我得志，你同我好；到我失意，你顧你跑。（此爲中段）

吁，美女人！吁，美女人！

你真是險詐難親！（末段首段覆唱）

原文二章，章十句，此處只引用次章

按此爲最簡單的三段式民歌體，爲吾國舊詩詞中所罕見，最宜做作者也。

乙、從內容上觀之：

（1）宋元詞曲，雖句度參差，宜於入樂，而所用詞料，多不適用於今日。其受詞牌拘束,牽強堆砌者,自不待言,其他如香艷體之專用婦女服飾化粧品名詞,以及描寫閨閣態度,引用不甚普通或不合現代潮流之故實,皆不能作現代歌材之用。

(2)舊詩詞家之表情,往往偏於自抒胸臆,致多怨、恨、憂、愁、牢騷、悲哀,或陽爲曠達,實則悲觀消極之語,不期然而養成委靡不振之風氣,故皆不宜採作今日學校及社會歌材之用。

(3)舊體詩詞,以時世之變易,每多不合潮流之思想,不合國體之語句,與不合近代社會之稱謂。凡此諸端,亦皆不能採作歌材之用。

舊體詩詞之不適宜於今日,略如上述。反觀最近十年來之新詩,其不宜播於樂章,亦有下列諸缺點:

(1)章法欠整齊。

(2)缺乏韻腳與音節之調諧。

(3)直譯歐美新詩,詞句冗長,文化過於歐化,常令人讀來不得要領。

(4)詩意有時過淺薄,或本爲淺語,而故作神秘,令人索解無從。

基於上述諸因,與學校社會歌材之缺乏,同人等益感覺創作新歌之不容或緩。循覽舉時樂府,其製作之意,亦有二端:或由樂以定詞,或選詞以配樂(元積説)。吾輩欲求聲詞之吻合,而免除倚聲填詞之拘制,不得不謀音樂文藝家之合作,藉以改造國民情調,易俗移風。於此發軔之始,敢以至誠懇之態度,昭告於國人曰:

吾輩爲適應時代需要而創作新歌,爲適應社會民衆需要而創作新歌,將一洗以前奄奄不振之氣,融合古今中外之特長,藉收聲詞合一之效,以表現泱泱大國之風。對於新體歌詞,希望作者除努力革去上述諸缺點外,并注意下列各點:

(1)宜多作愉快活潑沈雄豪壯之歌,以改造國民情調。

(2)歌的形式,最好以《詩經·國風》爲標準;但句度最宜取參差(即長短句),不可一律;亦不宜過長,免致難於歌唱。

（3）各國民歌之新形式，如上述兩段式、三段式等，不妨盡量採用。

（4）歌詞以淺顯易解爲主。如萬不獲已，須引用故實時，請於篇末附注説明，以期唱者一望而瞭然於其用意之所在。

（5）歌詞仍應注重韻律，但不必數章悉同一韻，即每章之内，換韻亦不妨，兼可採用四聲通協之法（如東董送之類）。

（6）各種新名詞，均不妨採用。蓋既作新歌，即應爲現代人而作，不必專爲唱與古人聽也。

凡此諸端，皆本社同人所共懸爲標的，期得互相奮勉，爲文藝界闢一新途，爲音樂界得一補助，即直接間接貢獻於社會民衆。將使有井水處，皆能傳唱本社之新詞，風氣轉移，豈特本社同人之大幸？國利民福，實繫賴之。惟本社同人，才力有限，其所擬議，容有未周。尚冀國内宏達，加以匡正，并予相當贊助，幸甚！謹此宣言，伏惟公鑒。

蕭友梅、龍沐勛謹啓

（刊《樂藝》雜志第一卷第六號，1931 年 7 月 1 日出版）

朱彊邨先生永訣記

在此內憂外患，國勢阽危之際，而海內詞學大師歸安朱彊邨先生（孝臧），竟於十二月三十日（廢曆十一月二十二日）晨一時半，長辭人世矣。先生自辛亥後，寄寓滬濱，一意於詞集之校刊。前後搜集唐宋金元人詞別集一百六十八家，總集五種，歷二十寒暑，費近萬金，以成《彊邨叢書》，爲詞學上空前未有之盛業。海內外學者，莫不奉爲鴻寶。書成，先生意猶以爲未足，偶聞有善本，必多方借校。遠如巴黎、東京諸圖書館所庋藏，亦必轉展托人求之，務期達於至善而後已。故其書重印一次，必有增改。其盡瘁學術，數十年如一日。年來海上詞流，結爲漚社，共推先生爲盟主。每月一集，每集先生必至，雖多病，而精神不少衰，咸共慶巋然靈光，嘉惠後學，尚未有已時也。予於社內年最小，而與先生過從最密，受知最深。每有新詞，必令共相商榷。校勘之役，亦數使參與。其虛懷好善，有如此者。其嘉言懿行，不能殫述。今先生竟長去矣，予感斯文之將喪，而先生盛業之不容就泯也。擬謀諸友好，組織一彊邨先生遺書刊印會，以期流佈無窮。并特紀先生臨絕之言，以告世之愛讀先生詞者，同聲一哭。

十二月二十七日，爲漚社集會之期。先生已臥病經月，閉門謝客，憊不可支矣。是夕，遣人以長至口占《鷓鴣天》詞示同社諸子，傳觀莫不爲之愴然淚下，共訝此殆先生絕筆矣。詞云：

忠孝何曾盡一分。年来姜被減奇温。眼中犀角非耶是，身
後牛衣怨亦恩。　　泡露事，水雲身。任抛心力作詞人。可哀
惟有人間世，不結他生未了因。

予讀之，感愴憂惶，遽返村居，達旦不能成寐。次日清晨，遂賦二
絕句：

> 信是人間百可哀，無窮恩怨一時來。
> 只應留取心魂在，糝入丹鉛淚幾堆。

> 經旬不見病維摩，沾溉餘波我獨多。
> 萬劫此心長耿耿，可憐傳鉢意云何。

二十八日午後二時，袖二詩，往上海牯嶺路南陽西里先生寓廬。
告其家人，堅求一面。旋傳先生命登樓，先生方偃臥病榻，以一人抵
腰背，相見淒然。先生忽張目，握予手，曰：“數日極相念，子來何遲
也。昨詞（《鷓鴣天》）殊可笑，筆亦軟弱。然一吐，心胸稍快。”又曰：
“《滄海遺音》，當以奉托。”《滄海遺音》者，先生彙刻遜清遺民詞，如嘉
興沈曾植之《曼陀羅寱詞》、江陰夏孫桐之《悔龕詞》、祥符裴維侒之
《香草亭詞》、揭陽曾習經之《蟄庵詞》、吳縣曹元忠之《凌波詞》、錢塘
張爾田之《遯庵樂府》、海寧王國維之《靜安長短句》、新會陳洵之《海
綃詞》、慈溪馮开之《迴風堂詞》、蘄水陳曾壽之《舊月簃詞》，由先生一
手寫定付刻，有數種尚待覆校也。予又以先生詩稿（自題《彊邨棄
稿》）及未刻詞（自題《彊邨語業卷三》）爲請，先生言：“詩不足存，詞待
精神稍佳，自行删定，再以奉托。”良久，復曰：“子俱攜去，爲吾整理。”
俄而嘆曰：“名心未死。”又曰：“《雲謠集》可取去，爲吾續刊矣。”《雲謠
集》者，敦煌石室藏唐人寫本詞集，共三十首。往年董授經（康）游倫

敦,於彼中圖書館,攝得影片歸國。先生取以刻入《叢書》,惟僅得十六首,引爲大憾。今年予從劉半農(復)所攝之《敦煌掇瑣》(并從巴黎圖書館抄出),發現《雲謠集》十六首。取校前刻,删除重複,恰得三十首,遽以告先生。先生大喜,謂:"不圖於垂死之年,此書竟能璧合。"因約予同校,寫定將付梓矣。而先生疾作,致不克果。予侍病榻半小時,先生屢張目欲有所語,又以手曳之令坐,意甚戀戀。既而曰:"生死吾自知,數日内當不至有變。子可去,或尚有緣相見。"予乃含淚而别。不意未逾兩月,而先生遽謝人世矣。傷哉!先生畢生致力學術之精神,與其所成就之偉業,自當長留天壤。而世情變幻,絶學可憂。因記先生臨歿遺言,俾學者知所觀勉。不徒知遇之感,聊哭其私而已。

(刊《文教資料》1999 年第 5 期)

報張孟劬先生書

孟劬仁丈大人道席，兩承手誨，并糾正《詞刊》所載某君記彊丈詞事諸端，且感且愧。江君記彊丈在法政學堂任內情形，大致近是。原擬截取一節，藉爲他日參證之資，適以《詞刊》亟需補白，恩邊間忘將首尾乙去，致貽笑柄，悔之無及。幸得公與閏老辭而闢之，下期謹當更正，且誌吾過。至《鷓鴣天》原爲移宮作，姚君竹軒、黃君公渚頃亦曾爲勛言之。謝君與彊丈有往還，不知何以誤解如此。勛所以欲求諸老輩，將彊丈詞中確有本事可紀者，多所指示，以便彙爲一編者，亦慮依附之徒，造爲疑似，妄自撰述，以迷誤方來耳。且詞中本事，不及時詮釋，更百十年後，安知不如玉谿《錦瑟》一詩，聚訟紛如，翻滋疑竇乎？勛感知心切，他日生事稍裕，思博考清季史實，藉證所聞，爲撰小箋。然此事當要之皓首，亦冀公之常垂啓迪，幸甚。受硯圖卷，已寄閏老乞題，即將轉致公處，幸賜題句，藉資策勵而紀因緣，感且不朽。後學龍沐勛頓首。

（刊《詞學季刊》第一卷第四號，1934 年 4 月出版）

我對韻文之見解

我與文學，非有甚深造詣，好之而已。所有文學無不好，徒以精力所限，專攻乃在有韻之文。

韻文之妙用無他，"聲""情"相應，"詞""情"相稱而已。白香山云："感人心者，莫先乎情，莫始乎言，莫切乎聲。"文字，死物也。有"情"有"聲"，斯活矣。豐富之感情，與壯烈之抱負，必假言辭以表達之，文字以傳佈之，而聲調之組織爲尤要：此研究韻文者，所以貴乎諷詠也。

韻文之欣賞與創造，良非易言，歧而二之，無有是處。取古今名作，密詠低吟，然後證之以人生經驗，與一切觀感所得，使吾身入乎其中，與之相浹而俱化，斯可與言欣賞矣。關於某一作品之聲調組織，與作者情感緩急相應之處，有深切之理會。一旦有所感觸，形於言詞而莫不中節，表於文字而但覺真趣之流行，斯可與言創作矣。

研治韻文，先之以諷詠，繼之以體驗。知"聲""情""詞"三者相應相稱之理，則凡宇宙一切現像，以及吾人一生之所涉歷，無往而非大好詩材也。因有感於近世之言詩歌者，多忽乎此，於是乎言。

（刊鄭振鐸、傅東華編《我與文學》，上海
生活書店，1934 年 7 月初版）

答張孟劬先生

孟劬先生道席，兩承手誨，并示雅詞，浣誦至快。勛之持論，時人毀譽參半，而皆不中肯綮之言。能指斥其非，而匡益吾不逮者，惟公耳。蘇辛之不易學，由其性情、襟抱、學問，蘊蓄之久，自然流露，此境誠非才弱如勛者所能夢見。然常讀二家之作，覺逸懷浩氣，恆繚繞於心胸，熏染既深，益以砥礪節操，培植根柢，雖不能至，心嚮往之。詞外求詞，亦望世之治斯學者，勿徒以粉澤雕飾為工，敦品積學，以振雅音於風靡波頹之際，非叫囂偭俗者所可與言也。彊丈之翼四明，能入能出，晚歲於坡公，尤為篤嗜。夢窗佳境，豈俗子所知？浮藻游詞，玩之空無所有，強託周、吳以自矜聲價，其病亦復與偭俗相同。尊論二十年來，詞風之壞，乃人為之，最為中肯。散原丈為勛題授硯圖，有侍郎詞與其風節行誼相表裏之語，而勛勛探本求之，與公之所以督教不才者，亦復契若鍼芥。正惟世風日壞，士氣先餒，故頗思以蘇辛一派之清雄磊落，與後進以漸染涵泳，期收效於萬一。非敢貌主蘇辛，而相率入於叫囂偭俗一途，如世之自負為民族張目者比也。年來飽更憂患，益當砥礪志節，時或不免偏激之言。近作亦聊寫胸懷，于湖、後村，猶未幾及，何敢望無咎？但自信未入於偽耳。承示三詞，乃在稼軒、遺山之間，沈痛之極。惟《水龍吟》結句似皆當作四字句，末句上一下三，尊作末二句皆三字，與上半闋結尾相同，不知別有所本否？晦聞先生新刊詩集，已於金陵得之。開學事繁，餘容續報。匆書奉復，敬頌道安。沐勛頓首。

（刊《詞學季刊》第二卷第三號，1935 年 4 月出版）

黄侃日知録校記跋

　　右《日知録校記》一卷，先師蘄春黄先生所撰，遺命付刊者也。去年春爲先生五十壽旦，沐勛自上海入京祝嘏，其夕侍宴於浣花酒樓，先生攜諸子姪及弟子廣漢劉頤等皆在座。酒半，忽舉杯相屬曰："子往年爲朱彊邨先生校刻遺書甚善，吾亦將以此事累子矣。"歸檢此手稿及餘杭大師手書序文見授，并諄囑以刊印行款，令自題端。當時頗心訝其出語之不祥，乃勉應曰："沐勛當壽此書於黎棗，藉當九如之頌何如？"先生頷首者再。其秋，沐勛盡室徙嶺表，於茲事猶有未遑。不料重陽後二日而先生凶問至，撫卷愴痛，真不知涕淚之何從也。逾歲北還上海，值先生逝世周年，諸及門會奠於南京量守廬，群議校理遺著，因亟以此付吳門寫樣，逾月刊成，蓋距先生之歿忽已越歲。念自弱冠請業於武昌，先生所以誘掖教誨之者甚至，而十數年來江湖流浪曾不得少成其志業，以報答師恩。即當時授此册以勖不才，雖稍窺微言之所在，而蹙蹙靡騁，又頑鈍不足以闡揚先烈，未嘗不掩袂自傷也。中華民國二十五年十一月十五日萬載弟子龍沐勛謹跋。

（黄侃遺著《日知録校記》，1936 年鉛印本）

同聲月刊緣起

《同聲月刊》，曷爲而作也？《易》曰："同聲相應，同氣相求。"凡在人倫，孰能無聲氣之感？相感以情而歸於真美善，此吾國先聖所以立樂之方，昌詩之旨也。香山居士云："聖人感人心而天下和平。感人心者，莫先乎情，莫始乎言，莫切乎聲，莫深乎義。詩者，根情、苗言、華聲、實義，上自賢聖，下至愚騃，微及豚魚，幽及鬼神，羣分而氣同，形異而情一，未有聲入而不應，情交而不感者。聖人知其然，因其言，經之以六義；緣其聲，緯之以五音。音有韻，義有類，韻協則言順，言順則聲易入，類舉則情見，情見則感易交。於是乎孕大含深，貫微洞密，上下通而一氣泰，憂樂合而百志熙。"旨哉斯言，蓋深識乎聲與政通之奧矣。

今五洲萬國，屠殺相尋，愍此有情，橫被塗毒，而爭雄爭霸，又莫不競以和平相揭櫫，功利之念，熾於悲憫之懷，而人道幾乎熄矣！緣木求魚，和平烏得？此本刊爲普濟含靈，不得不乘時奮起者一也。

晚近以來，歐風東漸，中日朝野，震於物質文明，競事奔趨，駸忘厥本。馴致互相輕侮，同種自殘，禍結兵連，于今莫解，言念及此，爲之寒心！吾人追溯邦交，於唐爲篤，而當時兩國人士，觴詠唱酬，篇什紛披，載在前史。然則感情之隔閡，恒賴聲律以化除。今欲盡泯猜嫌，永爲兄弟，以奠東亞和平之偉業，似非借助於聲情之交感，不足以消夙怨而弘令圖。此本刊爲東亞和平，不得不乘時奮起者二也。

慨自詩教陵夷，士風頹敗，舉國上下，浮僞相蒙，本真既漓，邦本

莫固。以是日言團結,而精神之渙散依然,競唱同仇,而士習之囂張
益甚,賭國運於孤注,等民命於弁髦,焦土堪哀,孑遺誰恤?每誦靈均
"臨睨舊鄉"之句,與子美"吾廬獨破"之篇,未嘗不惻然於中,潸然墮
淚。將欲化暴戾之氣,以致祥和,革澆詐之風,更歸淳篤,又非恢復溫
柔敦厚之詩教,難以爲功。此本刊爲力挽狂瀾,不得不乘時奮起者
三也。

詩以道性情,必其情之至真至善,藉聲調韻律之美,以入乎人耳
而感乎人心,雖美刺互殊,其歸一致。近代詩風日敝,古意蕩然,舉緣
情綺靡之功,爲酬應阿諛之具,連篇累牘,盡屬膚陳,短詠長謠,全乖
麗則。由是舊體詩詞之作,漸爲有識之士所唾遺,而白話新詩,聱牙
詰屈,不能上口,遑論移情?將欲冶新舊於一爐,復詩人之六義,殆非
廣聯同志,探本溯源,力制頹波,規騷鄰雅,無以排庸濫之俗調,展胞
與之壯懷。此本刊爲重振雅音,不得不乘時奮起者四也。

古者詩樂不分,感人尤切。樂崩之後,楚騷繼興,沅湘祠神,清歌
要眇。自茲以降,詩樂或合或離。其能被之管絃,諧於律呂者,則有
漢魏六朝之樂府,唐人之絶句,宋人之詞,與夫元明以來之南北曲,雖
其體屢變,而其爲詩一也。聲調之美,後出轉精。蓋由一體之興,恒
受音樂之陶冶,情聲相稱,其效乃宏。將欲創恢偉壯麗之辭,復詩樂
合一之舊,又非求得詩人與樂家之合作,精研各體遞嬗之根由,末以
創新聲而符國體。此本刊爲繼往開來,不得不乘時奮起者五也。

綜此五端,勝緣略具。然則《同聲月刊》,所以聯聲氣之雅,期詩
教之中興也。所以通上下之情,致中華於至治也。所以廣至仁之化,
進世界於大同也。道不在遠,曷興乎來!

編輯凡例

本刊專採有關於詩教之資料,約分下列各欄:

一、圖畫　專載有關詩樂之圖象,與詩人詞客之手蹟。

二、樂譜　專載中西音樂之創作歌譜，或舊譜之絕少流傳者。其古今中外之譯譜，亦當酌載，以供同好之研討。

三、論著　專載研討批評詩歌詞曲及音樂之長篇論著，文體不拘。

四、譯述　專載有關詩教之譯稿，無論東西洋名著，但以譯筆能信達者爲準。其詩歌譯稿，須保持韻律，宜於朗誦，凡詘屈不能上口者不收。詩歌譯稿，須與原文對照。論著譯稿，亦須附寄原文，或將原著及出版日期詳列篇末。

五、遺著　專載有關詩樂之前賢遺著，以未曾刊行之稿本爲主。如藏家以上項稿本見寄，當妥爲保存，俟錄副付刊，即行璧返。其自錄副本見寄者，須詳加校對，如認爲確有價值，當於揭載本刊後，別印單行本，以廣流傳。

六、今詩苑　選載近人所作詩歌，以清新俊逸，富有熱情者爲主。凡普通酬應之作，恕不揭載。

七、今詞林　選載近人所填詞曲。

八、歌劇　專載近人所撰歌劇，體裁不拘新舊，惟新體以有聲韻之美，兼附歌譜者爲合格。

九、雜俎　專載近人所撰有關詩教之文獻筆記等。

十、通訊　專載有關詩教之通訊。

（刊《同聲月刊》創刊號，1940 年 12 月 20 日出版）

記吳瞿安先生

——歲寒懷舊録之一

廿年人海狎風波，一事無成可奈何。

師友半凋吾亦老，思量只覺負恩多！

——壬午除夕口占

　　雨生不斷的寫信來，要我替他主編的《風雨談》寫點稿子，彷彿索通似的。我因爲家人患病，纏綿兩三個月。暫兼了"内閣總理"的職務——自注：内者内人之内，閣者閨閣之閣，既非責任内閣之閣，也說不上周佛海先生在少年時候所常愛入的文昌閣——天天除了教書校稿之外，還要忙着挪債、延醫、照料我的嬌兒，恨不得多生一副腦子，或者能託觀世音菩薩的福，也長着千手千眼，來爲文化界服務！直到年三十夜，只做了上面四句歪詩。幸運的平安度過了這年關，想起一切的文債來，要想拖賴，總有些過意不去，何況我素來是主張"言必信，行必果"的一個不合時宜的笨貨呢？

　　想起我，原來不過是一個小學畢業出身的酸人物，赤手空拳，跑進教育文化界，混了二十餘年之久。不知怎的，所有文壇老宿，和各方面的賢明領袖，一見了我，或者是通過一兩回信，就特別"垂青"起來，獎借提掖，教我努力上進，欲罷不能。我是抱定一生一世，要做學生的，只要人家有些特長，不管他是新舊人物，我總是虛心去求教，而且服膺不釋的。單就我的本行——勉强說是中國純文藝吧——來講，詩壇老輩如陳散原、鄭蘇戡、陳石遺諸先生，詞壇老輩如朱彊邨先生，國學大師如章太炎先生，新文學家如魯迅先生等，我都曾領教過，除了魯迅先生比較生疏一點，其餘都對我獎誘不遺餘力，尤其是彊邨先生，更是使我沒齒難忘的。可是現在這些人物，都作古人了，還有許多誼在師友之間的人物，自這次事變以來，或流離顛沛，作客以死，或避居僻壤，音信不通。我所敬服的歐陽竟無、趙堯生、陳蒼虬、張孟劬、夏映盦、李墨巢諸先生，雖皆健在，而散處四方，無由常親謦欬，尤以歐、趙兩先生遠在蜀中，音問阻斷，倏忽數年之久，怎不教人發生"恍同隔世"之歎？我現在已是中年了，德業都無成就，每當夜靜更深的時候，想起諸師友對我期望的殷切來，不覺淚沾衾枕，那還有話可說呢？雨生指定要我記吳瞿安先生，却嚕嚕囌囌，寫了這麼一大段離題頗遠的話，也就因爲説起吳先生，不知不覺的，連類引出許多的感慨來。現在且先談談我與吳先生的關係，和他留在我腦海中的印象吧。

我和瞿安先生的關係，也是在師友之間的。我的仰慕吳先生，遠在二十五六年前，和他通信見面，卻在民國十七年我到上海暨南大學教書以後。當我十四五歲時候，就喜歡弄弄詩詞。那時我有兩個堂兄，先後在北京大學國文系肄業。一個名叫沐光——去世也過二十年了——他是最崇拜黃季剛先生的。我對研究聲韻文字之學，和魏晉駢體文，得窺門徑，後來又在季剛先生門下學過些東西，以至和太炎先生發生關係，是從這個因緣來的。一個名叫沐仁，他是最崇拜吳先生的。他每年暑假，回到家鄉來，總喜歡把吳先生對南北曲的造詣，講給我們聽，並且拿出遏雲閣曲譜，泡了龍井茶，兄弟們團坐在後堂——我家裏的書齋，中植蘭花夾竹桃秋海棠之類，堂後傍山，蒼松翠竹，相映成趣，也可算得一個適宜避暑的好去處呢！木榻邊，一個吹起笛子來，——這個名叫沐幹，兄弟們叫他老五。——老三——沐仁——跟着就唱絮閣，或者思凡之類，説這是吳先生教給他們唱的。

我雖然不懂，卻也頗感興趣。後來我和吳先生相熟了，吳先生總是勸我學唱崑曲。他說詞曲原來是相通的。研究詞學的人，最好學會了幾支曲子，自然別有受用。他自離開北大後，歷任東南大學、光華大學、中央大學詞曲教授，常常叫學生們在課餘之暇，到他家裏去學唱，那作風和以前在北大時，是始終一貫的。

我和吳先生相識，現在記不清是那年了。吳先生歷年和我通訊的遺札，都保存在上海，一時沒功夫特地取來，加以一番整理，只好留到後來再說。我從小就聽到吳先生是愛唱青衣的，又是道地的蘇州人，心目中猜想，他的面模一定是很漂亮的。可是後來見了他那四方的臉孔，養着兩綹八字鬚，一雙耳朵豎起來，立刻就感覺到這怎麼好扮青衣花旦呢？我對唱曲是十足的門外漢，所以他的嗓音，是否適宜於唱青衣花旦，我可不敢妄下雌黃。吳先生是研究詞曲的專門學者，是近代中國戲曲界的唯一導師，他的特長，是能兼填詞、製譜、按拍三者的絕藝，深通其理而傳諸其人。至於興之所到，偶然登場獻演，不管扮相怎樣，規矩總是好的。這一方面，自有專家去仰贊，也用不着我來饒舌了！

我和吳先生相識以後，漸漸的熟了起來，是在淞滬事變的那一年。那時京滬一帶，風聲鶴唳，吳先生也就暫避到上海租界內來，在某大銀行家做了西席。除教兩三個學生讀書做對子外，又替居停主人鑒定所藏書畫，做些題跋。那位主人待他很好，特地為他請了一回客，把寄寓上海的名流，邀了不少來參加這個盛會。我和吳湖帆先生，也得叨陪末座。自這以後，我教書得空的當兒，就常常跑到他那裏去談天。他天天做日記，寫得特別認真，有時候拿給我看，我從這裏面也得着許多的啓發。這時恰值彊邨先生在前幾個月去世，我和幾位知好，正在籌刻彊邨遺書。吳先生和彊邨先生，也是"平生風義兼師友"的，所以對這件事，特別關懷。因爲這種因緣，吳先生對我也就特別要好。他那種謙和的態度，和蕭灑的神情，我是永遠不會忘記的。

後來淞滬協定成立，時局也就恢復常態，那時的中央大學，又把吳先生挽了回京。那位銀行家願照中大的待遇，按送束脩，把他老人家留住。他老人家是愛喝幾杯酒的，他感着天天由小學生們陪着喫喝，有些不自在，也就婉辭謝卻，回到中大去了。

我往年常是趁着春假之暇，到南京去走一趟，看看許多朋友。吳先生和他的夫人兒女，都寄住在中大附近大石橋的一家民房裏。那屋子是一坐三進的平房，吳先生是住在最後一進的，陳設也頗簡單，原來教授生涯，總是相當清苦，這也不足爲怪的。我因爲每次到南京，時間都很匆促，所以拜訪他的機會，往往是在夜間。那房子的前排，是不曾裝設電燈的，往往暗中摸索，總留我談到半夜，纔親自把我送出大門來，這也可見他對後進期望之深，和待人之厚了。

有一次，給我印象最深的，是一天的下午，他知道我到了南京，特地叫他的學生唐圭璋君，約了我往遊後湖。他老人家帶着一位兒子，和唐君連我四個人，坐上小艇，叫唐君吹起笛子，他父子兩個，唱起他新近刻成而頗自命得意的霜厓三劇來，嫋嫋餘音，繞雲縈水，真叫人有"望之若神仙"之感。一直遊到夕陽西下，纔收艇歸來。我最近兩三年，每到後湖，總會想起這次遊湖的風趣，不禁唱出"此曲祇應天上有，人間能得幾回聞"，這兩句唐詩來，表示低徊悵惘之意。而今吳先生下世，整整四週年了！唐君聞在重慶中央大學，擔任詞曲講席，風流雲散，怎得不叫人對景傷懷啊！

吳先生的老家，是在蘇州的雙林巷，也是一座江南人的舊式建築，我曾去過一次。這時恰是假期，吳先生夫婦都在家裏。聽到剝喙敲門之聲，他的夫人出來開了門，延往書齋，和吳先生坐談了好久。在那明窗淨儿之下，看了幾種外間少見的明人曲譜，可是因爲時間匆迫，走馬看花似的，現在都記不清楚是何名目呢！吳先生藏曲之富，甲於中國，大部都保存在這屋子裏，聽說事變以來，尚無散失，這到是一件可喜的事情啊！

　吳先生自"八一三"事變以後，有一個短期間，避難蘇州鄉下，不曾通過消息。後來帶了家眷，和他著作的詩文詞及日記等手稿，轉到湘潭，喘息甫定，便一心一意的，刪定所有的詩詞，準備着"把虛名料理傳身後"的工作。他大概是從盧冀野、酈衡叔——二位都是吳先生的得意門生——諸君處，間接得到我仍滯留在上海的消息，就不斷的寫了些快信或掛號信來，報告他的行蹤和近況。并且把他刪定的霜厓詞錄稿本，保險寄給我，以校刻印行相託。他知道我兒女多，家累重，那時景況不好，又想到他的門生潘景鄭君，力能任刊書之費，兼有夙諾，屢次催我代詢。後來景鄭抄了一份副本，又叫我做了一篇短跋，説是就要寄往北京雕版。現在已隔多年，不知這件事究竟辦得怎樣？好在稿本仍存敝篋，這重心願，我總希望能早清償，以期不負先生託付的苦心啊！

　吳先生在沒有離開中大以前，就有些喉啞的毛病。自從流離西上，再由湘潭轉到桂林，經不了風波跋涉的勞苦，病勢增劇。他來信有"嗓音全失，骨瘦如柴"的句子，早已自知不久於人世，但是他的精神始終是很好的。自離桂林轉往雲南大姚縣，一路都有信來。直到去世的前幾天，還有信給我，筆札精整，和以前一樣的認真，那裏知道電傳的噩耗，反而會較遺書先到呢？

　吳先生在逃難期間給我的信札，叫我最感動的，有下面這幾件事。一件是他那對文字上一種矜慎不苟的精神。他寄給我的霜厓詞錄定本，把生平所作的詞，刪了又刪，只留下一兩百首，照平常人看起來，已經算得謹嚴極了。可是他對彊邨先生挽詞一首，直到快要去世的時候，還來信改定好些字句，并且再三託我務把定本改正。一件是他聽到我在上海迫於生計，兼課頗多，總是來信表同情，勸我節勞保重。他説他的生命，就斷送在教書上面，改文傷腦，講書唱曲傷氣，以致元神耗盡，不可救藥。我想這些話雖然有激而發，可是生在這師道淪亡的末世,做教書匠的,不管學問怎樣高明,總是得不到社會的優禮,這是我輩同行的人,所應同聲一哭的! 還有一件,是他對自己的作品一種依戀的神情,生怕不能傳給後人似的。他認定了彊邨先生去世之後,只有映盦先生,是當世詞壇的大作家,特地寫了一封極工整的駢文信,託我求他做一篇霜厓詞錄序,并且不斷的來函催促,彷彿得着這篇序文,就是死了也可瞑目似的。這時夏先生因為忙着他事,直到吳先生死後,纔把序文做好。我想吳先生九泉之下,也可以無憾了吧!

吳先生死在大姚李旂屯的李氏宗祠,有他的門生李一平君,替他料理身後。他的著作,聽説全部交給盧冀野君,已經在那裏次第刊行。冀野做了一篇很詳細的年譜,載在上海出版的戲曲第三輯上面。這戲曲叢刊,並且為吳先生出了一本"吳霜厓先生三周年祭特輯"。吳先生過了幾十年清苦的教書生活,桃李滿天下,而且大多數都是能够發揚先生遺業的,我想吳先生確定是不朽的了! 癸未元旦後一日,脱稿於金陵。

(刊《風雨談》第二期,1943 年 5 月出版)

苜蓿生涯過廿年

一　教書習慣的養成

　　我是命中註定做教書匠的！自從二十歲那一年，由我那僻處湘贛交界的故鄉——萬載株潭——糊裏糊塗的跑了出來，當初做着一名小學教師，漸漸升教中學，以至大學，整整二十二年，除了寒暑假之外，是不曾離開過教書生活的。"國府還都"的那年春季，我還在上海，擔任國立音樂專科學校，和私立光華大學等處的教席。那時我的腸胃病害的不能起牀，爲着汪先生的特殊知遇，勉强扶病到了南京。中間隔了四五個月，不曾拈着粉筆，便有些"皇皇然若有所失"，好像老於兵間的宿將，驟然離開了那隊伍，便有些不很自在似的。

　　説來慚愧！我雖然教書二十多年，好像小學生升學似的，一步一步的由小學升上去，忝做大學教授，不知不覺間也就十五年了！然而每一次學校裏叫我填起履歷來，我總是把出身一欄空着的。有許多朋友，看見我在學術界的交遊方面，大多數是北大出身，或者是北大的老教授，如張孟劬、吳瞿安諸先生之類，硬派我做北大國文系畢業的。在"國府還都"的那年，有一次汪先生約我去喫飯，同席的有一位原在北京女子師範學院做教務長的王廈材先生，汪先生給我介紹，説王先生對他講，和我是北大老同學，所以特地約到一塊兒來談談。我當時怪難爲情的，又不敢冒充，只得低聲的向汪先生解釋，大約是因

236

爲我有三個哥哥,叫做沐光、沐棠、沐仁的,都曾肄業北大,時間過得長遠了,廈材先生或者記錯了吧！區區原來自十四歲在故鄉龍氏私立集義高等小學校畢業之後,就不曾升過學的！

我現在還時常感覺到,我的喫飯本領,那根基還是在那十三四歲時候打定的,而我的教書匠生涯,也就同時開始了！我的父親,是寒苦出身的。中了光緒庚寅科的進士,和文芸閣、蔡子民、董綬金諸先生同榜,後來做了二三十年的州縣官,一直是清風兩袖。現在雖然事隔四十餘年之久,而我在外面偶然遇着桐城人士,不拘老少,談起來,差不多沒有不知道"龍青天"的。我父親自從辛亥革命那年,退居鄉里,除了奉養我的八十多歲的老祖母外,就在離家二三里地的一座龍氏宗祠裏,創辦了那一所集義小學,所收的學生,大都是族人子弟,而我和我的幾個堂兄弟,也就做了那學校裏的基本隊伍。那時同學們也有四五十個,除了另請一位教英算的先生外,其餘國文和歷史等等,都是由我父親教的。他老人家是最服膺孔老夫子"學而不厭,誨人不倦"那兩句名言的。他教學生,相當的嚴厲。每天叫學生們手鈔古文,以及《史記》列傳,顧氏《方輿紀要·總序》、《文選》、杜詩之類,每個學生都整整的鈔了幾厚本,鈔了便讀,讀了要背,直到顛來倒去,沒有不能成誦的,方纔罷手。一方面又叫學生們點讀《通鑑》,每天下午,大家圍坐起來,我父親逐一發問,有點錯句子,或解釋不對的,立即加以糾正。一個星期之內,定要做兩次文章。學生們做好之後,交給我父親,詳加批改,再叫學生站到案傍,當面解釋一徧,又要學生拿去另謄清本,交出重閱。單說我個人,經過這一番嚴格訓練,一年之後,便可洋洋灑灑的,提起筆來,寫上一篇一兩千字的很流暢的議論文。到了高小畢業,就學會了做駢文詩賦。我還記得有一次,我父親叫同學們做一篇《蘇武牧羊賦》,以"海上看羊十九年"爲韻。我居然做了一篇彷彿《六朝唐賦》體格六七百字的東西,現在還記得"髮餘幾何,齒落八九"那麼兩個警句。後來我在各級學校裏,混了二十幾年,雖然因爲經驗關係,或從時髦人物,得了些新的教授方法。可是要求國文的進步,還是免不掉這句"熟則生巧"的老話,心手相應,意到筆隨,我父親當年教我的法門,總是終身吃着不盡的呢!

我生來就有一種自尊心,而且勇於負責的。自從五歲喪母之後,就跟着父親。尤其在十歲那年,父親棄官歸里,從事小學教育之後,更是朝夕不離。我父親對兒子,是有些溺愛的,常愛向親戚朋友們誇獎我,説我的詩文做得好,素來不罵我,打是更談不上的了。我卻并不因爲父親的溺愛,便放肆或偷嬾起來,反而加倍努力,比人家進步得特別快些。有時候,我父親因爲有特別的事情,不能够到學校裏來,我便招集同學們,團坐在一塊,温起書來,背的背,講的講,儼然代表執行着我父親的職務。同學們過慣了這種生活,也就不以爲忤,反而樂受我這"小先生"的督導。後來我父親索性叫我幫着改文,事實上一個十三四歲的孩子,儼然做起助教來了。

我在高小畢業之後,便抱着一種雄心,想不經過中學和大學預科的階段,一直跳到北大本科國文系去。那時我有一個堂兄名叫沐光的,在北大國文系肄業,一個胞兄名叫沐棠的,在北大法科肄業。他們兩個,都和北大那時最有權威的教授黃季剛先生很要好。每次暑假回家,總是把黃先生編的講義,如《文字學》、《廣韻學》、《文心雕龍札記》之類,帶給我看。我最初治學的門徑,間接是從北大國文系得來,這是無庸否認的。我那堂兄還把我的文章帶給黃先生看,黃先生加了一些獎誘的好評,寄還給我,并且答應幫忙我,直接往入北大本科。後來我在十七歲的那一年,生了一場大病,幾乎一命嗚呼。我另有一個堂兄名叫沐仁的,就靠黃先生的介紹,不曾經過預科的階段,直接進了北大國文系。等我病體回復健康,黃先生在北大,也被人家排擠,脱離他往了。我的父親因爲供給三個子姪的學費,和幾十口的大家庭生活,積年廉俸所入,也消耗的差不多了。我只好打銷這升學北大的念頭,努力在家自修,夢想做一個高尚的"名士"。到了將近二

十歲的時候,我的胞兄沐棠,在北京教育部死了! 我也結婚多年
了——我的家鄉是喜歡替兒女早完婚嫁的,我也不能例外——覺着
躲在鄉間,不是道理,而那時的國立大學,漸漸對於審查資格,嚴格起
來,"只看衣衫不看人",也只好隨他去了。後來終於得了父親的允
許,勉強湊了些費用,由堂兄沐光的介紹,到了武昌,拜在黃先生的門
下,學些音韻學。那時黃先生在武昌高等師範學校——後來改稱武
昌師範大學,再改武漢大學——教書,我也偶然跟着他去旁聽,一方
面教他的第二個兒子名叫念田的讀《論語》。黃先生除聲韻文字之學
致力最深外,對於做詩填詞,也是喜歡的。他替我特地評點過一本
《夢窗四稿》。我後來到上海,得着朱彊邨先生的鼓勵,專從詞的一方
面去努力,這動機還是由黃先生觸發的。我在黃先生家裏,住不到半
年,一面做學生,一面做先生,也頗覺着稱心如意。我還記得,我在過
二十歲生日的那一天,正是暮春天氣。悄悄的一個人,跑到黃鶴樓
上,泡了一壺清茶,望着黃流滾滾的長江,隔着人煙稠密的漢陽漢口,
風帆如織,煙樹低迷,不覺胸襟爲之開展,慨然有澄清之志。照了一
張紀念相,做了幾首歪詩,現在早已不知散在那裏去了! 過了不久,
不幸王占元的部下,在武昌鬧起兵變來,我跟着黃先生和高師的同學
們,逃奔到城外的長春觀,再轉到漢口。這次兵變平息,恰好我家僅
餘的些小資本,做點夏布生意,又被駐在漢口的經理人耗蝕完了! 那
時恰值暑假,黃先生帶着我到蘇揚各地,玩了一番,我就捲了鋪蓋,挾
着幾本用過苦功的書籍,回到家鄉喫老米飯去。

二　初出茅廬的挫逆

民國十一年的春季,我的妻鬧着要回九江娘家去。那時她已養
了一男一女,住在鄉間有些厭煩了。她的父親陳古漁先生,是前清最
末一科的進士,和我的父親,一同在湖北做知縣。這門親事,也就是

在那個時候說合的。我在舊曆的新年，帶着妻兒到了九江，住了不久，就向我岳父借了五十圓的旅費，溜到上海，正式開始我那"餬口四方"的生活了！我的父親雖然做了幾十年的清官，也曾被兩湖總督張文襄公派到日本去考察過，一時名輩，如吳摯甫（汝綸），趙巳山（爾巽）諸先生，都很贊許。可是他老人家生性骨鯁，素來不喜應酬。尤其在歸隱以後，十幾年來，差不多與世相遺了。所以我跑到上海，找不着一個和我父親有關係而在社會上有些聲望的人物來。赤手空拳的，一個初出茅廬的鄉下人，混進這個五方雜處的洋場裏去，真有"前路茫茫，望洋興嘆"之感，那里還會有我這鄉下佬托身之地呢？我寄住在法租界一家同鄉開設的夏布莊的一間擱樓裏，僅得一榻之地，一線之光，偶然想起陶淵明先生"審容膝之易安"的句子來，不禁有些"毛骨竦然，汗流浹背"。幸虧那夏布莊主人柳餘甫先生，和我家有些瓜葛，而且在同鄉的商人裏面，是最喜歡幫助斯文人的。我得着他的照顧，喫飯還沒有問題，可是我素來是不慣"素食"的，——這是《詩經》裏面所說的"彼君子兮，不素食兮"的素食，不是素菜館如功德林、覺園等等所辦的素食。——到底怎樣去謀職業呢？我開始向報館去投稿，做了一首諷刺時事的七言古體詩，僥倖的被《新聞報》副刊主筆看上眼了，把牠登了出來。過了些時，我的新認識的一位漂流在外的同鄉朋友柯一岑先生——他也是改名換姓，糊裏糊塗溜到上海灘上來的，等到出了頭之後，纔恢復本姓叫郭一岑。——正在《時事新報》館，主編《學燈》，和上海方面的文化教育界有些交誼，就把我介紹到北四川路橫濱橋的一家神州女學裏去教書。我教的是高小最高年級的兩班國文，滿堂的"吳儂軟語"的女孩子，看學校裏請了這樣一位身穿藍布長衫——我這藍布長衫，直到現在，還是喜歡穿的。後來惹出了許多有趣味的故事，待我慢慢的再講。閱者如不相信，請到我的寓所，參觀十年前徐悲鴻先生替我畫的受硯圖，和最近方君璧女士替我畫的彊邨授硯圖，就可恍然我是"說老實話"的人了——頭髮長得很

長,不修邊幅,而帶着幾分土氣息的國文先生來,就有些"竊竊私語",
這個我是心裏明白的。那時的待遇,是月薪大洋二十八圓,每天由學
校裏供一頓中飯,因爲上下午都有課的。我天天都是破曉起身,吃了
幾根油條,就在夏布莊走到外擺渡橋,趁三等電車到神州女學去,勉
強維持了一個多月。終於學生們向當局提出抗議來了,説是龍先生
的學問,雖然不錯,可是我們大家聽不懂他的話。——其實這一層,
我倒是託天之福,我的嘴巴是天叫我吃四方的。雖然不能操着各省
的方言,可是一出門來,我的普通話就説得相當好,人家猜不着我是
"江西老表"呢。——教務主任謝六逸先生,弄得没有辦法,我也只好
知難而退,讓給謝主任自己去兼了。説起這個女學,是由張默君女士
創辦的,她雖然擔任着校長,我可不曾見過她一面。後來她和考試院
副院長邵翼如先生結了婚,她自己彷彿也在做着立法委員,在南京玄
武門内建築了一座"美輪美奂"、富麗如宫殿式的"夢筆生花館"。區
區僥倖在上海做了幾年大學教授,春假到南京去拜訪她,承蒙她們賢
伉儷殷勤招待,叨擾了幾次盛筵,我笑着對邵夫人——這是用司馬遷
作《史記》的筆法,這稱呼是應該如此的——説:"張校長!我是你十
年前的舊屬呢!"

　一岑看見我又失了業,説我不是教小學的材料,因爲上海灘上的
小學生,大多數是操吳語或粤語的。後來他又把我介紹給××高級
商業學校的校長×××博士。×博士是相當有名的人物,可是那學
校早就名符其實的有些商業化,對於聘請教員,是要先看貨色的。他
向介紹人要求叫我寫一封很長的信,把我教國文的方法和主張説出
來給他做參攷。我也心裏明白,這明明是考試先生,便有些不耐煩,
可是回頭一想,西楚霸王兵敗烏江,"尚何面目以見江東父老"的話,
與其回到故鄉,受鄰里戚黨的暗嘲熱諷,倒不如硬着頭皮在外邊亂
撞,偶然丢一兩回醜,也算不了什麽了不得的事。古人説:"富貴歸故
鄉"。讀者諸君,須要切記!假如你也是和我一樣冒冒失失跑到外地

謀生活的人，倘是不能够揚眉吐氣的話，那你寧肯餓死在馬路上，千萬不要回到本鄉本土去，受人家的奚落。我們鄉裏有句俗話，叫做"近處菩薩遠處靈"，我就抓住這句名言，做我立身處世的唯一方針呢！我那時思來想去，沒有別的辦法，只好信口開河的胡謅出一大篇道理來，寄給那位博士校長，僥倖他認爲合格了。可是要等到暑假招生之後，看看是不是"生意興隆"，纔來招聘我去擔任些鐘點。這我可忍耐不住，想起黔婁不食"嗟來之食"，我家裏還有老米飯，那個高興來弄這種"生意經"呢？我就拂衣而去，一溜煙的又離開這個滑頭社會，溯江西上了！

　　路過九江，上了岸，到岳家去，看了一看我的兒女，在江邊的客棧裏住了一宵，第二天又搭輪船到了漢口。立刻過江到武昌黃土坡，去看黃先生。黃先生的脾氣，我想大家都曉得的，卻是對我這個受業不到四個月的門生，特別的好。他知道我的家境中落了，在上海又"鎩羽而歸"，正陷在"進退維谷"的境地，登時叫他的姪兒叫耀先哥的——他名叫黃焯，後來在中央大學，做了十多年的助教，聽説現在在四川國立某大學做教授，已經好多年了——把我的行李搬到他家裏去住，説不久定要替我設法，找個中學教員的位置。果然不到幾天，那私立中華大學的校長陳時先生，就送了一封聘書來。那聘書上載明教授附中的國文，月薪四十八吊。我因爲黃先生的好意，而且我的教書經歷，總算升格了，所以我也不去計較待遇的厚薄，就把聘書收下來了。到了秋季開學，我爲着上課的便利，搬到一家公寓裏去住着，但離學校還是相當的遠。我每天清早，走到附近的小店，坐在長板橙上，買了幾根油條，——那時候的大餅油條，是便宜不過的，拉黃包車的，拿了幾十文錢，要喫牠一個飽。卻不料二十年之後，一個國立大學教授，兼着簡任一級的官員，每天早上要多喫幾根油條，連着兒女一道喫，就非大大的加以節制不可，唉！——和一大碗滾開水，解決了肚子裏的飢餓，挾着那討飯袋——教授皮包——翻過蛇山，走到那個學校裏上課去。那間教室,大概是向什麼古廟裏借來的,裝着幾扇木槅紙糊的門窗,地面一高一低的。那臨時用幾條木板拼搭起來的講臺,我踏上去幾乎跌了個倒栽葱,引得哄堂大笑。可是你倒不要藐視了這一班學生老爺們,他們雖不像上海那批小姐們的摩登,可是一樣的會向新來的先生搗亂,照例的說聽不懂我的話。那我可有些冒火了,我當時毫不客氣的"赫然震怒",把這批學生當面教訓了一番。我說:"我從小就生長在你們湖北的,我也會講湖北話。難道你這批湖北人,都學了洋話,連本省的話都聽不慣了嗎?"刁頑的學生,只有嚴厲的對付他們,方纔會俯首帖耳來聽呼喚的。果然被我罵得一聲不響了。我忿忿的出了教室,跑回公寓裏,把那撈什子的聘書,叫人退回學校裏去,一面向黃先生道謝,說我是不適宜於教書的,這回決定回到老家,"身率妻子,戮力耕桑"去了。結果陳校長屈尊跑到我的寓所來,并且帶着兩名學生代表,向我陪罪,我纔息了怒,答應着繼續教他們的書。武漢的天氣,是比較冷的。我住在那家公寓裏,一間僅容一牀一桌的屋子,地板和窗子都是破爛不堪的。隔着板壁的芳鄰,據說大半是些丘九老爺,白天他們到學校上課去,倒還覺得靜悄悄的。一到了上燈時分,可就"胡笳互動,牧馬悲鳴"似的,胡琴馬將的聲音,雜然並作,一直鬧到深更半夜,我倒佩服他們的精神真不錯呢!那是"窮秋九月"的季節,瑟瑟的酸風,從破紙窗子不斷的侵襲進來,我的身體素來是單薄的,就有些抵擋不住。我可相信精神是能夠剋服一切的。鬧的儘管地鬧,吹的儘管地吹,我對着一盞煤油燈,踏着窸窣作聲的地板,用那蠅頭般的小字,批校我那部石印本的《昭明文選》——這部書我是常常攜在身邊,作爲第一年正式教書的紀念品——有時也會拍着破桌子,哼些詩詞,恰和老杜的"青燈無語伴微吟",彷彿有了相同之感。這生活過了三個多月,就到寒假了。我因爲我的妻兒,在娘家過年,有些不便——九江的鄉俗,是不准出嫁了的女兒在家過年的,女壻和外甥是更不消說的了——就把她們接回老家去。我在外面混了一年，受了許多的挫折，也就有些心灰意懶，我的父親也叫我暫在家裏住下，犯不着這般的做，橫直家裏老米飯還有得喫呢！我打定了主意，就寫信給黃先生，把中華附中的教席，婉辭推卻了。

三　海濱的優美環境

事有湊巧，我回家不到幾天，忽然接着上海轉來的電報，説有一位朋友張馥哉先生——他是北大國文系畢業，也就是當時所謂黃門四大金剛之一。他和我堂兄沐光，是同班的，而我這時和他還未相識，不過由他的親戚金懷秋先生介紹過，他就把我記在心裏。後來我做了暨南大學的國文系主任，纔把他拉來教文字音韻學，共事了幾個月，又遇着“一二八”的事變，損失了不少的書籍，他還是回到浙江教中學去。他是一位淡於名利的學者，屢次有朋友招他到大學裏去教書，他總是推託着不肯遠行。直到“八一三”事變以後，他纔從間道避到上海租界內來，和我們幾位朋友，合辦太炎文學院，可是不久他就病死了！身後蕭條，我愧不能多所濟助，有負死友，念之痛心！——要我到廈門陳嘉庚先生辦的集美學校去，代他的課。月薪是九十五圓——照周佛海先生的話，合起現在的法幣來，應該在萬圓以上呢！——教的是舊制中學的最高年級。我毫不踟躕的，又動了遠游之念了。登時回了一個電報，答應下來。就在正月初三的那一天，辭了老父，別了妻子，冒着大風雪，獨自一個人坐着山轎，走了兩天，到萍鄉搭火車，轉到武昌，順流東下，經過上海，取得馥哉的介紹信，換上太古公司的海船，一直漂到廈門去。一路舉目無親，加上廈門話的難懂，一登了岸，便有些異樣的感覺。可是既然路遠迢迢，冒冒失失的走了出來，只得鼓起勇氣亂撞，好容易由旅館裏的茶房，送上開往集美的帆船，在海港裏走了三四十里，到了集美村，找着一位體育教員孫移新先生——是馥哉介紹的——替我叫校工把行李搬到校舍裏去。我這生長在山鄉裏的人,一旦住在這一所三面臨水的高樓上,看那潮生潮落,朝夕變幻的海濱風景,倒也心胸開拓,忘卻了那異鄉孤寄的閒愁呢。

我雖然上年在上海和武昌教過書,得了些少的經驗和教訓,可是來到這陌生的學校,教的又是最高年級,總免不了有些"戰戰兢兢"起來。好在那一班的學生,對馥哉是極端崇拜的,所以對他介紹來代課的人,也就有了相當的敬畏。我乍去上課,有些學生,都比我年紀大,我就有些不自在,兩臉通紅的,彷彿做新娘子一般,有些説不出話來。那位教務主任李致美先生——他是山東人,北高師畢業的——總是在窗子外面偷着看,他背地裏對人講:"張馥哉這回拆爛污了!怎麽找了這樣一個人來代課?可是既然來了,水闊山遥,難道馬上打發他回去?"過了幾日,我的態度也漸近自然了。李主任愛喝一點白酒,辦事非常的認真,而對同事們倒是極誠懇的。他有時候帶點酒意,跑到我的房間裏來閒譚,把我改的作文,抽出來瞧了幾本。他纔老實不客氣的對我説:"馥哉到底是個負責的朋友,不會隨便拆爛污的。我看了你改的作文,我纔相信你是個有真實本領的人物呢!"我受了他這番鼓勵,真是感愧交集。後來學校裏比較有真實學問的蔡斗垣、施可愚、姜子潤諸先生,和葉采真校長,都對我另眼相看,學生們都對我敬禮有加,這位李致美先生,我還要推他做一個最先識貨的人物,我至今還存着"知音之感",想探訪他的蹤跡呢!

集美是閩南一個設備最完美的中學!校舍建築在一個三角形的半島上,有一二十座堂皇富麗的洋樓,緜延十數里的校基,分設着中學、男師範、女師範、水產科、小學部。學生數千人,大都是南洋華僑子弟,或閩南各縣的土著,可是個個都會講國語,沒有人再說聽不懂我的話了。華僑的性子,是非常爽直的。導之有方,比任何地方的學生都好教。我一直在那裏教了四年半,從第四組教到第十七組,有的年紀比我大上十來歲,也有的十二三歲的孩子,非常活潑天真的。所有華僑的子弟,尤其對我好,好像家人父子般的。他們都説:"他們的父兄,叫他們遠涉重洋,回到祖國來讀書,是希望特別注重國文,知道些祖國的禮俗文化。"他們的好處是伉爽忠實,壞處卻帶了幾分馬來土人的獷悍,三句説得不投機,真個會"拔刀相向"。我常常想,從事華僑教育的人,應該這樣去領導他們,發揚滋長他們的善根,化除他們的獷悍之氣,把我們的優良文化,和民族思想,身體力行的,灌輸到這班華僑子弟的腦子裏。等他們回南洋,把這種子,散佈開來,不怕我們的大中華民族,不會"無遠弗屆",替代了撒克遜民族,把國族飄揚到整個地球上去! 我夢想着這個理想的實現,自從到集美教書,以至跳到號稱華僑最高學府的暨南大學,經過十二三年的長時間,都和華僑教育發生極密切的關係,我這夢想,一點不曾打斷過。可惜歷來主辦華僑教育的人們,沒有遠大的眼光,只把"華僑教育"這四個大字,裝着幌子,——陳嘉庚先生,卻是一位實心實地要辦好華僑教育的人,他把他那經營橡皮業賺來的錢,獨力創辦了這集美和廈門大學那麼規模壯偉的兩所學校。可惜付託不很得人,他的事業,也就跟着他的商業,漸漸消沉下去了! ——把華僑子弟看做"天之驕子",當他們是救苦救難的觀世音菩薩一般,把他們嬌養起來,不特不注意給他們沐浴些宗邦教化,而且一味的放縱他們,籠絡他們,讓他們盡量發揮他們那獷悍的習性,弄得國內學生對他們當作"化外",避之如恐不及! 這個我可毫不客氣的放膽批評,暨南就是一個好例子。結果華僑父老,就有些不很放心,給他們的子弟回國讀書,那還談得上"華僑教育"的特殊效果呢! 這是後來的事,我不覺連類及之,暫且把牠放下。我從十二年的春季,老遠的跑到集美去代課,後來由代"即真",從秋季起,學校就正式送了我的聘書,也不追問我的出身如何了。那時正是集美的黃金時代,牠的科學館和圖書館,都在不斷的把新出的圖書儀器,大量的購進來。若干有志的同事們,得着這優美的環境,又沒有外界的引誘，——那地方本來是個荒島，你若是想要嫖賭喫喝，尋求那不正當的娛樂，只好渡過老遠的海峽，跑到廈門去。——所以埋頭用功的着實不少，不到幾年，都有了相當的著作，被南北各地的大學，禮聘做教授去。我在這裏，感覺到學術文化機關，是絕對的應該和政治商業的區域，隔離開來，學校內部，絕對不容許有政治和商業性質的份子滲了進去，那纔真正的能够造出有真才實學的人物來，作爲改造社會、建設新國家的中堅份子。我生平不參加任何政治團體，本來也就是爲着想要終身服務於教育界，替一般人做個榜樣呢！

我在集美四年半的時間，除掉一心一意的教書改文外，——我做專任教員，只教兩班國文，每週擔任教課十二小時，隔一週作文一次，時間是相當充裕的。——就是跑到圖書館去借書來看。我這時感覺着我的常識太缺乏了，就是在國學方面，也算不得有了怎樣深的造詣。所以我就努力的向各方面去尋求新的知識，把時人的作品，不拘新舊，以及翻譯的文學、哲學、社會科學等等，涉獵了許多。又深恨我往年不曾多學外國語，以致不能直接去讀西洋書籍。聽到人家説，讀東文比較容易，我就特地買了不少的日本書，請同事黃開繩先生——他是東京帝國大學畢業的，後來染了肺病死了！——來教我讀。讀了兩三個月，因爲黃先生吐血，不便打擾他做這義務教師，這事就中途而廢了，我至今還引爲大憾！

我是一個主張硬幹、笨幹的人。我的任事是這樣，我的治學也是這樣。我從二十一歲，正式出來做教書先生，直到現在，已是四十二歲的年齡了！在這整整二十一年的當中，我無時無刻不在做人家的先生，也就無時無刻不在自己做學生，我忘了我是已過中年的人了！我還記得我在集美的時候，除卻誠心誠意的向各種書本上去找指導我的先生外，那時恰好有位詩壇老將陳石遺先生，到廈門大學來做國文系主任。他老先生也是北大的老教授，門牆桃李，徧滿寰區。他雖然也過着半世的清苦生涯,但因生性好客,自己會燒幾樣小菜——他著的家庭食譜,把稿子賣給商務印書館,據說銷到幾十萬册,着實賺了不少的錢呢!——而且特別喜歡獎掖後進。他認爲得意的門生,常常會留着喫飯的,彷彿蘇東坡先生的"碧雲龍"茶,特爲某幾位門人而設。那時我在集美教過的學生邱立等,已經升入廈大,從他老先生去受業了。我反而由學生的介紹,拿點詩給他老先生看,他説我的絶句很近楊誠齋。我很慚愧,自己是江西人,那時連誠齋的集子都還不曾讀過!宋人的絶句詩,我只是喜歡讀王荆公的。我聽了他老先生的話,趕緊向圖書館借了一部《宋詩鈔》來,打開其中的《誠齋集鈔》一看,纔知道誠齋原來也是學王荆公的。我這纔深深的佩服他老先生的眼光不錯,也就備了些贄儀,向他碰了頭,拜在他的門下。從這以後,我常常渡海到廈大去,向石遺先生領教——他給我論詩的信札,整整的一大本,可惜那年由滬南遊嶺表,在海舶中遺失了!——并且常是叨擾他自己做給自己喫的幾碟小菜。夜間就住在邱同學的牀上。原來邱同學比我大上七八歲,文字學是極造詣頗深的,我早把他當做"畏友"。他總是讓牀給我睡,而且常常陪我去逛南普陀,以及廈門附近一帶的名勝地,情誼和兄弟一般的。自從我離開集美,還是不斷的通信。有幾次,我想找他到上海來教大學,都因受了阻礙,不曾實現。現在隔絶十餘年,不曉他漂流到什麽地方去了!我對學生是誠懇的,所以歷遭患難,得力於學生們的幫助,也着實不少,只是有心無力,不能够多多的提拔他們,五夜思之,還感着"慚惶無地"呢!

　　集美的風景,我認爲是最適宜於教學的!藏修游息,都是一個最好的所在。只是氣候比較差些,我的老胃病,就是在那時患起,一直害到現在。我那時感着不舒服,常是帶着學生,到海邊去閒遊。那地方是不適宜於種柳的,卻有許多大榕樹和常緑的相思樹。我常是坐在那緑陰之下,欣賞那青山緑水間,風帆葉葉,白浪滔滔的壯美風景。

有時獨自一個人，跑到鰲頭宮的大石上去聽潮音，澎湃鏗鏘，如聞天樂。我現在在晨光熹微中，執筆追憶，寫到這裏，對着案上那張獨踞磐石、背臨大海、飄飄然有“遺世獨立”之概的照片，還不禁“悠然神往”呢！

在集美四年半的當中，我曾回到老家兩次。一次是十二年的暑假，我冒着炎蒸天氣，老遠的歸到故鄉，喜的老親無恙，而我所深愛的最初一個女兒小名芙芬的，因爲出麻疹死了！我的大兒子聰彝，也正患着同樣的病。但爲職任心所驅使，匆匆的離開家庭，回到廈門去。這年秋天我的大兒子也死了，接着又生了一個女兒。這消息，老父怕我傷心，直把我瞞到第二年的暑假，重返故鄉，方纔知道。就在這十三年的秋季，帶着我的妻，和我的女兒順宜，一同到集美去了！我這女兒的名字，是公公取的。果然從這以後，一切都比較順手了。一直在集美鄉下住着，除我個人到過兩次福州，去看石遺先生，和逛鼓山外，不曾離開廈門一步。十七年的暑假，我因石遺先生的介紹，接到上海國立暨南大學的聘書，纔帶着我的妻，和兩個女兒——一個叫美宜，是在集美生的。——一個兒子——廈材——七八口書箱，辭別了這海山雄秀的廈門，乘桴北返。所有在廈大和集美的學生，都來結隊歡送，并且留下許多紀念照片，表示依依惜別的樣子，我也不禁爲之黯然！

我是不愛出風頭，和應酬巴結的，所以留在閩南這長遠的時間，對於當地士紳和各方面，都少交往。那時魯迅先生，和傅築隱、沈兼士、顧頡剛、羅莘田、郝昺蘅諸先生，都在廈大教書。我雖然都曾晤談過，但是除羅郝兩位，比較親密外，其餘的不過認識認識而已！我因爲受黃季剛先生的影響，也不敢輕易著書。所以在這四年半當中，除了編過一本文學史，作爲講義，又在中山先生逝世的那一年，做了一首一百韻的長詩，表示追悼，頗引起閩南人士的注意外，就不曾在任何刊物，發表過文章，這也就可看出了我的笨相吧！

四　重來上海的奮鬥

我那年暑假，回到上海，先把家眷送往九江，再返故鄉看我的老父。在家裏住不到一禮拜，因爲赤燄漸張，大有"行不得也哥哥"之勢，我就悄悄的溜到九江，和我的岳丈及妻兒等，上廬山住了將近一個月光景。遊覽了海會、棲賢、秀峯、青玉峽、玉淵、三叠泉諸名勝，作了十幾首紀遊詩，和一卷游記，頗爲義寧陳散原先生所激賞，後來發表在暨大的刊物上面。

和風乍起，我孑然一身的回到那塵雜不堪的洋場上來！我是惡煩囂而喜幽寂的，幸虧暨大設在離上海市十餘里的真茹鄉間，我以爲一個人總是可以住在校內的。所以征塵初洗，便自跑到學校去，準備把行李遷入。不料那事務先生，毅然決然的拒絕了。説什麼你是新來的講師，是没有住校的權利。那十足的官僚氣，我就有些看不順眼，但也只得廢然而退，別想棲身之所。找了很久的時間，纔在北火車站附近，找着一所一樓一底的房子，重把我的家眷接來。我當初教的是大學一年級的兩班基本國文，時間是排在每天早上的第一節。那時上海附近的交通，還不很發達，自上海到真茹，總要趕上在北站七點開出的那班火車。冬天晝短夜長，我總是未明而起，走出門來，只聽得洗馬桶的吵啦吵啦之聲，"如助予之歎息"！我素來是抱定"盡其在我"的主張，不管討好不討好，力總是應該賣的！各學校的學生，對於國文素來不很注意，何況暨大號稱華僑最高學府，素來是以踢足球著名的！常常是球員一聲令下，不問校長答應不答應，學校布告不布告，學生們會自動的停課！一班老教授們看慣了，也就安之若素，不把牠認爲什麼稀奇！只是我這個不識時務的呆小子，不管風晴雨雪，他們停課不停課，只要教室裏有了一兵一卒，我總是滔滔不絕的講下去的。那個説人類會没有同情心呢？我這樣的笨幹，居然在

全校自動停課的時間,我班上的學生,是個個自動的來聽講了! 同學
們看見我的身體很瘦弱,老是大清早跑到學校裏來,就大家要求我住
在校內,他們也好在課外來求些教益。我把上次事務先生拒絕我的
話,告訴了他們,他們都有些"義憤填膺"似的,衆口一辭的說:"豈有
此理!"這時學校正在謀教授們的安心教學,在學校的後面,籌劃着建
築十幾幢的洋式平房,叫做暨南新村,準備有家眷的教授們住的。在
十八年的春季,這房子就動工了。我就向學校當局去要求,預定一間
給我住。當局又照例的說講師沒有資格住房子,把我拒絕了! 同學
們聽到這個消息,替我代抱不平,說:"等我們去要求,看他們敢不敢
拒絕?"原來暨大的行政系統,是校長指揮院長,和其他的高級職員,
院長和其他高級職員,指揮教授講師,教授講師指揮學生,學生又指
揮校長,是循環式的! 說也奇怪,他們學生去一說,就靈驗了! 我不
待那房子竣工,就搬了進去。同時在那年的暑假,當局也把我改做專
任教授了!

　　我住在暨南新村,自十八年起,到二十四年秋季去廣東止,足足
住了六年。中間雖因"一二八"的事變,逃到法租界辣斐德路國立音
樂院的汽車間內,過了一個舊曆年,住上幾個月。等到淞滬協定成
立,學校搬回真茹以後,我又重新披荆斬棘的回到那所村居去。我手
種的竹子,被人家芟夷盡了! 只有柳影婆娑,和那不凋的冬青樹,依
舊的危立窗下,似解迎人,直叫我發生"樹猶如此,人何以堪"的感慨!

　　我初到暨大的那一年,是鄭韶覺先生做校長。正在由商科大學,
力謀擴充,他聘了陳斠玄先生做國文系主任,作爲擴充成文學院的基
礎。那時所聘的教授,也大都不愧爲"一時之選",而我以一個五年前
在上海做小學教員而被女學生們趕掉的酸小子,居然也和這批名流
學者,以及什麽金字招牌的博士碩士們,"分庭抗禮"起來,這雖然要
感謝石遺先生的介紹,和斠玄的提掖,而我那自己的努力,能夠得着
這麽的結果,也總算是天不負人了! "學而不厭,誨人不倦",這是先

師孔子的偉大精神，也就是先君傳給我小子的無上寶訓！我雖然一生戇直，只管獸頭獸腦的苦幹，以致引起人家的嫉妒，遭遇了不少的風波，我可相信，"最後勝利，總是屬於我們的"。暨大本來是個情形複雜的學校，又迫近在政治商業中心的上海，那被野心家利用來作鬥爭的舞臺，原也是不足引為詫異的。我不加入任何黨派，也沒有什麼同學、同鄉等等的觀念，我只知道以身作則的教學生怎樣讀書，怎樣做人。我的一生，受人敬重在此，被人嫉妒和攻擊也在此！我眼看着暨大由商科擴充到有了文學院、法學院、理學院、教育學院，完成現代大學的組織，這不能不歸功於鄭韶覺氏的辛苦經營！我個人自從講師做起，為了苦幹，得着學生的信仰，不到三年，做了中國語文學系主任，也算是"一帆風順"，"得其所哉"的了！

我從小愛讀《史記》中的《刺客列傳》，尤其是"士為知己者死"這句話，深印在我的腦海裏面。我以前做事，抱定這個主張，我以後做事，還是抱定這個主張。我在暨南，因為斠玄找我去的，——我和斠玄，本來毫無關係，因為石遺先生的介紹，纔和他相知。——所以就"竭忠盡智"的想替他把暨南的文學院辦好。後來文學院雖然擴充為外國語文學系、歷史社會學系，可是我認為中國語文學系，是斠玄的基本隊伍。那時教育學院的院長，是謝循初先生，他的確是個精幹的人才！拚命的把他那一院擴充，向學校爭得經費，布置了一間頗為完美的教育研究室。我為着要鼓勵國文系的同學們，注意自動的研究文學起見，也同樣的向學校裏要求些設備費，費了九牛二虎之力，纔分得一間空洞的房子。我就對同學們講："我們通力合作，來做給他們看吧！"於是先把我頻年辛苦積下來的錢購置的《四部叢刊》和其他新舊圖書雜誌等，搬到研究室去。再由我負責，向同事顧君誼先生，和其他歡喜買書的同學劉鍾經等，要求各出所藏，藉供眾覽，不一瞬間而琳瑯四壁，超過教育研究室的所有，這頗有些叫人驚訝！我是每天晚上都到那裏去，和同學們討論研究，雖然知道這"為人太多，為

252

己太少"，是對自己的學術成就，有相當的損害，可是我認爲既擔任了
這職務，是應該先公後私，一往無悔的。我這樣的硬幹、笨幹，雖然沒
有得着怎樣顯著的效果，但是至少我是"於心安"的。可惜過了不久
的時間，就遭到"一二八"的事變，真茹陷入火線，大家一窠蜂的走了！
所有學校裏的圖書儀器，那個還有這閒情去理會他？ 我那天晚上，因
爲兒女的拖累，和老父及諸弟妹等，——我的家鄉，因爲十八年遭了
兵禍，一直鬧了五年，我家老小數十口，都逃到上海來，分住在暨南附
近。——没法伴着同走，仍舊在暨南住了幾天。後來我那留在圖書
館服務的老學生諶然模，從梵王渡跑到真茹來看我，我纔把老小送入
租界。又屢次在飛機迴翔偵察之下，用獨輪手車，督着諶生，把圖書
館和研究室的圖籍，搬出許多。最後幸虧圖書館副主任許克誠先生，
借了幾輛運輸糧秣的軍用卡車，纔把所有的圖書儀器，全部運了出
來。只賸下我自己的單本新書，放在研究室內的，損失了一千册
左右。

　　自從十九路軍在大場撤退之後，上海的局面，漸漸的恢復了常
態。斠玄早經應了中山大學之聘，到廣州去了。鄭校長也率領一批
學生和教職員，浩浩蕩蕩的從蘇州奔向上海租界內來，臨時在赫德路
和新閘路之間，租了兩座洋房，作爲準備復課的校舍。那時有許多重
要的教職員，各自奔回老家，没有集中在上海。我只好替學校盡義務
的四出奔走，勉強湊合了一個臨時局面，不久就復課了。其他上海附
近的私立大學，如復旦、光華、大夏之類的學生，都投奔到暨大來，做
借讀生，倒也稱得上"得風氣之先，極一時之盛"！ 我那時是擔任文史
哲學系——這個系是臨時合併中外文學系和歷史社會系而成的——
主任，實際執行了文學院的職務，而把那院長的空頭銜，讓給張鳳博
士去了。——他原是歷史社會系主任，兼圖書館主任。——後來那
批造謡中傷的人，竟認我們兩個是斠玄的替身，叫什麽"龍鳳配"，在
某種小報上大肆攻擊，我也只好置諸不理。等到學校搬回真茹，斠玄

也自廣州回任院長,我依舊擔任中文系的職務。那時我感覺到上海一般大學生國文程度低落的原因,缺乏在那一個"讀"字。我以爲思想感情,是做文章的要素,而那思想感情,要靠着語言文字來表達。所以要求國文的進步,必得把古今來可資模範的代表作品,讀個爛熟,纔能够把他人的思想感情和語言文字融成一片,然後醞釀在本人的心胸,又把他人和自己融成一片,這樣纔會心手相應,筆隨意轉,做出條達曉暢的文章來。我除了在大禮堂對附中學生公開講演過"請開尊口"這麽一個題目,提倡國文科的朗誦外,又向學校要求撥了一間距離宿舍較遠的洋式平房,作爲中文系的研究室,和放聲朗誦國文的實驗場所。我那時擔任的課程,是偏在詩詞一方面的。我對學生説:"這兩項都要特別注重聲調,更非朗誦長吟不可。大家如果有志於此的話,只好跟着我來!"我和學生約定在每天早上的七時到八時,爲朗誦的時間,我總是六點三刻就首先到了研究室,領導着三四十個男女同學,聚在一塊,放聲朗誦起來,"洋洋乎盈耳哉"!那些校工和校外的人,經過那窗下,莫不"駐足而立,傾耳而聽"。大家有了興趣,加入的反而多了起來,一間屋子擠得滿滿的。果然不久就發生了效果,平仄也懂了,讀詩的也會做詩了,學詞的也會填詞了。自秋季讀到冬季,天亮得漸晏了,我總是在東方發白的時候,就到了研究室。一班女同學倒感着不好意思,大家未明而起,都趕到這裏來共讀,男同學却有些"知難而退"了!我有一天因爲着了寒,病倒了,還要充硬漢,瞞着妻子,悄悄的起了身,走到研究室去,督導他們,他們被我深深的感動,説:"先生不必太辛苦了!我們會自動的去讀。"那偶然偷懶的男同學,也都鼓起勇氣來了!他們讀過書之後,就結隊到我家裏來問病,彷彿自家骨肉般的。這個讀書會,終於維持到了寒假,照了一張紀念相,我還題了一首《浣溪沙》的小詞:

半載相依思轉深,擬憑朝氣起沈陰,生憎節物去駸駸!

文字因緣逾骨肉，匡扶志業託謳吟，只應不負歲寒心！

詞雖不佳，卻是在我這個笨傢伙的人生過程中，是很值得紀念的一回事！

我在第二次回到上海來教書以後，交游漸漸的廣了，認識的名流老輩，也逐日的多了。最初器重我的是新建夏映盒先生，他做了一篇《豫章行》贈給我。先後見過了陳散原、鄭蘇戡、朱彊邨、王病山、程十髮、李拔可、張菊生、高夢旦、蔡子民、胡適之諸先生，我不管他們是新派舊派，總是虛心去請教，所以大家對我的印象，都還不錯。我最喜親近的，要算散原、彊邨二老。我最初送詩給散原、蘇戡兩位老先生去批評，散老總是加着密圈，批上一大篇叫人興奮的句子，蘇翁比較嚴格些，我只送過三四首詩給他看，只吃着二十八個密圈子。我因為在暨南教詞的關係，後來興趣就漸漸的轉向詞學那一方面去，和彊邨先生的關係，也就日見密切起來。彊邨先生是清末的詞壇領袖，用了三四十年的功夫，校勘了唐宋金元人的詞集，至一百八十幾家之富，刻成一部偉大的《彊邨叢書》。他自己做的《彊邨語業》，也早經為海內填詞家所"家絃戶誦"，用不着我再來介紹。他的謙和態度，叫後輩見了，感着"藹然可親"。我總是趁着星期之暇，跑到他的上海寓所裏，去向他求教，有時替他代任校勘之役，儼然自家子弟一般。他有時候填了新詞，也把稿子給我看，要我替他指出毛病。我敬謝不敢，他說："這個何妨，你說得對，我就依着你改，說得不對，也是無損於我的。"這是何等的襟度，我真感動到不可言說了！他替我揚譽，替我指示研究詞學的方針，叫我不致自誤誤人，這是我終身不能忘的。在他老先生臨歿的那一年，恰值"九一八"事變。他在病中，拉我同到石路口一家杭州小館子叫知味觀的，喫了一頓便飯，說了許多傷心語。後來他在病榻，又把他平常用慣的硃墨二硯傳給我，叫我繼續他那未了的校詞之業。並且託夏映盒先生替我畫了一幅上彊邨授硯圖，他還親眼看到。我從他下世之後，就把所有的遺稿，帶到暨南新村去整理。"一二八"的晚上，我用我的書包，把這些稿件，牢牢的抱在身邊，首先把牠送入"安全地帶"。後來就在音樂院的一間僅可容膝的地下室裏，費了幾個月的功夫，把牠親手校錄完竣。同時得着汪先生和于右任、劉翰怡、陳海綃、葉遐庵、李拔可、林子有、趙叔雍諸先生的資助，刊成了一部十二本的《彊邨遺書》。我和汪先生的關係，也是從這個因緣來的。隔了不多時間，我又得了夏映盦、葉遐庵、易大厂、吳瞿安、趙叔雍、夏瞿禪諸先生的贊助，在上海創辦了《詞學季刊》，作爲全國研究詞學的總匯。在二十二年的春季，由民智書局出版，引起了國內外學術界的注意，所有填詞家，都集中到這個刊物上來了！我和日本京都的東方文化研究所，從這時交換刊物起，一直維持到現在。《魯迅全集》裏，也提到我這個季刊。在民智出過四期之後，改歸開明書店辦理印刷發行，直到"八一三"，開明在虹口的印刷所燒掉了，這纔中斷下來！在創辦的初期，大家都以爲範圍如此之窄，至多能維持到一年，就算了不得。那知我還是不斷的努力幹下去，材料也越來越多了，行銷所至，遠及檀香山，僻至甘肅的邊地，——這不是我瞎吹，有信件爲證的。——倒也非區區始料所及呢！

"盛名所至，謗亦隨之"，這確是兩句至理名言，我從重來上海，稍稍忝竊虛名以後，各個大學總是來拉我去演講——我生平最怕在大庭廣衆中像煞有介事的作什麼學術演講，叫我去聽中外名流學者演講，我也有些頭痛，這大概是我一生蹭蹬的最大原因吧！——我認爲自己本分內的責任還未盡，那還有許多精神去出鋒頭，或撈些"外快"？我那幾年對於暨南，是抱着熱烈的希望，把那個暨南新村也當做我的第二故鄉，總是專心致志的不肯"外騖"，所以對各方面的要求，一概婉辭謝絕。談到兼課，除了從十七年冬季起，因爲蕭友梅先生拉我去代易大厂先生的課；後來大厂厭倦教書，蕭先生就一直聘請我在他主持的國立音樂院——中間一度改組爲國立音樂專科學校——兼任國文詩歌教席,到國府還都的那年春季,纔算脱離。中間除了二十四年度請假到廣州,足足有十二年的歷史,所以音樂院出身的同學,對我都有好感,差不多没有一個不認識我的。至於其他學校,我除了在復旦、中國公學、正風文學院短時期的兼過兩小時詩詞課程外,就不曾踏上過門。人家還認爲我是搭架子,那曉得這正是我的獃氣呢?

暨南自遷回真茹之後,情形愈加複雜了!鄭校長爲了敷衍各方面,純粹的學者漸漸走開,他的黄金時代也漸漸的過去了!許多有背景的人物,打進這個學校來,此争彼奪,鬧個不了,有的利用華僑學生做打手,動不動就演起全武行來,斠玄也曾被威逼過!我素來是不偏不倚的,站在超然地位。他們拿不到我的劣點,除了在××新聞造了一大篇謡言外,只好别想方法,離間挑撥我和校長院長的感情,説什麼我是一個純粹學者,不適宜於辦事方面呀!什麼主張太偏,專叫學生學會做詩填詞有什麼用呀!後來鄭校長果然聽信了他們的話,笑着對我説:"我爲着你的專心研究學問,還是不擔任職務的好!"他背地笑我是"書獃子"。我把主任辭掉不幹了。鄭校長待我不錯,不但不減我的薪水,並且尊稱爲什麼特别講座,鐘點也教的少,我也樂得逍遥自在呢!後來鄭校長被外力威逼,那當年藉了挑撥而得着好處的人,又來運動我,要我也來參加"驅鄭",我堅决的拒絕了!事去之後,大約纔感覺到只有"書獃子"是靠得住的,所以鄭氏對我,反而特别要好起來。

鄭氏被驅以後,學校弄得不可收拾。教育部幾次的派人來調查,結果决定由那位高等教育局長沈鵬飛先生,臨時代理校長。這位沈代校長,倒也是個老實人,可惜太懦弱了!一切大政方針,都要請示於上海某組織,結果校内更加政治化了!斠玄既隨鄭氏以俱去,繼任文學院長的×××,叫學生代表某來向我説:"×先生——他是上海某組織的頭兒——素來很仰慕你,希望你去看他一回,他是很想借重

你的。"我當時表示："我和×先生素昧平生,去看他做什麼? 我寧願
丟了教授不幹,斷斷乎不肯犧牲我素來的主張,去加入什麼組織的。"
那代表也就默然的走了,我仍舊若無其事的教我的書。後來沈氏請
我到他的辦公室去談話,把已經填好的志願書,當面要求我蓋一個
印,我毅然的拒絕了。我說:"國立大學,是爲國家造就專門人才的。
在國立大學做教授的人,只顧替國家盡教育人才的責任,那有閒情去
參加其他的組織呢?"他被我反問得啞口無言,以後也就不再拿這事
相強了!

　　大約那時的什麼組織,是需要時時刻刻練習鬥爭手腕的吧? 打
倒了他的敵人,馬上就會自家人和自家人摩擦起來。所以過不到半
年,中文系的主任問題,又鬧得沒法解決,結果還是把我強拉了出去。
我和他們"約法三章"的說妥了我的條件,纔又勉強的幹了一年。

　　到了二十四年的春季,沈氏又敷衍不下去了! 把整個的學校鬧
得烏煙瘴氣。我曾到過南京,向當時的教育部長王雪艇先生,和僑務
委員會委員長陳樹人先生,陳述一切,希望他們注意,不要把這個唯
一華僑教育最高學府糟蹋了。不知怎的,大家都有些不願過問,我也
只好不管了。直到暑假以後,何某以發表什麼"本位文化"的十教授
宣言之一的資格,拉上了某黨要人,正式來接任暨南的校長。他和華
僑教育,也是素來"風馬牛不相及"的,我對暨南深深的感着絕望了!

五　嶺表一年的遭遇

　　在二十四年春季開學之前,胡展堂先生就託冒鶴亭先生來找我
到廣東去。那時胡先生正在香港養病,和我不但素無一面之緣,而且
不曾直接通過一次信。他自湯山幽禁之後,以至恢復自由,由滬赴港
的那幾年當中,幽憂憤懣之餘,愛做些詩,尤其歡喜叠韻。那時和他
唱和最多的,是冒鶴翁,和他的一位落拓不羈的老友易大厂。我和大

厂,自在音樂院相識之後,蹤跡日密,也就做了"忘年之友"——他比我大上三十多歲——他常是把他們的唱和詩稿給我看,有一次硬拉我同作,由他附寄到香港去,不料竟"氣求聲應"起來!不到七八天,就接着胡先生寄來《得榆生教授大厂居士和章,七疊難韻並答》的和作:

> 風雨時時吟和難,——因爲我的書齋,題作風雨龍吟室——孤懷況欲起衰殘。相從問客行何後,不飲看人酒易闌。晞髮無心惟惡暍,折松隨手輒成欄。吾民有慍終當解,不信南風竟不彈。

這是二十二年秋初的事。自這以後,就不斷的有篇什往還。我還記得在二十四年的舊曆元旦,我正持着詩箋,親自到郵局去掛號,而胡先生寄我的詩恰恰送到,彷彿"相印以心"似的!我是一個癡情的人,不免引起了知音之感。他看了我在《詞學季刊》上發表的論文,登時寄了我一首五古,後半是這麼說:"詞派闢西江,感深興廢事。照天騰淵才,奔走呼號意。樂苑耿傳燈,豈奪常州幟。邁往足救亡,斯言可終味。"同時接着鶴翁促我南游的電報。我因爲老父尚在真茹,不曾前往。後來我父親知道我有南行的意嚮,又值故鄉安定,不久也就帶着我那異母弟妹十多口,回到故鄉去了。我準備了半年,在暑假之前,就接着中山大學的聘書,鄒海濱校長又再三託斟玄來函勸駕,說胡先生希望我到那邊去,把中文系辦好。胡先生在六月初放洋,前往歐洲養病。他在郵船上,還不斷的有詩來,說什麼"未能講肆從容話,曾把吳鉤子細看。真個揚帆滄海去,憑君弟子報平安"。又說:"三月無詩吾豈憊,萬方多故子其南!"他對我這般的熱望,怎叫我不動心呢?我這時雖然少了大家庭的負擔,而我自己也已有了七個孩子,加上在真茹住慣了,不但暨南全校自教職員和校工都和我有好感,就是附近鄉村裏的人,也都相識,到底有些留戀,決定不了去留。我只得在暑假期中,先到廣州去跑一趟,看看情形怎樣?我一個人到了廣州,鄒校長對我特別慇懃,爲我備了盛筵,請了許多西南政務委員會的要人來做陪客,又親自陪我駕着汽車,去石牌參觀新建築的金碧輝煌,矗立在每個小岡巒上的新校舍,和那綿亙數十百里,坡陀起伏,林木蔭蔚的廣大農場。我笑着對鄒校長說:"我來替你做個參贊大臣,率領許多西南子弟,在這裏來建個國吧!"兩個人都呵呵的笑了。他說,秋後就準備全部從文明路舊校址搬到石牌去,并且擬就了許多教授住宅的圖樣,叫我預先選定一座,帶着家眷同來。這石牌距市雖遠,卻自幼稚園以至大學,都要次第設立起來,子女的就學是不成問題的,希望我安心的來辦教育,好好的替他培植西南子弟,至少中文系是交給我全權去辦理的。我當時興奮極了。那文學院長吳敬軒先生,也是一個忠厚篤實的純粹學者,看來是可以合作的。所以我的南行之志,就有七八分的決定了。

那時我接着真茹家屬的來信,說暨南的聘書,也照舊的送來了。并且這一次的新舊教授,是由校長開列名單,送給教育部長去審核的,而第一個被圈定的卻是我。我在開學之前,回到上海,觀察了校內的新局面,那班"新貴"們,有些"作威作福"的模樣,大概他們也知道一點我南行的消息,便挖空了心眼,做好了圈套,要我不樂意的自動離開,以便他們的"為所欲為,肆無忌憚"。我後來也頗悔我自己太沒涵養了,中了他們的計,一激就把我激走了,把我七載經營的暨大中文系,連根帶葉的拔除淨盡!那當局還假惺惺的,和"貓哭老鼠"般的挽留了我一回,說什麼給我請假一年,要打電報給鄒校長,表示這是借用,來年是要聘我回來的。我當時一怒之下,就帶着我的孩子們,和四五十箱的書,一些破舊不堪的傢具,揮着熱淚,辭別了一班親愛的同學,和那座"綠陰如幄"的村居,搭上招商局的海元輪,竟自向南去了! 當時做了一首《水調歌頭》,留別暨南同學:

孤客向南去,抗首發高歌。無端別淚輕墮,斯意竟如何! 七載親栽桃李,風雨鶏鳴不已,長冀挽頹波。壯志困汙瀆,短翼避虞羅。逞行矣,情轉側,歲蹉跎! 平生所學何事? 莫放等閒過!
胞與常須在抱,飽雪經霜更好,松柏挺寒柯。肝膽早相示,後夜
渺山河。

　　聽說這一學期,我所教的課程,就沒有人敢接我的手。事後思
之,難怪會招他們的忌,把我當作老虎般的對付,這的確是我平生最
大的短處喲!

　　我抱着滿腔的熱忱,重到廣州,中大的學生,就派了代表,領着校
工,把我的家眷和行李,送到預租的東山松崗的寓所住下。那時中大
還在文明路暫時的舉行開學典禮。說也奇怪,那學校有一個極端矛
盾的現象,學生們認爲最不滿意的教授,選起課來,反而特別的
多。——固然有些特別有學問經驗的老教授,選課的也不少。——
我爲好奇心所驅使,有時偷偷地去看,那個學生選課最多的教授的教
室裏,常是"寥若晨星"的,只有十分之一的人,在那裏沒精打采的癡
坐着,或者低下頭來看他自己愛看的書,我這纔恍然大悟其中的奧妙
了! 過了一個多月,全部的遷入石牌新校舍,學生是規定要住讀的。
學校當局,也就趁這機會,下了整頓的決心,每個教室,都編了坐位號
碼,由註冊課派人來點名。可是結習難除,等到點過名之後,學生還
是有趁着教授們聚精會神在講書的時候,偷偷溜走的! 有一次在我
的班上,被我發覺了這麼一個頑皮學生,我馬上趕出教室,把他抓了
回來。我對他說:"你這人太笨了! 你不曾聽過君子可欺以方的這句
老話嗎? 你要偷嬾,何不對我講,你要大小便,學學那村童的方法,那
我可沒有理由來阻止你不出去。"引得大家都笑起來,這位也有些"內
愧",以後便沒有這怪現象了。我以爲現在做教師的態度,應該是要
叫學生們"畏而愛之"的。過於隨便,固然有損尊嚴,如果一味對他們
板起面孔,好像閻羅王般的,也不是道理。我以爲最好是學些古代名
將"恩威並用"的帶兵方法,合着幾分杜甫先生"莊諧雜出"的作詩態

261

度,那是最適宜不過的了。我素來是喜歡天真活潑,帶些稚氣的。現在雖然年過四十了,還常常和我的學生,以及我的孩子們,脫略形跡的一起玩。我很少正顏厲色的去罵我的學生和孩子們,偶然要教訓他們,總是輕描淡寫的,用旁敲側擊的說法,叫他們自己覺着難爲情,而自動的去改過自新。石牌本來是一片的荒山,距離廣州市內,約摸有三十多里的路。除了特備的長途汽車,可以直達校門,其他的交通工具是沒有的。我住在東山,每天總是清早起來,吃了些牛乳,就趕上石牌去的。有時候跑到學生宿舍裏,隨隨便便的看看我那中文系的學生。有的還沒起牀,看見我來了,說一聲"先生早"!覺得有些兒不自在,一骨碌的都爬起來了。我自己擔任的課程,仍是文學史,和詞曲這一類。那時中大有一位老詞家陳海綃先生,在那裏教詞有了十多年的歷史。彊邨先生對他的詞,是極端推重的,我也深深的表示敬仰。可是他說得太高了,專門對學生講夢窗詞,學生不能够個個瞭解。我是服膺孔老夫子因材而教的,所以另外選了些東西,對學生們由淺入深的詳細分析的來講,并且叫他們多多的練習,果然不到半載,就有些成績斐然了! 其實我的詞學功夫,和海綃翁比起來,真有天淵之隔,不過談起學生的受用來,我教的比較容易消化些罷了。那時程度最好的有孔憲銓、羅時暘、程蒨薇、黃慶雲等。我覺得在中國最有出息的人才,要算兩廣和湖南的子弟。我那時有"從知天地英雄氣,偏在三湘五嶺間"的句子,寫在孔憲銓的紀念册上,那全篇我卻記不起來了!

　　我命中是要多受折磨的! 我到一處,都因苦幹的結果,得着學生的敬愛,同時就遭受同事們的嫉妒和攻擊。我自攜家過嶺以後,敬軒被派到歐洲去講學,接任文學院長的是一位哲學博士范錡先生,他的爲人,是頗直率而好大言的。不曉得受了什麼人的挑撥,開始和我搞起亂來! 公開的對學生講,說我是要把中大造成暨南的勢力,一面慫恿着鄒校長,把我介紹的教授黃公渚先生拒絕了! 我當時氣忿不過,預備立即回到上海。我對他們講："你們不要看小了我，我不是要到廣東來爭飯喫的！我喫的米，都是從上海在郵局裏寄來，——我因爲患着多年的胃疾，醫生要我喫麵包和常熟一帶特産的黃米，所以特地用洋鐵匣裝着付郵寄了些來。——我是爲的要幹一番事業，你們睜開眼來看罷！"鄒校長向陳協之先生打聽了公渚確是一個有學問的人才，纔特地挽了許多人來向我道歉，范氏也親自跑到我的寓所裏，解釋了誤會，這纔相安下來。

那時中山大學，規模的壯麗，和經費的充裕，在全國是"首屈一指"的！牠自遷入石牌以後，還不斷的從事建設，並遵部令添辦了研究院。那文科研究所所長，原來是敬軒擔任的，自從他出了國，就由我和朱謙之先生——他一方擔任文學院歷史哲學系主任——輪流負責。我是素愛穿藍布長衫的。那時廣州的習慣，男人是不大看見穿這種顏色的服裝的，只有我還是不改其素的穿了到處跑。每次開校務會議，許多人都特別注意我，許久我纔發覺是爲的我那件藍布衫。我悠然的對他們講："你們怕不怕？我是一個老資格的藍衣黨呢！"有一天，陳協之先生在他那所頤園大會賓客，那廣州市長劉紀文先生，也是這樣的注視着我。他悄悄的問那旁坐的人，"這個藍色人物是誰呀？"那年的舊曆年尾，胡先生因爲得着蔣先生"共赴國難"的電勸，毅然扶病歸國，到了香港。許多準備歡迎的南北大員，都麕集到香港去。我生平是不愛湊熱鬧的，雖然胡先生亟想和我見面，我直等到除夕的前一天，纔悄悄的坐着三等火車去跑了一趟。胡先生晚上得着我的電話，就約定第二天早上，去暢談了兩小時，我下午又匆匆的回到廣州去了。事後聽到學生對我講："香港一家最著名的小報——《探海燈》——在元旦就登載着這麼一個消息，説胡先生返國以來，一批批的要人去拜會他的，至多不過接談幾十分鐘，不曉得昨天來了一位穿藍布長衫的什麼人物，倒談了那麼長久的時間呢！"後來胡先生被歡迎到了廣州，住在我那寓所附近的延園，我曾去談過幾次，也有不少的詩詞唱和。直到他在顓園去世的前幾天，還有一首和我《泛荔子灣、賞紅棉、訪昌華故苑》的絕句。他題我的授硯圖，有"常愛古人尊所學，更爲後輩廣其途"這樣精警的兩個句子，事隔數年之後，汪先生見着我，還是常常提起，稱美不置的！

胡先生下世時，我做了三首五古去哭他，開首就是"我本爲公來，公去我何之?!"這麼沉痛的十個字。幸而我在中大幹得有些成績了，同事們都還處得相當好。當地的老前輩汪憬吾先生，潔身高隱，素來是不問外事的，對我也特別愛護。還有常德楊雪公先生，是一個崛强耿直的硬漢，追隨中山先生和胡先生從事革命，非常之久，也是和我最談得來的。我雖然有些不服水土，弄得胃病大發，而精神上總還得着相當的安慰。再加那位醫學院長劉嘯秋先生，從我學詞，全家的醫藥顧問，是不花錢的。所以我也就打算一直的幹下去，並且準備下年教授住宅落成，就全家搬到石牌去，"日啖荔枝三百顆，不辭長作嶺南人"了。到了暑假，鄒校長還叫我去約公渚南來，可是公渚已應了國立山東大學的聘。我在廣州休息了一個暑假，不曾離開。想不到突然的所謂"西南事變"發生了！廣州市內有準備巷戰的謠言，我拗不過妻的主張，匆匆的把所有的什物和兒女，趁着太古公司的輪船，回到了上海。別的不打緊，這一年多的經濟損失，確有些壓得我透不過氣來！

六　苦難的緊張生活

我把家眷在上海安頓妥了，本想隻身再到廣州去的。一直到秋季開學期間，那事變因了桂系態度的强硬，還沒徹底解決。我的胃病和濕氣，又發得特別厲害起來。心想這逆運到來，也是無可避免的。當時向中大告了半年的假，暫在上海閒住起來。這時各學校都早經開學了，幸虧國立音專的校長蕭先生，仍舊把我的教席保留了年餘之

264

久,除卻扣去請人代課的鐘點費外,所有寒暑假的薪俸,都送給了我,我把牠來做了醫藥費。可是一家十餘口的生活費,無法解決。那半年的收入,只有音專六小時的月薪,還不到一百圓,這卻叫我有些着慌。我的老友孫鷹若先生,正在蘇州辦章氏國學講習會,約我每星期去講一次,每月送我一百五十圓的夫馬費。我禁受不了那蘇州街道的顛簸,往往是帶病而歸。我這時的狼狽情形,較之那初到上海做小學教員的時候,是有過之無不及的!我的胃病,發得連開水喝下去都得吐出來,我的妻總是背地向人家借些款子,又換去了些首飾,纔勉強度過了這半年的難關。蕭先生待朋友真厚道!到了春季開學,設法將我改作專任,我因為身體不好,就把再度南游之意打銷了。二十六年的春夏之間,我還是強扶病體,奔馳於蘇滬和市中心區——那時音專的新校舍建築在上海市政府的附近——一帶,只有增加我的疾痛,仍舊解決不了全家的生活問題!到了那年暑假,承蒙錢子泉先生——他原是光華大學的文學院長,這時和我也是不曾見過面的。——的好意,把我推薦給張校長,聘我做專任教授,合之音專,也有每月四百餘圓的收入,家用是勉強敷衍得去了。卻料不到"八一三"事變爆發,光華的校舍被毀了,音專也自市中心區搬到法租界來,人心皇皇的,大有朝不保夕之勢。後來雖然各學校都在租界內租着幾幢小房子,勉強的開了學,可是都為了經費竭蹶,對教授們減時減薪。大家為了迫於飢寒,只好拚命的去謀兼課,我也足足兼了五個學校,每週授課至三十二三小時之多。這五個學校,又是散佈在四角和中央的。所以整天的提着我那破舊的討飯袋,這邊下了課,立即踏上電車或公共汽車,趕到那邊去,那種種可笑的奇形怪狀,確是"罄竹難書",這怎會有什麼教育效率可言呢?在那砲火震天的時候,暨南也搬到租界上來開學。恰好那舊時同事李熙謀先生——原任暨大的理學院長——屈就了中學部主任。那中學部的學生,多半是道地的華僑子弟。熙謀知道我在暨南的歷史,想借重我來鎮壓附中,三番兩次的跑到我家來，拉我去幫忙。我卻不過他的好意，又對華僑子弟，不免有些顧念，就和他約好，我絕對不和何某發生交涉，他一口承允了，我纔去兼任了一學期的教導主任。我認爲在危難的時期，我們是應該挺身出來，擔負一切責任的。我在這個時期內，卻也費了不少的心血，自問還對得起那遠隔重洋的華僑父老。當那暨大自真茹遷入租界之後，那校長總是銷聲匿跡的躲在法租界，不大肯出來和學生見面，只把附中的僑生，勉強安頓在那一間靠近閘北和蘇州河的某私立中學裏，這一帶是大家認爲非安全區域的。我自接事之後，就一面督促郭主任，趕快設法另覓比較安全的地點，一面對學生表示，我決和大家誓共安危。我是說了就幹的，每天晚上，我總坐了一部黃包車，跑到那宿舍裏去看他們。在那裏夜深人靜的當兒，遙望着那隔河的砲火，此往彼來的交織着，我還是若無其事的，到他們宿舍裏，巡視一週，叫他們早些安睡。不久就把他們搬到靜安寺附近的一所中學裏來。我晚上總是去監視他們自修的。有的不到，我就到宿舍或廁所裏去找，一班調皮的華僑子弟，也漸漸的給我弄得馴服了。直到我入京以後，遇着幾個在京服務的僑生，還很高興的說：“我是當時被先生抓住纔出來自修的頑皮學生呢！”

中國的社會，是叫志士們短氣的！等到上海聽不着了砲聲，爭權奪位的又來了，連這麼一個小小的教導主任，也有人來打主意！“不知腐鼠成滋味，猜意鵷雛竟未休”！我讀着李義山這兩句詩，只好付之一歎！我把這職務辭掉了，爲了要養活妻子，卻還硬着頭皮，兼了兩班高中國文。同時在新創的太炎文學院，擔任着國文系主任，又在復旦兼了些鐘點，直累的喘不過氣來！這五個學校，在音專比較歷史最久，待遇最優，成績也就比較好些。這不是我心有所偏，只有精力關係，有的地方是顧不周到的，我現在還有些“內疚”呢！

在二十九年的春季，我因積勞所致，胃病又發得不能支持了！爲着種種的因緣，纔辭掉了各校的職務，暫時脫離了那緊張的教書生活。可是不到半年，我又回到本來的崗位，專心致志的，辦我的文學刊物，——《同聲月刊》——一方面又擔任着教幾點鐘書，整天的躲在家裏，度那"閉門自成世"的日子，倒也覺得耳目清净。可是回首當年文物風流之盛，和我個人所經歷的可喜可悲，炎涼變幻的情景，真和做夢一般，要不勝今昔之感呢！

七　自我的檢討

最後我也來一次"檢討過去，策勵方來"。我相信我自己是一個身體單弱而意志堅強，怯於酬應而勇於任事的笨人。我的做人方針，雖然大致不錯，卻因爲缺少了養氣功夫，有時理智剋服不了情感，以致喜怒易形於顏色，往往會上人家的圈套。我的治學門徑，雖然相當清楚，卻因爲家累的煩重，——我現在要擔負八個兒女的教育費，養活一家十五六口。——和教書太久的緣故，没有餘閒去竟其所學，在學術上不會有很多的貢獻。我相信我是個虛心服善人，對於師友的匡助指導，是"拳拳服膺"的，尤其是我的知己，我恨不得"殺身以報"。據我個人二十多年的經驗，和觀察所得，相信復興中國的中堅人物，是出在三湘五嶺間的。我佩服曾文正公腳踏實地的幹法，我相信建國人才，是要"樸拙"而不尚"華巧"的。我最恨"賣力不討好"這句話，認爲這是中國近代政治腐敗，學術衰退的最大病根。我以爲一個人既是生來有"力"，就應該對國家社會，有一分盡一分的"賣"去，至於討好不討好，是不應該去計較的。我雖然也做了許多"賣力不討好"的呆事，受了許多的苦難和打擊，卻是並不後悔的，只恨"歲不我與"的精力日衰，以至無"力"可"賣"，那纔是"志士之大痛"呢！我認爲今日國家的危險，雖然多半由於生產落後，國力不充，而受病之源，尤在國民道德一般的墮落，而欲挽回這個頹勢，又非注意改良教育，并先訓練一大批的智德兼備，可作模楷的師範人才不可。我這幾年來，頭上的白髮，如春筍般的怒發出來，卻並不因爲這個而減低我那前進的雄心。我夢想着有一天，能够得着一塊小小的獨立的園地，糾合一班同志們，通力合作，實現我那十年來所抱的"三化"主義教育，——學校家庭化，知識科學化，生活平民化。

中華民國三十二年二月十三日，脫稿於金陵寓廬之荒雞警夢室。

（刊《古今》半月刊第十九至二十三期，
1943 年 3 月至 5 月出版）

庚申蘇城見聞録題識

此卷爲婺源齊學裘手稿本,前歲偶於金陵莫愁一小肆中收得之,所紀爲咸豐十年夏忠王李秀成入蘇州時事,雖屬見聞瑣屑,要足以資譚助、廣異聞,亦治太平天國史者之絶好資料也。學裘字子貞,號玉谿,工詩,善書法,晚歲寓居上海,與劉熙載、毛祥麟等,時相唱酬。予在金陵,曾見其手書詩稿數册,塗乙不易辨識。且聞諸爰居閣,學裘詩集已刊行,肆主索值昂,未及收取,後遂不可踪跡,爲可惜已。學裘父彦槐,嘉慶間進士,以庶吉士散館,選金匱知縣,著治績。罷官後,僑寓荊谿,精鑑藏,有《雙溪草堂詩文集》行世。此編所稱不忍抛棄先人手澤,又有直往宜興訪諸弟妹消息之語,是其證也。録中又稱其壻于漢卿,居通州石港,旋往依之。其後漢卿徙居泰州,學裘復自吳門前往。予檢東臺《陳百生(寶)遺集》,有《于漢卿(昌遂)招遊養志園,雨不果赴,朱曼君蔣太璞用東坡東湖詩韻聯句,次韻和之》,及《憩平山堂,復過養志園,再用前韻,示心泉和尚,并柬于八漢卿》之作。又《齊玉谿丈招遊蜀岡看梅花,即次見示詩韻》云:"花事在何處,城西亂石岡。相將隨逸老,迤邐踏春陽。行步天風健,笑聲年少狂。流光搏控得,莫使去堂堂。劫後種梅樹,居然長過人。年年揩老眼,一看歲華新。淡處添生色,香中悟夙因。漫言枝磊砢,蓓蕾尚童真。"此亦足略窺學裘之風趣,與其避居江北後之行跡。適瞿兑之先生索爲録副,備載《中和月刊》。客居求學裘詩集及婺源志乘不可得,爰

269

就所知,附識數語,以便循覽此編者之參攷云。癸未春分前三日,龍沐勛識於金陵寓齋。

（齊學裘遺著、龍沐勛校録《庚申蘇城見聞録》,
刊《中和》第四卷第六期,1943 年 6 月出版）

讀 我 的 詩

我素來對於各色各行的朋友們，不拘文的武的，只要他是個有性情、有抱負的人，常是歡喜引誘他們讀詩詞，並且鼓勵他們從事寫作，而我自己却怕人家把那"詩人"或"詞家"的榮冕，加在我的頭上。這和魯迅先生在廈門大學教書時，自己關起門來，精心刻意的研究六朝文，却教青年們少讀線裝書，防他中毒，用意似乎有些相像。看去似乎矛盾，其實是相反相成的。

許多朋友們，總是説他自己對於詩詞，感着興趣，只是工力太淺，怕寫出來見笑大方。我便鼓勵他們：你只要認清詩這東西，原來是自己的，那你就可以放膽作去，無所拘束，習慣成自然，那會有做不好的道理。我這並不是甘言誘惑，裝作"英雄欺人之語"，而是有學理上的根據的。大家總讀過《虞書》和《毛詩》吧？《虞書》上説："詩言志"，《詩大序》上説："詩者，志之所之也，在心爲志，發言爲詩"。人類是有感情的動物，感情衝動，把牠組織成有節奏的語言，唱出口來，這便是詩。感情和語言，都是上帝賦予人類的。人人有作詩的本能和權利，爲什麽不自己來發揮和享受？那未免太可惜了！反之，一個人如果沒有高尚純潔的思想，真摯熱烈的感情，磊落光明的抱負，儘管他讀爛了一部《全唐詩》，寫出東西來，詞藻如何美麗，聲調如何鏗鏘，把牠解剖開來，結果只是"仄仄平平仄，平平仄仄平"，這麽一套公式，恰恰造成一個"文字匠"的地位而已。我的意見，始終認爲詩是出於"人情之所不能已"，並不是由某一種人來包辦，而可以把牠當作商品出賣

271

的。我八年前曾在《詞學季刊》上發表過一篇《今日學詞應取之塗徑》，説了這樣幾句話："學詞者將取前人名製，爲吾揣摩研練之資，陶鑄銷融，以發我胸中之情趣，使作者個性，充分表現於繁絃促柱間，藉以引起讀者之同情，而無背於詩人興觀羣怨之旨，中貴有我，而義在感人。"我現在對於寫作詩詞的見解，還是抱定"中貴有我，義在感人"這八個字，作爲我的"金科玉律"。我們是爲了感情衝動而作詩，不是爲了要想作"詩人"而作詩。我對於詩的評價，是主張内容與形式並重，而形式之美，只要聲調辭采，恰恰和所表的情感相稱，那便是最有價值的作品。如果我們只管在聲調詞藻上面兜圈子，而忽略了這是"我的詩"，那我敢武斷的説一句話，這種人是絶對沒有出息的。

最近在《古今》半月刊第二十四期上，讀到陳公博先生著的《我的詩》，中間提到區區，説我是"詩人"，我真覺得"受寵若驚"，引起了我脱略形跡來和公博先生談詩的興趣。我立刻寫了一封很長的信，加快寄給他，大致説他在無意中，替我做了一回宣傳工作，我應該替他在詩壇上，做個辯護律師，並且要求得着他的同意，把原信補充若干材料，交給《古今》發表。不到三日，公博先生就在上海回了我一封快信，他説："來函獎掖，真使弟勇氣加倍"，又説："先生爲弟辯護，至感，望早爲之，俾弟得以解嘲"。我爲了忙於鈔校《同聲》稿件，和評閱中央大學的學期考試成績，把這事延擱下來，辜負了公博先生的獎勵和熱望，心頭常是耿耿不安。現在抽暇來寫這篇文字，仍是抱着我個人素來的主張，來替公博先生補充幾句話，我想不會有人説我過於狂放吧？

公博先生在《我的詩》内，説到他不多作詩的理由，第一是自謙"對於詩並没有下過苦工"，第二是"不能拿詩當隨身法寶"，第三是"詠景和詠物詩"，差不多"前人都説過了"，犯不着"這樣白費工夫"，第四是"作詩有時太自苦"，往往爲了"一個字而至心懸十年"，第五是怕"若在酷暑時候讀了我的詩，有拖累朋友中暑之虞"，第六是"怕翻典故”，第七是“怕做詩人”，末了是很熱誠的希望有人來“重編今詩韻”。這幾層待我來作個詳細的解答，希望能夠增加公博先生作詩的勇氣，來替詩壇做個“異軍特起”的怪傑，他的詩集子，也從一百首左右，驟增至一千首，乃至如陸放翁的“六十年中萬首詩”，那破壞規矩的罪名，我這義務律師，是情願挺身而出，毫不踟躕來擔當的。我並希望我這篇小文，能夠帶些“誘惑性”，好教“天下英雄悉入吾彀中”，那區區也就算得不枉生一世了！

關於第一層，在原文裏已經有了“好事的朋友”，替公博先生引證《詩經》，和李杜的作品來解答，我只要再舉嚴羽《滄浪詩話》：“詩有別裁，非關學也”，這兩句話，就可以堅定作者的自信心，用不着別的嚕嘛了。

第二層談到詩韻，卻是一個重大問題。我在各大學裏，教了十五年的詩詞，一般學生對於韻本上的“一東”、“二冬”、“三江”、“四支”，就有些莫名其妙。我便拿學生的程度和年級來做個譬喻。音韻的分部，是因了時間和空間的關係，而不斷發生變化的，絕對沒有“天不變，地不變，韻亦不變”的道理。不過地的變化，是要經過若干時日，纔可看出顯然的差別。到那時自會有人來替地歸納比較，作成一種較爲合理的標準韻書。這好比一個學校裏的學生，從各地招來，經過了一番考試，依照他們的程度，分作若干班級，又從某一年級裏面，選出一位來做班長，我們牢記着這位班長的姓名，那程度相等的同班學生，就不難“按圖索驥”了。譬如“一東”、“二冬”，“東”“冬”二字等於甲乙兩級的班長，代表這一級的程度，而“一”“二”等數目字，就彷彿編學號似的。同一年級的學生，經過了一學期或一學年的訓練，如果加以嚴格的考試，就會因了天才和學力的關係，而發現程度上的參差，也就不能不重新編級或分組，原來在甲級的，有時會編入乙組，在乙組的，也可以升入甲組，或者更在甲乙兩組之外，重行分配，添設一個丙組，或者原來是三組或四組，也可以合併做一組或兩組，那學號的數字，也就跟着轉移。現在沿用的平水韻，就是金代平水王文郁，把《廣韻》的二百六部，合併做一百七部，南宋劉淵得着他那個本子，替牠重刊，換上一個《壬子禮部韻略》的名稱，專作"科試"之用。《廣韻》的分部，是"一東"、"二冬"、"三鍾"、"四江"、"五支"、"六脂"、"七之"、"八微"，平水韻便把牠合併做"一東"、"二冬"、"三江"、"四支"、"五微"，這個消息，我們就可以參透音韻決無一成不變的道理。相傳宋真宗時重修的《廣韻》，實原於孫愐的《唐韻》，《唐韻》又本於隋朝陸法言的《切韻》。這二百六部，在唐人的近體詩裏面，就有許多是合用的，和平水韻相差不遠。到了平水韻行世，那距音韻的自然變化，業已過了相當長遠的時間。我們只要把詞韻打開來一看，"一東"、"二冬"通用，"三江"、"七陽"通用，"四支"、"五微"、"八齊"通用，"六魚"、"七虞"通用，"十一真"、"十二文"、"十三元"通用，"十四寒"、"十五刪"、"一先"通用，"二蕭"、"三肴"、"四豪"通用，"九佳"的一半和"六麻"通用，"八庚"、"九青"、"十蒸"通用，這就表明宋代的標準國語，牠的自然分部，就和唐代變化的多了。然而作近體律詩或絕句的人，爲什麼一直到現在，還要死守着這在宋朝已經不很合理的平水韻呢？這理由也相當複雜，而最重要的兩點：第一是中國幅員太廣，方音過多，如果大家各用各的方音來做詩，就不免要發生扞格難通的弊病。第二是因爲唐宋以來，都用詩賦取士，就不能不加以人爲的限制，應試的士子，如果不合官韻，便有落第的危險，養成了習慣，便少有這麼大膽的英雄好漢，把這不合理的撈什子一脚踢翻。填詞是不受功令束縛的，所以牠能順着語言的自然變化，把許多已經融洽的韻部通用起來。現在不會再有用詩賦取士的時期，我想這第二點的解放，是絕對不成問題的。可是第一點應當怎樣去重定標準，編訂新詩韻，這却要集合多數的專門學者，從長討論，不能夠草率了事的。譬如我們江西人，對於陰平、陽平，就不容易辨別，而北音無入，把入聲配入其他三聲，在我們南方人讀起來，也覺着不大順口。倒是"七陽"和"十四

寒"，粵音讀混，惟獨我們萬載的土音，有些相仿，就一般的標準國音
來讀，到現在還是不能通用的。所以我對於這個新詩韻的產生，雖然
一樣地在熱烈期待着，可是個人絕不敢輕率從事。新詩韻不是沒有，
據我所知道的，趙元任先生的《新詩韻》，在商務印書館出版了十多
年，亡友蕭友梅先生，也曾在國立音樂院的刊物上，發表過一種。這
兩種新詩韻，似乎都是參考詞韻、曲韻和標準國音編成的，適宜於創
作新體詩，是不是也適宜於舊體詩，倒也又是一個值得討論的問題。
這個問題，暫且撇開不談。在這新詩韻還沒有絕對標準的過渡時期，
我們做近體律絕詩，似不妨把詞韻來暫時應用。因為近體詩是在唐
代纔正式成立的，而宋代的讀音，和現在的普通音，還相差不遠，我在
前面論詞韻裏已經說過。只要我們所用的韻，在宋人詩集裏，有了根
據，就不妨大膽的通用起來。譬如公博先生那首詩："徹夜鼙聲薄古
城，萬家燈暗騰繁星。洛陽宮觀淪榛莽，風雨淒其憶秣陵。"就平水韻
的分部，城字屬"八庚"，星字屬"九青"，陵字屬"十蒸"，果然如公博先
生所說："就是全出了韻"。可是在詞韻上面，這三部原來是通用的，
這可證明宋代的標準普通音，早就把這三部讀混了。既然到了相同
的程度，有什麼理由，硬要禁止牠合併成一組？南宋四大詩人之一的
楊萬里，就是一個了解音韻變化，而不肯死守不合理的舊詩韻的人，
所以在他的《誠齋詩集》裏，所用的韻，就和當時通用的詞韻差不多。
待我隨手舉出例子來看：

　　庚青同用的，有："草藉輪蹄翠織成，花圍巷陌錦幃屏。早來指點
游人處，今在游人行處行。"——《三月三日上忠襄墳因之行散得句》

　　又："女唱兒歌去踏青，阿婆笑語伴渠行。只虧郎罷優輕殺，撮子
雙擔挈酒餅。"——同上

　　支微同用的，有："長干橋外有烏衣，合着屠沽賣菜兒。晉殿吳宮
猶碧草，王亭謝館儘黃鸝。"——同上

　　又："朝來出峽悶船遲，也有欣然出峽時。山色亦如人送客，送行

倦了自應歸。"——《出峽》

支齊同用的,有:"桑椹垂紅似荔枝,荻芽如臂與人齊。夜來水落知深淺,看取芭蕉五尺泥。"——《水落》

東冬同用的,有:"下瀧小舫載尖篷,未論千峯與萬峯。只是舟人頭上笠,也堪收入畫圖中。"——《過鼓鳴林小雨》

江陽同用的,有:"晨炊只煮野蔬湯,更揀鮮魚買一雙。病眼未能禁曉日,西窗莫閉閉東窗。"——《初離常州夜宿小井清曉放船》

佳麻同用的,有:"船離洪澤岸頭沙,人到淮河意不佳。何必桑乾方是遠,中流以北即天涯。"——《初過淮河》

魚虞同用的,有:"月晚無烟起御廚,野人豆飯未嫌麤。要知魚子炊香日,正是梨花帶雨初。"——《讀天寶遺事》

真元同用的,有:"南康名酒有殘樽,急喊荷杯作好春。紫幕能排北風冷,夕陽偏借半船溫。"——《舟過黃田謁龍母護應廟》

文元同用的,有:"只愛孤峯惹寸雲,忽驚頭上雨翻盆。北來南去緣何事,路上君看屐子痕。"——《小谿至新曲》

元先同用的,有:"峽中盡日沒人烟,船泊鴉磯也有村。已被子規酸骨死,今宵第一莫啼猿。"——《夜泊鴉磯》

寒先同用的,有:"破曉篙師報放船,今朝不似昨朝寒。夢中草草披衣起,愛看輕舟下急灘。"——《明發階口岸下》

刪先同用的,有:"山行行得軟如緜,急上籃輿睡霎間。夢裏只聞人喝道,不知過盡數重山。"——《晨炊黃宙鋪飯後山行》

庚蒸同用的,有:"櫂郎大似半邊蠅,摘蕙爲船折草撐。今夜不知何處泊,浪頭正與嶺頭平。"——《戲題水墨山水屏》

又:"隔窗偶見負暄蠅,雙脚挼挲弄曉晴。日影欲移先會得,忽然飛落別窗聲。"——《凍蠅》

庚真同用的,有:"除却鍾山與石城,六朝遺跡問難真。里名只道新名好,不道新名誤後人。"——《三月三日上忠襄墳因之行散得句》

蕭豪同用的,有:"陽林日暖雪全銷,陰徑瓊瑤尚寸高。半匹斜鋪白花錦,倩誰裁作水霜袍。"——《郡圃雪銷已盡惟餘城陰一街雪》

我們隨手翻翻《誠齋詩集》,便得着韻部通用的例證,是這麽的多。難道誠齋老子做了一世的詩人,他的作品數量之豐,和陸放翁不相上下,豈有不熟韻書的道理? 他對作詩下過很深的研鍊功夫,在他的《荊溪集自序》裏面說:"予之詩始學江西諸君子,既又學後山五字律,既又學半山老人七字絕句,晚乃學絕句於唐人,學之愈力,作之愈寡。"又說:"忽若有悟,於是辭謝唐人及王、陳、江西諸君子,皆不敢學,而後欣如也。試令兒輩操筆,予口占數首,則瀏瀏焉無復前日之軋軋矣。自此每過午,吏散庭空,即攜一便面,步後園,登古城,採擷杞菊,攀翻花竹,萬象畢來,獻予詩材,蓋麾之不去,前者未讎而後者已迫,渙然未覺作詩之難也。"這一段話,很可看出誠齋的詩學,是經過長時間的鍛鍊,而後深造自得,以成其為"我的詩"。他的作風,和用韻不受功令的束縛,雖然同時的詩人,附和他的不見得是怎樣的多,甚至有人批評他"打油",可是他那"戛戛獨造,以自成一家"(趙翼《重刻楊誠齋詩集序》)的真精神,是沒有人能夠否認的。他的押韻,我們拿來和宋詞比較,恰恰看出這是宋代的標準國音,並不是隨手湊成,只圖自己一時的便利。話又說得離題漸遠了,我因看到公博先生的原文,說起"一東和二冬,六魚和七虞,固然分不清,就是七陽和十四寒,八庚九青和十蒸,也極容易混而為一"。所以我引證了上面的一大段話,來補充解釋,這韻部的分合,確是時時刻刻在變化着,而且這些韻部的混合,是"其來已久",我們原來可以不再受平水韻的拘束的。統觀公博先生在這次所發表的律絕詩,並沒有什麼聲韻不諧協的。只有《登燕子磯》一首:"燕子磯頭葉半霜,危城夕照兩蒼茫。大江無語向東去,如此江山未忍看。"把七陽和十四寒同用,雖然他自己說明廣東音是陽寒易混的,可是我們拿現在的普通話讀起來,總有些不順口。所以我最初是希望公博先生把這個看字韻修改修改,免得辯護時發生漏洞，説作者的詩是用方音寫成的。可是後來偶在《花草粹編》的宋人詞裏，也發現了七陽和十四寒同用的例子，現在列舉如下：

> 與君別後愁無限，永遠圍圍，閒阻多方，水遠山遙寸斷腸。終朝等候郎音耗，捱過春光，烟水茫茫，梅子青青又待黄。——胡夫人《採桑子》

這首詞裏所押的"方"、"腸"、"光"、"茫"、"黄"，都屬陽韻，只有"圍"字屬寒韻。作者胡夫人，究是何時何地的人物，我們没有功夫去詳考。《花草粹編》把她排在花蕊夫人之下，李易安之上，可見她大約還是北宋時人，已把陽寒讀混。有了這個證據，也就可以説明陽寒同用，不只限於現代的廣東音了。

我對於標準新詩韻的編成，也和公博先生一樣地正在熱烈期待着。可是這部工作，非得深通古今音韻，並曾深切研究過西洋語音學、言語學，和中國歷朝詩歌詞曲的人，共同商討不可。我希望全面和平實現之後，我的老友羅常培先生，和趙元任先生，共同來研究這個問題，或者能把牠早日解決，叫作詩的人得着很多的便利。可是在這標準新詩韻尚未出現之前，仍然只好暫以平水韻爲標準，也不妨參用宋人詞韻。我近來看到不少的日本雜誌——都是用《同聲月刊》交換來的，談到漢詩或做作漢詩的，就有六七種。——他們爲了語言的關係，對那調平仄和翻韻本，一定比我們困難的多，那種苦幹的精神，也是值得欽佩的。我常説做詩的人，如果要時時刻刻，把韻本當作隨身法寶，不但没有這樣多餘的時間，而且把天機都窒塞了，一經掃興，那裏還做得好詩出來。可是詩終究是要聲情相稱的，聲韻問題，總得講究。除了上面所説不妨參用詞韻，把某某等部合用起來，另外的方法，還是希望對於詩有興趣的朋友們，在公餘之暇，多讀些唐宋人的絕句詩。這四句之中，例用三個韻，記得首數多了，那韻部也自然會熟的。

關於第三層，公博先生説是寫景詠物的詩，好處都被前人説盡，所以“因此我決心每逢游山玩水之時，先買一本關於那個地方的游記或詩集，如此可以舒舒服服的游目騁懷，不至於辛辛苦苦的攢眉苦臉”。這態度我是十二分贊同的。詩這東西，本來只是要來陶冶性靈的。只要有別人的佳作，可供玩賞，何苦再來那麼一套，白費功夫？不過同是一般的事物，或一樣的風景，而在各個不同心境的人看起來，是可以發生種種不同的感應的。不但宇宙間萬象森羅，時時刻刻都在變幻，都在推陳出新，就是日常生活，也覺着同中有異。趙甌北先生説：“詩文隨氣韻日趨於新，新者未有不故。故詞藻之艷，日久而塵羹塗飯矣，聲調之美，世遠而簣桴土鼓矣。惟就人人所共見共聞，習焉不察者，慧眼静觀，一經指出，不覺出人意外，而其實仍在人意中，此則新者常新，可歷久不敝。”（《誠齋詩集序》）這話説得很有道理。我覺得寫景詠物的詩，雖然儘有許多尚待開闢的園地，可是如果没有特殊的感想，的確是可以不必多作的。何況現在的攝影術，和圖畫都有長足的進展，僅僅是寫景狀物，根本用不着語言文字。古人作詩，只是“觸物起興”，原來不必專做“模山範水”一類的作品，少了這類的作品，是無礙於做一個偉大詩人的。

第四層，公博先生認爲“不多作詩，不衹是躲嬾，而且是避苦”。他舉了“吟安一個字，撚斷數莖鬚”爲例。並且説他自己作的一首絕句詩，在二十八個字裏，用了兩個“重”字，弄得“十年之中，心還不大自在”。我想這是因爲公博先生把詩看得太認真了。認真的精神，是事業的根本，值得極端佩服的。可是詩的好壞，最重要的，在意格而不在有無重複的文字。我最愛元好問批評東坡詞的那句話：“因病爲妍”，這好比西施的“捧心而顰”，只要她生來骨相是美的，反而會因着偶然生了毛病，而益增其美。至於重字的詩詞，在名家集子裏，真個是"指不勝屈"。譬如李商隱的《夜雨寄北》:"君問歸期未有期,巴山夜雨漲秋池。何當共翦西窗燭,却話巴山夜雨時。"蘇軾的《潤州作代人寄遠》:"去年相送,餘杭門外,飛雪似楊花。今年春盡,楊花似雪,猶不見還家。"(調用《少年游》)在這短短的篇幅裏,用了許多重字,顛來倒去,是何等的婉轉纏綿!三年前,公博先生寫出那首用了兩個"重"字的詩,很虛心的要我替他商酌,我並不是因爲他是我的主管長官,有所避而不敢,實在是根據我素來的主張,認爲這是不足爲病的。一般的專家詩人,常常把自己的詩改得過火,反而弄得沒有生氣,那是"真徒自苦耳"。公博先生既然"最怕做詩人",那更何必把這一個字常常放在心裏呢?

第五層,公博先生説:"詩句最好是淡,最壞是火",而自己覺得火氣太重。詩貴平澹,這是大致不錯的。汪先生在最近發表的《讀陶隨筆》——《同聲月刊》第三卷第四號——説起"陶公之平澹,由志節來也"。接着又舉了陶詩:"志意多所恥,遂盡介然分",説這"所謂所欲有甚於生,所惡有甚於死者",而以淵明"憂道之誠,固窮之節",爲"粹然儒者之言行"。大抵真正的好詩,是真火内蘊的。真火便是熱情,一個人沒有熱情,那只能比作枯木死灰,那裏配得上説平澹?我國文人,好發牢騷,自己不爭氣,只管怨天尤人,這個配不上説火氣。只有激於悲天憫人的宏願,而沒有一毫利己的私念攙雜其間,那種迫切真摯的感情,不能自已,因而發爲激壯悲憤的詩歌,倒是值得贊揚的。我們看到王陽明先生,是何等有修養的儒者,他還會唱出:"亂紛紛鴉鳴鵲噪,惡很很豺狼當道,冗費竭民膏,怎忍見人離散,舉疾首蹙額相告,簪笏滿朝,干戈載道,等閒把山河動搖"(《歸隱》套曲中之一段),那麼冒火的歌曲來。我們正需要着富有熱情的作品,來"增點暖氣"。至於那種啾啾唧唧,秋蟲啼候般的,叫人讀了氣短的苦調,雖然做得怎樣的好,我認爲這好比乍從烈日當中,走進裝有冷氣的屋子裏,感着毛骨竦然,究竟是於身體有害無益的。

第六層,公博先生説:"作詩好走偏鋒,那就是專做七絶。"他的理由,是作七古和五古,沒有時間,五律和七律,又"怕翻典故,難排比"。我以爲作詩只要把自己的性情抱負寫得出,原來不拘應用何種體裁。單從形式上講來,我也覺得七言絶句,是最好不過的。因爲他的聲調,有律詩鏗鏘之美,而沒有牠那對偶方整的笨相,抒情也比較自由得多。如果一首寫不完,可以接二連三的來個好多首,好比《詩經》的分章似的,不似長篇古體詩,要使盡氣力,硬幹下去。所以這種體裁,在盛唐的大詩家,如王昌齡、李太白,就以此擅場,號稱聖手,上自詞人墨客,下及里巷歌謡,在中國幾於上下千餘年,縱橫數萬里,乃至日本高麗,也都沾染這個風氣。這差不多成了一種最普遍的形式,當然是具有牠的特殊優點。至於五律和七律,就遠不及七絶的自由。可是律詩的困難,並不一定在搬典故和拘對偶。我們讀過王維、孟浩然的五律,很多是用散行句法,和做短篇五古差不多,不過聲調比較諧協吧了。七律中間四句,是絶對要講究對仗工整的,但也儘可不用典故。唐宋大家,不特白居易、陸游,歡喜用白描來寫七律,就是老杜,人家説他没一字没來歷,究竟他的佳作,還是不用典故的居多。例如"慣看賓客兒童喜,得食階除鳥雀馴。秋水纔添四五尺,野航恰受兩三人"。"花徑不曾緣客掃,蓬門今始爲君開。盤餐市遠無兼味,樽酒家貧只舊醅"。何曾不是明白如話,那有絲毫做作?所以我對於公博先生的愛作七絶,極表同情,而因爲怕翻典故,少作律詩,那就有些過慮了。鍾嶸《詩品》説得好:"至乎吟詠情性,亦何貴乎用事?'思君如流水',既是即目,'高臺多悲風',亦惟所見,'清晨登隴首',羌無故實,'明月照積雪',詎出經史? 觀古今勝語,多非補假,皆由直尋。"這可證明不論何種詩體,對於搬弄典故,都是不必要的。我的偏見,詩自然是需要相當學力的,我們只應把古人運用的巧妙,和技術的研鍊,加一番體驗的功夫,而又有豐富的詞彙,恰好表得出作者的襟抱,那就是詩家的上乘,正不必斤斤於排比典實,纔能在詩壇上佔個地位呢!

　　第七層,公博先生"最怕做詩人",這更是我絕端贊同的。本來我國古代的詩人,是情不自已而形於歌詠,絕對不像後世的詩人,是要把詩來當做"譁衆取寵"的工具的。《詩經》三百篇,有幾篇是可以考出作者姓名的? 這就可以恍然於這裏面的道理了。我們作詩,是寫我們自己的情志,只要我自己的情感是高尚熱烈的,再加以鏗鏘悦耳的聲調,和清新悦目的詞藻,自然會發生感人的力量,而引起共鳴。如果一味想作詩人,先就自己加上一重桎梏,元好問所譏的"詩囚",實在有些難受! 何況戴上了這"詩人"的頭銜,就免不了種種無聊的酬和,"言不由衷",那詩也就等於放屁了。有詩友是不妨的,結詩社如果是爲的研究詩學,倒也未必有何害處。假如是含有其他作用,或者爲着面子,要勉强叫一聲好,那就真是自尋煩惱呢!

　　我因讀了公博先生的這篇文章,引起了不少的感想,信筆寫了這許多的廢話,作爲《我的詩》的補充材料,這對於《古今》的讀者,和愛好弄弄詩歌的朋友們,是不是可以引起同情心,而達到我個人預期的願望,還是沒有把握,這是首先要向公博先生請求原諒的。

　　最後,我讀了公博先生發表的許多作品,雖然覺得在修辭方面,不能説絕對沒有可議的地方,而全體的好處,有的是清婉纏綿,有的是沈雄激壯,我想這是讀者們有目共賞的,也無待乎區區的仰贊了!

　　　　　　　　　　(刊《古今》半月刊第二十九期,1943 年 8 月出版)

北 遊 一 瞥

　　我在十八九歲的時候，曾經到過一次北京，那時心境不佳，匆匆住了三五日，除却古物陳列所，和中央公園外，任何名勝古蹟，都不曾探訪過。這次趁着暑假，北來訪候知堂老人，在苦茶庵中，住上旬日，恰值秋熱未退，連日出訪各方友好，遊覽玉泉山、頤和園、三海、故宮、太廟諸名勝，參觀北京圖書館、北京大學、師範大學、國學書院諸文化機關，真有如行山陰道上，應接不暇之感，提起筆來，要寫的話太多了，反而覺得茫無頭緒，姑就偶感所及，信手拈來，做個小小的紀念吧。

　　我和故都，相別了二十多年，當時也沒有留下深刻的印象，所以這次舊地重來，除了仰觀宮室之壯麗，和市容之整潔，認爲這不媿爲我國唯一的大都會外，視覺和聽覺雖然免不了有些矛盾，可是並没有什麼特殊的感覺。我所見到的人物，除"華北政務委員會"王委員長叔魯先生、"教育總署"蘇督辦象乾先生外，類皆文化教育界的中堅份子，而在這裏面，負教育行政實際責任的，有國學書院院長王什公先生，北大校長錢稻孫先生，師大校長黎子鶴先生，其餘大都是在野耆宿，或爲舊識，或屬新交，類皆氣類相投，歡融水乳。我覺得經過這二十多年的變化，我國人的確是精誠團結起來了！就在文化界上來說，二十年前，鬧着新舊之爭，彷彿有誓不兩立之勢，現在却漸漸的融洽協調了，不拘是哪一方面，都有一個共同的目標，就是他自己認清了，大家要做個現代的中國人，要建設或保存我們中國自己的文化，心理上已趨一致。多難興邦,我想我們中國的真正統一,和真正的新文化的建立,爲期當不在遠了!

我這次游踪所至,覺得天然的美,要算玉泉。記起東坡遊廬山玉涵的句子,有"清寒入山骨,草木盡堅瘦"的話,我想把它顚倒變換一下,"山骨出清寒,水石盡貞瘦",來贈這"天下第一泉",或者有些彷彿吧?頤和園偉麗之中,亦有自然之美,我想那圖樣,是參合蘇州的靈巖山,杭州的西子湖,和嘉興的煙雨樓,混化而成的。從北海白塔或景山之上,下瞰故宮,碧瓦鱗鱗,壯麗極了,似乎把帝王的住所,神化起來,那莊嚴氣象,的確可以懾服人心,叫人蕭然起敬,悠然神往。可是身入故宮,除御花園古木陰森,饒有清嚴之氣,其餘宮室建造,都是死板板的,長廊永巷,重門深鎖,儼然一座大監獄,而且皇帝起居服用的設備,並不見得怎樣舒適,我想假使不是把它神化起來,歷代的草澤英雄,恐怕也不會那樣起勁的爭奪這個寶位吧!把三海比起紫禁城內的深宮來,似乎一面是天堂,一面是地獄,我想古時聖明創業之主的用意,或者別有深意,認定一個做領袖的人物,是應該有"我不入地獄,誰入地獄"的精神的,而且天堂和地獄,本來是相對的,一個人不準備入地獄,那裏有這容易平步登天呢!

末了,我這次北遊,對於幾位老前輩,和誼在師友間的許多先生以及青年朋友,都給予我以極誠墾的啓示,我除了表示深切的感謝外,還希望自己長是做個郵差,盡點小小的職責,我想北地賢豪,一定是不吝指教的啊!

中華民國三十二年八月十八日,書於北京八道灣苦茶庵側。

(刊《藝文雜志》第一卷第四期,1943年10月1日出版)

忍寒居士自述

忍寒居士，姓龍氏，名沐勛，字榆生，江西萬載縣人。家世業農，父諱賡言，中光緒庚寅科進士，歷官安徽湖北諸州縣，兩宰桐城，不畏強禦，士民至今猶樂道之。沐勛十歲侍父返里，略讀故書，有胞兄沐棠，從兄沐光、沐仁，先後肄業北京大學，因得間接涉覽當時諸名教授著作，粗知治學門徑，其後餬口四方，所與交遊，亦以北大教授與出身北大人物爲多云。二十歲出遊上海，任小學教員，逾年至廈門集美學校，改教中學，民十七受上海暨南大學，及國立音樂院之聘，授詩詞等課，因得承教於老輩陳散原朱彊邨諸先生，廣交海內賢豪，先後受知於汪胡諸公，而不慕榮利，願終身從事於教育事業，且恒以學生自居焉。留滬七年，以展堂先生之約，往廣州中山大學任國文系主任，兼代文科研究所所長，頗有與嶺表英俊奮發自樹之意，會展公下世，又病胃，畏南方卑溼，後返淞濱，冉冉廿年，未能有所成就，頗爲自惜。其爲人體質瘦弱而意志堅強，勇於任事而怯於酬應，義之所在，不辭勞怨，自審學力太淺，而又牽於兒女之累，雖有志述作而無此餘暇，嘗誦王靜安先生"閒愁無分況清歡"之句，有同感焉。雖生事迫人，煩憂總集，而不敢以此自懈，嘗自擬爲驛使，并以移山之愚公自勉。比年以"國府主席"汪公之禮遇，勉至白下任閒曹，而性之所好，仍在文化方面，先後創辦《詞學季刊》、《同聲月刊》，鈔校之役，皆一手任之。最近被聘爲"中央大學"文學院院長，頗望身爲表率，振刷士風。平生習爲詩詞，而以心地純潔，爲文學之根本，詩喜陶杜，兼及半山、誠齋，詞好東坡、方回、白石，而不欲以此自見，故亦不主一家，偶有所作，但寫其性情襟抱，深服遺山稱坡翁"以病爲妍"之説，工拙所不暇計也。旅中拉雜書此，幸諸賢哲，諒其誠而有以督教之，幸甚！

（刊《藝文雜志》第一卷第五期，1943 年 11 月 1 日出版）

覆李耕青書

在一個月之前，我於《古今》半月刊第三十期後面，獲讀者李耕青先生的臨榆通訊。在耕青先生的通訊裏面，提到他有一位同事，看完了拙作的《苜蓿生涯過廿年》，一夜不曾睡覺，接着又説："龍先生是個熱心教育的人，不知道肯不肯收一個景慕他的學生？"這教我讀了，又慚愧，又興奮，早就想寫一封懇切的信，答覆這位耕青先生的同事，可是這位同志（這同志的稱呼，是指的志同道合，並不是政黨的關係，區區是願終身從事教育文化事業的，不曾加入任何政黨，合併聲明。）的尊姓大名，我不知道，耕青先生的通訊地點，我也没法查考，那時又剛作舊京之遊，歸來塵務坌集，便把這件事擱了下來，將心比心，這要使人家如何的失望，就是我個人也抱着萬分的不安。剛纔溜到"中央大學"，（暫用從前的金陵大學做校址，我也寄住在附近的教職員住宅。）看過了我們文學院的學生宿舍，並且參觀了全體學生的早操，感覺到現代的青年們，確確實實有了自覺心了，對於智力體力方面，大多數是肯認真注意到的。這一團朝氣，假使領導得人，加以相當的培養，那我們中國的前途，是絕對可以樂觀的。我一路懷着興奮的情緒，跑回家來，吃過一個半燒餅，和一杯中大農場出品的新鮮牛乳，偶然又在案頭翻出這一期的《古今》來，這位同志，又觸上我的眼簾，我不覺加上一重慚愧，一重興奮，馬上提起筆來，寫了這一封亂雜無章的公開信，希望借點《古今》寶貴篇幅，替我做一回綠衣使者，傳給耕青先生，和他的同事。

我自從發表了那篇《苜蓿生涯》的文章以後，得着許多社會有聲望的人士，和一般富有正義感的青年朋友們的同情，陸續接到各方面的來信，總在一百封以上，有的情願來做我的學生，有的來訂閱我所主編的《同聲月刊》。我在興奮之餘，不能不特別感謝《古今》的編者，在無形中替我做了很大的宣傳工作，把我那"流佈或不廣"的"專門性刊物"，(這是《古今》第二十九期編輯後記裏面的話)驟然增加了不少的定户，不能不驚歎着《古今》的力量，深入了社會各階級，使我這樣一個"教書匠"的一篇小文，也得着"附驥以傳"的好機會。尤其是這位"遠處山海關"的讀者和他的同事，竟因讀了我的小文，"一夜不曾睡覺"，怎能叫我不"感激涕零"，更加鞭策自己，檢討自己，是不是個人的精神力量，果然能感人於數千里之外呢？我說不出的慚愧，更說不出的興奮，我願犧牲我的一切，乃至我這一顆頭顱，抱定"鞠躬盡瘁，死而後已"的精神，來和一般有志的熱血青年，共同盡點做一個現代中國國民的天職。我枉讀了三十多年書，枉做了二十多年的"教書匠"，直到最近幾年來，飽經世變，纔深切的感到自己的錯誤，纔深切的感到只會賣弄文字，是於事無補的，纔深切的感到顧亭林先生："一命爲文人，便無足道"的這句話，確有深長的意味。文字不過是一種傳達情志的工具，真正的學問，是要"知行合一"的。一切的一切，是要靠精誠來感召，事實來表現的。先師孔子，尚有"我欲託之空言，不如見之行事之深切著明"的感歎，我們不必好高騖遠，只要站在我們自己的崗位，腳踏實地地盡我們的天職，時時刻刻的提醒自己，是不是配做一個人？是不是配做一個現代的中國人？學問是從經驗來的，我們從書本上所求的知識，是先民一點一滴的積累下來，遺留給我們的，我們如果不誠心誠意地去體驗，去實行，那即是"學富五車"，也是無益於人，有損於己的。我最近在中大週會上，曾經對全體同學說過下面的一段話：

我們既然投生在這個世界上，投生在這個國家裏，就應該有繼續人類生命的任務,就應該有縣續民族生命的任務。人的壽命是很短促的,而人類的生命,和民族的生命,是需要縣續不斷。禽獸都負着這縣續種子的任務,難道生而爲人,反而可以連禽獸都不如,坐視種族生命之將斬,而猶在醉生夢死中糊裏糊塗的混過一世麼? 努力做學問,爲什麼就可以縣續人類的生命,縣續民族的生命呢? 因爲人類的生命,民族的生命,都寄託在它的文化上,而文化的發展,是靠人類的不斷努力,積累而成的。一點一滴的盡着一個人的責任,就是爲這人種這民族縣續一分的生命。

耕青先生:你認爲我這段話,是對的嗎? 我自己承認我是一個笨人,平生抱定三個字,用來做做人做事的祕訣。這三個字裏面,第一個是捷字,我們對於一件事,經過了相當周密的考慮,就應該非常果決的去實行,用不着懷那患得患失的心理,瞻前顧後的把它延擱下來,坐失時機,這就叫做快幹。我對學問上的態度是如此,對於事業上的態度也是如此。試問人生幾何,能禁得起幾次的徘徊瞻顧? 我因爲做了二十多年的國文先生,常是督促學生,努力這門功課,學生總是推說英算忙不了,抽不出時間來。我便反問他:"你是不是中國人? 如果自己承認是個中國人,是不是應該弄通本國的文字? 儘管你忙的怎樣,總不會比曾文正公在軍中時候那麼的忙,他老人家仍舊要讀書寫字,力求進益,一般青年人怎麼能够把一個忙字來搪塞呢?"那學生被我反詰得啞口無言,也漸漸的自覺了。第二個是拙字,我們對於某一件事,既然認爲是應該去作的,就應該脚踏實地,孜孜矻矻的一直往下幹去,多流一滴汗,就會多了一分收獲,天下事絕對沒有取巧偷懶,能够立於不敗之地的。尤其是做學問,更需要一絲不苟的笨幹。不瞞大家說,我現在雖然薄竊時名,在社會上也有了相當的地位,可是我自信還是保持着二十年前的小學教員生活,我辦的刊物,要經過兩三次的親手校對,朋友們總是笑我,"這你太不合算了,何必把精神銷磨在這個上面?"我雖然覺得這話相當有理,可是交給別人,總放不了心,我總是笑着說:"將來到了沒有辦法的時候,去做一名校對,我想是絕對可以勝任愉快的。"耕青先生,你看我這不是一個大笨貨麽?至於第三個祕訣,我想得到,可是現在做不到,只好暫時放在心裏,對不起,說句俏皮話,叫作"天機不可洩漏"吧!

耕青先生:請你告訴你的同事,我現在正在懺悔着,我年青的時候,不應該立志做個文人,不應該立志要做個名士,弄得"手無縛雞之力",連生活的技能也沒有,那裏能夠做青年的領導者?自問常識還不夠,那裏配做人家的先生?我現在正在懺悔着,這二十多年的粉筆生涯,虛糜了國家的金錢?貽誤了人家多少的佳子弟?孤負了各方父老希望培植後進的熱忱和苦心?我常是這樣想:一個學生,從小學讀到大學,要用多少父兄血汗換來的金錢?要費多少政府向老百姓身上一點一滴吸收來的國帑,假使做先生的,不好好的去誘導學生,造成棟梁之器,各各的去盡國民的天職,怎樣對得起自己的良心?我現在在學校裏做人家的先生,是出於不得已的,那裏還敢"有靦面目",做耕青先生的同事的先生呢?

我現在已是中年人了!我的頭髮也花白了!可是我的一顆心,還是活潑潑地。我是愛說老實話的,也很願意把一些淺薄的見解,來和大家互相砥礪,互相探討,公盡一點國民的天職。在幾個月之前,有一位武裝同志,從他的駐防地不遠數千里而來,一見面就叫着"老師",弄得我慚惶無地。他是一個熱烈純潔的青年,曾經到過外國,受了軍事教育。因爲他有一位朋友,是我的學生,所以"謬採虛聲"也就不辭跋踄而來,一登"龍門",相談至契,我陪他跑了不少的路,爲他殺雞炊黍,盡一日之歡,臨別時贈給他"大智若愚,大勇若怯"的八個大字,我願和他做個好朋友,師生的名分,是不敢當的。

耕青先生,請你告訴你的同事,我願意和他以及所有的青年同志們,做個"神交"的朋友。我現在比較忙碌些,恐怕來不及和每位讀者通訊。我正整備着邀集幾個老老實實的朋友，在我那專門性刊物之外，另出一種普遍性的小刊物，來和一般青年們討論討論，怎樣去盡國民的天職。我的魂夢，也跟着我這枝禿筆，飛到數千里遠榆關去了！已經費了《古今》許多篇幅，就此擱筆吧。

（刊《古今》半月刊第三十四期，
1943 年 11 月 1 日出版）

士 的 反 省

受過教育而具有相當知識的人，是構成社會的中堅份子，也就是素來被國人所重視的"士"。士居"四民之首"，責任是特別重大，而地位是相當崇高的。孟子把社會上的人，分做"勞心"和"勞力"兩種，而認定勞心者應該受勞力者的供養，於是所謂士大夫，就擡高了自己的身份，以爲個人有了知識，那養尊處優，是理所當然的。這一念之差，不知道誤盡了多少讀書人，弄得社會上有一種流行的諺語，什麼"萬般皆下品，惟有讀書高"呀！什麼"書中自有黃金屋，書中自有顏如玉"呀！這種卑劣思想，深中於我國一般社會，牢不可拔，雖然科舉廢了幾十年，新教育也有了相當長遠的歷史，鍍過金的什麼士也不在少數，論理應該把這種陳腐卑污的觀念，洗滌得一乾二淨了。可是按之事實，卻不盡然。事到而今，士在社會上的地位漸漸動搖了，"仰不足以事父母，俯不足以畜妻子，樂歲終身苦，凶年不免於死亡"，這是目前不容掩飾的一般所謂士者的生活實況！單就我個人來說吧！忝竊政府的祿養，不可以說不厚了。有時因了要趕時間的關係，不得不乞援於勞力的車夫同胞，而這神聖的勞力者們，開口就是十塊二十塊，對我們是有些夷然不屑的態度，等你和他還價，他會半理不理的，答應着一句："你曉得現在的米要多少錢一石嗎？我勸你老還是自己跑跑吧！"他說完了，很悠然自得的，躺在綠蔭之下，吸他的紙烟。我受了這批同胞們好幾次的奚落，便有些不敢領教了。一次，我趕着要到某處去開會，在學校的門口，遇着一位熟識的車夫，坐了上去，我和他叙了契闊之後,問他近來的收入怎樣? 他歎息着説:"現在生活太高了,我近來的收入,每月約摸在二千左右,還是感着養不活家裏幾口子呢。"我一面笑着答應他:"你倒超過了一個做大學教授的薪俸,我希望和你對調,換換味兒好嗎?"一面自己在腦海裏盤旋了好幾次,忽然大徹大悟起來,上帝賜予我們兩條腿,爲什麼不去利用牠,把牠孤負了好幾十年,也有些對不起自己了! 我回轉頭來,把勞心勞力的那番理論,細意熨貼的體會了一番,纔感覺到這并不是那位亞聖孟老先生害了我們,而是我們這批没出息的子孫,讀書没有心眼,把他老人家的遺訓,解釋得有些歪曲了。他所指的應該受勞力者的供養的勞心者,是"八年於外,三過其門而不入"的夏禹,是"教民稼穡,樹藝五穀,五穀熟而民人育"的后稷,"禹思天下有溺者,由己溺之也,稷思天下有飢者,由己飢之也"。這兩位懷抱着這樣"憂民"的精神,自然應該受一般人民的供養。我近來總算有些覺悟了,像我們這樣只勉強會耍耍筆桿兒,而没有什麼真知灼見,去指導社會,解除人民痛苦的所謂士,連餓死都是應該的,那裏還配受勞力者的供養? 這是我個人從心坎裏流出來的老實話,絕對不是在發什麼牢騷。我不敢説怎樣去領導中國青年,我只懺悔着,檢討我個人的過去,鞭策我個人的未來,約略定下幾條,來做個人急起直進的標準,勇猛精進,從新去作一個人,來和純潔熱烈而富有正義感的青年們,共同去盡國民的天職。

我們既然從小就受了父母的教養,和國家的培植,有了相當的知識,而造成了一名"士",就應該時時刻刻,反省自己,鞭策自己,是不是能够負起士的責任來? "士"的責任是什麼? 除了上面所説的禹稷精神以外,我們首先就應該發大悲心,而抱定以先覺覺後覺的宏願,忘了一身的艱難困苦,奮迅勇猛,和獅子一般的向前邁進,挖空了腦子,去研究怎樣救飢救溺的方法,這就是儒家所説的仁,也就是由仁心而生的勇氣。有了這種勇氣,纔能够衝破一切網羅,拯救同胞於水深火熱之中,而登諸袵席之上。我素來歡喜讀讀古人的詩歌,我認爲真正有價值的作品，就是要有這種大悲心做出發點的。我最高興和學生們提起的，有杜甫的《茅屋爲秋風所破歌》，他在一家老小被雨淋得呻吟不絕的時候，想起了自己的責任來，高歌着：

> 安得廣廈千萬間，大庇天下寒士俱歡顏，風雨不動安如山。
> 嗚呼何時眼前突兀見此屋，吾廬獨破受凍死亦足！

他老人家飽經飢凍流離之苦，總不埋怨社會對不住他，而自認"生常免租稅，名不隸征伐"，爲非常的幸運，非常的慚愧，這種精神，是值得我們佩服的。其次，我愛讀王安石的《魚兒》詩：

> 繞岸車鳴水欲乾，羣魚相逐尚相歡。無人挈入滄江去，汝死那知世界寬！

純潔熱烈而富有正義感的青年朋友們！你們千萬不要羨慕那些渾水撈魚，和囤積居奇的人物，袋塞滿了，生活是怎樣的舒適豪華，這正是一批和塘水快要車乾而仍不知死活的魚兒一般的可憐蟲，我們應該怎樣去憐憫他們，提醒他們，指示他們一條死裏求生的大道，來和我們共同努力，創造一個簇新的極樂世界，我想這正是讀書人當前的唯一責任啊！我在不久以前，曾和兩個老學生一同跑路，一面走，一面談，我說：我們現在雖然相當艱苦，可是絕對不容許轉別的念頭，我們應該齩緊牙關，站穩脚步，毅然決然的犧牲着個人的一切，來做"挈入滄江"的前驅者，自度度人，責無旁貸。我們的當前任務，是需要着拿大悲心做出發點，同心同德的去大家努力啊！

周作人先生在本年年初，發表過一篇《中國的思想問題》。（載在北京出版的《中和》月刊及《華北編譯館館刊》）他說中國的中心思想，差不多幾千年來沒有什麼改變，這就是以孔孟爲代表，禹稷爲模範的儒家思想，而這儒家思想，就是以"仁"爲中心的，所以行仁之方，曰"忠"與"恕"。他解釋這個"仁"字："仁即把他人當做人看待"。我們既然生來做了一個人，就應該自己認清一個做人的責任，而做人的責任，就是要把他人當做人看待。自己要圖生存，他人一樣要圖生存，我們要大家共同生存，就不能不挺身而出，把妨害大家共同生存的公敵，用大無畏的精神去消滅牠，這就叫做"殺身成仁"。普通解釋忠恕二字，就是"盡己之謂忠，推己及人之謂恕"。換句話來説，忠就是有責任心，恕就是"罪己的精神"。我們有了"殺身成仁"的勇氣，還得時時反省自己，對自己分内應做的事，是不是已經盡了責任？不要只顧埋怨他人。我這幾天内，就正在試做這"恕"字的功夫。我覺得一般青年，最容易犯的毛病，就是自己不盡責任，只管埋怨別人。這也怪不得血氣方剛的青年人，就連我自己已是中年人了，也還有時候犯着這種毛病。我們要先盡自己應盡的責任，我們要將心比心，易地而處，體諒人家的所站的地位，確是"内省不疚"了，然後挺身而起，不顧一切的去"殺身成仁"。我們拿忠恕二字，來做反省的方針，這纔可以做到漸近乎仁的地步，這纔可以去盡我們做國民的天職。

　　復次，我覺得一個知識階級的人，怎樣纔能够負起先覺覺後覺的責任，以取信於社會一般人，而發揮其效力呢？我認爲只要取法於墨家"以自苦爲極"的精神，勞形苦體，以身作則，乃至如大禹"親自操稾耜，而九雜天下之川，腓無胈，脛無毛，沐甚雨，櫛疾風"，(《莊子・天下篇》)爲着要求種族的生存，不惜忍受他人所不能忍受的痛苦，纔能促起大多數人的覺悟，而共同努力去求共同的生存。説到這裏，我自己慚愧極了！我雖然有了覺悟，在最近半年之内，也曾脱却鞋襪，赤脚走過幾回路，來試和車夫同胞們賭氣，可是這天賦我的交通工具，把牠驕養了二三十年，弄得不能勝任愉快了！尤其是我的肚腸不爭氣，鬧了將近二十年的老胃病，不能够喫過於惡劣的食品，雖然也曾試到中大的食堂裏去，咀嚼過那中雜砂石的米，嘗試過那淡而無味的菜,我鼓勵着同學們去喫苦,而我却還没有鍛鍊好我自己的腸胃,來實行和他們共同生活,這是我最大的缺憾!我懺悔着,我不該做一個"百無一用"的書生,不但對不起一般青年,也同時害了我自己。我現在恍然大悟了,有了禹稷的精神,還需要有禹稷的體魄,纔能够做到"自苦爲極",來發揮他的抱負。我現在是悔之已晚了!而我的心總還希望着能够盡可能的去鍛鍊我的身體,養成刻苦耐勞的習慣,混在青年隊裏,去做一個健全的國民。

我們的同胞,得着受教育的機會的人太少了!而這好多年來的教育,只是東塗西抹,并没有什麽切實的計劃和效果。不但老百姓茫昧無知,就是受過相當教育的人,也大都有些昏昏沉沉喫了安眠藥似的,不甚省人事了!在這衆醉獨醒的社會裏,要想認真去作一番救飢拯溺的工作,那阻礙必定是很多的。我們除了抱定大無畏的精神,認清目標去奮鬥,"鞠躬盡瘁,死而後已"之外,還得不辭一切的冷嘲熱諷,"强聒不舍"的去唤醒人羣。我往年曾向學生講岳飛的《小重山》詞:

> 昨夜寒蛩不住鳴,驚回千里夢,已三更。起來獨自繞階行。人悄悄,簾外月朧明。
>
> 白首爲功名。舊山松竹老,阻歸程。擬將心事付瑶琴。知音少,絃斷有誰聽!

我講到最末一句,替他下個轉語:儘管人們不肯聽,我還是要彈,絃斷了,換上一根,彈了又彈,鬧得人們睡不了覺,久而久之,自然會有賞音出來的。我們絶對不要因爲碰了幾次壁,就灰了心。所謂"屢敗屢戰",這就是成功之母呢!我最近又偶然對學生談到李獻能的《浣溪沙》詞:

垂柳陰陰水拍堤，欲窮遠目望還迷，平蕪盡處暮天低。

萬里中原猶北顧，十年長路欲西歸，倚樓懷抱有誰知！

　　我隨手拈來，解釋這一個望字，譬之讀書，要做到眼到、口到、心到、手到，才能夠收到切實的效果。這望字就是眼到，由眼望到口誦，就是口到，由口誦而心惟，就是心到，由心惟而想盡方法，用盡手術，達到目的，就是手到。我們要鍛鍊我們的精神，去實行眼口心三到，我們要鍛鍊我們的體魄，增益我們的智慧，努力學習各種的科學，準備施展各樣的技能，這纔能夠做到我們的最終目的，而那"強聒不舍"的做法，我們要抱着宗教家的態度，堅苦卓絕去實行的！

　　我也忝爲士之一，我自己時時反省自己，時時鞭策自己，怎樣纔能夠對得住我們的國家？怎樣纔能夠不愧爲一個"士"？怎樣纔能夠配得上説一個人？我個人在懺悔之餘，寫了這上面的許多廢話，我慚愧得無地自容了，只希望着和我們一般純潔熱烈而富有正義感的青年們，從頭負起這"士"的責任來，共同去盡那做國民的天職！

　　十月十六夜，脱稿於南京漢口路十九號寓宅。

（刊《中國青年》一九四三年第二期）

事業與職業

　　一個人爲了要生存，到了相當的年齡，有了家室之累，就不能不有職業，來謀得一身一家的生活費用。而這職業應該是屬於生活技能方面的，不論農工，最好能够直接或間接生産，自己有了生産能力，纔能够交易生活必需品，維持個體的生存，纔能够不受別人的支配，保持自己的人格。至於學問事業的發展，必得有個人的自由意志，必得有個人的崇高人格。不管做文學家也好，政治家也好，藝術家也好，假使這個人爲了生活壓迫，而喪失了他的自由意志與崇高人格，便會"一失足成千古恨"，一切都不會有價值的。古人説的"詩人少達而多窮"，又説："詩窮而後工"，只是片面的理由。我國文人素來是以不事家人生産爲美談的，殊不思文人無行，就多半是患了這不事家人生産的毛病。既然生來做了一個人，試問那個不希望活着？那個不希望生活得有趣味？而這生活的資料，不是憑空掉下來的，非得出賣血汗，就得出賣靈魂。試問一個人爲了生活而失掉了靈魂，這還配得上叫做人，還配得上叫做什麼家麼？諸葛亮能够"躬耕南陽"，纔配"鞠躬盡瘁，死而後已"的，去替劉備造成鼎足三分之業。顧炎武能够"所至輒墾田度地，以備有事"，纔得保全潔白之身，去完成"有王者起，將以見諸行事，以躋斯世於治古之隆"的偉大著作——《日知録》。職業所以謀個體的合法生存，學問事業所以謀國家民族的永續不斷。後者的責任，是特別重大的，然而非得先求個體的合法存在，那"發揚文化"，普濟人羣的大業,又從那裏説起？在日本及西洋諸富强之國,對於一個研究學術、努力事業的人,是相當尊重的,無論政府或私人之富有資産者,都肯給予補助,使他能够安心所業,貫澈他的志願主張。我曾聽到日本有一位富人,捐助一筆鉅款,給幾位學者去研究佛典中的密藏。而我們中國人,就没有這種習慣,必得自己去找職業,來養活自己。就是清代一般學者,努力去做考據校勘之學,往往得着鹽商或達官貴人的幫助,也得仰他們的鼻息,不能够發展本人的自由意志,這是多麼可恥可憐的事啊！

我個人做了二十多年的國文教員,差不多總算以教國文爲職業的了。這個粉筆生涯,在社會上,總還算瞧得起,説這是什麼清高的職業。可是在我個人的經驗看來,這行職業,清是冷清清的,高則未必盡然。在這個社會情形之下,做一個教書先生,也得拉攏巴結,上有校長,中及同事,下到學生,非得面面周到,就有打破飯碗的危險。你若是負起責任來的話,得着學生的信仰,那學校當局或同事們,會在相形見絀之下,説你懷着什麼野心。要是不負責任的話,摸摸自己的良心,又會感到對不起學生們的父母,對不起我們的國家民族,乃至對不起我自己。這二者交戰於中的苦滋味,我是嘗够了的。至於學問事業,爲了精力時間所限,自問對於社會國家,實在没有什麼貢獻,雖然時常被别人在報紙上或雜誌上,加以“詩人”“詞家”或“文學家”等等的頭銜,我是絶對不敢承受的。而且自己把鏡子照面孔,覺得像我這樣一個“四體不勤,五穀不分”的書獃子,根本不配做什麼家,也絶對没有想做什麼家的慾望。我這十五六年來所擔任教課的科目,多數是屬於中國文學方面的,尤其側重於詩詞。可是我對我的學生,總是希望他們,於愛好文學之外,另求喫飯的真實本領,尤其是在這十年來飽經憂患之後,自己很深切的覺悟了,不肯忍心害理的,自誤誤人,教一般大有作爲的青年子弟,只管在文字上兜圈了,而忘却了一個做國民的責任。我常是苦口婆心的勸導學生們：大家不要希望做一個文學家，真正的文學家，是要準備喫苦的。譬如屈原杜甫吧！總算是中國天字第一號的偉大作家了，只要你們去翻翻《史記·屈原列傳》，和他的全部作品，他本來是一個"博聞强志，明於治亂，嫻於辭令，入則與王圖議國事，以出號令，出則接遇賓客，應對諸侯"的政治外交人物，當初何曾有意要做一個什麽撈什子的文學家？只因"竭智盡忠，蔽障於讒"，纔這麽"憂愁幽憤"，不得已而有《離騷》一類的作品。他的人格是純潔的，意志是堅强的，他不肯以"皓皓之白，而蒙世俗之塵埃"，始終和惡社會奮鬥，終至力竭聲嘶，而自投汨羅以死，這叫做"以身殉道"，所以他的作品，纔能"與日月爭光"。假使屈原存心要做個文學家的話，把文學商品化了，這樣當作自己的職業，自然"何王之門，不可曳長裾"，可是我相信中國的文學史上，絕對不會讓他坐那第一把交椅的。其次要數到杜甫，他是一個存心要作詩人的，可是他的有價值的作品，却在他覺悟了做人的責任以後纔産生的。你看他《奉贈韋左丞丈二十二韻》，開口便説："紈袴不餓死，儒冠多誤身"的牢騷話，接着又是"騎驢三十載，旅食京華春，望叩富兒門，暮隨肥馬塵，殘杯與冷炙，到處潛悲辛"，活畫出一個落魄文人的慘狀。等到碰了許多釘子，和飽經離亂之後，纔深深感到自己"生常免租税，名不隸征伐"，已經算是特别幸運的了。當他避亂在同谷的時候，兒女鬧着肚子飢荒，他老人家雖然"讀書破萬卷，下筆如有神"，已覺悟到這時是全然無用的了。他這樣纔不得不放下紳士架子，拿起鐵鑱，冒犯冰雪，到山上去尋求食料，一面歌唱着："長鑱長鑱白木柄，我生託子以爲命！"看他對於這把長鑱，叫得這般親熱，他那"自怨自艾"的内心苦痛，也就可想而知了。他的著名作品，如三吏、三别、《北征》、《茅屋爲秋風所破歌》之類，都是有了覺悟以後纔寫出的。他逃到四川，幸虧有一位老朋友的兒子嚴武，在成都做軍事長官，送給他一些錢，蓋了一座浣花草堂，勉强過了短時期的悠閒生活。可是嚴武死了，接濟斷絕，又遭川亂，不得不帶着妻子，再過漂流的生活。終於到耒陽，游衡山，遇着大水，在山上餓了幾天肚子，虧得那耒陽縣令一番好意，備了一些牛肉白酒，替他老人家壓驚，醉飽之餘，也就脹死了。你看這結果悽慘不悽慘！如果杜甫除了做詩之外，還有其他的生活技術，雖然遭亂，禍福不可知，但決不會除了倚賴別人，就連喫飯都沒有辦法。虧他老人家發那種宏願，說什麽"何時眼前突兀見此屋，吾廬獨破受凍死亦足"！一個詩人能夠有這樣犧牲自己，普濟之羣的偉大精神，自然是值得讚美的！如果杜甫在喪亂流離之際，不自反省，只管怨天尤人，還希望把所作的詩，當作商品，去"朝叩富兒門，暮隨肥馬塵"，以求博取他們一家的生活資料，那不但是夢想，也決不會再作出什麽好詩來。一個人要想做一個偉大的文學家，必得先有純潔高尚的思想，熱烈真摯的感情，卓越銳利的眼光，以及深刻豐富的人生經驗。這一半由於天賦，一半在個人的修養，而這修養工夫，就得先要挺起骨頭來，任憑怎樣艱苦惡劣的環境，和金錢勢力的誘迫，都不被轉移，這樣纔能夠保持個人的自由意志，纔能夠發揮文藝的感人力量。但這談何容易，豈是拿文學來做職業的人所能辦得到的？

　　詩人和文學家，一樣是個人，一樣要穿衣喫飯，娶妻生兒子，生理上既然沒有多大的分別，那資生之具，就一件也不能少。資生之具，不論農工所生產，都可以作爲商品，互相交易。惟有文學作品，是一個人的意志所表現，是一民族的靈魂所寄託，絕不容許把它來當商品出賣的。如果一個文人，只管把硯田的收穫，當做一種商品，靠它來交易生活上的必需品，來做資生之具，不擇主顧，任情賣給別人，這就無異於妓女的賣身。妓女的賣身，只是斷送了個人的一生幸福，而文人的出賣靈魂，其害可以斷送國家民族的整個生命。最近在北方出版的《藝文》雜誌第一卷第五期上面，看到周作人先生的《苦口甘口》一文,第一件就是希望青年,不可以文學作職業。他説:"士雖居四民之首,爲學乃是他的事業,其職業却仍舊別有所在。"又説:"我還記得三十五六年前,大家在東京從章太炎先生聽講小學,章先生常教訓學生們説,將來切不可以所學爲謀生之具,學者必須別有職業,藉以糊口,學問事業乃能獨立,不至因外界的影響而動搖以至墮落。"最後他希望"中國現在有志於文學的,最好還是先取票友的態度,爲了興趣而下手,仍當十分的用心用力,但是決心不要下海,要知正式唱戲不是好玩的事。"這種見解,我是絕對贊同的。我們生在這個社會裏,不能不要喫要穿,而這衣食所從來,必得另行想辦法,最好先就學會一點謀生的技能,或者從事農作,或者經營大工藝,即下至引車賣漿之流,只要是靠血汗換來的金錢,把來做一身一家的生活費用,是可以享之無愧。我認爲這纔算是神聖的職業。退一步講,勞心者雖然沒有工作去勞力,也得用盡腦汁,去替大衆謀福利,作官作商,只要他能够忠於職守,不只一味損人利己,便把官商當作自己的職業,也未可厚非。只有一般所謂文人,把靈魂所寄的文學,也來當作商品,當作自己的職業,確是於己有損,於人無益而且有害的。即論中國古代的教育,所謂六藝,禮是教人謹守秩序,樂是教人涵養性情,射御書數,都屬於應用方面,是做人的必需條件。至於舞弄文墨,學作無行的文人,根本上就不配稱文學家,如果再把這"綉花枕頭",當作一種商品去出賣,那也只就好去充充富商大賈的妝飾品,高興時玩玩,不高興時把它扔了,豈不可笑可憐? 我因爲看了周先生的文章,把積年的感想,引申幾句,希望一般對於文學有興趣的青年,先把職業和事業,分辨清楚,一方面去鍛鍊體格,造成一個健全的國民,一方面去學習一種生活技能,以備將來保障一身一家的生活。能够維護個體的生存和獨立,然後運用自己的聰明才力,發揮個人的感情思想,去做些綿續民族生命的文化工作。不論做哲學家也好,文學家也好，藝術家也好，政治家也好，教育家也好，這種開物成務、牖世覺民的偉大事業，是要在喫飯問題之外，勇猛精進，特立獨行，去自己建立的。空言無補，我自己也特別感着慚愧，只希望我們的青年志士，不要把我這篇支蔓之辭，也當作騙取稿費的商品，那我個人就感激不盡了。

中華民國三十二年十一月十九夜，寫於金陵。

（刊《新動向》一九四三年第九十一期）

女 性 與 詩 歌

　　古人曾説過："女子善懷"，我想這話不會怎樣的離經吧？談到詩歌，原來是以抒情爲主，而人情所鍾，没有比男女之間更厲害的，所以《詩經》裏面的國風，大半都和這事有干涉，正合着楊惲所説的"人情所不能止者，雖聖人不禁"。拿常理推測，女子既然特别善懷，這抒情的詩歌，應該是特别適宜於女性的。然而所謂"勞人思婦之辭"，我們試一檢查中國文學史上的成績，不特勞人的作品，爲男性所包辦，就是思婦的怨情，也大多是由男性來"越俎代庖"的。這在古人重男輕女，女性没有受着教育機會的時代，倒也是情有可原的，可是到了女子得着解放而與男性一切平等的現代，如果還没有失掉那善懷的天性，我想將來她們在詩壇上的發展，一定是較男性有過之無不及的。十年前，我的老友易大厂先生，——他是一位多才多藝而窮愁以死的人物，所以稱他一聲老友，并不算是有什麼攀附的意思。——在民智書局出了一本《韋齋活葉詞選》，他把所有關於寫兒女情的好詞，一塌刮子的割愛了，我笑他"已失了江山一半"！可是話又得説回來，唐宋人詩詞裏面所表現的兒女相思之情，大多數是借女子的身份來説的，就是語淺情深，爲一般人所喜讀的李之儀的《卜算子》詞：

　　　　君住長江頭，妾住長江尾。日日思君不見君，共飲長江水。　　　此水幾時休？此恨何時已？但得君心似我心，定不負

304

相思意。

和顧夐的《訴衷情》詞：

> 永夜抛人何處去？絕來音。香閣掩，眉斂月將沈。爭忍不相尋？怨孤衾。換我心，爲你心，始知相憶深！

教人讀來，固然是迴腸盪氣。可是回頭一想，這兩位都是天生男子漢，又不曾化身作過女子腹內的蚘蟲，儘管他們怎樣工於揣摩女子心理，總免不了有梅博士作"雄美人"之感。我覺得一個男子過於女性化，這人一定是沒有多大出息的，反之，一個女子把她自己應享的權利，也讓給男子們去"代庖"，一樣是一椿很大的憾事。我平常教學生，遇到歡喜弄弄詩詞的青年，還拿那些"閨情""閨怨"之類來做題目，我總是嘲笑他們説：現代的女子，不比古人了，她們有什麽情，有什麽怨，儘管讓她們自己去寫，用不着你們替她着急了。唐代的絶句聖手王昌齡，固然留下了許多纏綿悱惻的"宮怨""閨怨"一類的詩，可是這類的題材，是有它的歷史背景的，也可以説是根據人道主義，替一般幽閉深宮以及丈夫遠征而自己在家裏守着活寡的女子們抱不平，纔這樣託辭以諷，前者是由於反對宮女制度，後者是由於反對黷武主義出發的。唐代的兵威，遠震西北，被征募而遠去戍邊的小百姓，撇下了"閨中少婦"，唱着"古來征戰幾人回"的悲壯歌詞，這在富於情感的詩人們看起來，是多麽可慘的一回事！這時的女性，既然不能利益均霑的和男子一般受到讀書識字的教育，而且迫於政府的功令，眼看着自己心愛的男人，奔向萬里途程，去做沙場之鬼，真個和"啞子吃黄連"一般，所以不得不煩那批詩人替她們代訴冤苦。現今的時代不同了，女子不但是有和男子受同等教育的機會，而且思想行動，一切都自由了，眼光放大了，胸襟也開展了。她們的天性，是特別富於情感的,本身既然幾千年來就被男性詩人們當作描寫的對象,無論是善意的贊美,或惡意的玩弄,總之是把自己的利權,無條件的讓給男性們了! 論理,現在女子們既然同樣有了發抒情感的利器,我們男子們雖然不希望她們取報復的手段,把一般男性也來當作描寫的對象,給以惡意的咒罵,或善意的憐憫。可是她們自己如果再有什麼要說的話,就不妨赤裸裸的自己來動手,用不着男性們隔靴搔癢似的來代勞了。比方說"宮怨""閨怨"一類的題材吧! 雖然宮女制度,我可保證在中國的未來史上永遠不會有的了,可是一部份的達官貴人,或者富商大賈們,說不定還會有把太太用數目字來表示的,與其勃谿詬誶,鬧得家庭內雞犬不寧,何如寫點纏綿悱惻怨而不怒的詩,教她們的丈夫看了,回心轉意,和蘇蕙織錦回文一般的發生效力,豈不甚好? 古人說"温柔敦厚"為詩教,這四個字正是女性的美德,不利用這天賦的美德,把它拿富有音樂性的文字表現出來,去感化那"負心"的男性們,而一定要大發雌威,逼得她的丈夫"忽聞河東獅子吼,柱杖落地心茫然",似這樣的連司的克都嚇落了,當心他中了風,不是耍的。當着這樣一個大時代,男子們"執干戈以衞社稷",撇却嬌妻,去赴沙場,也是很應該而且很平常的一回事,用不着再像唐詩人所詠的"忽見陌頭楊柳色,悔教夫婿覓封侯",作那般沒有志氣的無聊傷感了。《衞風·伯兮》上描寫得好:

> 伯兮朅兮,邦之桀兮。伯也執殳,為王前驅。

似這般揚威耀武而去捨身為國的壯士,我想有思想的女性們,一定是很敬愛這個丈夫的。雖然接着發出這樣的感歎:

> 自伯之東,首如飛蓬,豈無膏沐,誰適為容?!

却也真正表現出男女間純潔熱烈的愛。唐詩人除了杜甫的《新婚別》:"勿爲新婚念,努力事我行,婦人在軍中,兵氣恐不揚",這樣公私兼顧,情義雙全的幾句好詩之外,其他的詩人是不能理會得到的。可惜這《伯兮》詩,是不是確出女性之手,或者仍舊是男子們替她寫的,也就無從查考了。我只希望現代的女子們,如果遇着這一類的事情,還是多多寫些激昂慷慨而仍不失其爲纏綿悱惻的詩,來激勵她們的丈夫,來發抒她們自己的情感,這不但可以在文壇上別放異彩,而且對於國家民族,都有極大的貢獻,因爲兩性間的刺激,是比任何事物的效力都要大的。

其次,我認爲非常奇怪的,是中國詩歌史上,儘多男性描寫女性美的詩,而女性描寫男性美的詩,却是特別希罕,難道真個如賈寶玉所說:"男子是泥做的,女子是水做的",一清一濁,不可同日而語麼?男性描寫女性美的詩,最古的要算《衞風》上的《碩人》:

> 手如柔荑,膚如凝脂,領如蝤蠐,齒如瓠犀,螓首蛾眉,巧笑倩兮,美目盼兮。

這詩是描寫春秋時代的一位標準美人——莊姜。它開首就說"碩人其頎",可以想像她還是一位又長又大的康健美,從手指到皮膚、頭頸、齒牙、額角、眉毛,全合乎美的條件,而那巧笑二句,活畫出一個瞳如秋水,頰有梨渦的美人的活潑神態來,比那《西廂記》裏的"臨去秋波那一轉",更爲有力。其次是宋玉的《神女賦》:

> 貌豐盈以莊姝兮,苞溫潤之玉顏。眸子炯其精朗兮,瞭多美而可觀。眉聯娟以蛾揚兮,朱脣的其若丹。

和曹植的《洛神賦》:

307

其形也，翩若驚鴻，婉若游龍，榮曜秋菊，華茂春松。髣髴兮若輕雲之蔽月，飄飆兮若流風之迴雪。遠而望之，皎若太陽升朝霞，迫而察之，灼若芙蕖出綠波。穠纖得中，脩短合度，肩若削成，腰如束素，延頸秀項，皓質呈露，芳澤無加，鉛華弗御。雲髻峨峨，脩眉聯娟，丹脣外朗，皓齒內鮮，明眸善睞，靨輔承權，瓌姿豔逸，儀靜體閑，柔情綽態，媚於語言。

這所寫的雖然都是神，實在却是從詩人理想中發生出來的一種標準女性美，只是鋪張得過火些，然而男性詩人對於女性美的崇拜，總可以說是"五體投地"的了！至於晚唐以香奩體著名的詩人韓偓，他那首《席上有贈》：

矜嚴標格絶嫌猜，嗔怒難逢笑靨開，小雁斜侵眉柳去，媚霞橫接眼波來。鬢垂香頸雲遮藕，粉著蘭胸雪壓梅。莫道風流無宋玉，好將心力事妝臺。

似這類描寫美人體態的香奩詩，雖然還未墮入惡道，總不免把女性當作玩物看待，有些輕薄的成份夾在裏面，確是不足爲訓的。到了南宋詞人劉過，竟把美人指甲和美人足來做題材，那簡直是有些侮辱女性的人格，無聊極了。現代的新女性，如果看了這些東西，不曉得要作怎樣的感想？依我個人的愚見，所有比較高等的動物，生來就有審美觀念，尤其是人類，不拘男女，總沒有不希望自己生來很美，而同時也希望別人來贊賞他們的美的。我看了多少現代的青年男女，總愛把自己修飾得好看。譬如大學生們，男性的要他把頭髮剪光了，彷彿就要了他的命，寧願把最骯髒的司丹康塗得"其光可鑑"，別的錢可省，這煩惱絲却是要化本錢去培養的。女性們生着烏雲似的美髮，還嫌它不够美，一定要坐上那無情的椅子，把頭髮上弔，好像犯着絞刑似的,教它活活受罪,簡直把頭髮的自由也犧牲了,而摩登女性們是一往無悔的。這可見一般的男女,特別希望自己好看,并且要求對方來鑒賞他們或她們的美,是古今無異致的。我常是發這種獃想:男性們對女性們在詩歌上,崇拜了二三千年,把她們當作玩物看待,也有了相當長遠的歷史,已往的無聊文人,自然是"罪無可逭"的。我們不希望男性們以後再有這類帶些輕薄性的作品出現,也不希望女性們"冤冤相報"的依樣葫蘆把男性們當玩物來描寫。只是彼此自愛其美,也就互愛其美,男性贊賞女性美的詩歌,在中國文學史上是俯拾即得的,而女性贊賞男性美的作品,却深切的期望在最近的將來,有大量的出品發現,好教詩人們換換胃口,開開眼界。七八百年來的女性們,她們心目中的如意郎君,據說是狀元郎,纔够得上男性的標準美。相傳有一位女才子,讀多了佳人才子派的小說,有些着了迷,曾想着能嫁一個狀元郎的夫婿,後來果然達到了目的,等到洞房花燭夜,猛抬頭瞧見那位如意郎君,却是一個又粗又黑又高又大的麻臉大漢,吃得酒氣薰天的往繡衾上一倒,哇的一聲吐了出來,那女才子一宿無話,清早起來纔知道已經弔頸死了。究竟狀元郎,是不是個個都是美男子? 我們且不去管他,好在這寶貝也不會再有發現的機會了,懷着虛榮心而盲目求愛的女性們,也可以少了這麼一重危險。可是我們既然在中國詩歌史上,很難找到女詩人贊美男性美的作品,究竟在女性理想中的標準美男子,應該是怎樣一種風度的人物,我們就不能武斷的加以揣測了。據區區二十年來的見聞所及,現代的新女性,她們心目中的未來夫婿,在革命軍北伐的時候,據說是屬於裹綁腿、掛皮帶的武裝同志。中間又有一個時期,是喜歡運動場中的健兒。這新女性心目中的男性標準美,也就可以猜着幾分,可惜不曾得着一些珍貴的歌詠材料,究竟怎樣,總不免要抱着"文獻無徵"之感! 至於最近幾年來,女性心目中的男性美,那就更有些令人莫名其妙了。"姑妄言之",讀者們也請"姑妄聽之"吧! 我異想天開的,希望着最進

化的女性們,如果她有了一個合於理想的美男子,切不可以再和過去
一般含羞不肯言的舊女性一樣,儘管淋漓盡致不顧一切的,把男性美
也"胡天""胡帝"的贊頌一番,好教一批男性青年們,得着一條光明路
線,去"鞠躬盡瘁"的,努力博取美人兒的青睞,免得他們胡思亂想,枉
抛心力,這豈不是大慈大悲救苦救難觀世音菩薩一般的功德無量麼?
這個合於現代新性的男性標準美,在没有充分的從女性方面得着歌
詠的證據以前,我自然不敢妄加臆斷。可是在古人的作品裏面,歌頌
男性美的,我却特別愛讀《詩經·大雅·烝民》篇中贊美仲山甫那一
段話:

> 人亦有言,柔則茹之,剛則吐之。維仲山甫,柔亦不茹,剛亦
> 不吐,不侮矜寡,不畏强禦。

像這樣一個不肯欺善怕惡而富有俠氣的血性男兒,不管他的儀表怎
樣,這"内美"就足够一般人的崇拜了。所以他能够贊助周宣王,成就
中興的大業! 我想現代最前進而富有正義感的女性作家們,如果能
够對我這樣一個小小的貢獻,加以採納,就把這樣一位男性美當作一
個追求對象的標準人物,盡量的贊揚,拚命的打氣,我想那一批油頭
滑面的青年男性,受了這樣一個大刺激,一定會立刻覺悟,改變作風,
頭也剃光了,升官發財,投機取巧的卑劣心理,也登時收拾得一乾二
净了。這樣志同道合,此唱彼和起來,男女兩性間,由互相敬愛,以至
互相勸勉,男性們個個都"雄姿英發"了,中華復興的基礎,也就不難
於此奠定。因爲女性們確實具有不可思議的神力,只要她們把追求
對象的目標,毅然決然的予以轉移,那衰老的民族,也就立刻振作起
來了。

　　詩歌是情感的産品,而女性爲社會的重心,我們根據上述理
由,天天在馨香禱祝着,一般現代的新女性,尤其是女作家們,拿出

她們天賦獨厚的感情，來從事詩歌的寫作，一則可以表白女性們的真實心理，讓那些“越俎代庖”的無聊文人，不敢再來胡説八道，二則可以鼓起男性們的勇氣，得着一個努力上進的方針，這無論是在文學上，社會上，都具有一種不可思議的效力。至於我們過去的女詩人或女詞人，我以爲只有漢末的蔡琰，和南宋初年的李清照，是可以和男性們角逐文壇，了無愧色的。而這兩位女士，一個陷落在匈奴裏面，做過外國人的短期太太，替外國人養過兒子，一個當北宋末造，流離轉徙於江浙之間，雖身世略有不同，而經歷特殊的環境，打破深閨的積習，是多少有點和現代女性相差不遠的派頭，所以她們的作品，能夠在文學史上佔着很光榮的一頁。我們且看蔡琰的《悲憤詩》中之一段：

> 兒前抱我頸，問母欲何之？人言母當去，豈復有還時？阿母常仁惻，今何更不慈？我尚未成人，奈何不顧思？見此崩五內，恍惚生狂癡。號泣手撫摩，當發復回疑。

描寫母子分離，是何等的誠摯慘痛！再看李清照的《醉花陰》詞：

> 薄霧濃雲愁永晝，瑞腦消金獸。明日是重陽，玉枕紗幬，半夜涼初透。　　東籬把酒黃昏後，有暗香盈袖。莫道不消魂，簾捲西風，人比黃花瘦。

描寫秋閨情事，又是何等的馨逸纏綿！後者幽艷蕩魂，而前者淒酸入骨，這豈是一般男性詩人所能代達得出的？我想現代的女性，既然個個都是見廣識大的新人物，何妨拿出她們天賦特厚的感情，來從事於詩歌的創作，在這個領域裏，有多少需要她們來開闢的新園地，不但可以不讓蔡李專美於前，就是歷代的男性大詩人，也要退避三舍的。

我這一篇拋磚引玉語雜莊諧的小文，或者可以引起若干人的注意吧？
中華民國三十二年十一月二十九日，寫於白門寓舍。

（刊《天地》第五期，1944 年 2 月 10 日出版）

番 椒 頌

東坡説:"人生涉世本爲口。"口之於味,是人有同嗜的。然而因了水土氣候的不同,五方之於五味,究竟各有他們的偏好。我們江西老表,是最愛吃辣的。我個人雖然生來口大吃四方,所有到過的省份,不管怎樣的口味,都是吃得慣的。番菜我是最愛吃德國館子,可是俄國館子的紅菜湯,事變前賣五毛錢一客的,我也覺得津津有味。我們中國人開的館子,除了油膩太重的徽州菜,我有些不太喜歡外,——這因了我有老胃病的緣故,並不是説徽州菜不好吃。——餘如廣州菜的清淡而愛加上一些帶補品的藥味,潮州菜的相當濃厚,蘇州菜的多帶糖味,陝西三原菜的富於羊脂,——這是于右任先生的家庖。我還記得那天是在于先生的鼓樓官舍,同席的有林雲陔、劉紀文兩位先生。劉先生每吃一樣,必然大加贊美。不過我總覺得那羊脂太重的湯,和廣東的鳳爪湯之類,一濃一淡,相差得太遠些。——乃至腥味頗重的寧波平湖菜,湖北襄河裏的船菜,我總覺得別有風味,值得一嘗的。前不久到過燕京,周作人先生特地叫山西廚子做給我吃的菜,和在南京李聖五先生的山東家庖,比較起來,確有異曲同工之妙。在舊京吃多了油膩,回到津浦線火車上,吃了一頓日本飯,又在濟南買了兩盒便當,雖然油絲兒一點也看不到,又是冷冰冰的,我也覺得別有滋味。那餐車上的味噌汁,倒有些像我們家鄉的豆豉水,加上幾根大蒜,喝下去彷彿這異國情調,有些可以和我們的鄉味調和起來。我自己也好笑,我的肚腸不爭氣,鬧了將近二十年的胃病,發

313

得厲害的時候，連咽一兩片薄麵包，和一杯白開水，都會反嘔出來，而這三寸不爛之舌，倒是不拘什麼地方的口味，酸甜苦辣，都不但可以應付得來，而且特別感覺興味，難道是天生成的老饕麼？又爲什麼會消化不良，有口福而没肚腸福呢？

我離開我的家鄉，在外面混了二十多年，所吃的各式各樣的口味，總算不少了。有時候"散步逍遙自捫腹"，——東坡是在黄州食飽無事時，摸摸自己的大肚皮。我呢？倒是因了胃病，偶然到朋友家裏飽餐一頓，胸口就有些悶悶的，非把一隻手按摩按摩不可。——就會感到我這小小的肚皮，也算不枉生在我的身上。然而把這一頓所吃的菜，在舌根上很仔細的回味一番，除了是四川或雲南館子之外，總像少了一種什麼似的，有些不够味兒，歸根究底起來，老表總是老表，這辣味終久是不能忘情的。

半個月之前，汪先生寫給我一首描寫江西風味的詩，——這詩是今年夏天追懷往事而作的，現已登載拙編《同聲月刊》第三卷第八號。——提起那從柘林村坐小船到涂家埠的時候，有這麼兩句："十錢買得徑尺鱣，和以豉汁參薑芽。"後面還附了幾句信，說："山谷贈東坡句云，爲公唤起黄州夢，此詩未知能爲先生唤起萬載故鄉之夢否？"我讀了這詩，不期然而然的，把十五年來不曾温過的故鄉夢，陡的重上心來。尤其是那豉汁薑芽燒的鱣魚，又嫩又鮮，又香又辣，教我猛然想起那坐萬載船和瀏陽船的滋味，這滋味恐怕是走徧中國，不會另外找得着的。我們萬載，和湖南省的瀏陽，都是以産夏布著名的。我的老家，和瀏陽縣境的鐵山界，相距不過二十多里，所以風俗習慣，大致相同，尤其是佐餐品裏的辣椒，都是"每飯不忘君"的。我四五歲的時候，因爲先父在湖北的當陽監利做知縣，我便在先母提攜之下，由家鄉坐了兩天的山轎，到了瀏陽，換上專裝夏布的民船，過洞庭，出大江，到沙市上岸。我還依稀彷彿的記得那船上蓋着竹片織的篷，油得光亮非常，兩邊船舷，是不斷用拖把洗滌的。船駕長做的小菜，又清潔,又够味,尤其是那用辣椒大蒜燒的魚,最合江西人的胃口,所以大家都樂於坐這種船,吃起飯來,都是覺得非常滿意的。我們中國人,研究得最精而又花樣繁多的,沒有比吃的這項更好的了!這在官和商,尤其考究。萬載瀏陽兩縣,販夏布的客人特別的多,所以裝載這批夏布客的船,爲了博取主顧的歡心,對於吃也就特別加敬。我坐萬載夏布船,共總有過三次,一次是辛亥革命,先父在隨州辭了官,叫我的五叔父護送家眷,從漢口轉到九江南昌,換上民船到萬載,那時我纔十歲。其後兩次,是我的五叔父帶我去九江,就婚於德化陳氏。一來一往,都是坐的萬載船。自南昌開船,過了生米渡,上泝錦江,這一路的綠水青山,烟村竹嶼,真的叫人有"如行山陰道上,應接不暇"之感。每到皎日當頭,或夕陽西下的時候,船夫們或就漁舟喚買鮮魚,或上村莊選購肥雞,活剌剌的在後艄燒熟了,加上一些上好的醋和大蒜辣椒,佐以米酒,直吃得辣呵呵,醉醺醺的,忘了旅程的遲滯。現在回想起來,任憑上海灘上怎樣名貴的大菜,或者什麼杏花樓、小有天、新雅、錦江之類的著名菜館,那裏及得上這種真滋味呢?

我在江西人裏面,恐怕要算一個程度最低的嗜辣者,比起那些辣椒鬼來,——我們家鄉稱嗜辣過度者爲辣椒鬼。——差不多要給零分。可是嘴裏雖然怕辣,不敢多去吃它,然而一聞着那香烈的味兒,總有些戀戀不捨,好像猴兒拾着薑似的。我還記得在小學讀書的時候,一天晚上,我已經睡着了,突然被一位同學拖了起來,我揉揉惺忪的睡眼,陡然間觸着一陣撲鼻的異香,你道這是什麼山珍海味?睜開眼仔細一看,原來是一大碗熱烘烘的大蒜辣椒燒狗肉!我那時年紀雖小,却染着些道學先生的氣味,聽到這狗是那些頑皮的同學偷來宰了的,瞞着先生,——那先生就是我的父親,他老人家對學生非常的嚴厲,所以學生們非得趁他睡着之後,不敢公開的吃狗肉。——幹這勾當,似乎有些不合理。可是仔細一想,像這般反眼忘情的野狗,把牠宰了來炒辣椒,倒也是沒有什麼不應該的。我也樂得嘗嘗異味,

315

吃牠一個飽。後來到了廣東，聽說廣東人也愛吃狗肉，并且在城外有開着專門屠狗的館子，可惜沒有機會去嘗試，是不是也用辣椒大蒜做作料？那更不得而知了。還有一件不能忘記的故鄉風味，就是重九登高的時節，家家戶戶，總得買些牛肉，切成很細的肉絲，配上許多辣得叫人要流眼淚的紅番椒，和氣味酷烈的大蒜頭，吃了之後，滿頭都是珠子般的大汗，鼓起勇氣去爬山，爬上了山頂，儘管怎樣凜烈的西北風，都抵擋得住。我想古人登高避災難，要佩茱萸囊，也是這個意思。可是茱萸雖然也屬於熱性藥物，總不比這番椒來得爽快，直截了當的不顧口舌一時的難受，吃了下去，這正和秋天肅殺之氣，有着同樣的效能啊！想起我青年時代的生活史，要算這兩項爲最有意義。

在我的交遊談話中，知道愛吃辣椒的人，除了江西湖南之外，南有廣東、廣西，西有四川、雲南、貴州，北至陝西，和靠近潼關的河南西部，中有安徽北部，以及湖北蘄州一帶，這是屬於中國境內的。我在廈門吃過南洋館子，他們用很辣的番椒末，和在猪肉或雞肉裏面，拌着熱飯一盆，比加厘雞飯有味得多。至於著名的川菜，什麼辣子炒雞丁呀，青椒炒肉絲呀，回鍋肉呀，雖然這幾樣漸漸有了普遍性，究竟不免成了"逾淮之橘"，在嗜辣的人們吃起來，總有些不過癮，而生長江南一帶的人，就連這個也有些害怕。我想江南人的比較文弱，和他們嗜甜而畏辣的性分，多少不免有些關係吧！

談到番椒的種類和故實，是於古無徵的。我手邊的類書，如《佩文韻府》、《駢字類編》之類，都找不出它的根源來，就是屈大均的《廣東新語》，也只有古已有之的椒，而沒有這十多省的中國人家家戶戶不可一日或少的番椒或辣椒，難道這怪物是從番鬼——廣東人把西洋人叫做番鬼——傳進來的，就諱言其所從來麼？我自己慚愧我的孤陋寡聞，橫豎我是沒有歷史癖和考據癖的，也就嬾得去查考它。據我見聞所及，有燈籠辣椒，是辣味最少的。有爆竹辣椒，比較來得猛烈。那最厲害的，要算仰天椒，小得和筋頭一般，長在莖上，都是向上攢而不肯低頭下視的。據說四川、貴州、湖南一帶的人，是非此不樂的。那吃法也有些異樣，簡直就只要蘸些醬油，拿來下酒，這除非有張獻忠殺人的膽量，我們是不敢輕於嘗試的。

辣椒是富於刺激性的東西，和薑桂有同等的效力。我們鄉裏人，遇着有人驟然昏厥，不省人事的話，馬上取薑湯把他來灌，便有起死回生之效。普通人受了寒邪外感，總是煎一大碗葱豉湯，加上生薑辣椒，熱辣辣的一口灌下肚，蓋上一重厚被，把汗發出來了，寒邪在身體內站不住脚，都逃命不迭的奔向三萬八千毛孔溜出去，那病也就霍然而愈。近代大儒沈子培——日本某學者爲嘉興沈乙庵（曾植）著過這樣一本書——在做南昌知府的時候，曾經研究過江西人嗜食辣椒的原因，他說凡飲山泉的人，爲了水性過於清冽，必得多吃辛辣熱烈的物品，纔能够保持身體的健康。這話在醫學上有没有充分的理由，恕我是門外漢，不敢妄下斷語。可是我的別有會心，乃是嗜辣的人，必得肚腸裏裝滿了清潔的山泉，纔不妨多吃辣椒，免滋流弊。至於用辣椒做刑人的利器，據說在湘黔一帶的山鄉土寇，拿到了有錢的人，就是外省人所稱比較新鮮的名詞叫做"肉票"的，便得把他倒掛起來，鼻子朝天，再用仰天椒汁，向他的兩隻鼻孔灌下去，那人抵擋不住，只得把所有的財産，一五一十的和盤托出，獻給那寨大王和押寨夫人，纔算了事。你看這寨大王的威風十足，也要借助於這個小小的辣椒！這慘酷的手段，我們自然是絶端不敢贊成的。可是話得說回來，這辣的妙用，是要有順逆之分的。比方上面所舉的薑汁，和葱豉辣椒湯，從口裏自動的順灌下去，可以療病，若是用那仰天椒汁從鼻孔裏被動的倒灌下去，便可以殺人。這生殺之機，間不容髮，只在有心眼的妙人兒，善於使用它而已。

我個人在家鄉的時候，從小就被人家號稱怕辣的。的確看見那些對辣椒有特殊嗜好者，每頓必備，吃得滿臉是汗，"舌敝唇焦"，那種

"捨命吃河豚"似的怪模樣，須得"退避三舍"。可是在外面混久了，吃多了各色各樣的口味，不是覺得過於油膩，就是感着平淡太無奇，於是對於這素來怕吃的辣椒，有些追戀。不管醫生怎樣說，患胃病的人，對於富有刺激性的辣椒，是要絕對禁止的，我依然不聽那善意的勸告，總得隔不兩天，吃它一點，開開胃兒。說也奇怪，在胃病發作的時候，什麼都不想吃，差不多要活活的餓死。吃了辣椒之後，雖然有時候也得嘔出來，可是胸口間舒服得多了，精神愉快起來，胃病也就漸漸的好了。我於是大徹大悟，感覺到歷史上的人物，有時候須得用猛烈手段，并不能說他是殘酷的。李時珍說："元旦立春，以葱、蒜、韭、蓼蒿、芥辛辣之菜雜和食之，取迎新之意，謂之五辛盤。"(《本草綱目》)可見古人要除舊布新，也得取義於辣，辣之時義大矣哉！乃作頌云：

懿歟辣椒，國人所寶。錫名以番，來歷待考。昔我神農，徧嘗百草。薑桂雖辛，不及它好。播種原田，莖葉矮小。離離朱實，仰天如笑。外美內烈，德豈在表。同嗜者多，家喻戶曉。毛(江西人呼無爲毛，讀若冒。)得辣椒，吃不飯飽。麻辣呵呵，真有味道。(這就叫做方言文學，一笑?)五味調和，非此不妙。若烹狗肉，越辣越巧。佐以蒜頭，恰到火候，其味無窮，口福消受。免地搖尾，厭聞狂叫，非得辣椒，難期功效。善哉善哉，救苦惟辣。其氣則秋，其德則殺。(殺的是害肚腸的微生蟲。)滌邪蕩穢，除貪去猾。清白乃心，確乎不拔。油膩既去，胃口斯開。辣地一辣，否極泰來。萬家生佛，滿面春回。合十頂禮，妙哉妙哉！

癸未孟冬，寫於落葉蕭蕭中之金陵寓宅。

(刊《古今》半月刊第三十八期，1944 年 1 月 1 日出版)

文學院院長元旦獻詞

　　光陰過得飛快，一轉眼又是我們中華民國三十三年的元旦，我們的"中央大學"，從劫後蘇生起來，也就四個年頭了！我忝爲這園地的老園丁之一，從我們的中大復校以來，就負着栽培桃李的任務。眼看着從國府路的復校籌備處，四壁蕭然，一無所有的架起空中樓閣來，虧了我們"政府"的扶植，和歷任校長的苦心經營，把一切的設備，漸漸充實了，校舍也由建鄴路遷到鼓樓的金陵大學舊址，學生也由一級增至四級，那第一期所栽的桃李，已由開花而至結實，幾個月之後，就要收穫，待價而沽了。我這老園丁，雖然沒有盡過多少力，去加意壅培灌漑，感着十二分的慚愧，也總算徼倖的很，那最初的伙伴，只有我和農學院院長陸錫君先生，自始不曾離開過這座芳園，眼看着這許多桃李的長成豐茂，在這新年舉行團拜之際，濟濟一堂，教我如何不加倍歡喜，而預祝着這一期一期的收穫，一定是非常圓滿的呢？

　　在這中大復校第四年的開始，除了特別高興之外，我這老園丁，責任也比較以前加重了。我除了時時鞭策自己，希望和歷年來的新舊伙伴，同心協力的去維護我們這座園林，培養我們這許多芳潔的新苗老幹，好教它在春風和煦之下，特別暢茂起來，同時我還希望我們的同學，認清每個人對於社會國家的當前責任，蓬蓬勃勃的隨着春來雨露，怒苗起來，多多的吸收養料，纔能够放出燦爛之花，結成美麗之果，才能够在待價而沽的時候，得着主顧們的歡迎。我們這園裏所栽培的嘉木，來從南國的，因了土宜，自然容易發榮滋長，而這兩年來從北地移根到這兒來的，日見增加，更是一個非常可喜的現象。我覺得我們做園丁的人，對這遠來的根株，不但應該特別加意培護，而且需要很巧妙的用移根接葉的手腕，把他們弄成"枝格相交"的虬結起來，那所開的花，定會異常美麗。我覺得做園丁的責任太重大了，尤其是在這一歲之始，萬物都有更新的氣象，而這"一年之計在於春，一日之計在於晨"，我們要愛惜春光，我們更要保持朝氣，我們要用盡心力的去培養善苗，我們更要千方百計的去防止無情風雨的吹打。我們這劫後重蘇的中大，雖然經過了這三年半的滋養，有了欣欣向榮的趨勢，可是希望他根深蒂固，取得社會上不可動搖的信仰，還要仗全體師生的加倍努力。我相信大家過了元旦，都大了一歲了，那自覺心也一定會加強起來，學校一天一天的進步，我們的中華復興，也就可以計日而待了。我拿一個老園丁的資格，是這麼熱誠的期待着，敬祝

新年進步！

（刊《國立中央大學周刊》，1944 年 1 月 3 日出版）

求是發刊詞

我們生來既然是個人，就應該去盡做人的責任。我們生來既然是個現代的中國人，就應該去盡做現代中國人的責任。

人之所以異於禽獸，就因爲他不但能夠運用智力，自己站得起來，而且能夠把個體融爲集體，去抵抗異類的傷害。一個人爲着要擔負保全這個體和集體的兩重責任，就得不斷的鍛鍊，不斷的努力，去運用所有的精神物質，和壓迫他們的惡劣環境不斷的奮鬥，這樣纔能創造適於人類生存的新環境，纔能免於天然淘汰的慘劇。

由一民族或風俗習慣相近的數民族集合而組成一個國家，這國家所有的人民，必須有統一的意志和力量，同心一德的向前邁進，這國家纔能夠健全的發展，纔能夠立足於這樣一個世界。然而欲謀國家的健全發展，必得先把每個國民的思想人格健全起來，有了個體的健全，纔談得上怎樣去改進社會，充實國力，鞏固國家的基礎，發揮政治的效能。我們感覺到我們中國的人民，不論在體力智力思想人格各方面，要達到健全的程度，就一般看來，似乎相差很遠。以不健全的國民，來組成一個龐大的國家，這危險是不難想像的。

我們如果想要把每個國民的思想人格體魄知識，都能夠健全發展，這責任固然有待乎政府的督導培養，和一般國民教育的普及進步，而從別一方面設想，似乎也很需要一般有志之士，聲應氣求的聯絡起來，毅然以轉移風氣自任，知行合一，言行相顧的來做個表率，纔能夠造成社會上一種力量，取得一般國民的信仰，以期潛移默化，收

321

穫相當的成效。我們没有什麽組織,也不標榜什麽名流,只是約集若干從事教育的有心人,來創辦這樣一個小小的刊物,我們只是老老實實的説,切切實實的幹。我們没有別的目的,只希望同情於我們這刊物的同胞,尤其是各界青年有志之士,和我們一樣的把他所要説的話,和所要幹的事,也來個老老實實的説,切切實實的幹。認定"匹夫有責"的這句名言,大家同心一德的從自己做起,把思想人格體魄知識,逐漸的健全起來,好好的做成一個健全的國民,準備着將來共同擔負這個復興中國的大任。知識是無涯而光陰是有限的,我們個人的生命是很短促,而我們民族的生命是需要縣續不斷的。我們認清了當前的責任和環境,就應該各就本位的,實事求是的加倍鞭策自己,更以個人所得的經驗學識盡量的貢獻給別人,這樣互相勸勉,互相融洽起來,或者不難集合四萬萬同胞的體力智力,化爲一體。整個的意志統一了,人格純潔了,體魄堅强了,知識豐富了,這前途的光明偉大,是可預期的。

我們感覺國人年來的大病,只在一個隔字。舉凡官吏和人民,文人和武士,老輩和青年,新文化和舊文化,學校和社會,理論和事實,中間都像存着一條界限似的,不能够毫無隔閡的調和配合起來,以致社會上發生許多矛盾衝突的現象,失去指臂相使,頭目相護的效能。我們希望這個小刊物出世以後,能够盡點郵傳的責任,務使上下一致,文武調和,老少同心,新舊合德,乃至一切的一切,都能够名實相副,溝通融洽起來。我們無所不談,而要歸於至誠坦白,脚踏實地,去盡一個做國民的天職而已。

(刊《求是》月刊創刊號,1944 年 3 月 1 日出版)

論學校軍事化之必要

說來慚愧！作者是手無縛雞之力的文弱書生，不肯安分守己的，把二十多年來所朝夕講論的本行，來教人家子弟吟詩填詞，做一個文縐縐的候補"名流"，卻是這樣堅決的主張，一般學校，都應該實施軍事化，把全國青年學生的生活狀態，全都嚴肅起來，不但是一點兒"名士"氣派都需要把它掃蕩無餘，簡直希望每一個青年，都變成雄赳赳、氣昂昂的武士，這豈不是違心之論，强人以所難麼？

我得預先聲明一句：本人不曾受過軍事教育，也素來沒有加以研究，根本不配來談什麼軍事化。可是從我二十幾年的教書經驗，和涉覽歷代史蹟的結果，深切的感到現在中國的社會情形，正充分表現着"人樂於因循，事趨於苦窳"的惡劣氣象，非得大大的加以振刷，這個衰老的民族，恐怕不會有起死回生的可能。本來我們先哲有幾句名言，叫作"寬猛相濟"，"治亂國用重典"，這雖然指的是政治上的措施，而想要把一個疲玩墮落的社會，糾正過來，非得從教育方面澈底的加以改造不可。我們中國的國民，只有墮落的自由，這確是一句最確切而且最痛心的話。一般社會的墮落，並非一朝一夕之故，習染既深，大家雖明知自己將陷入汙泥而不能自拔。就是在事變以前，不論政府當局以及社會有心之士，對這點何曾沒有見到，何曾不想加以澈底的改革，三番五次的集訓，要把每一個青年都鍛鍊成守紀律負責任的健全國民，可是事過境遷，依然復萌故態，教人疑心我們中華民族的國民，彷彿生來就帶有劣根性，簡直沒有法子救藥的，這是何等痛心的一回事！我們不忍心去責備一般國民,據我個人的觀察,這有社會的關係,有家庭的關係,這病源實在是太複雜而且太深固了！我敢大膽的説一句,似這樣一個根深蒂固的墮落社會,要想拔本塞源,把風氣轉移過來,絶對不是短時期的訓練所能奏功的。"以七年之病,而求三年之艾",這病根來得太長遠了,病勢弄得太沈重了,就非得用猛烈的藥,和較長久的時間,是無法可以治療的！

我們中國國民的病根,究竟在那裏呢？在生活太散漫,太不嚴肅,在不守紀律,不負責任,在因循偷惰,投機取巧,在私而忘公,家而忘國,在務虛名而不求實際,在喜依賴而不圖自立,這許多的劣點,若不加以根本的剷除,這民族遲早是要歸於天然淘汰的！

大家都明白教育爲立國之本,《禮記》上面也説過:"君子如欲化民成俗,其必由學乎"這樣一句話,可見我們如果想要澈底的改良社會,仍然非得從教育方面着手,是難以奏功的。我們中國的教育,雖然算不得怎樣發達,可是從清末廢科舉興學校以來,也已有了好幾十年的歷史,一般的看來,總算有着相當的進步。單就學制上講,小學六年,高初中各三年,大學四年,合起來每個學生由小學以至大學卒業,足足有十六年的長遠求學時間,論道理應該對於身心修養,知識增進,都有了牢固不拔的基礎,可作化民成俗的前鋒。然而按諸事實,乃大謬不然,不但在國内受過高等教育的人,不能够肩起這個重任,就是在海外鍍過金的博士們,有的也難免同流合污的腐化起來,彷彿現在我們中國的社會,好像一座臭染缸似的,一經掉了下去,就翻身不得。這樣不趕快來設法,把它加以根本的改造,就是有怎樣美善完備的政綱,也不容易推動,更談不到革新與建設。我曾和一位軍事學者,談到這個問題,我的意見,認爲要怎樣去澈底改造社會,固然有待乎教育的刷新與普及,而想刷新教育,又非得有軍事和政治的力量,毅然決然的加以强有力的支持,單靠幾個文人,舌敝脣焦的來加誘導,總還敵不過惡劣環境的牽掣,要把它弄好,是很難辦得通的。

而那位軍事學者，乃深切致慨於我國軍隊素質的不良，歸結於國民教育的重要性，是比任何事件都要迫切的。這兩者互爲因果，究竟執後執先，固然很難加以判斷，而這"百年樹人"的教育問題，值得國人的特別重視，與重新檢討，是絕對無疑義的。

這幾十年的新教育，所以不能收得相當的效果，這原因雖然非常的複雜，譬如教育的宗旨，是否明確適當？課程的分配，是否切合國情？乃至各科的教材，能否適應社會的需要？現在在教育界服務的人士，就多數感覺到自己的子弟，沒有適當的學校可入，這問題的嚴重，也就可想而知了。我們別的姑且不管，且看進過中學以上的學生，對於家庭與社會的影響如何？在就學的期間，就變了"天之驕子"，誰個願意回到家庭裏去替父兄們分勞出力，幫同做點粗事，到了畢業以後，更是毫無慚愧的儼然以特殊階級自居，回到農村既有所不能，混入都市便不能自主的腐化起來，只管貪圖個人的享受，不顧自己的能力，於是鑽營欺詐，引起社會上的憎惡，結果弄得賢明的父兄，反把送子弟入學這件事，視作畏途。這樣還談得到作育人才，來化民成俗麼？我們的民族，本來是一盤散沙似的，除了僻遠地方的老百姓，腦海裏還希望着有個真命天子來解救他們之外，簡直談不到什麼一致的信念，甚且不明白怎樣叫做國家。而且他們被千年來的科名所迷住了，一心指望着自己的子弟，入學讀書以後，便可飛黃騰達，光大門楣，也就不惜把汗血換來的金錢，來培植他們的子弟，認爲這是一條升官發財的路徑，化了本錢總還可以取償的。這種卑劣心理，直到如今，所謂知識份子已臨絕境的時候，還不曾消滅。我在大學舉行口試，遇到報考法商學院的學生，有許多是從農家來的，我問他要學這行的目的，就不免支離其詞的說不出什麼充分的理由，這就可以窺見社會心理的一般了。像這類父兄的心理，影響到他們的子弟，一腳踏進大學之門，便得換上一副架子，西裝革履，油頭滑面，最少也得穿起長衫，擺出一些斯文模樣來。這樣，一則就再不願勞動他們的筋骨，以來從事於體魄的鍛鍊，漸漸的養成一個"四體不勤，五穀不分"，肩不能挑，背不能荷的廢物。二則生活漸習於驕奢偷怠，進一步就浪漫放肆起來，舊社會的惡習慣，不但不能因爲受了教育而革除滌雪，反而加上了許多新的罪惡，給社會以極端不良的印象。像這樣的人物，就使他們的知識能夠有相當的增進，也只有"長惡"的本領，去貽害人羣。何況這種華而不實的青年，那裏會有自覺心，去埋首讀書，研求致用的學術？結果變成思想人格體魄知識都不健全，怎樣能夠擔當改造社會，復興中國的大任？我們要想把這個積重難返的風氣，糾正過來，必然要經過相當長遠的時間，加以比較猛烈的手段，纔能夠收得相當的效果。而且社會人羣，假使平常沒有養成一種畫一的生活習慣，就不會發生畫一的行動，更談不到一致的信念。沒有畫一的行動，和一致的信念，那是什麼事都辦不通的。我們基於上述的理由，認爲現在的大中學校，非得全盤的加以軍事化，先把所有的青年生活都嚴肅畫一起來，給以長時間的訓練，教他習慣成了自然，除此之外，是沒有其他較好辦法的。

惡勞而好逸，本是人之常情。孟子説得好，"逸居而無教，則近於禽獸"。一個人生來就帶有幾分惰性的，非得時時加以鞭策不可，何況我們這樣一個衰老的民族，和疲玩墮落的社會，要想把它轉變過來，就非得先把將來作爲社會中堅的青年，加以極端嚴格的鍛鍊，是絕對難以爲力的。古人説："軍令如山"，杜甫詩也有"令嚴夜寂寥"的句子，軍人的生活，是絕對要嚴肅而有紀律的。佛教主張"對治"，我們中國古代的教法，也是主張嚴的，禮治與法治，都是希望收得畫一的效果。朱子《大學章句序》上説："人生八歲，則自王公以下，至於庶人之子弟，皆入小學，而教之以洒掃應對進退之節，禮樂射御書數之文"，這裏面就頗含有軍事管理與軍事訓練的意味，可惜周秦以後，就把這樣一個良好的教育制度，無形中消滅了！我們現在須得略師古意，斟酌近情，對於一般青年，除了灌輸固有文化，以及近代科學知識之外，必得智力體力，平均發展，文事武備，雙方並進，這樣纔能夠養成守紀律、耐勞苦的良好習慣，纔能夠負起化民成俗，改造社會，復興中國的重大責任，纔能夠救出他們自己，進而造福於社會人羣。這個澈底改進教育的方針，非得從學校軍事化着手不可。約言其利，具有下列幾點：

第一、學校普遍實施軍事化以後，可以養成青年守紀律、耐勞苦的習慣。習慣成了自然，將來獻身社會，有了牢固不拔的基礎，自然能夠轉移風氣，而不爲污濁社會所轉移，能夠由個體的健全發展，進而謀集體的健全發展。舊染既去，氣象一新，中華民族的自力更生，於是乎賴。

第二、學校普遍實施軍事化以後，可以掃除一切因家庭關係而發生的種種不良現象，把生活方式，歸於平等畫一。富貴人家的子弟，不致流於驕奢淫逸，妨礙德業的進修。清寒人家的子弟，不致因了羨慕別人的優裕生活，而存着非分的妄念，引起種種不道德的行爲。生活方式，既然普遍歸於簡單樸素，則一切貧富懸殊的階級觀念，亦將隨之消滅。

第三、學校普遍實施軍事化以後，可以養成青年負責任、愛清潔的精神。我還記得魯迅先生說：我們中國人最大的毛病，就在遇事總是馬馬虎虎的，不肯認真去做。換句話來說，就是缺乏責任心，他的結果，會流於苟且因循，投機取巧，誤人廢事，弄到無可救藥。因爲一切都馬虎慣了，對於清潔衛生，也就絲毫不加注意，甚至託於"名士派"或者"藝術家"以自解，這於整個民族的前途，是有莫大影響的。如果受過長期軍事管理之後，這惰性轉變過來了，行動敏捷，説了就幹，養成了勤樸整肅的風氣，事事認真，自然能夠把不負責任、不愛清潔的污點，滌洗净盡。

第四、學校普遍實施軍事化以後，可以促成青年由動作的一致，進而爲信念的一致，間接影響於整個國民的思想統一。我們認爲這

327

樣多年的社會沒有進步，國家沒有真正的統一，并不是沒有善良的政策，和精密的方案，這毛病在思想與行動，不能配合起來，而一般青年，在就學時代，不曾受過嚴格的訓練，過慣了散漫生活，以致作起事來，步伐不能一致，尤為最大的癥結所在。如果養成了動作一致的習慣，思想方面，自然會漸趨統一。譬如每一個學生投身社會，都能够作出一個好榜樣來，言行相顧，名符其實的，自然容易引起社會的信仰，不期然而然的表示同情，這種精神力的感召，是不可思議的。

第五、學校普遍實施軍事化以後，可以激發青年的朝氣，增強國民的體格。我們中國國民，素來就被人家誚作東亞病夫，一般國民的體格，都比東西洋各國相差很遠。我曾聽到幾位到過外洋的軍事學者說起，要想學習新武器的運用，就很少能有體魄合格的可能，就是駕駛坦克車，也很少能够勝任的，這樣怎能同別人競爭生存的權利？至於一般大中學的青年，養尊處優慣了，簡直爬不起牀來，別人家鐵鳥嗡嗡，浩歌烈烈的正在加緊訓練，而我們却仍在沈沈大夢中，曾無警覺，這是我所親歷的事實，不知怎樣的痛心！一個青年，如果喪失了他的朝氣，那就無異斷送了他的前程與生命，體格也就因之日趨衰弱，這樣縱使有絕特的聰明，超越的知識，結果還只有直接影響個人的年壽與事業，間接使國家與社會，蒙受絕大的損害。我曾對一般青年學生，很剴切的勸導過，可是言者諄諄，而聽者藐藐，他們未必不以為是，而習性難移，始終不能收得相當的效果。這樣除了實施軍事管理，予以強迫執行，是沒有法子喚起他們的自覺心，而回復他們的朝氣的。一種不合理的習慣，要驟然之間用強制的手段，把它轉變過來，在開始的時期，自然會有些感着不便，可是我們能够不顧一切的把它挽轉，過了不久，教他們嘗到了一種新滋味，那他們也就安之若素，而且非此不樂了。比方我們大清早起來，跑到空曠的地方，吸取了新鮮空氣，覺得暢快無比，偶然走進人家的臥室，便要發生憎惡，這可見去惡遷善，實在是人同此心，只是這一轉移間，非得加以強制不可吧了。每個人都能够早起，一團朝氣，有益於身心的修養，是不待言的。頭腦清晰，體質强固，這對於個人的事業，與民族的生存，都有着非常密切的關係，而要養成早起的習慣，就非仗着軍事管理的力量，是難以收功的。

第六、學校普遍實施軍事化以後，可以提起青年勞動服務的興趣，減少知識階級失業的痛苦。我們的國民，尤其是這個號稱四民之首的士，因了歷史風尚與社會習慣的關係，過慣了散漫偷怠，或是温文爾雅的生活，對於要勞動筋骨這一類的工作，總懷着一些鄙夷不屑的態度，認爲這會失了自己的身份。體力不用過久了，弄得四肢百骸，都發生退化的狀態，到了身臨絕境，眼看着一般勞力的同胞，不論是拉車的，挑擔的，每月的收入，都勝過作機關職員與學校教員的待遇，心想放棄本行，去幹他們那種職業，就會感到心有餘而力不足的痛苦，結果被生活壓迫不過，不免要出於自殺的一途，或者竟歸於自然淘汰。我們如果能够及時悔悟，把子弟從入中學以至大學，儘量的予以十年長期間的體格鍛鍊，教他們勞苦慣了，自然會對於勞動服務，感覺興趣，就是到了水盡山窮的地步，也好放下筆桿，去幹其他可以維持生命的職業。在這樣一個變亂方殷的大時代，我想一個較有頭腦的青年，也應該打算打算自己的前程，接受這種嚴格的訓練吧！

第七、學校普遍實施軍事化以後，可以改良全國軍人的素質，作爲實施徵兵制度的準備。我們放開眼睛來看，世界上哪一個國家的國民，沒有服兵役的義務？哪一個國家的軍隊，是全無知識的？反觀我們的國家，雖然有着四萬萬的人民，可是一旦遇到大難臨頭的時候，能够"執干戈以衛社稷"的，究竟有多少？在平時政府雖擁有龐大數目的兵額，大概都從募集而來，其中略具普通知識而有國家觀念的，恐怕要佔極少數，這戰鬥的效率也就可想而知了！急來抱佛脚，向鄉村去抽取壯丁，不論這"蚩蚩者氓"，不明白一個做國民的義務，想盡方法去逃避兵役，就是應徵而來，僅僅給以短時期的訓練，就把他驅向沙場去送死,這徒然合了古人所説的:"以不教民戰,是謂棄之",於國族存亡,是毫無裨益的。如果我們全國中等以上學校的學生,平時能夠切切實實的予以長時間的軍事訓練,一般的都具有相當的軍事知識,與强壯的身體,一方面又明白自己的責任,一到國家有事的時候,那個不願意慷慨從戎,以赴國家之急? 這樣,軍隊的素質,自然會改良,徵兵的制度,也就可以逐步的實施了。

我們約略舉出這上面的七點,以見學校軍事化的重要性,實在是一個轉移風氣,争取民族生存的正確方針。常人"可與樂成,難與慮始",事到緊要關頭,非出以斷然的手段,對準它的病症,使勁的一下把它拗轉來,是只有奄奄待斃的! 作者自恨不曾受過這種的嚴格訓練,以致體魄羸弱,不能忍受過份的勞苦,當然難免於天然淘汰,可是對於我們下一代的國民,絕對不忍心坐視他們的墮落沈淪,以陷於萬劫不復的境地,所以不辭危言聳聽的,發表這個小小的意見,來促起社會有心人士,和教育當局者的注意,以及純潔青年們的自覺。至於博稽羣籍,參酌中外,來製成盡善盡美的實施方案,那就有待於教育專家的指教了。

(刊《求是》月刊創刊號,1944 年 3 月 1 日出版)

荒雞警夢室隨筆

小　引

　　文人而生亂世，宛轉呻吟，憔悴自傷，何益於事？識迷途其未遠，覺今是而昨非，自誤誤人，一之爲甚。攬衣夜起，感慨萬端，雖結習難除，而殷憂未已。涉覽前賢緒論，有可以鼓吾勇氣，益吾神智者，輒泚筆書之。又或情動於中，不能按抑，敢辭苦口，自託危言，鑒往察來，知我罪我，恒念匹夫有責，孰云我生不辰？多難興邦，料非虛語，自他俱利，聲氣相求，亦冀與當世有心人，共相砥礪而已。

世自亂而我心自治

　　我這七八年來，最佩服益陽胡文忠公（林翼），尤其對於他寫給賀月樵的信內，有"非用霹靂手段，不能顯菩薩心腸"，這樣切中時弊的話，覺得要想把人民從水深火熱中拯救出來，非得有這種魄力和決心不可。最近翻閱他的年譜，更加感到他那負責任的精神，實在值得做我們的師法。一個人要擔當大事，絕對不能顧及一時的毀譽，他有一個絕妙的譬喻，說："以一人爲藥薦，任人溲溺其上，或可補救於萬一。"譬如我們生在這個多難的時代，假使每個人都抱着"苟全性命"的思想，只管站在旁邊説風涼話，試問這個社會或國家，還會有得救的希望麼？不錯，在這樣一個變動得非常劇烈的大時代，我們的生命，能夠維持到若干時日，實在是誰都沒有把握。可是我們須得想回頭來，我們既然活着一天，就應該盡一天的責任。我們一個人的生命，本來就是有限的，而我們的同胞或子孫，總不應該讓他們活不下去。我們抱定了這種信念，更加勘透了生死關頭，就不會做出那種頹廢放蕩的行為，來戕害自己，禍及整個社會。我讀到胡公在病重時寄給靜娟夫人的信內，有"世自亂而吾心自治"的一句話，不覺興奮得手舞足蹈起來，假使現在每一個人都有這種精神，抱着這種積極的思想，"鞠躬盡瘁，死而後已"的埋頭苦幹下去，一定能夠衝破一切的難關，達到弘濟時艱的目的。郭嵩燾氏說："文忠公治軍皖鄂之交，練兵籌餉，日不暇給，而讀書自課甚嚴，夜與(姚)桂軒會講《論語》，亦有專程。自英山移營太湖，冒風雪行二百餘里，日夕支帳為邸舍，燒燭席地以講。一日病甚，不能食飲，左右請稍息，笑曰：'是口不能食，而猶能語言，耳亦猶有聞，豈以病而廢學哉？'"你看，這是何等偉大的精神！他的基本信念，還是從"世自亂而吾心自治"一語出發的。近人喜談心理建設，不但是在危難的時候，把握不住自己，而且各人都明白前途的危險，不想設法解救，反而認為"日暮途遠"，不妨"倒行逆施"起來，種種罪惡，就都從這一念發生。我們如果能夠深切體味這"世自亂而吾心自治"這句話，覺得我們的責任太大了，我們不可以辜負了自己的一生，我們須得盡我們所有的智力，奮鬥到最後的一天為止。吾心不能自治，那還談得上什麼計畫？一個聰明才智之士，如果不能定下心來，一直向前邁進，那民族和社會，是決然不會有救藥的！胡公又說："林翼無死於牖下之志，尤不喜死於婦人之手。"這也看出他能夠勘破生死關頭，所以能夠做到"世自亂而吾心自治"的境界，這些話都是值得注意的！

（刊《求是》月刊創刊號，1944 年 3 月 1 日出版）

求才與養士

　　本人在社會上服務二十多年，雖然一向是幹着粉筆生涯，對其他各方面，沒有發生過密切的關係，不會有深刻的認識，可是蹤跡所至，耳目所及，常常感覺到社會上有一個極端矛盾的現象，就是事無人做，人無事做。比方我們從事教育的人，本來就以"爲國儲才"爲唯一的責任。而這儲才的方針，第一在思想人格的訓練，第二在學識技能的增長，好教這批青年在學成之後，獻身社會，去替民衆謀福利，爲國家謀建設。我們抱定這方針來從事教育，自己認爲沒有多大的錯誤，一般青年學子，凡是有些自覺心的，也都對這深表同情，孜孜矻矻的敦品礪學，希望畢業之後，成爲有用之才。可是事實告訴我們，在現今的社會環境裏，你所苦心教導出來而認爲學行兼優的人物，如果他沒有什麼奧援，或者善於鑽營吹拍，任憑有天大的本領，也很難找得適當的地位，去發揮他的學識與天才。反之，在學校裏素來不肯用功，一味愛出風頭，而被人利用的浮滑份子，儘管人格卑污，胸無點墨，他卻能夠因緣時會，大大的得意起來。我在各大學教書，有些學生把這情形來問我，我總是感到絕大的苦痛，簡直回答不出什麼話來，難道社會上真個把我們認爲有才有品的學生都當作書獃子，不周世用麼？我也曾留心觀察過現社會的情形，能夠稱職的人才，究有多少？尤其是品格高尚，學有特長的人物，簡直可以説是"稀如星鳳"。上次北京大學校長錢稻孫先生和我談起，我們中國人被外國人看不起的地方，第一就是人格問題，學識遠不如人，猶在其次。證之事實，和我所見聞,似這類自己不爭氣的事情,真教人有"啞子喫黃連"的滋味。我們中華民族,有着五千年的文明歷史,難道到了現在,就都生成了劣根性,個個都是毫無出息的了麼?我還記得曾文正公的《原才》上說:"風俗之厚薄奚自乎?自乎一二人之心之所向而已。"根據我個人二十多年的經驗,明白我們的青年學生,本來都是純潔而有向上心的,用之得當,這裏面未嘗沒有棟梁之器。只因這幾十年來,政治始終未上軌道,真正注意人才的人太少了,把許多有真才實學的人埋沒得擡不起頭來,正合着曾公所說:"獨舉目斯世,求一攘利不先,赴義恐後,忠憤耿耿者,不可亟得,或僅得之,而又屈居卑下,往往抑鬱不伸,以挫,以去,以死,而貪饕退縮者,果驤首而上騰,而富貴,而名譽,而老健不死,此其可為浩歎者也。"(《復彭麗生書》)一個有品格有學問的人,要他去幹吹拍逢迎的工作,他是有所惡而不肯為的。所謂"淡泊明志,寧靜致遠",正是我們中國讀書人的最高理念。諸葛亮躬耕南陽,但望"苟全性命於亂世,不求聞達於諸侯",這在學養功深的賢才,對於個人的顯晦,本來是不足介意的。可是陰陽消長,盛衰倚伏之機,有心於挽救國家民族危亡的人,卻不容加以忽視。所謂正氣不伸,則羣邪並進,豺狼當道,則善類消亡,這影響於青年的思想行為,是非常之大的。要培養一個人才,須得家庭的供給,師長的教導,以及國家的扶助,是何等艱難偉大的工作!經過這般艱苦,造出一個有用的人來,而得不到效力的機會,這會教做父兄師長的怎樣的短氣,那本人的抑鬱消沈,更是不必説的了!好比種田的農夫,用盡了氣力,下了很大的資本,而收穫之後,簡直連本錢都撈不回來,這自然只好聽任土地的荒蕪,不願再做這種勞而無功的笨事。國家設許多學校,來培養人才,而大學畢業生,總是嚷着沒有出路,這十幾年來,我也聽得有些厭煩了,你想,這是何等矛盾的一回事?青年因了得不着正當的出路,而怠忽了學行修養的功夫,當局為了學生程度的低落,而慨歎着沒有人才可用,這現象到近幾年來愈益顯著了!我想一個居領導地位的人物,要想發抒他的抱負,鞏固他的政權,那幹部人才的健全,是一個必要的條件。中國歷來的大政治家,就以"禮賢下士"爲第一要着,遠如燕昭王築黃金臺以招賢俊,戰國四公子各有食客數千,難道這些人都是傻瓜,恨不得飯變屎麼? 一個大政治家,因爲要應付變化無窮的局勢,就不得不儲備各色各樣的人才,大有大的用處,小有小的用處,而且懂得無用之用,纔能夠運用無方,顯出真實的本領。一個有真才實學的人物,決不是可以"招之即來,麾之即去"的,所以要得人才,必須設法去求,而用當其才,更是集中人才的唯一要着。近代曾文正、左文襄(宗棠)、胡文忠(林翼)諸公,以一文人而能建大勳業,都因爲特別留心這事,所有湘軍名將,大抵都是一批窮酸秀才,而得着諸公的提獎安排,便能人盡其用,這在中國有史以來,也算是一個奇蹟! 我常想把曾左胡的全集,歸結起來,研求他們的觀人和用人方法,藉供並世賢豪的參考,終因迫於生計,無此功夫,而懷抱此心,總希望能有實現的一日。

胡文忠嘗說:"天下以盜賊爲患,而亂天下者不在盜賊,而在無人才,人才不出,以居人上者不知求耳。"盜賊的由來,因爲政治不良的影響,而欲改良政治,就非得先從網羅人才入手,絕對不能發生效力。他認爲"人才隨取才者之分量而生,亦視用才者之輕重而至",他心目中的人物,第一求其"識時務,具智略,負奇氣",其次則"樸實之士,狷介之守"。(《致嚴渭春觀察書》)這兩種人才,須得相互爲用,因爲一個人單有才氣而欠缺操守,是難免胡作亂爲的。所以他託余會亭求才的標準,說是"足下久於蘄黃,蘄黃之士,有廉勇明白,曉暢兵略,武可殺賊,文能和衆者乎? 足下生長襄陽,襄陽之人,有忠貞爲心,勇敢爲志者乎? 求將之道,在有良心,有血性,有勇氣,有智略"。良心血性是屬於德的方面,勇氣智略是屬於才的方面,要這樣的才德兼備,纔算得真正有用的人才。如果二者不可得兼,那末對於任用的方法,必須特別留意。左文襄說:"非知人,不能善其任,非善任,不能謂之知人，非開誠心，布公道，不能得人之心，非獎其長，護其短，不能盡人之力，非用人之朝氣，不用人之暮氣，不能盡人之才，非令其優劣得所，不能盡人之用。"（《與胡潤之書》）他對曾公嘗歎人才難得，很不以為然，他所持的理由，是"君水陸萬餘人矣，而謂無人，然則此萬餘人者無可用乎？集十人於此，則必有一稍長者，吾令其為九人之魁，則此九人者必無異詞矣，推之百人千人，莫不皆然也"。這説明"知人善任"的方法，不論局面的大小，凡是一個做領導的人物，都得對這層加以精密的考慮。譬如十個人裏面，哪個是特別應先提拔的，就非得用銳利的眼光，加以詳審的觀察，很不容易比較高下，措置適宜。胡公注意求才，左公注意用人，各有各的見解，究竟這兩種方式，是可以並行不悖的。絕特的人才，不是俯拾即是的，非得卑辭厚幣，廣徵博訪，斷難收為己用。另一方面看來，人才亦從磨鍊而出，如果能夠安排得當，不拘何等角色，也都各有各的用場，求之眼前，與求之各方面，這道理總歸是一樣的。左公精明強幹，度量似不及曾胡二公的寬宏，所以曾胡幕中，可以包羅萬象，廣集眾長，成為一時人才的總匯。他兩個都以文人而□軍旅，知道禍亂的根源，由於政治的不良，而政治之所以不良，由於學術的不振。人才問題，為解決政治，與提倡學術的先決條件，所以他們在治軍或打仗的時候，不但注意將才，而對一般人認為不切世用的師儒，也一律的加以羅致。曾公幕府人才濟濟，有三聖七賢之目，這些人就多數是一般所謂書獃子。他養着這批人的作用，一方面無非想要藉他們的聲名節操，來做一般國民的表率，從思想方面導入正軌，一方面感覺到一個身當重任的人，政務太忙了，未必每一件事都能照顧得周到，而且"當局者迷，旁觀者清"，果能多延有識之士，待以賓師之禮，自然容易隨時隨地，注意事態的發展而從旁提醒他，這樣纔能應付許多錯綜複雜的事情，而萬無一失。我在前面説過懂得無用之用，就是從這裏省悟出來的。

　　一個真想替國家做事的人，留意人才，自然是第一要着。然而每個身當重任的人，哪個不會感覺到人才的需要，而去設法羅致？但是我們睜開眼來看，又有多少人能夠把他手下的幹部人才，配備得健全無缺憾？我想這個缺點，恐怕一則由於羅致人才的方法，有待重行考慮，二則有了人才，而不能夠用盡方法去維繫，也是徒然。我們知道能夠"淡泊明志，寧靜致遠"的人才，纔是真正的大器，而這種大器，絕對是不肯隨便營求奔競，叫囂吶喊的。胡文忠論求將，他的標準，就是"椎魯質直，不愛錢，不怕死"。(《致吳仲昀書》)而曾文正心目中所想望，也就是"攘利不先，赴義恐後"，似乎帶着幾分傻氣的人物。一個人在社會上有了相當的地位，很容易被左右蔽塞聰明，而逆耳之言，總有些不中聽的，因之對於忠耿誠樸的人才，除非有涵容的大量，就很難得和他接近，而投機取巧的浮滑份子，反而容易進身。這個求才的標準一經弄錯，那末，有作爲有操守的真實人才，只有"望望然而去之"了。鑒別人才，本來是一件非常困難的事，我認爲與其注意這個人的言論風采，不如在細微末節一舉一動之間，加以深切的觀察，爲能窺見這人的識度。因爲單從他的言論風采去觀察，雖然可以猜到幾分，究竟是屬於表面而容易出於巧飾作僞的，至於細微末節，無心流露，我們如果能夠留心觀察，那就好比照妖明鏡，可使物無遁形了。據《花隨人聖盦摭憶》上的記載："舊傳文正在安慶時，有鄉人某來投，樸訥謹厚，將試以事矣。一日共飯，飯有秕，某除之而後食。文正熟視之，飯後，弈既，令支應備數十金爲贐。某大駭，浼文正表弟叩其故。文正曰：'某家赤貧，且初作客，去秕而食，寧其素耶？吾恐其見異思遷，故遣之。'"似這般的小事，就可以斷定這人的前途，如果單從他那"樸訥謹厚"的外表去看，那就難免"差以毫厘，失之千里"了。我在做兒童的時候，就聽到老人家的傳說，曾公在軍中的時候，每日一頓朝餐，必定把所有的幕賓，悉數請來，一面喫飯，一面講話，上下古今，無所不談，足足要喫一個時辰之久，而且他又性喜詼諧，脫略形跡的沒有什麼長官與屬吏的界限，這樣毫無拘束的相與，自然用不着什麼巧飾欺詐，而從日常小節上面，去觀察每一個人的性情態度，和他的所長所短，自然別有會心，拔識安排，不愁沒有把握了。雖然在現在這樣一個上下交瘁的時候，做長官的不容易籌措出這筆經費來，替屬吏們預備這頓早餐，可是一個人總得喫飯，如果能夠同甘共苦的不怎樣考究，常常舉行這一類的聚餐，這對於人才的鑒別，和工作效率的增進，是必然會有幫助的。至於維繫人才的方法，第一是要用當其才，教他能夠發抒抱負，專向事業方面去求進取；其次就要顧到他的家庭負擔，教他能夠沒有內顧之憂，不致因了愁米愁柴，而使他不能夠安心工作。一個學有專長的人，他的事業心，必定是非常熱烈的。只要教他得着相當的機會，可以發展他的才能，他為着要達到他的最高目的，就是赴湯蹈火，亦所不辭，古人所說"士為知己者死"，確實是有這種心理的。如果用之不得其當，或者遇着一位超軼絕羣的人物，而置之閒散，直教"英雄無用武之地"，結果會弄到抑鬱以死，這對國家社會，是絕大的損失，不但是個人的不利而已！說到第二個問題，就想起胡文忠公的一段話："必使營哨之官，盡廉潔不私一錢，其章程所定薪水，又實足以養其廉，而兼有愛士之餘力。"（《致吳仲畇書》）這就是說希望一個做長官的人，要他廉潔公正，必得安定他的生活，而且為着顧恤他的部下，還要給他以相當的額外之財，教他有推恩御下的餘地。因為一個人到了服務社會的年齡，除了個人生活所資，總還不免有家室之累，如果他的收入，"仰不足以事父母，俯不足以畜妻子"，就是自己能夠"簞食瓢飲，不改其樂"，而一家老小，整日的啼飢號寒，便是鐵石心腸，也再按捺不住，這樣怎能夠叫他忠於職守，竭心所事呢？據我個人的閱歷，一個尚廉恥敦氣節有才識的人，大都是出自寒微，不曾"席豐履厚"，他對生活慾望，本來就不很高，只要教他一家沒有凍餒之憂，就會感着滿足。可是這種人物，因為生平抱負，有着向事業方面發展的雄心，而且精神有所專注，就不會再有餘力來從事於家人生產，所以一個做領導的人物，須得體諒這種情形,隨時隨地給他以物質上的援助,間接助長他的精神發展。我在廣東中山大學教書的時候,聽得人家說,白健生先生(崇禧)家裏,就供養着一位江西學者王恒先生,不要他擔任什麼職位,只管買上許多書籍,請他專心致志的去研究,一切的家庭用度,都由白氏盡量供給,他所要求於王先生者,只是希望他報告研究的結果,作成方案,以備實施,或者遇有疑問難於解決時,有所諮詢而已。我對白先生這種作風,認爲是一個絕好的榜樣。近年所見人物,有閡鄉郝騰霄先生(鵬舉),識度超凡,兼有禮賢下士之風,所以出長淮海,在最短的時期内,能使賢豪景慕,治績斐然,這決不是偶然可以倖致的。

我在《中國青年》上,發表過一篇《士的反省》,希望一般知識階級,幡然覺悟,不要醉生夢死的還想過着太平時代的優裕生活,趕快認清本身的責任,刻苦自勵,去爭取自己的前途。一方面也熱烈希望着,所有現任軍政要員,對於怎樣搜求人才,維護善類,加以特別的留意。轉移風會,挽救危亡,這責任一半在教育者爲國儲才,一半在當政者知人善任。我抱着熱誠來祈禱着,如果各方面的領導人物,都能够注意到這個問題,那末中國的復興,也就不難計日而待了。

(刊《求是》第一卷第二號,1944 年 4 月 15 日出版)

樂壇懷舊錄

東風吹上小桃枝，又是家家上冢時。

歎逝憂生情自苦，重泉難報故人知！

甲申清明前十日徘徊寓園小桃花下口占

提起蕭友梅（號雪朋）易韋齋（號大厂居士）兩位先生來，我想稍稍留心近代中國音樂界情形的人，不會怎樣生疏的吧！他們兩位是提倡用西樂來創作新體歌詞的先驅者，是國立音樂院的創辦人。他們兩位合作的《今樂初集》等歌譜，曾經風行於二十年前的各級學校。新興的音樂種子，普徧散播於中國的每個角落裏，據我所知道的，由音樂院畢業出來的學生，雖然人數不多，而在國內教育界電影界都佔着相當重要的地位。這培養之功，雖然不是一人一時之力，然而飲水思源，總得對於這兩位先生表示相當的敬佩。

蕭先生和易先生，都是廣東人，他們在學術上和友誼上，是全始全終，合作到底的，而兩人的性格和風度，則截然不同。蕭先生是一個小心謹慎、鐵面無私而帶有德國學者風度的教育家，易先生卻是一個風流蕭灑、縱逸不羈而具有老少年風趣的標準名士派。蕭先生過着二三十年的獨身生活，到了五十以後，纔悄悄的在杭州和戚粹真女士結婚，留下兩三個兒女。易先生卻在少年時代，就和他的表親俞南君女士鬧着戀愛，隨即雙飛雙宿，遠走他方，直到雙鬢如銀，還是長相廝守，在易先生去世的後一年，這位比易先生大過十來歲的南君夫人，纔壽終滬寓，卻並没有留下兒子，易先生的遺囑，更説明不要立嗣。據鄭韶覺先生（洪年）説：易先生倒是一位戀愛老祖宗呢！蕭先生早年留學日本，在帝國大學畢業後，再遊德國，得着博士學位。易先生則自清季中了秀才以後，雖然到過日本，學習師範教育，卻全部保持着中國式的文人典型。他們兩位雖然出身不同，性格不同，卻都和革命先進，如孫中山先生、胡展堂先生，有過相當的歷史關係，在政治上都有飛黃騰達的可能，而卻都不適宜於做官。蕭先生做事是最富於責任心的，認真得太厲害了，膽子略嫌小些，所以發抒受着相當的阻礙。易先生是一個有真性情的人，而又多才多藝，只是興趣屬於多方面的，而且欠缺一種耐性，所以要他擔任一椿固定的職位，或者編著一部專門撰述，他總是開初興奮到十二萬分，過了不久的時間，就鬆弛下來。這兩位先生都是身後蕭條的，我們佩服他的操守，而且寄予無窮的感慨！他們兩位因了性格的關係，不能够在事業上盡量的發展，這是新興音樂界的一個重大損失，而我卻爲了這種矛盾性，與他們兩位，由"素昧平生"而結成"情如膠漆"的"忘年"之友。兩位都比我大過二三十歲，可是自從民國十七八年間彼此認識之後，直到二十九年我離開音樂院，到了金陵，始終維持着深切的友誼，可惜不到兩年，兩位都相繼謝世了！

我是素來不喜歡探詢朋友們的經歷和家庭關係的。我覺得一個人遇到聲氣相投的時候，只有精神契合，就和自己的兄弟一般。至於那人的年歲和出身，都不必去查問。所以有許多至好的朋友，有時別人向我探詢他們的家世，我就不免有些茫然，蕭先生和易先生，也就不能例外。我想寫點文字，來紀念這兩位亡友，放在心上，總有了一兩年，可是預備向他們的家屬徵求一些材料，比如生卒年月籍貫經歷之類，一到了手，又因爲別的事延擱下來，在積壓的書信中，清理不出，想來真是慚惶無地！不過蕭、易兩先生在將來中國的音樂史上，必然會有人來替他作傳記的，也就用不着我來"越俎代庖"了。

　　我和蕭先生相識，是在民國十七年秋間。那時我剛從廈門集美中學轉到上海，升任暨南大學講師，教的是基本國文。開學不多時，國文系主任陳鍾凡先生向我說起，國立音樂院教務主任兼代院長蕭友梅先生（院長蔡子民先生元培是掛名的）託他找人代課，向我徵求同意，我就毅然的答應了。那時的音樂院是借設在法租界辣斐德路畢勛路口的一座小洋樓內，房屋雖頗狹隘，地址卻很幽雅，在花木扶疏，紫藤蒙密之下，時時逗出玲琮的琴韻來，確是一個陶冶性靈的好去處。我初次和蕭先生見面，他就說明所以請我代課的緣由，是因爲原任國文兼詩歌教授易韋齋先生，不樂拘束，到西湖上去了。我看蕭先生是一個瘦削的身材，高高的個子，上嘴巴上留着一點小髭鬚，穿着很樸素的西服，態度是相當嚴肅的，不期然而令人生敬畏之心。那時我還住在閘北，距離暨南和音樂院都相當的遠。仿彿是十八年的春季，易先生回任了，由蕭先生的介紹，和他見過面，彼此寒暄之外，也就各自散開了。易先生是沒有耐性的，到了春光明媚的時候，他又伴着他的老妻南君夫人，悄悄的溜向西子湖，到鄧氏南陽小廬吟詩作畫去了。他既不請假，又沒有一定的歸期，三番兩次的仍由蕭先生作主或他自己寫信來找我代課。我這時纔知道他們兩位，既屬同鄉，又是在北京師範大學（那時是不是叫師範大學，或北京高等師範學校，恕我未暇考查。）的老同事，所有合作的歌詞，大都是那時的產品，這友誼關係的深切，也就可想而知了。可是蕭先生對於公私的界限，非常分明，代課缺課的薪金，他是毫不容情的兩相扣抵，易先生倒也滿不在乎，後來蕭先生索性答應易先生辭職，而正式改聘我來繼任。這時我和易先生似乎還沒有發生深切的友誼關係，不過我知道他對我由代即真的那回事，是絕對沒有什麼芥蒂的。記得是十八年的秋季，我從閘北移家到真如車站對面的暨南新村，一連住下七年，中間除了"一二八"之役，曾經一度避居租界內，不到半年之後，便又披荆斬棘的回到真如村居去了。這時易先生住在海寧路，他告訴了我地址門牌,卻並沒有歡迎我們去拜訪的表示。蕭先生則住在辣斐德路的桃源村,距離音樂院院址不到幾百步。我每逢星期三由真如到上海,下了課之後,蕭先生總喜歡邀着我到他家裏去閒談,一杯牛乳紅茶,幾片熱烘烘的蛋糕或麵包,總得談上個把鐘頭,等到夕陽西下,我纔挾着皮包,跳上公共汽車轉入北火車站,逕自回到真如去。有的時候,蕭先生也會用電話約着易先生同來茶話,不知不覺間我們便成了莫逆之交了。蕭先生那時還沒有結婚,大概總有些感着寂寞,我們也頗勸他早些物色一個伴侶,他卻對這事仍是漠然置之,好像對於友誼上的安慰,勝過家庭似的。他極力反對我們依舊譜填詞,主張我們自由作成長短句,交給他們來製新譜,這是非常合理的。當時我們的計畫,是希望音樂院和暨大的文學院合作,來爲中國音樂界和詩詞界打開一條新路。我們一方面給音樂院學生以詩詞的修養,一方面預備在暨大國文系內開設一些樂理的課程,由易先生和廖青主先生分任教授。似乎是在十八年秋季至十九年春季,這計畫纔逐漸的實現起來,我改任暨南國文系主任,那時文學院長陳鍾凡先生也表示着同意。可惜我國樂教陵遲已久,一個學文學的人對這不很關心,後來遭到"一二八"的砲火,這計畫也就成了"曇花一現"了!蕭先生的主張卻是一貫到底的,他想盡方法誘導學文學的朋友們去製作新體歌詞,并且組織過一個"歌社",他認爲在中國文學史上,所有歌詩的體裁,是隨着音樂爲變化的。宋是"詞"的時代,元明是"曲"的時代,現在應運而起的,應該另外換上一個面目了,我們不妨名之曰"歌",來表示這一個新興詩體。憑着這個目標做下去,那前途的光明燦爛,是可斷言的。那時的社友,除了我們三人之外,還有傅東華先生等,蔡子民、葉玉甫(恭綽)兩先生,似乎也在被邀請之列。後來雖然沒有多大的收穫,而音樂院的同人和學生,卻都循着這條道路去發展,有的彼此合作,有的一人兼備,譬如已故教務主任黃今吾(自)先生替我作的《玫瑰三願》,和韋瀚章先生所作的許多歌詞製成曲譜,現任院長李惟寧先生替我作的《秋之禮讚》《逍遙遊》《嘉禮樂章》等製成大合唱曲，同學裏面成就最好的，有華文憲、陳田鶴、劉雪盦、賀綠汀、錢仁康、陸仲任、鄧爾敬等，都能夠自己作詞，自己作譜，飛聲於現代的東方音樂界。雖然這都是他們個人的天才發展，若說到主持風會，這開路的先鋒，恐怕還是少不了要歸功於蕭先生的。

　　蕭先生嚴於律己，天性是近於我國古來所稱"狷者"的。他對音樂院的經營和發展，是稱得上"鞠躬盡瘁，死而後已"的！這絕不是我個人"阿私所好"，實在是"天下之公言"，後來必定會有人來予以論定的。我和音樂院的關係，自十七年代課起，直到二十九年的春季，纔作形式上的脫離。這十二年中間，除了二十四年蕭先生給過我一年的長假，讓我到廣州中山大學去，我和蕭先生的友誼，一面關心着音樂院的發展，在精神上是不曾間斷過的。我看到院址由畢勛路遷到辣斐德路的西首，在那個臨時院址的汽車間內，帶着幾個兒女住上半年，度過了"一二八"的逃難生活。在那一間僅可容膝的地下室內，整理完成了我在飛機轟炸下首先從真如挾着避入安全地帶的先師朱彊邨先生遺稿，刻成《彊邨遺書》。我將要去廣州的時候，看到正由蕭先生苦心計畫經營自己在市中心區建築起來的音樂院，從廣州回來之後，又在這莊嚴宏麗的新院址，教了一年多的書。接着"八一三"事變起來，蕭先生督率所屬職員，在兵荒馬亂的最短時間，把所有的樂器圖書，和教室及宿舍內的一切傢具，掃數運入法租界，接着在馬斯南路租了一座小樓，在砲火震天中，依然"絃歌不輟"，後來又遷入高恩路，我纔暫時的走開了。可憐一個素來主張以禮樂化民的文明古國，像這樣一個國內唯一的音樂教育機關，在創辦的初期，由鼎鼎大名的黨國元老當時身任大學院院長（或者那時是國立中央研究院院長，恕我記憶不真。）的蔡孑民先生兼任院長，有了這個號召力，添上蕭先生的苦幹精神，只收得九個學生，（這是易先生說給我聽的，那時我還没有到上海。）經過好幾年的努力經營，雖然學生漸漸的"不遠千里而來”，學額也增至百名以上，仍舊是借着別人的小房子，没有一座校舍。經費每月也不過幾千元，而所聘的外籍教員，就佔去了一大半，中間還經過了一兩次的小小風波，幸虧蕭先生能夠以不折不撓的精神，忍耐着所有的痛苦，繼續支持下去。後來他的妹夫王雪艇先生（世杰）做了教育部長，學生的成績也着實驚動了一般社會上的人士，纔引起了政府的注意，答應了一筆建築費，擇定上海市中心區的民權路，建起校舍來。蕭先生那時已經結婚了，也就全家移住在校舍的附近，有着小小的園林。我們下課之後，也常常到他家去茶話的。在那建築校舍的時候，我正準備着去廣州，聽得有人造作蜚語，想把蕭先生加以中傷，我總是對學生多方解釋，後來也自然没有什麼話可講了。我們中國人，大抵都是這樣的：在艱難困苦的當中，很少有人肯出來挺身負責，到了人家做到相當成功的時候，大家認爲有利可圖，就不免飛長流短的來肆攻擊了！蕭先生對於應付各方面的手腕，和寬宏豁達的氣度，的確有些非其所長。我見他因了爲學校省錢，自己刻苦到了極點，同時對於同事和學生們的要求，也就不肯隨便的通融過去。就是對我的友誼，雖然是非凡之好，但我逃難到辣斐德路寄住在那空着没用的汽車間内時，他一樣的要我繳納房租，我知道他的爲人，是嚴於公私之辨的，所以對這絲毫没有什麼意見。可是像這類的細微末節，看得太認真了，在這個馬馬虎虎慣了的中國社會，最容易得罪人，而且會妨礙着一個偉大計畫的發展。我想蕭先生爲音樂教育盡瘁了一生，而生前還不免要受許多的挫抑，恐怕就是爲了上面所説的原因吧！

蕭先生的身體雖然相當的消瘦，他卻會自己留心保養，而且具有堅忍不拔的精神，對學問，對事業，都是非常感着興趣而孜孜不倦去做的，他一面做院長，或校長，（中間曾改組爲音樂專科學校）一面還要教書編講義。當那“八一三”事變起來之後，他常常躲在一間小屋子裏，親自整理所有的圖書，有時連飯都不回家去喫。他屢次計畫着把學校搬到香港或桂林去，可是終於没有實現。他是個謹厚篤實的君子人，膽子相當的小，他憂慮着學校前途的危險，他更憂慮着他自己所處地位的困難，所以他的抑鬱加深了，他的肺病也就跟着襲來，終於和我分手不到一年，就與世長辭了！我聽到他去世的消息，不免爲之愴然！想寫些文字來紀念他，當時因了環境關係，覺着有些不便，後來也就擱下去了。最近兩年，他的夫人戚粹真女士，爲着一點地産，到過幾次南京，和我談起蕭先生的身後情形，就叫我想起古人所説的“廉吏可爲而不可爲”的話來，覺得蕭先生畢生盡瘁於音樂教育，爲中國新興樂壇播下了許多的種子，他的門人和同事，布滿了全中國的音樂界，而他遺下的孤兒，連學習音樂的機會都没有，他所留給後嗣的一座鋼琴，也因了維持家用而老早轉歸別人了！我想起他在兩次遭受危難的時期，爲了要維持學生的學業，和同人的生計，總是想盡方法去向各處張羅，總是實行與大家同甘共苦，我覺得這纔不愧爲真正教育家的態度，求之現代，恐怕再也找不出像這樣的人來了！他往常很關心我的兒女多，負擔重，在我那年從廣州回到上海，被人家欺壓得透不過氣來的時候，他替我保留着原來的職位，而且由兼任改作專任，使我得能勉度難關，這情誼我是“没齒不忘”的！不過我所撫心内疚的，是我自己的頑鈍無能，許多有恩於我的師友，我都没有力量去救濟他們的後嗣。單憑這一紙空文來表示些追念，我真慚愧得無地自容了！

（刊《求是》月刊第一卷第二號，1944 年 4 月 15 日出版）

樂壇懷舊錄續

疊疊遺箋墨瀋新，天將閒淚付羈人。

詩筒不到泉臺路，燈影迷離一愴神！

——夜檢大厂居士遺札，因得不匱翁手書見和詩簡，感賦一絕句。

我和易大厂先生，是十多年的詞友，更由他的介紹，和胡展堂先生結了三載的詩盟。昨夜偷出一點餘閒，翻檢攜帶在行篋中的故人書信，發現易先生和我初訂交時的簡札，以及他快要去世時和我的四闋《鷓鴣天》詞，中間夾着胡先生和我的三首七言律詩，自十八年至三十年，前後十二年中間，滄桑變幻，萍蓬飄泊，各各歷盡了人世的悲辛，而我乃獨成爲後死，前塵回首，真同一夢，只留下這些子夢痕，給"閒愁無分況清歡"（王靜安先生詞句）的我，摩挲把玩，這内心的苦痛，也就可想而知了！

易先生是個風流蕭灑，不受羈勒的人，我在上篇已經説過。他與胡先生是"總角之交"，也曾加入國民黨，可是我們相處十數年，彼此絶口不談政治，偶然聽到他在無意中吐露些已往的經歷，知道他曾在南京臨時政府成立的時候，任過總統府祕書，後來到了北京，又在什麽部擔任了職務，那時他最要好的朋友，除身任交通總長的葉遐庵（恭綽）先生而外，似乎多是些名流學者，如羅癭公（惇曧）陳援庵（垣）陳師曾（衡恪）之類。我去年到北京，去訪輔仁大學校長陳援庵先生，

347

談起易先生的舊事來,知道他們兩人的關係,是誼在師友之間的,因爲易先生中秀才時,受知於鶴山縣知縣某君,某君後來調任新會,把易先生帶到縣衙門裏,幫他校閱試卷,在應試者當中又拔識了援庵,過後兩人都幫某君到別的縣份去看卷子,也就變成了同事,這因緣是非常巧合的。他與蕭友梅先生合作新體歌詞,也是在北京政府時代,印行的曲譜,有《楊花》、《今樂初集》、《新歌初集》、《新學制唱歌教科書》等,在那時的各級學校裏,提起易韋齋的大名,差不多是沒有人不知道的,古人歡喜稱道柳永的歌詞,說什麼"有井水處,争唱屯田",易先生也可當之無愧了!可是柳詞所以流傳廣泛,因了他的作品是"觖觖從俗"的,而易先生的作品卻少談兒女情的成份,究竟易先生是不是一個風流情種?或者竟是成仙成佛的"鐵石心腸"?我因爲沒有看到他的少年時,也懶得去探聽他在少年時的風流逸事,所以也就不敢妄下斷語。不過偶然聽到他的老友鄭韶覺先生談起,他在鶴山原籍,原有着一位爲"父母之命,媒妁之言"而結合的妻,而後來與他形影相隨的老伴俞南君夫人,在易先生幼年的時候,她常常替這小孩子洗澡,他倆的年齡相差很遠,不知怎的會鬧起戀愛來?而且"白頭如新",廝守到好幾十年,正合着"生同室,死同穴"的古訓,這也算得是近代戀愛史上的一個奇蹟!在一般的心理,談戀愛的人總着眼在這色字上面,我們推想易先生和俞夫人的結合,那時的她似乎已近"花落色衰"的時期,而易先生另眼相看,爲着她可以犧牲一切,這可見他倆的結爲終身伴侶,是"在德不在色"了!有人說:"妒爲婦人美德",確有相當理由。據傳俞夫人不但對她自己的丈夫,絕對不許在外面沾花惹草,就是他丈夫的朋友,如果有"如夫人"的話,也絕對不許他踏上門來,所以有許多和易先生非常要好的人,輕易不敢到她家裏,這影響到易先生的事業,和他晚年的潦倒窮愁,也有相當的關係,然而易先生似乎是"爲伊消得人憔悴",情深一往而無悔的。蕭友梅先生和他做了幾十年的好友,又是一位"守身如玉"的規矩人,聽說在北京同事的時候,俞夫人說她的丈夫和女學生要好,疑心這個"藏嬌"之所,就在蕭家,結果鬧上門來,弄得蕭先生也莫明其妙。我和易先生最初相識,是在蕭先生家裏,我三番屢次說要到他家去拜訪,易先生總是推說門無僕役,不肯答應,直到過了相當長遠的時間,他陪了老伴來游真如車站附近的"梁氏墓園",特地派人邀我一同去玩,介紹見過了俞夫人,俞夫人也陪着她的丈夫到過我家,——那時我住在暨南大學後面的暨南村,距梁園不到一里路程。——和我的妻兒相見,以後纔毫無拘束的常是到他家裏去閒談。他最初是住在海寧路的鑫德里,租了一個樓面,四壁滿是圖書,寫字檯上除了文房四寶之外,還雜亂堆着不少刻印的工具,和造象小品,生活是非常單簡的,我到的次數很少,那印象也有些模糊了。後來胡展堂先生任了立法院院長,招他到南京去,似乎是以國民政府參事的資格,派在印鑄局任事。我也曾自滬入京,在國府路一家旅館裏,和他夫婦相見。這一對老伉儷似乎是出入必偕的,據說有一次,邵翼如先生(元冲)請易先生到掃葉樓去玩,老伴也陪伴着同去,邵先生誤會了,對易先生問了一聲老太太,過後還深悔失言呢。那時的易先生,雖然已是五十多歲的人,依然面容豐潤,并且是非常有風趣,而俞夫人則已雙鬢如銀了!

易先生在南京任職,時間不很久,又搬回上海來,移住在愚園路東華坊,是一座單幢的三層樓房,前面有幾尺的空地,種了一點薔薇花之屬,春天來了,花香鳥語,倒也有些山林之氣,作爲詩人退隱的去處,總算不差。我看易先生的景況,在這個短短的時間是比較舒服的。胡先生自遭拘禁之後,過了相當的時期,纔從南京轉往香港養病,幾度想邀易先生到廣東,易先生總不願回到老家去,大約也是俞夫人的不同意吧?我在二十四年的秋季,全家搬到廣州,在中山大學擔任了一年多的講席。當我南游話別的時候,易先生也有些黯然,誰知胡先生在廣州逝世,接着有所謂西南事變,我因家累倉皇北歸。那時的易先生,也漸陷入苦境,因爲彼此都有"同病相憐"之感,而我移住在極司非而路的康家橋，和東華坊相隔不遠，所以往來更密，感情也特別濃厚起來。文人的身世飄零，大概是命中注定的！尤其是中國的文人，總帶些名士氣派，平日既然不屑留意於家人生產，錢財到手，也就隨意揮霍的化去，直到身臨絕境，那時也就只好“安之若素”了，這是中國文人的特性，也是一個大病根。聽説易先生也曾有過那麽一回的豪舉，是一位有錢的朋友，看見他非常艱窘，一次送給他不少的錢，錢拿到了手，他立刻招集幾位知心的同志，走向大酒樓，大喝大吃，并且召了不少的歌女來，席散之後，把剩下來的一大叠鈔票，散作蝴蝶般的任歌女們去拾取，回得家來，依然是妙手空空，他也毫不在意。這件事是别人告訴我的，我没有看到他任情揮霍的時候，而且他知道我是個拘謹的人，平日交談，多半是商量文字，所以究竟怎樣，我也不很清楚。我只和他在“新雅”喫過一次飯，似乎是新雅老闆做的東，易先生是毫不客氣的點了不少名貴的菜，喝的是白蘭地酒。另外也曾和他在亞爾培路一家廣東茶室，喫了不知若干次的茶，都是别人會鈔的。這一夥文友，我常看到的有王秋湄、屈沛霖、陳蒙庵、吕貞白諸君，和潘某梁某等等，名字也記不清楚了！易先生喫過之後，總還提着一兩盒的點心，“歸遺細君”，彷彿成爲慣例。到了“八一三”事變起後，易先生的苦境，是日益加深了，我那時的景況，也是悽惨非凡。我還記得某一次到東華坊去看他，他背着夫人輕輕的向我説，今天没有米下鍋了！我把衣袋中僅存的十幾塊錢，摸出來給了他，他表示着非常的高興。後來他實在没法支持了，把東華坊的房子頂給别人，另在福煦路的念吾新邨，租了一間厢房，把幾十口書箱，層層叠叠的堆起來，一間隔作兩間，外面當作客廳、書房、飯堂，裏面一席之地，爲老夫婦起居之所，偪仄到了無法轉身的地步。我那時任課的學校，就在他那弄堂的旁邊，我常看到他拖着破鞋，曳着病軀，到街上去買小菜，也常到他家去參觀他們兩老夫婦的會餐，辛苦是辛苦極了，倒也處之泰然。寫字檯上放着一個瓷盤，把賸下來的蘿蔔，用清水養着,居然長出葉來,作爲老居士寫生的資料,這"人不堪其憂,回也不改其樂"的風度,是別人萬萬做不到的！俞夫人實在也是一位賢淑慈祥的老太太,和我家相熟後,感情都很好。她關心我的兒女多,擔負重,偶然碰到易先生不在家的時候,她總是絮絮叨叨的用廣東話和我閒談,常是説我太辛苦了,她很歡喜我的大女兒順宜,總對易先生和我誇□的好。後來我到了南京,我女兒留在上海,遇到她家絶糧的時候,也曾送去些少的米,盡一點點的心。她晚年的境況是苦極了！易先生去世後,我曾到上海去看她,她對廂房裏一切的陳設,都保持着易先生在世時的原狀,我在追念着亡友,一面又感歎着俞夫人對易先生的敬愛,是至死不渝的,這就無怪易先生生前對她愛好之篤,有非常情所能推測的了！易先生家裏的客人,本來很少,到了他貧病交迫的時候,雖有好幾位解囊相助的廣東朋友,然而一種淒涼的景象,也就儘够傷心慘目的了！

易先生是個最有天性的人,我到學校上課之後,挾着書包喘吁吁的跑到他家坐坐,有時滿身都是雪,他常是沖一杯熱氣騰騰的紅茶,摸出幾片餅乾,給我取暖。這在患難中互相憐惜的情誼,是比任何高官厚禄,或者山珍海味,爲更值得紀念！易先生晚年本來就常常生病的,末後兩三年,除了脊痛之外,加上痔瘡和腸胃病,困臥牀蓐,轉側不安。他素來是很達觀的人,到這時也就非常苦惱了。他曾對我懺悔着以前没有蓄積,留爲防老之用,他勸我爲兒女儲蓄一點錢,免得事到艱難,無法可想,他説着流下酸淚來了！我素來是没有看見過他輕易揮淚的,我慚愧着没有能力幫助他,更感到自己的德業毫無成就,除了努力奮鬥下去,還有什麽方法來慰亡友於九原呢？我是二十九年的春季和他分手的,他的去世,是在三十年的冬季。在這一年多的中間,我常寫信給順宜去探望他的病狀,據説他每次接着我的信,總是流下眼淚來。他比較好些的時候,也常寫點詩詞,和我酬唱。我手邊檢出他在臨死前兩三個月和我的《鷓鴣天》詞,字體是歪歪斜斜

的,一定是在病牀上所寫。真個一字一淚,令人不忍卒讀! 現在把它抄在下面:

鷓鴣天　次韻南邨後湖見寄

舊住秦淮柳映門,枝枝葉葉有啼痕。玉驄難繫倉皇慣,朱雀無情冷落頻。　愁未解,意先昏,又看殘客續詩魂。此番軟語絲絲滲,未許攀條說感恩。

白藕花香水浸門,全湖柳色有霜痕。常縈禿影年年盡,每曳殘聲絮絮頻。　銜月上,蘸煙昏,詞腸未斷已離魂。繁花得似青墩否? 謾炙眉頭孰感恩!

鷓鴣天　再次前韻寄籜公二首

我更生如入玉門,夢迴絮影慘無痕。八千里外還家易,十二時中念汝頻。　忘冷熱,任朝昏,藥爐禪榻爲招魂。垂條肯與湖花駐,云是餘甘雨露恩。

細縷藏雅深巷門,詩成閣淚愴留痕。刹那春夏相期去,辛苦人天入夢頻。　風乍起,日旋昏,驪歌消盡古人魂。如君青眼(自注:指籜翁)知多少,今日誰還論怨恩。

我驗了信封上的郵戳,這四闋詞是八月十四和十六兩天發出的,以後似乎還有中秋和我的幾首七律,可惜一時找不出來! 過了不久,我的女兒報告易先生的噩耗,衣衾棺木,都是朋友替他辦的,我叫順宜去代表弔祭,并且做了幾首五言古詩哭他,當時寫給汪先生看,說是非常沈痛,也託我送了幾千元的賻儀。易先生遺命是希望葬在西湖的,可是時難方殷,那裏辦得到? 後來俞夫人也死了,幸虧他的老友葉遐庵、鄭韶覺諸先生,把易先生兩夫婦合葬於上海近郊的廣東聯義山莊,並命羈禽,魂靈相守,應該也可以沒有遺憾了! 他的著作,除了

《雙清池館集》(石印本,我曾題了幾首詩。),《大厂詞稾》(商務印書館影印吕貞白陳蒙庵合寫本),《孺齋詩存》(吕貞白校定,陳蒙庵排印本),業經出版外,據《大厂居士遺墨選刊》所附小傳上,説有《玦亭印存》、《孺齋印稿》(都是用原印拓出的,我有一部。)、《大厂畫集》、《韋齋曲譜》、《楊花新聲》、《識字字典》等數種,我不曾全部見過。其他的稿子很多,他在病中有意託我整理,後因我不在滬,沒有取來,聽到遐庵先生説,全都交給王秋湄先生,現在秋湄也死了,我很盼望遐庵先生能够了此一重心願。

易先生和我的交誼,是以詞爲因緣的。在十八年的春夏間,他兼任民智書局的編輯,替書局校印了《北宋三家詞》、《伐檀集》,和他自己所輯的《韋齋活葉詞選》。他常託我向朱彊邨先生處借書,并且要求朱先生批評他所作的詞,因爲朱先生是詞壇的領袖,也是以校刊宋元詞籍爲職志的。易先生的性格,原是倜儻不羈的,信手拈來的詩詞書畫,都是天機流露,妙趣横生!可是有一個時期,他對填詞是特別嚴於守律的,不但四聲清濁,一字不肯變動,連原詞所用的虛字實字,都一一要照刻板式的去填。他因爲尋常習見的詞調,在宋人的作品裏,也沒有一成不變的規律,不便遵守,就專選柳永、吳文英集中的僻調,把它逐字註明清濁虛實,死命的實行"填"的工作,拘束得太厲害了,就免不了晦澀難通的毛病,他自己的題詞,有"百澀詞心不要通"的説話,朱先生就借這句話,批在他的《雙清池館集》上,説這是"如魚飲水,冷暖自知",藉寓規諷的微旨,而易先生是偏愛找這苦喫的,還要引誘我也去做他的同志,照樣去死填,我也上過幾次當,後來索性各行其是,聲明這種束縛性靈的笨事,我是不甘心再幹了。我對填詞是主張蘇辛一派的,和他恰立於反對的地位,也曾打過筆墨官司,還經過胡先生的調解。在《不匱室詩鈔》(廣州登雲閣影印馮康侯寫本)卷八裏面,就屢屢涉及這場公案,如《讀榆生教授(附注:原稿都有教授二字,印本删去)論學詞文,九叠至韻寄之》云:

藝事非苟然，矩矱有必至。治詞嚴四聲，如詩爭半字。抑亦傷心人，甘自縛才思。式穀念後生，時復祝我類。奄奄二百年，蘇辛幾擯棄。詞派闢西江，感深興廢事。照天騰淵才，奔走呼號意。樂苑耿傳燈，豈奪常州幟？邁往足救亡，斯言可終味。

這前面六句，是爲易先生說的，後面卻很贊同我的主張。又《得鶴亭寄書，二十六叠至韻代簡》云：

樂苑新消息，蘇吳各爭幟。（自注：榆生《三叠韻答大厂》，有"蘇辛與周吳，原皆我族類"。又"斯道正難言，且各張其幟"。）且遣食蛤蜊，下鹽恐傷味。

這時我和胡先生除了詩箋酬答之外，不但不曾會過面，連信也始終沒有寫過，他卻拖出冒老名士鶴亭先生來，調停我和易先生的爭論。又《二十七叠至韻，答大厂論詞二什，並簡榆生》云：

欲遣有涯生，姑爲無益事。（自注：大厂自注《集宋詞聯句》云："此中況味，殊非難肋，兩年止酒，舍此何以爲生耶？"）專精此不移，說教渠有意。固知出一途，亦樂鬥兩幟。易簡定不易，相狎兒時味。

又《榆生以答大厂作見示，二十八叠至韻，率呈兩君》云：

居士固嘗云，泛愛無所棄。賢哉朱彊翁，何止藏山事。（自注：彊邨先生《題昳庵所藏大鶴山人詞墨》："文章何止藏山事"。）託體有必尊，救時亦深意。我如聾者歌，敢樹調人幟。冷暖祇自知，一滴大海味。

這一場筆墨官司，也就此宣告中止。後來我到了廣州，在舊曆的大年夜，跑到香港和胡先生相見，他替我題受硯圖云：

> 陸莊何事畏荒蕪，氣類相求定不孤。常愛古人尊所學，更爲後輩廣其途。別離猶憶歌眠集，風雨時吟受硯圖。慙愧交親問腰脚，登臨處處要人扶。

還算是這件事一個小小的餘波。汪先生最愛這第二聯，見着我不知道念過多少次。經過這番調解之後，易先生對於填詞的作風，也漸漸轉變了，在胡先生逝世前一兩個月內，我們三個人，同和文信國改王昭儀韻的《滿江紅》詞，每人做了三首，這時我和胡先生都住在廣州東山，相隔很近，易先生遠在上海，卻煩我來作傳遞人了！易先生改變作風之後，不到幾個月，我也回到上海，彼此都貧病交迫，事實上也再沒有推敲字句聲律的餘閒了，偶然填一兩首詞，就相約用尋常習見之調。易先生和了許多玉田詞，變艱深爲平易，蒼涼變徵之音，能移我情，他寫了一本給我，希望我手寫清本，替他影印，我至今還未了此心願，（只把它分載在《同聲月刊》，原稿給退庵先生借去。）說來真覺對不起地下的故人呢！

　易先生的確够得上說是一個多才多藝的人！除了詩詞歌曲之外，寫字繪畫，都是超逸絕塵的，尤其篆刻是他的絕技，別有一種氣味，我以爲當世印人，沒有一個能敵得過他的，他也非常自負。我愛他刻的邊款，尤其佩服他在印石上刻的佛像，我書案上陳列着兩方，雖然石質不佳，而樸茂奇古之氣，和魏齊造象差相彷彿。我偶然偷得一些閒功夫，總喜歡拿出來摩挲把玩，痛惜着這絕世才人，竟至潦倒窮愁以死！我佛有靈，或者接引他到西方極樂世界去，留下我這鈍根人，懺悔着一切的一切，還有什麼意思呢！易先生身懷絕藝，也曾從石埭楊仁山老居士學佛，而他的性格却是相當古怪的。他也賣字賣畫，拿了人家的錢，老是不交卷。人家求他刻印，送去不少田黃鷄血一類的珍貴印材，碰到他高興的時候，他可以隨手刻成，送給另外的朋友，那原主却落了一個空。摸着他的脾氣的人，請他上上小茶館，和他常在一塊兒閒扯，投其所好，他可以自告奮勇的，替你刻上百來塊的圖章，或者畫上幾十張的山水花卉，他并不會向你索潤筆。我和他相交十幾年，也算得上生死伙伴，可是他答應我畫的西湖夢游圖，過了十年，至死不曾交出。他替我刻了十幾塊圖章，畫了不到十幅的畫，有些還是坐索的。據我所知道的朋友，除了屈沛霖先生和一位梁君，得了他不少的圖章，拓成整部的印譜，還有呂貞白、陳蒙庵兩位，也曾求得百方以上的圖章。他替蒙庵畫了一部花卉冊子，冶青藤白陽於一鑪，而自有其超妙自得的天趣，這絕品是很希望蒙庵替他設法影印流傳的！我愛易先生的率筆，所有他的篆刻邊款，和題畫的詩詞，都是不假思索而成，能夠曲盡其妙。我希望有好事者替他收集，留給藝壇上以一種極好的灌漑，再生出許多燦爛光潔的鮮花來！

提起易先生的《集宋詞聯》，全是一氣呵成，天衣無縫！他曾用榮寶齋的便條箋，寫了許多給我，精雅極了！我曾在《同聲月刊》上發表過。最近屈沛霖先生替他用玻璃版印了一本《大厂集宋詞帖》，并附易先生致沛霖的手札，中間一段是說："此爲孺有生數十寒暑經行居處江海關塞湖山城市之境，與夫招接遭值處理諸凡人物事故之總匯，括聚於一環，而有以自襮自審之奇蹟，中不屢一俗塵以我褻也。雖游戲三昧，亦智慧具足。"又說："惟孺生平大概，能詗知四三者，并世今僅王秋翁一人。"卷首又冠以《念奴嬌·集宋諸家本調，并依原句位置，自題代言錄》云：

老夫白首（劉克莊），正無聊情緒（趙師俠），幽齋岑寂（周清真）。彩筆風流偏解寫（辛棄疾），爾輩何煩涉筆（方岳）。冰雪襟

懷(黃昇)，柳蒲顳頓(趙長卿)，此意無人識(楊炎)。鄰家相問
(范成大)，妙處難與君說(張孝祥)。　　遙想居士牀頭(葛郯)，
千花百草(毛幵)，處處成陳迹(周密)。嚼徵含商陶雅興(張榘)，
恨把年華虛擲(管鑑)。眼底山河(劉儗)，醒時風韻(曾覿)，頓許
居前列(張綱)。形容不盡(沈端節)，一聲吹斷橫笛(蘇軾)。

他把這部帖子，當作生平的自傳，是說得很明白的了。可惜這其中的
情事，不是局外人所能解，王秋齋是他的同鄉老友，也只加點旁注，逗
漏些許消息。現在秋齋也死了，將來替他作"鄭箋"的人，恐怕更難加
以推究呢！這裏面有四帖是和我有關係的，且把它抄在下面：

　　一　榆生往教吾里，一載而去，各有依依。昨枉寒齋，索集
是帖。

　　更幾人驚覺(晁无咎《碧牡丹》)，細細吹香(趙介之《柳梢
青》)，空牽歸興惹離情(石次仲《浣溪沙》)，閒知嬾是真(辛幼安
《南歌子》)，愛花心眼(管明仲《點絳唇》)。

　　這一段淒涼(毛東堂《孅人嬌》)，匆匆便去(余子發《小桃
紅》)，記取諸生臨別語(沈克齋《青玉案》)，緣短歡難又(呂聖求
《千秋歲》)，滿目江山(蔡友古《侍香金童》)。

　　二　榆生教授，任事施教，忠勇無比，以忍寒自名其廬。

　　獨詠蒼茫(袁宣卿《柳梢青》)，佳處徑須攜杖去(辛幼安《滿
江紅》)。

　　忍寒滋味(侯彥國《清平樂》)，風流不枉與詩嘗(汪方壺《浣
溪沙》)。

　　三　乙亥人日，自滬北步往真茹南村訪榆生不見，遠念延翁

（胡展堂先生），即寄呈去。

把江山好處付公來（辛棄疾《八聲甘州》），怕春寒輕失花期（李漢老《漢宮春》），故園換葉（方千里《華胥引》）。

弔興亡遺恨淚痕裏（陸放翁《月上海棠》），强載酒細尋前迹（周美成《應天長》），初日酣晴（方秋崖《水龍吟》）。

四　如稼翁所欲言，示楡生巫引同調。

不應詩酒皆非（《新荷葉》），我輩從來文字飲（《賀新郎》）。

閒管興亡則甚（《西江月》），人生無奈別離何（《定風波》）。

這其間一段傷心史，也只大厂澈底明瞭，現在"人琴俱亡"，一切也無從説起了！這帖子裏不少風流旖旎，迴腸蕩氣的作品，讓我再來作一次"文抄公"，介紹給各方讀者：

一　雜述五　西外聽盧陳絮，盧爲與蕭先生作歌曲所置。

記得黃鸝語畫檐（李端叔《怨三三》），説與百花知（許石屏《荷葉杯》），也應隨分（柳屯田《慢卷紬》）。

饒將綠扇遮紅粉（晏同叔《漁家傲》），卻尋芳草去（晏小山《菩薩蠻》），奈有離情（周清真《念奴嬌》）。

二　雜憶十　跡膩神傷，賦人愁緒，不覺長言之未已也。

緩移蘭棹趁鴛鴦（蔡友古《浣溪沙》），今夜應饒（趙惜香《柳梢青》），別來幾度寒宵（許石屏《清平樂》），賞心何處（王斗山《念奴嬌》）？

莫遣東風誤鸚鵡（陳西麓《荔枝香》），此情不淺（周少隱《品令》），留取十分春態（蘇東坡《雨中花慢》），怕説當時（張玉田《國香》）。

三　五十年來所觸，驪括此中，亦可哀矣。

一春彈淚説淒涼（晏小山《浣溪沙》），紅了櫻桃，綠了芭蕉（蔣竹山《行香子》連句），正是困人天氣（謝無逸《如夢令》）。

三徑都荒長却掃（吳益恭《減蘭》），築成臺榭，種成花柳（楊西樵《鵲橋仙》連句），共誰同倚闌干（周少隱《清平樂》）。

四　借瑣耗奇，枯禪蠹夢，不嫌悲幻。

淡月闌干（曾純父《眼兒媚》），正慘慘暮寒（蔡友古《喜遷鶯》），老去多愁誰念我（周少隱《念奴嬌》）。

去年時節（晏小山《點絳脣》），憶盈盈倩笑（陸放翁《沁園春》），酒邊華髮更題詩（韓仲止《浣溪沙》）。

看了上面的話，就可以想像他的心性的一斑。可惜這帖子印刷不多，且非賣品，不是屈先生的至好，那會有得窺全豹的可能呢？

易先生也曾辦過文化事業，在上海開了一間南華印社，弄得虧累不堪，不久也就關門了！古今中外的藝術家、文學家，多是憔悴於生前，而能受到後人的崇拜，我相信易先生的畢生心血，也不會枉拋的。一提起筆來，寫了這許多的廢話，知我罪我，我想易先生在九泉之下，或者會寄以會心的微笑吧！易先生生於同治甲戌三月十三日，卒於民國三十年辛巳十一月初九日，享壽六十八歲。他的別號很多，本名廷熹，字季復，晚年改名孺，又號待公，廣東鶴山縣人。現在把我哭他的幾首詩抄在下面，作爲本篇的結束。

居士捨我去，倏忽已逾月。祝我長康健，雅言永聲頓歇。（秋間居士來詩云："近畫似儂甘淡泊，貧家得米易消磨。唯當祝汝長康健，及早相逢一放歌。"）頗聞病榻言，稍悔生事拙。我書相慰藉，書到輒哽咽。肝膽結交意，不得一永訣。淒涼水調歌，（今歲中秋，居士見和《水調歌頭》二闋。）掩淚視遺札。

我初識居士，遠溯十載前。我年未三十，居士已華顚。相約究聲律，亦復勤雕鐫。百澀矜詞心，苦調發朱絃。清新五七字，得之在敲眠。（居士往來京滬火車中所得詩，題曰《敲眠集》。）翛然雲鶴姿，懼以明自煎。寧爲古人縛，不受俗拘牽。以此負絕藝，往往艱粥饘。散亂四壁書，送老此一廛。

三歲迫貧病，辛苦強力支。時復靸雙屨，買菜備婦炊。我方事舌耕，挾策步行遲。循牆偶相遇，招我一伸眉。注茗暖我軀，持餌療我飢。念我多兒女，諒直非所宜。勸我稍和光，籜兮風汝吹。爲我製小印，（文曰籜公，爲居士所命。）佩之常不離。我出爲感知，居士不我疵。平生廣廈心，呴沫空爾爲。傷哉一長慟，敢自倦驅馳。

補記

上次記蕭先生事，對他的平生經歷，非常簡略。最近從戚粹真夫人處，得着蕭友梅先生傳，知道他是廣東中山縣人，幼隨父住澳門，十八歲就到日本留學，後入東京帝國大學文科，習教育學，並在東京音樂學校學鋼琴。那時孫中山先生也在東京，他曾與共起居，加入了同盟會。民國成立，他做過總統府祕書。後由北京教育部派往德國，入萊比錫國立音樂院，專攻音樂理論，又在大學研究教育，以民國五年，得哲學博士學位，繼又轉入柏林大學及私立星氏音樂院研究。因爲歐戰道阻，延到九年方得歸國。先後任國立北京女子高等師範學校及國立女子大學音樂科主任，國立藝術專門學校音樂系主任。十六年十一月，奉大學院院長蔡子民先生命，創辦國立音樂院於上海，直到他的去世，凡任職十三年零兩個月。他生於西曆一八八四年一月七日，歿於一九四〇年二月卅一日。著有《普通樂學》、《和聲學》、《曲體學》、《春江花月夜》、《霓裳羽衣舞曲》、《鋼琴教科書》、《風琴教科書》、《小提琴教科書》及德文《中國古代樂器考》。摘要補記在這裏，以供留心近代音樂教育者的參證。

三十三年六月二日

（刊《求是》月刊第一卷第四號，1944 年 6 月 15 日出版）

談 名 實

奇怪！一個人拿粉筆在地面畫上一條長線，或者連這條線都用不着，只消用手一揮，表示大家都要排成長蛇陣似的，一般雜亂的羣衆，就只得奉命惟謹，彷彿"排隊"這個名詞，本身就具有無上權威似的。我當初不明白這個道理，經過了一番思索，纔恍然大悟，豁然貫通起來，這粉線或揮手所表示的，雖然不過是一個抽象的名詞，它背後却具有一種不可思議的實力，并不是任何方面都可以拿來應用而會發生效果的。我還記得在"一二八"事變的時候，從真如車站附近的暨南村，悄悄的逃奔到梵王渡，那"租界"的外圍，佈上了鐵絲網，只留下一個缺口，有兩個美國兵在那裏守衛。我們經過了一番盤查之後，也就進入了這個所謂"安全地帶"，儘管這範圍之外，兩軍鏖戰方酣，砲聲隆隆和爆竹一般的繁密，而在界內的人民，依舊熙來攘往，若無其事的過他們的太平日子！我懷疑着像那樣幾個穿着蠻厚的冬衣還要擁上小火爐的少爺兵，把守在那堆着一疊沙袋的缺口，如果我們帶了幾十名勇士，出其不意的猛力一衝，那所謂安全地帶，不消幾個鐘頭，就馬上可以把它毀滅了。然而一般人的心理，因爲有了"租界"二字的存在，不拘是任何方面的人物，全都有所畏忌，不敢越過"雷池一步"，而偷生在這界內的羣衆，也就心安理得的處之泰然了。"租界"這名詞，竟然有這樣不可思議的魔力，就只爲這名詞造成的起因，潛存着勢不可侮的歷史關係。直到它背後的力量摧毀了，名詞也跟着不復存在，還有少數的人們心理上把它當作"別有天地"，這奧妙就

362

不易推測。

我們小時候讀《論語》，看到孔老夫子答覆子路問政的話，説什麼“必也正名乎”？覺得有些莫名其妙。後來經歷了許多世變，纔深切的瞭解這“正名”的工作，確是非常重要，所以荀子還特地寫了一篇《正名篇》，發揮這個道理。漢儒董仲舒説：“名生於真，非其真，弗以爲名，名者，聖人之所以真物也。”這就是説一個名稱的由來，必定先要有了真實的存在，換句話來講，我們要提出一種口號，必得先有一種潛在的實力，能夠在事實上表現出來，這樣纔能夠引起人們的信念，而收得相當的效果。如果名實不能相副，或者口頭上所稱説的，和事實上所表現的，恰恰相反，那麼不但不能刺激人們的情感，教它起信，反而會惹起人們的憎惡，儘管標榜着怎樣的美名，提出怎樣動聽的口號，恰巧給對方以反宣傳的資料，而予人們以惡影響。這名和實之間，要有個“信”的存在，所以孔老夫子又説：“自古皆有死，民無信不立。”所謂“名者，實之賓也”，有了主的存在，這賓纔能發生作用，因爲這賓主間的關係，也全靠那“信”字來維繫的。我們用不着談什麼高深的理論，單説以往的“國貨年”吧！那時有人向我報告大會的情形，所謂各界代表人物，走到臺上，個個都是慷慨激昂的，把提倡國貨説得怎樣的重要，臺下的聽衆，也有些興奮起來。可是有些聰明小子，把這代表渾身上下打量一番，發現他們從頭至尾，所有塗髮的香油，和穿在腳上的鞋襪，全都是上好的舶來品，於是感情興奮到沸點的聽衆們，立刻冰冷下來。背地裏咒詛着：“放屁，放屁，真正豈有此理！”像這類“挂羊頭，賣狗肉”的勾當，一旦被他們發覺了骨子裏的真相，就會對這批人物發生絕大的反感，以後再想恢復他們的信念，就是“貨真價實”的拿出來，也非經過很長遠的時間，不能夠發生效力，這叫做“名實淆亂”，社會上有了這種現象，要想把它挽救過來，是很吃力的！

我們打開歷史來看，哪一個大政治家，不從“循名責實”，或“綜覈名實"下手？就是個人要想在社會上站穩腳跟，也得名符其實的，預先打好相當的基礎，背後有了潛在的實力，再把口號喊出來，接着和行動緊密配合，有了事實的表現，自然能够引起大多數人的信心，這信心樹立起來了，自然會發生不可思議的效力，譬如上面所說的用粉筆畫上一條綫，或者只消輕輕的揮一揮手，就可以叫無量數的人們，心理上發生絕大的作用，而沒有不絕對服從的。

我覺得在現今這樣一個時代，不論是在國際上，在社會上，在個人的事業或學問上，都只需要着潛在的實力，和事實的表現，而要做表面上的文章，必得先把背後的實力培養好，再加以行動上的配合，這樣纔行得通。我希望我們許多青年有志之士，深切的明瞭這一點，很沈著的痛下工夫，那民族國家，或者個人的前途，纔有大放光明的一日。

（刊《求是》月刊第一卷第三號，1944 年 5 月 15 日出版）

升　　旗

　　難道我們中國的前途，真的沒有了挽救的希望麼？

　　這疑問盤旋在我的腦海裏，不知道有若干年了！我在這許多年來，和社會各方面接觸的結果，總是感覺到，所有耳聞目擊的事情，黑暗的成份居多，光明的希望頗少，怪不得一般人的心理，恍惚對於中年以上的人，多少不免要發生疑問，而把一綫光明的希望，轉而寄託在一批青年身上。我自己已是四十以上的人了，在國家弄到這個地步，而那轉移風氣的責任，不曾盡了半分，雖說不上犯着殺頭的罪名，至少也是應該受天然淘汰的。我個人活着一天，總還癡心想望着我們的下一輩，能够替國家爭一口氣，於是情不自禁的忘其老醜，時常想混入少年羣裏，觀察他們的動態，來解決我腦海中所蘊蓄的疑問。

　　我在這一年來，常是跑到學校裏去看早操。一來感覺自己的身體太不行了，想藉此鍛鍊鍛鍊。二則許多老前輩都認爲“時無可匡”，尤其對於一般青年，表示着搖頭的態度，我以爲病人到了無可救藥的時候，人事總還得要盡的，所以也就想借此機會，留心觀察，到底病根在哪裏？有沒有一綫的希望？我大清早在溫暖的被窩裏一骨碌跳起來，洗過了臉，就走到那個學校裏去。那校園的風景，是非常幽美的。在那殘月初沉，朝霞煥彩的當兒，也有不少的青年，抱着書本，踏着嚴霜，誦聲琅琅的和鳥鳴聲相應和，一幅天然的圖畫，配上一部天然的音樂，我驚歎着大自然之美，我默禱着這批有志青年，將來定能負起“復興中華，保衛東亞”的大任，誰說中國的前途，是沒有希望的呢？可是我從校園打向宿舍前面走過，雖然不少在窗下讀書寫字的，而蒙頭高臥，"不知東方之既白"的，卻也不在少數，我疑心他們既沒有繡衾可戀，（附注："戀繡衾"是個詞牌名，三句不離本行，結習難忘如此，罰打手心三下。）大約是昨天夜裏，因爲憂國憂民的關係，弄到"耿耿不寐"，所以早上纔得合上眼來。起身號吹過了，接着是集合號，一次兩次，纔零零落落的走向操場上來，這散漫無紀的現象，看了教人生氣，把先前所有的熱望，頓時冰消了！接着是點名，依然是鬧紛紛的，我恨不得請"上方寶劍"，把這批烏鴉似的"黔首"，教他腦袋搬了家。一忽兒升旗號吹起來了，立刻鴉鵲無聲的，用不着訓導人員的分付，站的，跑的，都穩定脚跟，垂下雙手，朝着國旗，很嚴肅的，靜默了些時。這一剎那間，確實是心心相印，充分表現着我們的人心未死，我們的青年，對於國家的愛護，意志是統一的。我這樣纔深切的相信，我們中國的前途，是絕對有希望的，而這一綫光明的希望，仍然寄託在我們的青年身上。

我們中國的社會，不論什麼事情，都是馬馬虎虎的，我認爲這病根是在一般人把儒家的中心思想，所謂"夫子之道，忠恕而已矣"的恕字誤解了，所以大家做了不忠實的事情，總是要求對方的原諒，或者藉口於環境的複雜，和對現狀的不滿，認爲這責任是不該由我來負的。那"官官相護"的不良現象，也犯了這個"情有可原"的毛病，我們暫且不去管它。我們只希望一般有志的青年，把這一剎那間對於國旗表示一致愛護的純潔心理，隨時隨地的從事實上表現出來，忠實的履行着每個人所負的任務，這就是王陽明先生所説的"良知"，同時也就需要着"知行合一"，纔能够打出一條光明的大路。

國旗是代表一個國家的，而這面旗幟能够升起來，飄揚於麗日和風的天空中，就不知道拋卻幾許烈士的頭顱，灑了多少同胞的熱血，并且經過領導者的艱苦奮鬥，纔取得這光輝燦爛的結果。我們在升旗的時候，應該怎樣提醒自己，鞭策自己，竭盡我們的智力體力，把這面代表我們全體國民的旗幟，培養得真力彌滿，教我們託庇在這旗幟下的四萬萬同胞，都能够永久生存在這個優勝劣敗的世界上。我們的生命財産，我們的父母妻子，如果要得着真正的保障，就得先用每個人的腦和手，汗和血，聚精會神的來培養這神聖不可侵犯的國旗，因爲這面旗就是代表我們全體國民的總力，而這領導國民從事培養工作的責任，就在一般知識青年的肩上。我們回溯已往，每到災難臨頭的時候，我們的同胞總是逃奔到外國人的旗幟下，把所有的生命財産，父母妻子，都付給碧眼黃鬚的外國人，以爲這樣纔能够保障安全，而那時的外國人，只要在屋頂上插上一面他們的國旗，不管力量如何的單薄，而所有的散兵游勇，也就服服帖帖的不敢輕易跑進門去，所有避難的人民，全都"得其所哉"的有所恃而不恐了！你看，這是多麼使人痛心的一回事?! 我們須得回頭想想：同是一幅塗上花花綠綠的顔色的東西，爲什麼我們的免不了有時要收藏起來，保不了自己的生命財産，而別人的卻是那麼的有力？爲什麼我們自己不爭氣，平日不能够把這具有不可思議的效力的東西，培養得和別人一樣，直到無可奈何的時候，反而厚起臉來鑽到別人的旗幟底下，度着奴隸牛馬的生活？自己不能够站得起來，冰山總歸是會倒的，幾年前託庇於花旗底下的人們，現在應該要睡醒了！

　　我看到我們的知識青年，對國旗的重視，是意志統一了，在升旗的一刹那間，態度是非常嚴肅的，這證明我們中國的前途，絕對有復興的希望。我覺得從事教育的人們，須得隨時隨地的加以適當的指導，把這善根培養得發榮滋長，同時也希望着我們的青年志士，把這天賦的良知良能，隨時隨地的發揮光大，從事實上充分表現出來，一分一秒的積累，分工合作的努力，把我們這面國旗培養得光芒四射，飄揚於我們的國土，飄揚於我同胞的足跡所到之處，看它迎風招展的帶着微笑，保護着我同胞的一切，我想我們的知識青年，對這總該具有同感吧！

（刊《求是》月刊第一卷第四號，1944 年 6 月 15 日出版）

士　與　商

　　“士”在我國的“四民”當中，素來是坐着頭一把交椅，爲社會上所最推崇和羨慕的，換句話説，就是現在所謂知識份子。如果一個民族，或一個國家，沒有了知識份子來領導社會，提倡學術，那文化水準的日趨下降，國民程度的日趨墮落，以致作了人家的奴隸牛馬，還是懵然無所覺悟，那國亡種滅的慘禍，是斷然會臨到頭上來的。但是，我國一般的知識份子，素來是“不耕而食，不織而衣”，認爲一個讀書人，生來就有“治人”的資格，應該受着一般社會的供養，這觀念一直錯到現在，知識份子走上了沒落的絕境，有些比較聰明的全都改行了。度德量力，既不能做農，又不能做工，於是相率而競趨於商之一途，除了囤積居奇，投機取巧，希望着發“國難財”外，還有異想天開的，幾個人合了夥，湊集若干資本，向各方面運動一個縣長或區長之類，芝蔴綠豆官弄到了手，撈回本錢之外，還得刮它一大票，再去作爲經商的本錢，於是乎“治人”的官，也變了質，作爲經商的別一種方式，而素居四民之末的商，儼然成爲天之驕子，不可一世了！回過頭來看看文化教育界的現狀，那悽慘是難以筆墨來形容的！一篇精心結撰的文章的稿費，不但抵不過一個排字工人的待遇，而且除去紙筆墨的費用外，連喫油條大餅的份兒都沒有了！一個堂堂國立大學教授，一個月的薪俸，抵不過黃包車夫收入的三分之一！弄得一般知識份子，走頭無路，有的想盡方法去鑽營一官半職，而各機關除了一個頭兒，或者別有意外收入的差使之外，儘管什麼高貴的地位，凡屬光桿兒的牛字輩竹字輩,也不容易維持一家的生活,就只好利用他的地位,去作別的經營,雖然花樣各有不同,一言以蔽之,相率入於商而已。"天下熙熙,皆爲利來,天下攘攘,皆爲利往"。"上下交征利,而國危矣"!在這生活高壓之下,一般所謂"勞心"而有"治人"資格的士,説得好聽些,就是所謂領導社會的知識分子,看了一般發了國難財的商人,不免眼紅,於是乎有的索性拋卻筆桿,直接的去做商人,有的繞個彎兒,變換方式,間接的去做商人,官也,商也,一而二,二而一者也,於是乎社會上有了奸商污吏的存在,而這批人物,只要錢撈到了手,揮霍享受,彼此都"相視而笑,莫逆於心",那還管它什麼國家的危不危,個人的名譽不名譽呢? 在文化教育界留下來的,卻被一般社會看作不識時務的獃子,而這批獃子,因了禁不起物價高漲的重壓,也在時時刻刻的打主意,本來是個潔身自好之士,卻也想稻稈變蛇似的去改了業,作個商人或變相的商人。於是乎學校要想聘教員也聘不到有相當資歷的,機關要想用職員也找不到有相當經驗的,謬種流傳,濫竽充數,這影響整個民族的文化程度和政治效率,是怎樣的重大? 至於教授們在教室裏公開的和學生談生意行情,或者兼走單幫,偷運私貨,那早成了數見不鮮的事實,一般人也就覺得情有可原了。

現在的知識份子,已經到了絕路,這是無可諱言的事實。雖然這批人物,受了歷史傳統觀念的惡影響,一命爲士,便自以爲了不得,希望着做個"人上人"。一般親戚朋友們也都對他寄與無窮的希望,滿想一人得道,雞犬皆仙,責望愈奢,結果理想和事實愈離得遠。而且做了知識份子之後,對一切的勞動工作,都抱着鄙夷不屑的態度,把體質養得舒適慣了,幹不了賣力氣的事,到了現在,眼看着學農學工的粗人都比讀書人有出息的多,而自己除了發發"心有餘而力不足"的感嘆牢騷外,想不出什麼辦法來解決這嚴重的生活問題。像這樣的知識份子,依據"物極必反","適者生存"的看法,似乎他們的日趨沒落,也是理有應該的。我去年在《中國青年》上,曾經發表過一篇

《士的反省》，希望一般知識階級，轉變態度，除了勞心之外，還要有禹稷的精神，犧牲個人的福利，來從事最艱苦的工作，當時也頗引起若干有心人士的注意。可是回過頭來一想，現在我們這一輩的知識份子，固然覺得"罪孽深重"，就是窮餓死亡，也用不着怎樣去憐惜的。然而一個民族一個國家，如果所有的知識份子，因了生活的重壓，全都消滅了，或者改了行，再沒有獃子來幹這文化教育的事業，那麼我們的下一代是不是還需要知識呢？我們的民族文化是不是還需要留些種子呢？別的方面姑且不談，就拿大學生的國文程度來説吧！現在的大學畢業生，提起筆來，能够寫一篇通順的稿子，和一封像樣的書信，恐怕百人之中也選不出幾個人來，不是別字連篇，就是辭不達意。我們希望在學校裏給他們以嚴格的訓練，而教授們又因爲迫於衣食，沒有充分的時間，去詳細的指點他們，糾正他們的錯誤，弄到每個受過高等教育的國民，運用本國文字來表達思想感情的基本工具還不曾學得，還談得到什麼發揚文化，來從事"復興中華"的偉業麼？大學教育是這樣，中小學更不消説得，寫得一篇通順文字的國文教員，現在是成了"鳳毛麟角"了！就拿"中央大學"復校後第一屆畢業生二百多人來説吧！程度如何姑且不去管它，而他們的服務志願書，希望去做教師的，簡直是極少數。你看我們的下一代，沒有好好的先生去指導他們，訓練他們，將來他們的知識會低落到什麼程度？我不覺心膽俱寒了！

我們這一輩的知識份子，聰明而識時務的大部份都改行了，就是不獲已而暫在教育界服務的人，也因迫於生計，而時時刻刻在打別的主意，連整個的文化教育界也大部分商業化了！上海的私立學校早就有了"學店"的雅號，也用不着去責備他們了！我們這一輩的知識份子，爲了生活的壓迫，不論去做官也好，經商也好，當教師也好，全都商品化了，商人至上，不這樣，就連苟延殘喘的機會都沒有了！在文化界的藝術家，靠寫字繪畫來維持生活，也要仰商人的鼻息，纔比較的好些。請看今日之域中，竟是商人之天下！所謂士的階級，也就只好甘居下流，讓這"逐末"的商去出一頭地，那還有什麼話可說呢！

我們看到文化教育界的現狀，既然是這樣的悲慘，再來考查考查一般國民受教育的機會，似乎也漸漸趨向於商人子弟，纔能享受這特權。據最近的調查，"中央大學"一千一百個學生當中，商人子弟就佔了一小半，公務員和教職員的子弟約佔十分之三。一般清寒子弟，受高等教育的機會是一天一天的減少了！就是公務員和教職員，也多數是沒有力量去擔負子女們的教育費，要忍痛叫他們中途輟學了！前幾天，國立音樂院院長李惟寧先生來京，談起上海教育界的現狀，除了私立學校本來就靠多收學費來維持，只有商人子弟纔讀得起之外，就是國立學校，比較要靠真實本領纔考得取而且不收學費的交通大學和醫學院，也是商人子弟佔絕對的多數。難道一個人發了財，就連子女也生得特別聰明了麼？難道整個的中華民族的國民，除了商人子弟之外，就連受教育的權利，也要全數被剝奪了麼？在專制君主時代，社會上儘管怎樣的不平等，而十年窗下，用過苦功，不論家境是怎樣的清寒，也有飛黃騰達的機會。想不到現在這樣一個開明的世界，却只有商人子弟，纔有受教育的特權，事理的不平，還有比這來得更厲害的麼？一個高等教育機關，收的盡是些膏粱子弟，這教育的效率也就可想而知了！前一代的知識份子，因了自身所受的痛苦，漸漸的無心於文化教育，羣趨於商之一途，而未來的國家主人翁，又全出於商人子弟，姑不論商人子弟，是不是能夠擔當這個發揚文化、復興中華的大任，這對國民心理上的影響，是怎樣的惡劣？古人說："富而後教"，是指的一般國民，必得先把經濟問題解決了，這纔能夠談到教育的效果，并不是說教育專爲富人而設，而現在却只有富人子弟纔有受教育的機會，這也就無怪一般做父兄的人，爲了子弟的前程，不惜"舞文弄法，刻章僞書"，去作貪官污吏了！

教育爲立國之本，這句話是任何人都不能否認的，文化水準的高低,關係一個民族國家的存亡,也爲一般人所公認。可是現在從事文化教育工作的人,快要由憔悴枯槁而至於有絕種之憂了!而繼起的青年,眼看着上一輩從事這項工作的人得不到好的結果,深深的留下一個惡劣的印象,只要學會了投機取巧,囤積居奇,準備着將來去做奸商汚吏,也用不着什麼高深的知識,橫豎有了錢就什麼都解決了,這樣文化種子的傳播,也發生了問題,這文化水準的降低,無疑的是會一代不如一代了!據我個人敎書二十多年的經驗,能夠刻苦用功而力圖上進的青年,總是清寒子弟居多數。這不是說富貴人家的子弟,沒有優秀的天才,只因他們的環境太好了,過慣了舒服的日子,物質的享受,和外界的引誘,會消磨了他們的志氣,湮沒了他們的善根。只有清寒出身的子弟,他在無可奈何的時候,不得不加倍努力,死裏求生的去打出一條大路來。試看古今中外的英雄豪傑和學術界的大名人,操着國族興亡和轉移運會的權威的,有幾個不是出自寒微的子弟?我們再打開歷史來看,如果一個當國的人,不把這些知識份子,和有志上進的貧苦青年,安頓得各得其所,而且加以適當的培植和領導,這批人到了走頭無路的時候,是會"鋌而走險",激起反動來的,這影響整個社會的安寧,和國家的興廢,是沒方法去加以遏止的。商人的異樣繁榮,終歸會是"曇花一現"!我們把眼光放遠一點,現在是應該趕快去設法挽救這重大危機的時候了!

我們的政府諸公,和敎育當局,似乎也早就看清了這一點,對於公務人員的待遇,已經費盡心力的三番幾次的提高。最近敎育部還因爲敎師待遇的菲薄,爲謀安定敎師的生活起見,曾經通令全國各級學校,徵收學費,來貼補一般敎職員,并且在各級學校內酌設免費學額,藉便容納清寒學生,以及服務敎育文化界和低級公務人員的子弟,這辦法總算考慮得非常周到,而且煞費苦心的了!但是物價仍在繼續不斷的上漲,公務員的加薪還沒有實現,而聰明銳感的商人早就把物價提高了,這加薪的實惠,依舊是只有商人能夠享受得到的!至於增收學費,來救濟一般教師,是不是一個合理的辦法? 所謂免費學額,是不是能够救濟一般清寒子弟,和減輕文化教育界以及低級公務人員的負擔,叫他們的子弟能够免除失學的痛苦? 似乎都還有問題。在這國庫收入不能充裕的時候,要政府提出巨額的經費來補助文化教育事業,那"心有餘而力不足"的苦衷,我想大家都是能够體諒得到的。依我的愚見,這幾年來的貧富懸殊,要算士與商相隔得最遠了! 依據盈虛消長的道理,損有餘以補不足,似乎是一個最妥善的方法。我們爲着整個民族的前途,爲着一般社會的福利,我們要向政府諸公建議:就其權力之所及,勸導各大都市的富商,按照收入的比例,每年度捐助一筆鉅款,專作文化教育界的補助金,由財教兩部遴派負責人員,更就文化教育界推選素孚衆望的廉介人士,組織委員會,負責保管,并支配用途。一方面津貼文化教育界的著作家和各級學校的教職員,俾得安心從事於本位的工作,來保存文化的種子,負起提高文化水準,啓發國民知識的重任。一方面廣設清寒學生補助名額,予以相當優厚的貸金,俾一般有志上進的青年,得有繼續升學、從事高深研究的機會,來散播文化種子,從事於復興中華的大業。這樣,文化也提高了,教育也有改進和發展的希望,就是商人子弟,得受良好的教育,也可以滌除舊習的污染,憑藉優越的資本,造成棟梁的偉器,來和一般貧苦出身的優秀人才,同心協力的負起改造社會,振興民族的重任。這種光耀門楣的事,我想只要當局者善於勸導,一個人有了錢,那會不希望他們的子弟受着良好的教育,去做一個"人上人"呢? 社會不平之氣,既得消弭於無形,而且財幣這東西,原來是要"行如流水"的,如果有得流進來,沒得流出去,這就會像一溝死水,定規要臭的。我們對於一般暴發戶的商人,只要他認清了當前的環境,和往後的危機,并且替他們的子孫打算,能够把多餘的財產,捐出一部份來,替文化教育界盡點義務,我們不但不會追咎既往,并且希望我們的政府,給他們以種種的榮譽,那又何樂而不爲呢?

在國家遭受危難的期間，有錢者出錢，有力者出力，原來是每個國民應盡的義務。然而在這個物價高漲的情形之下，一般從事文化教育工作的人，因了生活困難，連想要站在本位上賣力的機會都沒有了，而所有投機暴發的商人，和貪贓枉法的變相商人，却出人意外的度着窮奢極侈的生活，似這樣矛盾的怪現狀，恐怕是世界上任何國家都不會有的！我們上面的建議，揆諸天理良心，似乎是一般商人所應樂於接受的。如果他們執迷不悟，不聽勸告的話，我們希望我們的賢明政府，爲着保存國家的命脈，爲着遏止社會的危機，毅然決然的予以强制執行。這樣，纔能够爭取人心，獲得大多數同胞的擁護，纔能够安定文化教育界人士的生活，提高國民知識的水準，消除或減少若干官吏的貪污，共同來擔負這興亞建國的大業。這在政府諸公的果斷，和一般輿論的贊同。歷來當軍事繁興，國庫支絀的時候，向富户捐募，以應急需，是合乎情理而行之有效的。我們聽到江南一帶和淮海省內的鄉村教育，多數是由地方人士自動的徵募米糧，來救濟一般中小學教師，或者輪派鄉間的富户，擔任供給教師家庭的食住，因之那些地方的中小學校，比較的安定和發達，這也可以證明一般做父兄的人，總希望他們的子弟能够得到良好的教育，在社會上作個健全的國民，要他多拿出一點錢財，是心甘情願的。鄉村教育的發達，本來是個非常好的現象，可是論起人才和設備來，要求高深的學術，仍得集中於都市方面，所以大學和專科學校，總是設立在相當繁榮的都市所在地方，而現在服務於都市所在地方的文化教育界人士，生活最爲清苦。我們看了鄉村的農民，還肯拿出財米，來供養當地的中小學教師，那麼在都市內的商人，捐出一部份的財幣，來維持知識份子的生活，直接或間接的還是有益於他們自己的子弟，這就叫做"自他俱利"，所以我敢大膽的提出這個建議來。

復次，在事變以前，廣西的政治，所以比較清明的原因，據我的調查，就因爲他們的省政當局，對於一般知識份子，有了很妥善的安排，凡屬是在外地求學的大學生,都由省府予以優厚的津貼,到了畢業的那年,預先就替他們安排好了服務的位置,而且學校教職員的待遇,比其他官吏都要提得高,所以一般有志的青年,都樂於從事文化教育工作,而貪官污吏,幾乎絕跡了!現在我們的國庫,既然不能負擔這筆鉅額的支出,準情酌理,向都市的富有商人,"拔一毛以利天下",募集一筆鉅款,來補助一般文化教育界人士,和有志深造的貧苦青年,藉以保存文化種子,提高國民程度,爲中國,爲東亞,奠定百年大計,消弭社會不平之氣,減少貪贓枉法之風,我以爲計無便於此者。高瞻遠矚的賢達,對我這個建議,如果能够加以採納的話,我想這個旋乾轉坤的大業,是必定會獲得一般社會的同情而加以擁護的。

(刊《求是》月刊第一卷第五號,1944 年 8 月 15 日出版)

歲暮北游半月記

　　今年寒假放得比較日子長些，偶然動了北游之念，一則過了半年刻版式的生活，覺得太悶了，想藉此換換空氣，看看北地的冬末風光，二則許多誼在師友之間的知好們，在我暑假北行的時候，都彷彿表示着"一回相見一回疏"的感想，趁着這行路還不十分艱難的日子，還是鼓起勇氣，再走一遭，也可以得着一些精神上的調劑。我素來是這樣的脾氣：除了不動念頭則已，想到了要做什麼，不趕緊了卻這重心願，連覺也睡不着的，雖然爲了體格或經濟的關係，常常會有"心有餘而力不足"的苦悶，但是這想幹便幹，不管什麼阻礙的傻勁兒，總是自己也壓抑不住的。這樣，我也就不顧什麼車上擁擠，沿途的空襲，和舊曆年關的迫近，毅然決然的預備遠行了。

　　在一月二十六日的大清早，催着家人草草的弄些茶麵喫飽了，提着我女兒上學的小書包，裝上少許的乾糧，匆匆的出門去了。搭上馬車，出得挹江門來，那東方纔顯出一些"魚肚白"，趁着碼頭上黯淡的燈光，換上小火輪，渡過揚子江，到了浦口車站，最先觸上眼簾的，是車站大廈旁邊的許多頹垣敗瓦，這和五個月前所經過的景象，是有些異樣了！我先一天買好了一等車票，進得車站，照例的隨行逐隊的，跟着許多男的女的，碧眼鬈髮的也有，一排排的像長蛇陣似的，胸背相接的湧上去。這頭二等的旅客們，應該是屬於比較有知識的上中層人物，平常一定能守秩序的，不知怎的一近了軋票的門口，也就各顯身手，用盡了在娘懷裏喫奶的氣力，拚命的向前擁，那憲兵和警

376

察老爺們，站在高高的棹上，揮起鞭子，向下一陣亂抽，那人頭仍是波濤般的一起一伏的鼓勇前進，我真佩服我們貴國同胞的"堅忍卓絕"精神啊！在一行行的夾縫中間，看到些"紅帽子""黑帽子"的大小同胞們，穿來穿去的，裝出一副異樣的面孔，向旅客們表示出那不可思議的瞬息變化的神情，一忽兒有的原在後面的被領導着向前面去了。這種偷天換日的手腕，連在車站上服務的小僮們都已訓練的非常靈巧，誰説我們的同胞是劣等民族呢？我擠在這透不過氣來的隊裏，有些支持不住了，眼看着時鐘，敲過了十點，而原定九點北開的列車，還是消息杳然。忽然在人叢中瞥見程島遠兄相招以手，我於是暫行出隊，和島遠立談之頃，覺得一大羣的動物，擠在這裏面，萬一發生空襲，怕免不掉要作無謂犧牲，我和島遠便溜出了車站，向着左首的小市集，漫無目的的閒逛，最後走到一條溪邊，有許多小茅屋，一家門前相當整潔，我們兩人冒冒失失的踏進門去，當有一青年穿着制服，從臥室跑出來打招呼。我向這青年打量了一番，覺得他那嚴肅而彬彬有禮的態度，和在車站上看見的工役同胞們的猙獰面孔，有些不同。彼此讓坐之間，他叫他的母親也出來見客，並且特地去街上買了茶葉來，暢談至一小時之久。他説他在浦口車站充當"紅帽子"，一家五六口都靠他養活，他讀了一年半的書，雖然自己謙遜着説知識非常貧乏，可是他有拯救同胞、改革社會的宏願，遇着機會，也常跑到南京城裏的舊書店，掏幾本自己愛讀的書如《世界名人傳》之類，買來看看，有不懂的地方，還向書店老闆請教。他在車站服務的時候，絕對不肯向旅客們敲竹槓，同事們譏誚他神經病，説他是獃子，他還是"我行我素"，壹意孤行的，他爲了家庭的負擔太重，沒有機會讀書，很想積蓄一點錢財，等到相當的時候，還是想進學校以滿足他的知識慾。我和島遠對這位青年工友，都感着一種莫可名言的印象，彷彿兩根針被磁石吸引住了似的，向他慰勉了一番，説有機會要幫助他達到他的期望，他感激得幾乎要掉下淚來，深深的向我們鞠了一個躬，又向他的母親講:"今天真幸運遇着這位先生,願意給我謀求學上進的機會,我想再積下一些錢財,給你老人家過活,之後就放我去讀書吧!"他母親也很高興的點點頭。我們問過他的姓名住址,——他叫徐揚聲,住在浦口後河沿一六二號。——説一聲後會。就此告別。我和島遠一邊走,一邊還不斷的談起他來,古人所稱:"十步之内,必有芳草。"誰説紅帽子内就沒有好人呢?屈原説:"衆人皆醉我獨醒",這徐君所以被譏爲神經病,也是毫不足怪的。我們回到車站,已經到了十一點,向站長室探詢,知道今天的火車是沒希望了,不獲已,仍舊渡江歸寓,剛進城而警報忽發,捨車步行,到得家來,倦乏極了。

　　晚上打聽得南下車已到浦口,二十七日早起,依舊披星戴月,趁上馬車出城,趕登頭一班輪渡,開過浦口,天纔發白。這時車站內已經是萬頭攢動,擁擠不堪了。我買的是一等票,——我素來是贊成平民化的,愛坐三等車,最高是二等。這回聽到人家説,近來車次太少,跑單幫的客人太多,二三等是擠不進去的,所以也就破例的買了一等票。——排隊也還排得不遠,論道理應該是占得到座位的。好容易擠到軋票的關口,軋過了票,拚命的飛奔上車,一等廂內已經沒有立足之地,我真奇怪,這占着座位的客人真像學過隱身法似的,神出鬼沒般的,不曉得怎樣一閃就坐在很舒適的座位上了。在香煙繚繞,濁氣薰人之下,勉強站住了脚,到了快要十點,車纔開行。聽到高據座位的四個單幫客人正在竊竊私語,説他們化了五千元小費,纔占着座位。我這纔恍然大悟,什麼秩序不秩序,還不是錢可通神麼?在若干年前,我們坐着三等客車,還可打開窗來,看看沿途的風景,現在這一等車裏的客人,恰似罐頭裏的沙丁魚擠得層層疊疊的,不特行動不得自由,連想撒一泡尿,都是沒有法子的。就這樣呆若木雞似的站了一晝一夜,勉強挨到徐州。經過小卞莊的時候,遇着警報,機車開走了,在狹谷間停上兩個鐘頭。傍晚纔過蚌埠,之後,機車似乎覺得疲乏比旅客還要厲害,牛行一般的拖到符離集,就動彈不得了。經過了好幾點鐘，又調來一個小車頭，掛在車尾，前曳後推，直到天明，纔到徐州車站。我在外混了幾十年，這次的旅行艱苦，要算是破題兒第一遭了！

二十八日的黎明，我實在支持不住了，臨時改變了行程，就在徐州下了車，跑到文亭街去找張仁靜，大門還是緊閉着的，折過淮海省政府，門房裏的人也還在呼呼大睡，這弄得我窘極了。在往常時，旅客到了一個碼頭，就有不少的旅店接客者前來兜攬生意，不想沒有下榻休憩之所，這幾年的世界真是大變了，各大都會的旅館都被商人們長期包下，普通的旅客想要上門借宿，是決定要饗以閉門羹的。徐州的旅店既然不很多，早就有人滿之患，我在半年前也曾嘗試過，結果是再三懇求，希望他們給你一塊地方坐坐，也是辦不到的。事變後的商人，真是"天之驕子"，只要沾上一些商的氣息，那就要大大的擺架子，對於以前被人們尊敬的讀書人，是絕對不放在他們眼裏的。我在街頭徘徊了許久，等着張家僕役開了大門。遞進名片，那老媽還認識我，即刻到後房把仁靜喊了起來，燒火洗臉之後，灌了不少的熱茶，算把一天一晚體內所欠缺的水份補償起來。文靜是我的學生邵文煦的內弟，態度是溫文靜穆，恰肖其名的。我曾兩度寄住在他家裏，承蒙他優待，覺得有些難以爲情。這次邵生辭職去徐，我事先不曾知道，卻仍舊到他的親戚家去打擾，更感過意不去。文靜太客氣了，招待我到梁園去喫早點，餚肉乾絲之類，和揚州著名的富春茶園有些相彷，這一席之費，在我這酸人物的眼裏，也就頗爲可觀。後來打聽到老友張次溪先生的住址，纔別了文靜，搬到他家去住。我感傷風不適，次溪替我熬了稀飯，給我喝了，靜臥了半天，晚上還把很舒適的大牀讓給我睡，他自己卻睡在臨時支起的小牀陪着我，這確是故人情重，叫人感激莫名了！次溪原來是廣東人，南人北相，體格相當魁偉，這幾個月來更是發福了，我這瘦子對着他非常羨慕，想起古人"心廣體胖"的話來，大概自己的心地太狹窄了，所以永遠不能發胖，也就是爲着這緣由吧！次溪的夫人和兩位女公子，也是胖胖的，我是這次纔見過。次溪家裏還供養着一位梁老先生，每天早晚都到他家來喫飯。
這梁老先生是前清的進士，也算遺老之一，滔滔談論他同時人物的遺
聞軼事，頗令人有"白頭宮女在，閒坐說玄宗"之感。梁老先生是自負
頗精相人術的，次溪叫他替我看相，他端相了好久，像煞有介事的，批
評了許多話，說我是早歲就以文學知名，但是永遠不會發財和掌握實
權的，我聽了覺得好笑，反問他，我不會發財，自己也是承認的，而且
根本不作此想，但是是不是會餓死呢？他說：錢是有得來的，只是留
不住吧了。我想：錢這東西，就是要像泉水一般，有得流來，就應該
即刻放它流出去，不然的話，便要變成一溝臭水了。我對一般貪官富
商們，在這個危難的時候，還要拚命的括搜錢財，榨取利潤，拿進來
"多多益善"，放出去簡直就講起楊朱哲學來，"拔一毛而利天下，不爲
也"，就使鈔票可以變做黃金，難道可以帶進棺材裏去享用麽？我對
錢這東西，要靠它來活命，自然也是歡喜的，只怕沒得流進來，先就安
排放出去，發財不發財，這有什麼稀奇可羨呢？

在次溪家酣睡了一晚，二十九日的清晨，就想轉車北上，次溪顧
念我的身體不好，挽留我再休息一天。進過早餐，便和次溪到他的辦
公處——淮海省政府教育廳——去。這天恰是星期一，省府要做週
會，自省長以下，都得出席的，次溪當然也要準時到會。我靜悄悄的
獨自一人躺在他那辦公室的沙發上，養養疲乏之身。直到十一時，次
溪纔從會場跑出來。省府的規矩，是在集會的時候，無論大小職員，
都得脫下大衣，挺身站着，態度是非常嚴肅的。這天有一位職員，因
了失儀，立受停職的處分。在每日辦公時間，絕對不能遲到早退，不
拘上下，如果被省長遇見，是要罰站若干小時的，所以一般職員也就
戰戰兢兢，不敢怠忽職務，就是次溪身任廳長，也得小心翼翼，遵時辦
事，連他平日訪古探幽的閒情逸致，也只得暫時收拾起來了。我看見
所有的職員，老的少的，每天都得在固定的時間，一排排的肅立着做
健身操，這整齊畫一的氣象，在各個政府機關裏是很少看到的！我在

這天的下午，纔看到省長郝騰霄先生，寒暄了一回，我勸他不要太勞苦了。他是除了星期日之外，從早至晚，沒有一刻功夫休息的，這苦幹的精神，很值得我們欽佩。我決定了行程，辭出了省府，仍舊到次溪家裏去休息。

（刊《求是》月刊第一卷第八號，1945 年 3 月 30 日出版，署名"籜翁"）

同聲月刊休刊啓事

　　五載金陵，秖餘酸淚。感時傷逝，亦復何言。徒殷聲氣之求，轉切亂離之痛。行將率妻子，入廬山，課童蒙，事墾牧，長與樵夫爲伍，期爲樂世之民。廿年教授所入之束脩，贏得五車破敝不堪之圖籍。茲亦舉而鬻諸市肆，藉佐舟車。曩輯《詞學季刊》，謬承海内外人士交相推許。迭經兵燹，傳本絕稀。東西諸國圖書館中，聞有存者。繼此有作，即爲本刊。問世以來，亦頗爲各方所愛護。今茲輟響，能不憮然。所冀詞客有靈，河清可俟，樵歌漁唱，重振雲山韶濩之音；牧豎村童，共負風會轉移之責。大雅宏達，幸諒微忱。龍沐勛謹啓

　　（刊《同聲月刊》第四卷第三號，1945 年 7 月 15 日出版）

讀者貴在得閒尤貴親身體驗

侵曉讀放翁《入蜀記》，恍如展閱一幅"長江萬里圖"，草樹雲山，爭來供眼，詩意盎然，不特有助於增益聞見而已。其涉及如何領會前賢名作，提示吾人以欣賞途術者，有如讀李太白登黃鶴樓送孟浩然詩："孤帆遠映碧山盡，惟見長江天際流。"謂："帆檣映遠山，尤可觀，非江行久不能知也。"此言欣賞古人名作，非身歷其境，即難於徹底理解也。又於游赤壁磯時，稱："此磯圖經及傳者皆以爲周公瑾敗曹操之地，然江上多此名，不可考質。李太白《赤壁歌》云：'烈火張天照雲海，周瑜於此敗曹公'，不指言在黃州。蘇公尤疑之，賦云：'此非曹孟德之困於周郎者乎？'樂府云：'故壘西邊，人道是、當日周郎赤壁。'蓋一字不輕下如此！"此言讀者欲知作者真意所在，必須從語脈氣韻上反復體味，一字不得輕易放過，否則所見往往適得其反。東坡前後《赤壁賦》及《念奴嬌·赤壁懷古》詞，千百年來，傳誦最廣，幾於人人童而習之，而或者疑坡翁疏於史實，竟不辨當日鏖戰之確切地址所在，殊不思作者興寄所托，不過借題發揮，如放翁所指出，坡翁早於語氣間一一點明，彼粗心浮氣者，殊難與言欣賞也。

（載《大公報》1963 年 10 月 13 日，署名"籜龍"）

383

談談我們祖先發現石油的歷史

我們的祖國，素來是以地大物博著稱的。近百年來，因爲內受滿清腐敗政府，以至北洋軍閥和國民黨反動政府的統治壓迫，沒有餘力來開發地下蘊藏着的廣大富源；外受帝國主義者的經濟侵略和文化侵略，通過買辦階級，把我們一部份所謂高級知識分子的思想也給麻痺了！說什麼中國地雖大而物不博，連工業建設必需原料之一和民間日用所不可缺的石油，也非依靠美英資本主義國家的大量輸入不可。我們只要回想一下，在解放以前，所有國防、運輸上所用的汽油和多數城市以及鄉村所用的煤油，不都是來自"美孚"和"德士古"、"亞細亞"等洋行的舶來品嗎？這一筆鉅大的"漏卮"，不但損害了國民經濟，而且把人民對偉大祖國的自信心，也漸漸發生動搖了！

現在我們中國人民已經站立起來了！在共產黨和英明領袖毛主席的領導之下，已是開始第一個五年經濟建設計畫的第二個年頭了。我們全國人民，都在向着這座社會主義工業化的燈塔，遵循着這總路綫穩步前進。我們的經濟建設計畫，也是學習蘇聯老大哥的先進經驗，從重工業建設下手的。除了鋼鐵、煤鑛之外，石油的開發，也占着重工業建設的主要地位。因爲這也是國防建設和交通運輸以及人民日用所必需的！

經過這幾年來黨和政府的正確領導，以及地質部門工作人員的不辭勞苦地進行鑽探工作，新近發現的鐵鑛、油鑛、煤鑛等等，已經有了驚人的數量。我們祖國蘊藏在地下的財富，真是"取之不盡，用之不竭”的！把帝國主義的御用專家和他的走狗們所説的屁話，都給事實證明他們是別有用心的了。

我們的祖先，早在一千七八百年前，就已經依靠着熱愛勞動的經驗和智慧，在西北一帶發現了石油，而且初步瞭解了它的性質，加以利用了。

劉宋范曄著的《後漢書・郡國志》“酒泉郡延壽縣”（延壽縣爲漢朝酒泉郡屬九城之一，在今甘肅玉門縣東南。）條下的小注，就説到延壽縣南有一種異樣的泉水，從山石縫裏流出，匯成一條溝。這水面含有脂肪，好像熬的肉汁，在溝裏漾漾着，和不曾凝結的豬油一般。把它取來點火，非常明亮。只是不能够作飲食用。一般人叫作“石漆”。北魏酈道元著的《水經注》（這是中國古代一部最好的地理書，對於各名勝地方的風景，描寫得非常美麗。）卷三裏面，也引了晉張華著的《博物志》，有同樣的記載，還説這“石漆”舀了起來，放在盛水的盆子裏，初看顏色是黃的，後來就變成黑色。我們現在正在大量開發的玉門油鑛，連在電影片中都常看到的，不就是這個“石漆”出產的所在地麽？像這樣蘊藏豐富的石油鑛，我們的祖先，早在東漢時代，就已經發現而且引起注意來了。後來又把這“石漆”叫作“石脂水”，當地的人民一直在利用着。在北周武帝時候（公元五七八年），還曾依靠這“石脂水”，取來燒掉突厥（突厥爲匈奴別種，代居金山。在隋、唐兩代中，勢力相當强大，連唐高祖、唐太宗都吃過他的苦頭。後來爲回纥所滅。餘衆轉移到中亞、西亞各地，更入小亞細亞，滅東羅馬而建土耳其國。）人的攻城器具，解了酒泉的圍。這可見石油的用處，已由燃燈、膏車（塗在車軸上，使得滑潤，易於旋轉。）、治病（《北史・龜茲國傳》説可以治癬。）外，轉到國防上面來了。《博物志》上又説：“酒泉延壽縣南，有山叫作火泉，噴出火燄來，好像火炬一般，大概也是由於下面蘊藏着石漆的緣故。”玉門油鑛的產量，也就可以推想而知了。

其次是陝北延安附近的延長石油鑛，也早在漢代就已經發現了。

東漢班固著的《漢書·地理志》，説起"上郡高奴縣（高奴唐改延州，在今陝西膚施縣東。）有洧水，可㸐（古燃燒的燃字）。"《水經注》也有同樣的記載。唐段成式著的《酉陽雜俎》，在"物異"門內，又説起"石漆"來，接着談到"高奴縣石脂水。這水性油膩，浮在水面和漆一般，採來膏車和點燈，都是異常合用的"。這可見延長石油，在唐代的應用，已經普徧到一般老百姓人家了。北宋時代，范仲淹鎮守西陲，以防西夏的侵襲，也曾利用這"石脂水"作爲軍隊中的燃料。以後這延長油鑛，一直到滿清政府，都被統治階級利用着，定爲官產。北洋軍閥時代，還曾和美帝國主義者訂過中美合辦的商約，以延長縣爲中心點，而附近的中部，宜君、延川等縣，都在前往開採範圍之內。這種斷送權利的商約，説來也是足够痛心的！據説延長周圍八九百里內，都蘊藏着大量的石油，外國資本家把它比作山西煤鑛，可供全世界好幾百年的消費。無怪他們見了要眼紅的！現在這富源，都掌握在我們人民自己的政府手中了。

我們的新疆境內，石油的產區，遍佈於天山脚下。一九五三年九月二十七日的《文匯報》副頁，登載着一篇新華社記者韓文慧同志寫的《天山脚下的大油庫》，説到蘇聯政府以極低廉的價格供給我們以開發油鑛的各種機器，還派了許多從世界著名油田——巴庫來的優秀專家，來指導我們從事石油工業的設計和開發。這種偉大的無私的友誼和熱忱的援助，是值得我們的興奮和感謝的！

我們在歡欣鼓舞之餘，再去翻翻我們的歷史，那新疆境內的石油鑛，我們的祖先也很早就注意到了。隋朝李延壽著的《北史》，在《龜兹國傳》內，（龜兹爲漢代西域諸國之一，他的國都在今新疆省庫車、沙雅兩縣之間，文化是很發達的。龜讀作鳩。）就説到"國境西北的大山中，有一種油脂般的東西流出，簡直成了一條河，流了好幾里又潛入地下去了。看來好像奶油（古語叫似醍餬。），可是氣味是很臭的。人們取來當藥用，可以使落掉的牙齒和毛髮重復生長出來；有癧病的人,服用了也可以好的。這龜兹國境恰好和甘肅的瓜州(今西安西南有瓜州城)、肅州(今酒泉縣)東西銜接,大略成爲狹長帶形。這一綫的油田,東到陝北,西到天山脚下,我們的祖先是早經陸續發現而且利用過。可惜過去一千數百年來,都不曾發明過科學的開採和提煉方法,致使這廣大豐富的礦產,沒有能够充分發揮它的作用。在這總路綫引導着全國人民走向社會主義工業化的過程中,這石油工業,是必然要盡量發展,而我們祖先所早經發現以及不知多少還没發現的廣大富源,就全在我們這一輩和下一輩人的特別努力了!

談到"石油"的名稱,是到宋朝才有的。漢以來叫作"石漆",唐代叫作"石脂水",五代和宋朝叫作"猛火油",或簡稱"火油",又叫"石腦油",或稱"石燭"。後來也有叫作"火井油"的,也有叫作"雄黄油"的,也有叫作"琉黄油"的。只"石油"到現在作爲普遍的名稱了。北宋時代,有位湖州人沈括(公元一○三○———○九四年),是一位頗有科學頭腦而留心工藝的人。在他所著的《夢溪筆談》裏,説道:"鄜(陝北鄜縣)延境内有石油,就是歷來傳説的高奴縣出的脂水。這油生於水際,沙石和泉水相混雜着,從水底冒了出來。農民們用野雞尾巴蘸着,貯在瓦罐裏面,好像純漆一般。把它用火燃了起來,煙子特別濃重,連帳幕都薰得烏黑。我疑心這煙子很有用處,嘗試把煙煤掃了下來,和着膠水研鍊成墨。這墨的光澤像漆一般的可愛,松煙墨是遠不能及的。"近代我們所用的墨,都説是松煙做的,其實多用油煙。只因製法不精,變成了淡灰色,恰和沈括所説的話相反。這也是值得研究改良的。

我們祖先的煉油方法,到了明代,已有了相當的進步。明代雲間(今江蘇松江縣)人曹昭著的《格古要論》,在"異石論"内,提到"石腦油出産在陝西延安府。據陝西客人説:這油出自石岩下面,水裏有一種異樣的氣味。用草拖引出來,熬煎之後,居民們就拿來點燈"。這經過熬煎的"石腦油",大概就和現在用來點燈的煤油相差不遠了。

我們明代的大藥物學家李時珍（莫斯科大學有他的塑像，和祖冲之等並列爲中國的大科學家。）在他所著的《本草綱目》裏，又說道："正德末年（約在公元一五二〇年前後），嘉州（四川嘉定）開發鹽井，偶然碰到一種油水，可以照夜，而且光亮非凡。用水澆去，那火燄越高。只有把灰撲上，才會熄滅。因爲這油有一股雄黃氣味，所以土人叫作雄黃油，又稱硫黃油。"《本草綱目拾遺》中又說："西陲赤金衛（在今甘肅酒泉、敦煌二縣境内）東南一百五十里，有石油泉。油生水面，像肥脂一般，色黑，氣臭，土人多取來點燈，非常光亮。也有人說可以用來醫治瘡癬。"根據這些書上的記載，一般接近石油產地的民衆，從陝北以至甘肅、新疆和四川境内，用石油來點燈，在明朝就很普遍了。

至於從外國來的石油，只有占城國（秦代爲林邑，漢代爲象林縣，分屬越南南部地。）和三佛齊國（唐代叫作室利佛逝，宋、明以來都叫三佛齊，後爲爪哇所滅，改名舊港，即今蘇門答臘東部地。）在北周顯德五年（公元九五八年）和宋開寶四年（公元九七一年）有過貢獻。占城國王貢給北周的是"猛火油"四十八瓶（見《五代史》），三佛齊貢給宋朝的就叫作"火油"（見《宋史·外國傳》）。《本草綱目》又提到雲南、緬甸也產石油。可是從外國輸入石油，普遍銷行於鄉村僻壤，作爲經濟侵略的大宗貨品，那是近百年來的事情。直到大陸解放以後，經過人民政府對石油工業的重視和開採提煉的不斷上昇，才把外國的石油斷了來路，而國產的石油也就可以逐步普遍供給人民的使用，不致感到缺乏了。

（此稿完成於一九五四年二月以前，未刊。署名"龍阿虎"。）

銅鏡的故事

鏡子的功用

　　一般人都知道，房子是需要常常打掃的，不打掃就會有很多灰塵；臉是每天都應該洗的，不洗就很齷齪。但是，我們怎樣才會知道自己的臉上齷齪呢？那就只有時常拿鏡子來照照自己的面孔。

　　在没有發明製造鏡子之前，我們的祖先，究竟是拿着什麼東西來照自己的面孔呢？

　　戰國時代的哲學家莊周曾經這樣説過："一個人不要在流動着的水面去照影子，而要在静止着的水面上去照影子〔1〕。"這可以想像我們的祖先，要知道自己的面孔有没有骯髒，就得跑到有水的地方去照。所以古人也就有"水鏡"的稱呼。

　　每户人家，門前不見得都有池塘。可是井水到處都有。井水與地面距離太大，低着頭向井裏去照自己的影子，到底不太方便，而且井深了，連影子也不會看得見呢。

　　爲了免除這種不方便，我們的祖先便把井水或河水取回家裏，用大盆子盛起來，一方面用來做飲料，一方面當做鏡子。這盛水的大盆

　　〔1〕《莊子·德充符》篇："人莫鑒于流水而鑒于止水。"

叫做"鑑"。在商、周青銅器的銘文上面,"鑑"字的寫法就像一個人彎着身子向大盆裏的水去照自己的樣子。我們只要到上海博物館去參觀,就可以在陳列室裏看到兩隻大鑑。那是可以用來做浴盆的〔1〕。

再進一步,我們古代的勞動人民遠在二千六百年前就發明了銅鏡。到了戰國時代,銅鏡就盛行於各國之間了。最近幾十年間,如淮河流域,以及山西、陝西、河南和湖南的長沙一帶,在古代的墳墓中都發現了不少戰國時代的銅鏡。不但有各式各樣的花紋,而且製作得非常精巧。過去的考古家們都把它叫作"秦鏡",其實不獨秦,各國都有製造的。可惜這一大批出土的文化藝術遺産,多被帝國主義分子們掠購去了。

在戰國時代,有這樣一段故事:

齊國有一個叫做鄒忌的人,他的身子足有八尺多高〔2〕,面貌生得非常美麗,現出異樣的光彩。有一天的早上,他著了禮服,戴上禮帽,對着鏡子正在欣賞自己的漂亮相貌,很得意地對他的妻子説:"你看我的相貌比起那位住在城北的徐公來,究竟誰好看呢?"他的妻子伸着大拇指回答他説:"你太好看了,徐公怎樣比得上你呢?"原來那位徐公是全齊國一致認爲最好看的美男子。鄒忌想想他老婆的話,又照照鏡子,肚子裏不免有些懷疑,於是再問他的小妻:"我比徐公究竟誰最美麗呢?"她回答説:"徐公怎樣能够和你比呀!"第二天的大清早,有一位客人從外面來看鄒忌。談了一會兒,鄒忌忍不住又把這件事去問那位客人:"你老實不客氣地批評批評,我和徐公究竟誰最美麗?"客人回答道:"徐公哪趕得上你美?"又過了一天,徐公跑來拜訪鄒忌。鄒忌很仔細地把徐公渾身上下打量了一番,再對鏡子看看自

---

〔1〕 鑑,古亦作濫。《莊子·則陽》篇:"靈公有妻三人,同濫而浴。"釋文:"濫、浴器也。"

〔2〕 戰國時代的一尺,約當今尺七寸餘。

己的相貌，覺得實在比不上徐公。到了夜晚，他躺在牀上，翻來覆去地去猜想。最後他恍然大悟，自言自語道："我的老婆所以説我好看，因爲她太愛我了，把我的缺點都遮掩掉了。我的小妻所以説我好看，是因爲她對我還有幾分畏懼的心理，怕説了真話，要出漏子的。至於那位客人，他是爲了恭維我，他來看我，是早就另有目的的，恰巧趁我問他的機會來拍我的馬屁吧了！"

鄒忌想通以後，於是走進齊國的王朝，見了齊威王（公元前三七八年，威王初立），説明了這一段事的原委，接着勸説齊威王道："我自己知道我不如徐公好看，因爲我的老婆愛我，我的小妻怕我，我的客人有求於我，都説我比徐公好看。如果没有那面鏡子，照着我的面貌，那我也要被他們蒙住了！現在齊國擁有平方千里的土地和一百二十座城市，你的宫女和左右親近哪個不對你發生私人感情？在政府内供職的臣子們哪個不對你存一種畏懼的心理？在你管轄統治下的一般人們，哪個不是有所要求於你的。在這種情況下，恐怕一切事物都要完全被蒙蔽了。你看不到社會的真實情況和你自己的是非美惡，那是最危險不過的！"威王聽了這一席話，接連着説："對呀！對呀！"立刻頒佈命令："一般臣民敢於當面列舉我的過錯的給予上賞，寫信來向我提意見的給予中賞，敢於公開批評政府措施傳達到我耳朵中來的給予下賞。"這道命令傳達下來，齊國的臣民大家争着提出寶貴的意見，威王都很虚心地接受了。一年之後，人民對於政府發生不可動搖的信賴心，感覺到政府的領導是滿意的。燕、趙、韓、魏等國都對齊國表示極端的擁護[1]。

我們看了上面這個故事，就會想到：如果鄒忌不是依靠鏡子來細心觀察自己的面容、態度，再和那位城北徐公做個比較，他是不論怎樣也不容易看出自己的缺點的。

---

〔1〕 這篇故事，見《戰國策·齊策》。

我們依靠鏡子來觀察面容的美醜潔穢,認識自己的本來面目,洗掉臉上的骯髒,也就等於我們要想把事情搞好,就得掌握批評和自我批評的武器一樣。

漢朝桓譚[1]說:"一個人的眼珠難於看到自己,所以要依靠鏡子來觀察自己的相貌。"我們把祖先積累下來的經驗來豐富自己的知識,這就叫做"借鏡",也叫做"借鑑"。

銅鏡的由來和製作

在玻璃鏡子沒有從外洋輸入中國以前,我們用來照影整容的鏡子,都是用銅錫合金鑄成的,一般叫作銅鏡。

我們要了解銅鏡的由來,就得先了解我國的鑄銅技術。大概遠在三四千年以前,我們的勞動人民就懂得掌握冶金技術,來從事各種工具的創造了。

據傳說軒轅黃帝從首山採來銅鑛,鑄鼎於荊山下。夏禹王也曾搜集九州的銅鑄過九鼎[2]。雖然這些傳說不很可靠,由於近年在河南安陽發掘殷墟的結果,可以看到殷商已進到青銅器發展的最高階段[3],也就可以推測到我們的祖先對鑄銅的經驗,是很早以前就有了相當的基礎了。

鑄銅技術發明以後,一般奴隸主們就大量地鑄造各種器具,作爲生產工具和生活用具。根據歷代流傳下來和近數十年各地新出土的青銅器,大概可以歸納爲禮器、食器、容器、兵器等等。這裏面的東西,有着各式各樣的形態,鑄上各式各樣的圖案花紋。從商朝到戰

---

〔1〕 桓譚字君山,相州人。生當公元前五〇年間,著有《新論》。
〔2〕 見《史記·封禪書》。《禹貢》冀、兗、青、徐、揚、荊、豫、梁、雍爲九州。
〔3〕 參考前中央研究院《安陽發掘報告》。

國，不斷地鑄造。在藝術上的價值，是全世界都承認的。

談到鏡子，不過是青銅器裏面的一件小玩意兒。根據近代考古家們的研究和各地出土的遺物，還沒有發現過周朝以上的東西。雖然也有軒轅黃帝鑄鏡的傳說〔1〕，那總是近乎荒遠無稽，不足置信的。

一般的説法，鏡子的發明，是由一種向着太陽取火的銅器演進而來的。這銅器叫做"陽燧"〔2〕。"陽燧"形狀是圓的，中間凹下去。當太陽正中時，那陽光射到這東西的焦點，再敷上艾葉，就會燃燒起來，取得火種。以後，我們的祖先又積累了許多經驗，知道這東西還可以照影，就進一步把鏡面做成平的，用作照面容的器具，這就是我們在沒有玻璃鏡以前家家户户用來整容的鏡子，也叫做"照子"。

銅鏡是由一種合金鑄成的。根據近代考古家的研究，銅鏡含有銅、錫、鉛三種成分。到後來還有鋅的成分在內。這種冶金技術，隨着勞動人民的智慧在不斷地發展着。

鑄造銅鏡，也和鑄造其他青銅器一樣，要先用黏土做成模型，這就叫做"鏡範"。這模子上面還得刻上許多花紋圖樣，作爲鏡背的裝飾。再把溶化了的銅汁澆灌進去，冷了後取下，再用磨鏡石磨光鏡面，就可以拿來照影了。

銅鏡的式樣，大多數是圓的，就和農曆十五十六兩日的滿月一樣，所以在我們祖先的詩歌裏面常是把明月來比大圓鏡。它的正面是光滑的，有全平的，也有微凸的。宋朝有位沈括（公元一〇三〇——一〇九四年），他是祖國偉大的科學家。在他所著的《夢溪筆談》裏曾經這樣説過："古人鑄造鏡子時，大的鏡面完全是平的，小的鏡面稍爲凸出。因爲鏡面窪下去會把人面照得大，凸起來就會把人面縮得小。鏡子的面積小了，不能够照出人的全面，就該把鏡面鑄造

---

〔1〕　見《軒轅內傳》及《述異記》。
〔2〕　見《淮南子·天文訓》。

得稍爲凸出一些,這樣可能把人面收縮得小。鏡子雖然很小,而人的全部面容都可以全部容納在鏡子裏面。這些技巧,是很需要鏡工們費一番思考的。"現在流傳下來和從古代墳墓裏發掘出來的古銅鏡,大的好像臉盆一般大,小的也有和一塊銀錢相差不遠的。此外,還有方形的,有八角稜形的。

人有愛美的天性,古代的人們也不例外。所以一切日常用具,除了取它實用的一方面外,還得利用其他部分加上許多美術雕刻,使它成爲一件很好的藝術品。銅鏡的背面,就是鑄滿了各式各樣的圖案花紋的。

鏡背的當中有一個鈕,又叫做"鼻",穿上絲線結成的縷子,便可拿着細照頭面的全部。唐朝的末年,有一位詞人温庭筠在他作的《菩薩蠻》詞上面就有這樣兩句:"照花前後鏡,花面交相映"〔1〕就是形容一位美人一面對着鏡臺上的鏡子,一面拿着另一面鏡子在鑒賞着自己如花似玉的容貌。這首詞刻畫得多麼生動。

鏡背的鈕,穿上了繩子,又可以把它懸掛起來,隨其尺度大小來照面部或全身妝飾。古木蘭辭:"當窗理雲鬢,對鏡帖花黃",就可以説明這種意思。從南北朝直到唐代,婦女們的妝飾,有把一種金花貼在額頭上的。爲了貼得位置適當,非得把鏡子掛起來不可。這種額上貼過花黄的美人妝飾,在甘肅燉煌千佛洞的唐代壁畫上,所有佛畫下面的供養人〔2〕還保存着不少。

唐朝時代,日本常派僧侶來我國留學,因此把許多文物器具也傳了過去。日本正倉院保存着中國的古銅鏡,鏡鼻上都是穿着縷子的〔3〕。

---

〔1〕 見《花間集》。
〔2〕 見鄭振鐸輯印《西域畫》。供養人是信奉佛教的施主。
〔3〕 見日本影印《東瀛珠光》及傅芸子著《正倉院考古記》。

　　據沈括的記載，還有一種透光鏡。把鏡子放在日光下面，那鏡背的文字都透在屋壁上面，看得清清楚楚的。有人認爲這種方法是在鑄造時薄處先冷，厚處後冷，而銅的收縮性較大，文字雖然在背，而鏡面隱然有些跡象，所以一經放到日光下面，就會顯現出來。沈括是個實事求是的科學家，他家藏有三枚古鏡，有一枚就是透光的。他疑心鑄造這透光鏡的工匠們別有技巧。近代的考古家們還未曾發現過這種透光銅鏡，因而無法得到證明。

　　此外，還有一種專爲歌舞家鑄造的舞鏡，是有柄的。手拿着這鏡子，婆娑起舞，光彩奪目，真把觀衆們的眼睛都要看花了。

　　銅鏡的大量鑄造，大約當在戰國時代（公元前四〇三——公元前二二一年）。

　　那時秦、楚、燕、趙、韓、魏、齊七國分立，時而互相火併，時而信使往來，今天和這個國家要好，明天和那一個國家翻臉，鬧得天翻地覆，不可開交。這時有一班遊說之士，專門靠着一張嘴巴，鬧“合縱”、“連衡”，朝秦暮楚，跑到各國去瞎吹亂碰，說得天花亂墜，使列國的掌握政權者也搞得精神恍惚，不知道應該怎樣才好。恰巧那時秦國出了一個秦孝公（公元前三六一——三三八年），建都咸陽（今陝西咸陽縣東），勵精圖治，實行大政治家商鞅所建議的新法，打下了國富兵强的基礎。到了他的後代秦始皇（公元前二二一年）終於把六國全吞滅了，建立起一個中央集權的封建國家。

　　在戰國時代，冶鐵技術進步很多。有些地方，如楚國、韓國已經開始懂得鍊鋼的道理。農民們使用的生產工具，早已用鐵製造了。在戰爭中用的刀、槍、劍、戟已用鋼鐵鑄造。不過一般的禮器、兵器和日常應用的容器、酒器、食器等等，還有很多是青銅製造的。

　　青銅器到了戰國時代，已經有了鐵器、漆器之類來替代。許多大地主們對於鐘鼎、彝器之類，也漸漸不太感興趣了。只有鏡子這小東西，對於每一個人的日常起居都是用得着的。而且在這個列國分爭、大家講究養士的時代，除了一張嘴巴能説善辯之外，對於儀表上的修飾，也是交際上必備的條件。如前面講到的鄒忌先生，每天都要對着鏡子來整理儀容衣帽，就是一個很好的例子。何況國際上的來往頻繁，一般士女們那一個不想修飾得漂漂亮亮，好引起人們的注意呢？

由於時代的需要和冶銅技術的進步，一般工匠們便轉移他們的目標，大量地向鑄造銅鏡方面發展。現在國内博物館和外國博物館，都把中國的銅鏡列爲古典藝術品之一，而且特別重視戰國時代的鑄造品。在大陸没有完全解放以前，帝國主義分子一聽到某地有新從墳墓中發掘出來的古銅鏡，就千方百計地搜掠了去。這一類的鏡子，過去一般叫作"秦鏡"，近代日本的考古家們才替它加上一個"戰國式鏡"的稱號，我們中國人也有把它叫做"先漢式鏡"的。因爲在漢以前所鑄的銅鏡，都没有刻上鑄造年月和作者的姓名，只憑它的款式銅質和花紋圖案，以及出土的地點等等，歸納比較，再來判斷它的鑄造年代。根據現在所能看到的材料，戰國時代各國都有鑄造，數量相當豐富，質量也是非常優美的。

秦始皇統一了中國，把各國用青銅鑄造的兵器都搜集起來，聚在當時秦國的首都——咸陽，一概鎔成銅液，改鑄十二個銅人。每個重二十四萬斤，極其威嚴地站立在秦國的宮門，用來嚇唬一般老百姓，誇耀大皇帝的功蹟。這位大皇帝想求長生不老的藥方，没有結果，就大造其陵墓，把長安城外一座驪山挖了一個大洞，灌進許多銅液，造成一個非常堅固的大窟宅，裏面宮殿園亭無所不有〔1〕，這樣大量地消耗全國所有的銅，恐怕商、周以來各個地方所鑄造的青銅器也就銷燬得差不多了。

秦朝鑄造了許多詔版、權、量等，（詔版是一種文告，刻在銅版上的；權是用來秤斤兩的；量是用來量升斗的。）全都刻上紀年，然而"先

---

〔1〕 見《史記·秦始皇本紀》。

漢式鏡"中,却還沒有過紀年鏡的發現。

　　一般研究古鏡的專家們,過去大多重視漢鏡和唐鏡。

　　漢、唐兩代,在我們中國的歷史上,是一個相當强盛的時期,也是漢民族發展到了最高峯的時期。一般從事美術工藝的勞動人民,一方面吸收祖先們積累下來的寶貴經驗;一方面因爲國力的向外擴展,伴隨而來的也就是經濟、文化的交流,這表現在我國文化、藝術上兼容並包的偉大氣度,同時也反映在一般日常生活的器皿用具上。

　　中國歷史發展到了漢代,青銅器時代早已過去了。除了兵器、農具普遍用鋼鐵鑄造外,好多東西被陶器或漆器所代替了。

　　中國的美術工藝,尤其是製造各項工具和日用器皿的工匠們,往往是世代相傳的。在漢朝時代,還有不少祖傳下來專攻銅器的金工們,眼看這一部門的生產前途越來越窄了,不得不開動腦筋,另找竅門,設法來打開這一行業的出路。他們想到銅鏡這件小東西,還是人生日用必需品,因而把所有祖傳的經驗、冶鍊的技術和圖案的設計等等全部智慧,都集中到鑄鏡這上面來。銅鏡的藝術,在漢朝四百多年(公元前二〇六──公元二一九年)中間,越作越精,差不多到了登峯造極的地步。

　　漢武帝劉徹(公元前一四〇──八七年)是一個好大喜功的皇帝。他憑藉着文帝、景帝休養生息奠定的國力充實的基礎,於是對外用兵,擴大了漢帝國的疆域,鞏固了帝國的物質基礎。那時對外貿易,也是非常發達的,海上航綫也逐漸地開闢出來,和日本、印度、南洋羣島、羅馬帝國等,都有過直接或間接的接觸。尤其是武帝想削弱匈奴的勢力,派了由張騫率領的使臣出使西域諸國,藉這名義去刺探各國的物產和國情,作爲征服他們的準備。漢朝的使臣們還曾到過安息國(現在的波斯),交流了歐亞兩洲的文化。

　　由於國際間文化交流的結果,影響了各項工藝美術,就是在銅鏡的作風上,也起了顯著的變化,有不少的西方藝術攙雜到裏面了。

　　王莽始建國二年(公元一〇年),開始鑄造紀年鏡。或者在這以前,已經有了紀年鏡,也未可知。不過就現存的實物考證起來,紀年鏡還没有早於王莽時代的吧了。

據近人梁上椿著的《巖窟藏鏡》上說:"王莽篡取了漢朝的皇位,爲着要粉飾太平,一切的設施,都不免誇大。他那時候鑄造的銅鏡,有很多用來炫耀他的邊功、政績的,尤其歡喜神話圖案,作風華麗優雅,非常别緻。漢鏡的精巧作品,似乎要算新莽時代爲最盛。"

從東漢(公元二五──二一九年)至魏(公元二二〇──二六四年)晉(公元二六五──四一九年)南北朝(公元四二〇──五八八年)之間,紀年鏡才大量地鑄造起來。雖然在魏晉以後,中原分裂,接着又有所謂"五胡亂華",造成中國空前未有的混亂局面,這個局面一直相持了三百多年。然而銅鏡的用途,並不因此而減低需要,只是製作方面較前粗糙。流傳到現在的遺品中,有雄壯渾厚的粗綫條式的畫像鏡、神獸鏡等,就可以代表這一時期的特色。

在魏、晉、南北朝時期,鏡子不但爲婦女們妝奩裏面所不可缺少的東西,就是男子們也常把它隨身攜帶。

晉朝有位愛好清談的名流叫作王衍的,他有一天到人家去赴宴,不知怎的觸怒了一位同席的本家,那本家抓着酒杯,就往他的臉上擲去。王衍裝作毫不在乎的模樣,和另外一位本家叫作王導的一起坐車子走了。然而心裏總有些七上八下的,在車子裏掏出鏡子來照了一番,還對王導說:"爾看吾目,乃在牛背上矣"[1]。

這時代有的時候也把鏡子當作貢獻皇帝或餽贈朋友們的禮物。

曹操獻給漢朝皇帝的許多禮物,文書中載着:"御物有尺二寸金錯鏡一枚,皇太子雜用物七寸純銀錯鐵鏡四枚,貴人至公主九寸鐵鏡四十枚"[2]。這可見漢、魏間皇宮裏面也常要補充這一類的用具,而且多數

----

[1] 見《晉書·王衍傳》。原文意思是眼光很遠,不肯同人計較。
[2] 見《古今圖書集成·經濟彙編·考工典》第二百二十七卷"鏡部"。

是用鐵鑄的。我們又可從此推測到冶鐵技術，在這時已經很進步了。

在東晉（公元三一七——四一九年）時代，北方有位"五胡"之一的苻丕，因爲他的敵人慕容垂來攻打他，就派他的堂弟到晉朝來請救兵，還帶了一枚青銅鏡和一串黃金婉轉繩〔1〕，給晉朝的大將謝玄送禮〔2〕。現在看起來，一枚普通的青銅鏡，没啥了不起的價值，可是當時它竟做了國際上重要的禮物，可見古人是很珍視它的。從這一段故事，還可以推想到，雖然在這個兵荒馬亂的東晉時代，對於鑄造銅鏡的技術，還是很講究的。

從東晉建國到陳朝滅亡（公元三一七——五八八年），這二百七十二年中間，一直是南北分立。北朝由其他民族統治着。南朝的晉、宋、齊、梁、陳換了五個朝代，保持着偏安的局面，經濟權多掌握在少數大地主們的手裏。江南本是富庶之區，當時南朝的首都就在現在的南京。所謂"南朝金粉"，正説明那時由中原南渡的富家大族，挾其政治、經濟的優越勢力，不斷地剥削農民，來度其荒淫無恥的奢侈生活。因而對於儀容的修飾，也就佔了日常生活的主要地位，鏡子的應用，是不容或缺的。

這裏，我們順便講一個關於"破鏡重圓"的故事：

南朝最末的一位皇帝名叫陳叔寶，是一個全無心肝的"風流天子"。他在南京雖然做着皇帝，却不太管理國家大事，整天醉生夢死地只管在宮中和一班妃子、狎客〔3〕們喝酒吟詩，過着荒唐生活。陳叔寶有一個妹妹，被封爲樂昌公主，生得非常美麗，也很有才能，和一位官人徐德言結了婚。德言看到陳朝的政治一團糟，知道滅亡之禍是萬難倖免了。他没有勇氣和那位皇帝舅舅作嚴肅的諫爭，只愁着兩口子難保不遭拆散，常是悶悶不樂。有一天晚上，他悄悄地對公主

---

〔1〕 這黃金婉轉繩大概是用黃金鍊成的鬆緊帶，和現在的金鎖鏈相類似的。

〔2〕 見《三十國春秋》。

〔3〕 狎客，是專門替皇帝幫閒的無聊文人。

說："像你這才貌雙全的美人兒，你娘家的江山萬一保不住，我倆的共同生活會被拆散的。如果情緣沒斷，能有機會再見，就是我死了也是甘心情願的。我們好不好預先留下一個東西，做爲將來互相探訪的標記？"回頭他在妝奩中取出一塊銅鏡，偷偷地請銅匠截成兩片，一片自己放在懷裏，一片交給公主保存，唉聲歎氣地對着她說："倘若我們有離散的一天，你將來務必在正月十五，趁着元宵佳節，託人把這半邊鏡子在都市上大聲叫賣。如果我還活着的話，我會在那天來訪求的。"後來隋文帝楊堅篡取了北周的皇位，派兵南下，把陳朝滅亡了。荒唐皇帝陳叔寶終於做了俘虜。而他的妹子樂昌公主轉嫁給隋朝一位開國功臣楊素，楊非常寵愛她。徐德言喫盡了千辛萬苦，勉强走到了長安。等到正月十五，徐德言便有意地向街道走去。事有湊巧，忽然在人羣當中，看到一位老漢高舉着右手，手上握着一片破鏡，大聲嚷着："喂！有識寶貨的人嗎？我這鏡子是非常寶貴的東西，沒有很高的代價，我是不賣的。"市民們看見這老漢瘋瘋癲癲的模樣，都覺得好笑。只有這位徐德言心中有數，悄悄地拉了那老漢，奔向他的寓所，弄了一些酒菜來款待他，一邊把他的心事向老漢説了，一邊在懷裏掏出破鏡，和老漢手裏的拼合起來，還題上四句詩：

"鏡與人俱去，鏡歸人未歸！ 無復嫦娥影，空留明月輝！"

公主接得了德言題的這首詩，愁眉苦臉地坐在繡房裏只管抽咽着，連飯也吃不下。那楊素老頭兒問明了她的情由，不覺天良發現，也替她難過起來。於是打發那老漢找到了德言，把公主還給了他，並給了他倆一些財物，讓他們回到江南去，仍舊做一對恩愛的夫妻。所以一般講起夫婦離了再合，叫作"破鏡重圓"，這故事在民間是流傳很廣的〔1〕。

---

〔1〕 見《顧氏文房小説》所收孟棨《本事詩》。

　　隋煬帝楊廣殺了老子，做了皇帝之後，荒淫無道到了極點，他自己也知道不會有好結果，常是拿着鏡子照照自己的面貌，歎着氣説："像我這般的好頭頸，待誰來把它斫掉呢！"後來終於在揚州被他的親信臣僚用巾帶結束了他的生命，跟着隋朝也就滅亡了。

　　談起銅鏡製作的精巧，除了漢鏡之外，就得算唐鏡了。

　　我們都知道，唐代是我們祖國文化得到高度發展的時代。由於吸取了好多西域的文化，這時的文化、藝術放出了輝煌燦爛的光彩。

　　就單以銅鏡這一件日常小用具來説，它在花紋製作方面，也和其他美術工藝一樣，能够充分吸收西方古典藝術的特殊風格。我們看到日本所藏的古鏡，有的出自唐人所製，有的摹倣唐人的樣式，由此也可以推想到唐朝文化影響所及的一斑了〔1〕。

　　唐鏡的鑄造，以揚州爲中心。規定在端午節那一天，揚州的鑄銅技術人員都集中到揚子江來，運用他們的技巧，鑄造各式各樣的銅鏡，作爲進貢皇家的禮品〔2〕，叫作"百鍊鏡"。我們祖國的偉大詩人白居易，在他作的《新樂府》裏面，就有一首題作《百鍊鏡》的詩：

　　　　"百鍊鏡，鎔範非常規，日辰處所靈且祇。

　　　　江心波上舟中鑄，五月五日日午時。

　　　　瓊粉金膏磨瑩已，化爲一片秋潭水。

　　　　鏡成將獻蓬萊宮，揚州長史手自封。

　　　　人間臣妾不合照，背有九五飛天龍。

　　　　人人呼爲天子鏡，我有一言聞太宗：

　　　　太宗常以人爲鏡，鑑古鑑今不鑑容。

---

　　〔1〕　見傅芸子著《正倉院考古記》及日本明治四十三年（一九一○）宮内省刊行的《東瀛珠光》。

　　〔2〕　見洪邁《容齋五筆》。

四海安危居掌内，百王治亂懸心中。

乃知天子別有鏡，不是揚州百鍊銅！"

我們從這詩篇裏面，可以看出這種進貢皇宮的銅鏡，要費多少的人力物力啊！那銅質是經過一百次以上提鍊出來的，勞動人民還用盡心思設計成了象徵皇帝的"九五飛龍"的精巧華麗的圖案，把它鑄在鏡子的背面，又用玉屑金膏不斷地細心磨擦，把鏡面擦得如秋水一般的明淨。這是有着高度藝術價值的作品！

白居易這篇詩的主題思想，是帶有諷刺性的，反映了當時社會的政治經濟情況。從這短短一百多字的詩篇中，一方面可以看出唐明皇初期美術工藝的製作，隨着經濟繁榮而得到發展；一方面可以看出唐明皇天寶元年(公元七四二年)以後，皇帝生活的奢靡和政治的腐朽。這篇詩藉銅鏡說明了唐代盛衰的關鍵。

我們在前面已經提到，鏡子是人民日常生活所必需的東西，隨着經濟的繁榮和發展，人們得以發揮其愛美的天性。要修飾儀表，是少不得鏡子的。可是在封建地主掌握政權的時代，享受這種物質生活和文化生活的人，都是些官僚貴族和士大夫階級，他們攫取了勞動人民所創造出來的優秀作品，以便豐富其荒淫無恥的侈靡生活。這是我們的大詩人白居易所痛心切齒的，所以他說："太宗常以人爲鏡，鑑古鑑今不鑑容。"

唐鏡的大量鑄造和花紋裝飾的精美，以唐明皇開元年代爲最盛，大概達到了登峯造極的地步。

我們翻翻唐朝的歷史，那時皇帝遇有什麼喜慶大典，賞賜臣僚們的禮物中，少不了鏡子這東西。一般王公大臣們貢獻皇帝的禮物中，也少不了這種東西。就以這兩項用途來說，銅鏡的需要量是很大的。例如開元十八年(公元七三○年)八月五日，唐明皇生日那一天，他登上"花萼樓"，接受朝臣們和外國來賓們的慶賀，所有四品以上的臣僚們都得到了金鏡、珠囊一類的賞賜。過了十多天，又在"花萼樓"舉行盛大的宴會，一輩善於逢迎皇帝意旨的大臣們，上了章表，請求規定每年這一天爲"千秋節"，王公以下都得獻鏡[1]。現在日本古都奈良市正倉院所藏的唐鏡，很可能就是明皇時代的特製品，由留學的日本僧侶們帶去的。

自隋煬帝開通運河之後，揚州這地方就成了南北交通的重鎮。隨着商業上的繁榮，促進了冶銅業和手工業的發展。作爲經常進貢的銅鏡，直到唐德宗李适登了皇位（公元七八〇年）之後，才頒佈了罷免揚州貢鏡的詔令[2]。因爲這時的藩鎮割據的局面形成，使唐朝的中央權力，大爲削弱。他的財力物力遠遠不及前朝，因此他不得不取消揚州的貢鏡制度。

我們從藝術觀點來看銅鏡發展的歷史，可以劃分爲三個重要階段：

第一階段是"先漢式鏡"。青銅器到了戰國時代，已經逐漸成爲"強弩之末"，技工們開始轉移他的目標，把鐘鼎彝器上的花紋圖案，另行組織收縮，容納於一個圓規似的鏡子背上，以便供應一般人民日常生活的需要。這是一件非常富有美術價值的物品。此時的鑄造品，因爲缺少銘文，除了根據它的出土地點以及花紋圖案的作風等等，予以細緻的比較研究外，很難斷定它的準確鑄造時代。

第二階段是"漢式鏡"。這一時期，冶銅技工們已把全部精力集中到鑄鏡上面來了。他們綜合了中國與西域的圖案藝術，構成了一種新式的圖案，作爲鑄鏡的模型。從王莽開始有了紀年鏡的鑄造，藉着鏡背的圖案花紋，用來誇耀他的功德。從此以後鑄上製造年代的鏡子日漸增多了。近代的考古家們，有了這個憑藉，便於比較研究，

---

〔1〕 見《玉海》卷九十及《正倉院考古記》第八九葉。
〔2〕 見《唐書·德宗紀》。

而"漢式鏡"的特殊風格,也就不難考證確定了。

第三階段是"唐鏡"。這一階段由隋朝開始,直到唐代的明皇時代爲止。鑄鏡的技術,把漢魏以來不斷從波斯及印度輸入來的文化,加以消化融合,達到了完全成熟的境地。對於銅鏡的提鍊和花紋圖案製作的精巧,以及"金銀平脱"的構造,在中國銅鏡史上放出異樣的光彩。儘管它的年代還不很遠,出品也很多,然而流傳到了今日,仍爲一般美術家們所珍愛,而且把它陳列在世界古典藝術品內,是毫無愧色的。

到了宋、元以後,由於水陸交通的發達和中外貿易的頻繁,玻璃鏡已開始大量地輸入中國。在人民的日常生活上,玻璃鏡漸漸代替了銅鏡的地位,以至於消滅了它。雖然宋、元、明、清四朝,也有若干銅鏡的鑄造,終因用途日窄而營業趨於萎縮,鑄鏡藝術就逐漸消失而不傳了。

玻璃的試製,據説是在古代的埃及。到了羅馬鼎盛時代,玻璃製品也極盛行,那時也偶然有少數流入遠東諸國。十六世紀的末期,歐洲各國才爭相製造,大量輸入於世界各國市場。明代(公元一三六八——一六四三年)外國商船來往頻繁,海外貿易日見旺盛,這種價廉物美的玻璃鏡,也就乘機流入,成爲中國人民的普通日常生活用品[1]。

銅鏡的藝術價值

我們明瞭了銅鏡發展的幾個重要階段以後,再去進一步認識各階段鑄造品的藝術價值。

第一、關於圖案設計的精巧:我國的造形藝術,是脱離不了人類

---

[1] 見梁上椿《巖窟藏鏡》第四集。

社會發展的規律的。在奴隸社會以至進入封建社會的初期，因爲受神話的影響，反映在藝術上的就是那些稀奇古怪帶有神話式的花紋圖案，如像那些青銅器上面的饕餮[1]文、蟠螭[2]文、夔[3]文、鳳[4]文等等，以至簡單的自然現象，如雲、雷等，作爲構成圖案的主要方式。在"先漢式鏡"的圖案設計上，也多半是這一類型的。

到了秦末漢初，封建主用的宗廟祭器和一般日用品的花紋，才漸有各自分離的趨勢。對於銅鏡的圖案設計，逐漸由神話式的空想轉向現實主義，表現着自然界的實物描寫，以及社會生活情況和歷史故事等。除了神人、神獸、螭文、夔文、鳳文等還保持着"先漢式"的傳統外，在"漢式鏡"中創造了畫像鏡這一類型。有描寫狩獵情況的，有刻畫歷史人物的。相傳在紹興出土而現藏在上海博物館的"吳王伍子胥畫像鏡"，就是這一類型的代表作品。這是寫的春秋時代的歷史人物，吳王夫差信任奸臣太宰嚭的讒言，不聽伍子胥的勸諫，中了越王勾踐的美人計，整天躲在姑蘇臺[5]的宮殿內貪戀着欣賞西施的清歌妙舞，終於把吳國斷送。伍子胥在亡國之前，被吳王賜了一把寶劍自殺了。在臨死之前，囑咐着監刑的人說："我死後，你把我的眼珠挖出來，掛在吳國的東門上，來看越兵破吳吧！"藝術家們把這故事鑄在鏡子上，這上面除了吳王和伍子胥外，還有一對舞女，是非常有價值的寫實作品。

漢代藝術的作風，逐漸走向寫實的道路，這在西漢末年孝堂山孝子郭巨享堂和東漢武梁祠的石刻畫像[6]內充分地表現出來。設計

---

〔1〕 傳說饕餮是一種貪財貪吃的怪物。

〔2〕 螭是龍蛇一類的東西。

〔3〕 傳說夔是似龍似蛇而只有一隻脚的怪物。

〔4〕 傳說鳳是一種神鳥。

〔5〕 在蘇州城外數十里地的靈巖山上。

〔6〕 孝堂山在山東肥城縣境，武梁祠在山東嘉祥縣境，石壁上都刻着許多歷史人物和社會生活情況。參看鄭振鐸編《中國歷史參考圖錄》。

鑄鏡圖案的藝術家們受了這種時代風氣的感染,把它運用到這小件日用美術品上來,造成"漢式鏡"的特殊作風。另一方面漢武帝向外發展的結果,使得西域文化與中國文化相接觸,因此在圖案設計上或多或少受到了影響。

從漢末到六朝時期,西亞與波斯作風的禽獸、葡萄、草花等圖案,不僅採用於鑄鏡的背面花紋,而且也採用於金銀器皿和絲織品等美術工藝方面。在唐式鏡羣中,據梁上椿編的《巖窟藏鏡》第三集,列有仿漢式鏡、駢體銘鏡、禽獸葡萄鏡、人物鏡、雙鸞銜綬鏡、花鳥鏡、寶相花鏡、八卦鏡、雲龍鏡等類型。這鏡羣中的花紋圖案所表現的時代思想,是相當複雜而無所不包的。在人物鏡內除"狩獵"和"孔夫子問榮啓奇"等鏡近於寫實作風外,尚有"月宮嫦娥"鏡,上面畫着一株桂樹,一邊立着一位仙姑,一邊配着一隻兔子,後腳和人一般地站着,前腳當作雙手,緊緊地抱着一根杵子,在石臼內搗藥,下面還有一隻蛤蟆,叫作"蟾蜍"的東西。這是民間相傳的一段神話。有名的"嫦娥奔月"一戲,就是演的這段故事。像這一類型還有"月宮龍虎"、"飛仙"、"真子飛霜"等鏡,都帶着神話色彩。此外寶相花鏡帶有濃厚的印度佛教色彩,八卦鏡純粹是道教色彩。至於駢體銘鏡,又把六朝、隋、唐間最爲盛行的一種文體配合着各式各樣的精緻圖案,鑄在鏡子背面。這種鏡背的銘文,多數是用四字句組成對偶,也有用四字句和六字句相間組成的,也用四字句回文體組成的,也有用四句或八句五言詩組成的,也有用四句七言詩組成的。

例一　四言駢體銘文:

阿房照膽,仁壽懸宮。菱藏影內,月挂壺中。看形必寫,望裹如空。山魈敢出,冰質憨工。聊書玉篆,永鏤青銅。——照膽鏡

練形神冶,瑩質良工。如珠出匣,似月停空。當眉寫翠,對

臉傳紅。綺窗繡幌，俱含影中。——練形鏡

例二　四六駢體銘文：

絕照覽心，圓輝屬面。藏寶匣而光掩，掛玉臺而影見。鑒羅綺於後庭，寫衣簪乎前殿。——絕照鏡

例三　回文體銘文：

月曉河澄，雪皎波清。（順讀）清波皎雪，澄河曉月。（倒讀）發花流采，波澄影正。月素齊明，鑒秦逾淨。（順讀）淨逾秦鑒，明齊素月。正影澄波，采流花發。（倒讀）

例四　五言詩體銘文：

玉匣聊開鏡，輕灰暫拭塵。光如一片水，影照兩邊人。——玉匣鏡

照日菱花出，臨池滿月生。官看巾帽整，妾映點妝成。——照影鏡

隻影嗟爲客，孤鳴復幾春。初成照膽鏡，遙憶畫眉人。舞鳳歸林近，盤龍渡海新。緘封待還日，投拂鑒情親。——隻影鏡

例五　七言絕句詩體銘文：

月樣團圓水樣清，好將香閣伴閑身。青鸞不用羞孤影，開匣當如見故人。——團圓鏡

這上面的鏡銘，都是從羅振玉著的《漢兩京以來鏡銘集錄》這部書裏面摘錄下來的。

我們看了上面這一大段話，對於銅鏡花紋圖案的設計，從戰國時代以至隋、唐間，一直在不斷地發展着。這圖案花紋的變化，也不知積累了多少勞動人民的智慧，融合了多少古今中外的優秀傳統，絞盡了多少藝術家和文學家們的腦汁，才贏得這在世界美術史上佔着相當地位的光輝成就。

第二、關於鏡範雕塑的細緻。銅鏡的花紋是用模子鑄造出來的，我

們在上面已經説過了。銅鏡圖案的設計師打好了圖樣，還得由技術熟練的雕塑師，照着圖樣把花紋雕塑在泥質做成的鏡範上面。這鑄成品的美術性，全靠這模子的雕塑技術而定其精粗優劣。鏡範用過之後，很容易破爛，而且也沒有人去注意保存它。約在二十年前，河北省的易縣，曾經有過"獸文地山字鏡"的鏡範出土。這鏡範還是戰國時代的作品，是用赤色含砂粘土質做成的。鏡範的花紋是凹進去的，所以依模鑄出的鏡背就呈現着各式各樣的凸出花紋。一塊小小的泥模，要鑄出那許多精美複雜的圖案，是要費多少雕塑師們的琢磨功夫啊！

我們製造鏡範的雕塑家們，由於各個時代不同的影響，創造出各式各樣美麗細緻的圖文來。

第三、關於冶鍊裝飾的技巧。銅鏡能够成爲一件日常應用的美術品，對於花紋圖案的設計和泥質鏡範的雕塑技術，固然佔有重要地位，但是這件東西是用銅、錫合金冶鍊而成的。所以金工們的技術，也需積累豐富的勞動經驗，才能作到純粹精美的地步。根據近代學者們分析化驗，各種銅鏡的合金成分，因爲出産地域和時代的不同，銅和錫的對比也有很大的差異。這裏面還得加上一些鉛，最低要佔千分之五，最高佔百分之十。這鉛的作用：（一）可使合金溶液在鑄範中的環流得特別良好，（二）可使鑄出品的表面異常勻整，（三）可以利用它那凝冷時不會收縮的特性，而使鑄造出來的鏡背花紋特別整齊清晰，（四）可以減少銅、錫合金溶解時極易發生的氣泡，藉以免除所謂"砂眼"等毛病的發生。這銅、錫合金加鉛的冶鍊法，在周代的細花紋銅器和貨幣的鑄造中，就已充分利用。這也可以看到我們的偉大祖國，三千年前，在金工技術上早就有了輝煌的成就。

銅鏡出模之後，鏡面還得塗上一層水銀，纔能發揮反射的功用[1]。

―――――――――

〔1〕《天工開物》："凡鑄鏡，模用灰沙，銅用錫和。開面成光，則水銀附體而成，非銅有光明如許也。"

我們前面談到過的揚州百鍊鏡,由於鑄鏡技術的失傳,我們不可能知道其冶鍊的過程。

至於銅鏡上的裝飾,除了花紋圖案隨着時代的進展而有所改變之外,在"先漢式"鏡內,就已有了"錯金"或"錯銀"的製作。這"錯金"和"錯銀"的做法,是用很細的金絲或銀絲鑲嵌在銅器內,也有構成花紋圖案的,也有嵌作鳥書蟲篆[1]的。戰國時代的銅劍有很多是這樣作的。金錯鏡和銀錯鏡,在漢、魏間仍然不斷地製造,金工們對這類金錯、銀錯的鏡子,當然是要經過一番繁雜手續的。因爲專供貴族們的使用,所以留傳到現在的遺品比較少。

到了隋、唐時代,對於銅鏡的表面裝飾,是越來越考究了。除了在"先漢式"和"漢式"鏡中已經有了的鎏金、著彩、嵌石等式樣外,唐鏡更創造了金銀平脫、貼銀、螺鈿等華貴的裝飾。

金銀平脫的作法,係用金或銀鎚成極薄的片子,再把這薄片剪成各種禽獸草花等圖案,利用膠漆粘貼於器物上面,再加研磨功夫,這樣金銀片紋就會脫露在平面漆上,那麼除了漆地之外,金銀片上的花紋就全部呈現出來,狀極美觀。

"平脫"這東西,是唐代盛行的工藝美術。尤其是在唐明皇時代,作爲一種最高貴的禮品。在安祿山得寵的時候,明皇賜給他的禮物中,就有什麼"金銀平脫隔餛飩盤"、"金平脫犀頭匙筯"、"金平脫大腦盤"、"銀平脫五斗淘飯魁";楊妃的賞賜物品中,又有什麼"金平脫裝具玉合"、"金平脫鐵面椀"、"平脫鎖子"一類的東西。在安祿山貢獻的禮品中,還有什麼叫做"銀平脫胡床子"的物品。

這"平脫"一類的美術工藝品,是非常名貴的。直到安、史(思明)亂後,肅宗至德二年(公元七五七年)和代宗大曆七年(公元七七二

---

[1] 鳥書蟲篆是古代的象形文字,用來寫在幡信上的,又叫鳥蟲書。見許慎《説文解字序》。

年)先後頒發禁造平脫等物的詔令，於是造"平脫"的技法，就漸漸失傳了。

現存日本正倉院的"金銀平脫"，恐怕就有唐明皇時代流傳過去的遺品。近年河南出土的古鏡，也偶有"平脫"的發現。只因入土的時間過長，那粘貼金銀片的膠漆早經腐朽，以致所貼的金銀片大部損傷，很難維持原有的形態。而且這類異常珍貴的物品，一經發現，就被帝國主義分子搶了去。連我們祖先精心製造的美術工藝品，有些也只好在外國人編印的圖版中去欣賞了。

還有一種貼金銀法，是在鑄造鏡背時，已經鑄有凸起的各項圖文，另外用極薄的金銀片捶入鏡背的全面而附着於其間，這樣，所有凸起圖文，就完全呈現着貼金銀面而有光彩耀目的美感。不過這貼上的金銀片一經脫離，那就只能看到底鏡，裝飾美就完全失掉它的作用了。

至於螺鈿鏡的作法，和"平脫"有些相像，是用貝殼磨製成各式各樣的圖文，再拿漆黏貼在素鏡背上，使它呈現着悅目的光彩。這也是盛唐時代高級藝術品之一。唐明皇賜給安祿山的禮物中，有寶鈿鏡一面，也就可以想見這東西在那時的珍貴程度了。這類黏貼上去的螺鈿，也因年久易於脫落，所以留傳下來的遺品很少。

中國鑄造的銅鏡，所以能夠成爲極有價值的美術品而被全世界所重視，就是由於鑄造銅鏡的藝術家們，積累了無數的經驗，對於花紋圖案的設計，鏡範雕塑的技術，冶鍊裝飾的考究，都能夠攝取各種美術工藝的特長，融合中西文化的優點，伴隨着歷史社會的發展而表現每一階段的時代精神，這是值得我們特別注意而加以發揚光大的。

銅鏡的附屬品

銅鏡是古人的生活必需品，便於攜帶和移動，所以一般都不怎樣大，而且大多數是圓形的。除了皇帝宮殿中或豪家貴族特別設置不準備隨時移動的大銅鏡外，一般多是便於攜帶的小銅鏡。據載秦咸陽宮曾有大方鏡一塊，寬四尺，高五尺九寸，又魏、晉到隋、唐間，也曾鑄造特大的銅鏡。晉滅吳之後，有一位大文學家陸機由吳入洛，在仁壽殿前，也看到一座大方銅鏡，高有五尺多，闊三尺三寸。人們站在院子裏，很遠就把全身都照得非常清晰。後來又有一個在北方稱霸的胡人石勒，他宮裏安放着一座大鏡，直徑足有二三尺，下面有純金盤龍雕飾的座子。隋煬帝在揚州迷樓度着荒淫無恥的生活的時候，有一個佞臣叫王世充的，因爲貢獻一座銅鏡屏，討得煬帝的歡心，被提拔做到了江都通守的重要職位。唐中宗(李顯)在他做皇帝的時候(公元七〇六——七〇九年)，也曾命令揚州的鑄鏡工場，鑄造方丈大鏡，另外製作一根銅柱，嵌上許多金花銀葉，把這方丈大鏡安頓在宮苑中。中宗騎着一匹駿馬，對着這座寶鏡，照見自己騎在馬上的雄姿，非常得意〔1〕。像這類宮廷中御用的特大銅鏡，大概都是有座子或柱子支撐着和"屏風"一般竪立着的。

一般日常使用的銅鏡，都用一個匣子裝着，這叫作"鏡奩"或簡稱"奩"或"籢"。"奩"的製造，也有用銅的，一般都用木質或竹的薄片編成的，加上髹漆，繪上各色各樣的彩畫，也有鑲嵌螺鈿或"金銀平脫"的，裝飾美觀而又便於攜帶。裏面除掉安放鏡子之外，還可以裝美容用的梳子、篦子和化妝用的香粉之類。這類的鏡奩，在《博古圖》上載有它的形制，如"周四神奩"、"漢蟠虬攜奩"，"漢連環攜奩"等。有的像蒸籠式，下面承以雙脚，腰部有鈕子，繫上雙環，以便提攜，上面加上蓋子，蓋上又加上鈕子，以便揭開。有的像截下的竹筒式，除了有

---

〔1〕 這幾個故事見《古今圖書集成·考工典》第二百二十七卷引陸士衡文集、《鄴中記》、《河洛記》及《朝野僉載》。

脚、有鈕、有蓋之外，腰部的雙環改作“提梁”，可以拎起或放下，攜帶起來是更加方便了。

一般的漆畫鏡奩，在古代的墓葬中也常有發現。不過因係木質加漆的工藝品，不像銅器那樣耐久，年頭一久，很少有保存完整的。

抗日戰爭初期，在長沙附近的古墓中，發現一個漆畫奩，現在收藏在南京博物院。據郭沫若先生的考證，這漆畫奩還是戰國時代的楚器，奩上有彩色人物畫，用了八種不同的顏色畫了十一位女子。畫中有兩座涼廳，一廳中有兩人對坐，正視着前面；一廳中坐着三人，兩人正面，一人側面。兩廳中共有五人都是跪坐〔1〕。站立者共六人，分佈在兩廳的左右和中間。她們的腰部纖細，姿態孅娜。但坐者、立者差不多都是同樣的裝束，看不出有什麼貴賤的等級。或者一部在跳舞，一部在休息，如此輪流着〔2〕。郭先生斷定這漆畫奩是楚國的東西，傳說楚王有愛細腰的風氣，這奩上畫的舞女，和一九四九年二月十二日在長沙近郊陳家大山一座楚墓中出土的帛畫美人，細腰裝束是很相像的。不過畫奩的筆觸特別斌媚，帛畫的筆觸較爲剛健吧了。

在長沙楚墓中出土的，還有陶器、漆杯、銅製帶鉤、銅鏡等物品。那些器物上的花紋都表示十分驚人的技巧。這可證明戰國時代尤其是楚國對於美術工藝的高度發展，確實是值得我們欽服的！

我們知道銅鏡在平常不用它的時候，可以把它收貯在鏡奩裏。用的時候，可以拿在手裏，照看自己的面貌。但若放下了手，就沒法立着，在使用方面還是很不方便的。

---

〔1〕 編者按：隋、唐以前，大抵都是席地而坐的。日本人現在還保持着這種風氣。

〔2〕 見一九五三年十一月號《人民文學》郭沫若作《關於晚周帛畫的考察》。

古代的人，在一個很長的時期內，都是"席地而坐"的。如果不把鏡子掛在相當高的地方去整容，是很不方便的。因此又想出了鏡臺的製造。

晉朝有一位大畫家顧愷之，別號叫顧虎頭，在中國繪畫史上是赫赫有名的。他的遺作"女史箴〔1〕圖"，還保存到現在。這幅繪畫裏面就有一段是畫的對鏡理髮的情況。左邊坐着一個男子，對着一座鏡臺，後面一位婦人拿着梳子替他理髮。右邊還有一個男子，正在微仰着頭，對着另一面鏡子，那鏡子裏面還映着那男人的影子呢。中間一座鏡臺，正在那兒豎立着，有些像現在的照相架子。直桿頂上掛着一面銅鏡。稍下有一層方形托盤似的，用來擺設所有理髮時一切應用的物品。我們看了這段畫面，就可以想像到古代的人們對日常用具設計的精巧，以及古代貴族家庭一般的生活情況了。

鏡臺的創造，傳說是出自三國時代的魏宮中。魏宮裏面，有"純銀參差鏡臺"一座，"純銀七子貴人公主鏡臺"四座。我們看了這個名稱，也就可以想見這件東西的製作是極其精巧的。

我國古代的婚姻制度，是由"父母之命，媒妁之言"，把男女雙方強制結合起來的。經雙方的家長同意後，就下所謂"聘禮"。聘禮中就有銅鏡和鏡臺，而鏡臺在聘禮中也較爲貴重。

元朝有一位大戲劇家關漢卿曾把鏡臺的故事編成劇本，在民間廣泛流傳着。劇名《溫太真玉鏡臺》，現仍保留在臧晉叔輯刊的《元曲選》內。

溫太真名嶠，是東晉時代一位有名的人物。他奉皇帝的詔令，北征劉聰，把劉聰所寶藏的一座玉鏡臺，當作勝利品奪取回來，私自藏在家裏。後來他的元配夫人死了。恰巧他的一位堂房姑母，有女兒還沒出嫁，託他介紹一位出色的女婿。這位溫先生心中有

---

〔1〕 晉張華作《女史箴》，見《昭明文選》卷五十六。

數,假意地對他姑母説:"像我温某這樣的人物,能够做得上你家的女壻嗎?"那姑母也就莫明其妙地隨口答應了。過了幾天,他再去報告姑母説:"合乎你條件的女壻,已經找到了。"他於是滿懷歡喜,把那座玉鏡臺當做聘禮,恭而敬之地捧到了姑母家去。等到結婚的那一天晚上,那姑娘用雙手披開紗扇,看到這位新郎,抿着嘴笑了起來,悄悄地對他説:"我早疑心就是你這老東西,果然不出所料呀〔1〕!"

鏡子和鏡臺,不但要時時揩抹乾净,而且銅鏡還得常常去磨光,才能够顯出光亮,照出影子來。

磨鏡在從前也是一種專門職業,和現在磨刀剪的工匠們一樣。操這項職業的人們,手裏拿着長約五寸,闊二寸五分的幾塊鐵片,好像拍板的模樣,沿街敲打着,婦女們聽見後,即可出來磨鏡,這叫做"驚閨"〔2〕。

鏡是應該經常磨的,不磨就會失掉光彩。"臉是應該經常洗的,不洗也就會灰塵滿面。"正如我們能够時刻想到批評和自我批評的重要性,而善自警惕,那麽錯誤就可能日見減少了。

唐太宗常把一個敢於批評他的魏徵當作鏡子,號稱"人鏡"。魏徵死後,他對左右近臣説起:"把歷史來做鏡子,可以得到許多成功和失敗的經驗教訓。把銅來做鏡子,可以看出自己美醜的真面目。把人來做鏡子,可以明白一切行爲的善惡標準。我經常利用這三面鏡子來辨別興亡盛衰的原故。自從魏徵死亡,我就失掉一面鏡子,真正是太可痛惜了〔3〕!"

這一段話,也是值得我們"借鏡"的。

---

〔1〕 見劉義慶著《世説新語·假譎篇》。
〔2〕 見《事物原始》。
〔3〕 見《獨異志》。

簡單的結束語

銅鏡這件小東西，在我國人民生活史上，至少佔了二千多年的歷史。不論在花紋圖案的設計上或雕塑藝術的技巧上以及冶鍊裝飾等方面，都是積累了無數勞動人民的豐富經驗，而成為一個完整的藝術品。這是值得我們後人鑽研和誇耀的！

在過去封建社會裏，所有勞動人民用血汗創造出來的藝術品，都只是供給統治階級來欣賞的，一般老百姓是享受不到的。百年來，由於帝國主義分子貪婪無厭的掠奪，我們祖國的許多寶貴文物也一同被劫掠到外國去。

中國解放了。我們在共產黨和毛主席的英明領導下，正向着社會主義工業化邁進。隨着經濟建設高潮必然來到的文化建設高潮，也就擺在我們的面前了。人們將過着更幸福的生活，而對於藝術品的要求，必然是很迫切而普遍的。雖然銅鏡在日用上面，早已失掉了它的效用，但做為一個藝術品來說，還是有着極寶貴的價值，更值得美術工藝家來"借鏡"的。

（《銅鏡的故事》作為"祖國文化小叢書"之一種，
於 1955 年 2 月由上海四聯出版社出版，署名"朱瑜"）

圖 1　汲縣出土水陸交戰圖鑑

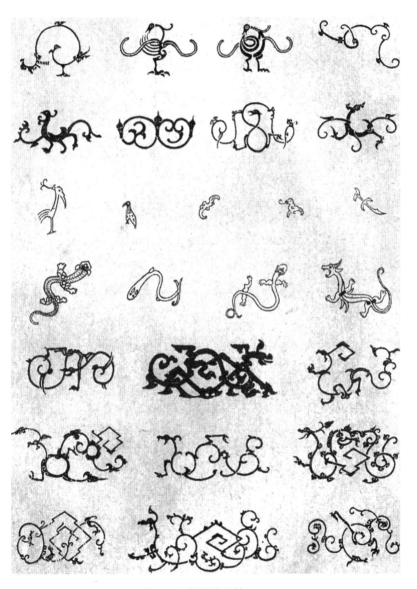

圖 2　古鏡花紋集錦(一)

圖 3　古鏡花紋集錦(二)

圖 4　細地文夔龍文鏡

圖 5　蟠螭文鏡

圖 6 獸鈕人物畫像鏡

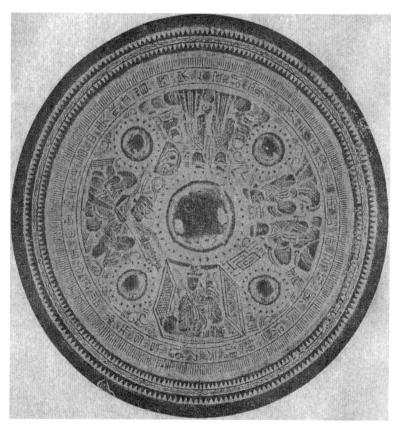

圖 7 吳王伍子胥鏡

圖 8　金銀錯狩獵文鏡

圖 9　月宮嫦娥鏡

圖 10　金銀平脱花鳥背八角鏡

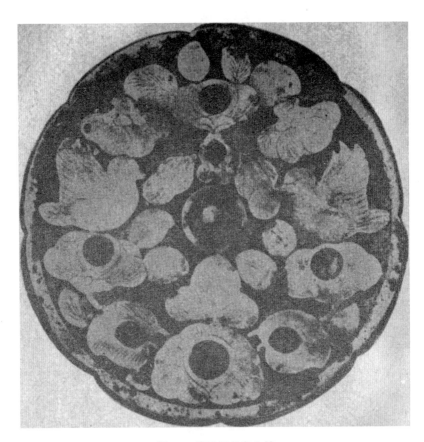

圖 11　嵌螺鈿花鳥文鏡

圖 12　易縣出土鏡範

圖 13 長沙出土漆畫奩（復原圖）

圖 14　女史箴圖（晉・顧愷之畫）

蠶寶寶的故事

談起我們的偉大祖國來，總會提到"錦繡河山"這句話。

我們的祖國，東濱太平洋，西至喜馬拉雅山，北接蘇聯，南連東南亞。地下蘊藏着無窮無盡的礦産，地面布滿了長河、高山，生長着各式各樣的森林、草木，所有温帶、熱帶、寒帶的動物、植物，差不多是色色齊全。因了天時和地利的優越，漫山徧野，開放着四時不斷之花。好一幅的天然圖畫，朝朝暮暮，映入我人的眼簾。我人生長在這樣美麗富饒的大陸上，是如何的幸福啊！

我們的祖先，憑着熱愛勞動的雙手，運用着他們的智慧，積累了聯緜不斷的寶貴經驗，創造了四千餘年光輝燦爛的歷史和高度的文化，把自然界改造得更加美麗了！

我們祖國的手工業和美術工藝品，遠在三千年以前，就已經是非常發達的了！

依靠着我們祖先的智慧和勞動經驗，很早就明白了怎樣去利用自然界的一切，來創造我們的美麗的幸福的生活。他們把野生在樹林中的小蟲兒——蠶，詳細觀察了牠的生活狀態和發展規律，懂得了這小動物對於人生的功用，很快就發明了飼養的方法，而把牠們請到家裏，供養起來了！家家户户的兒女們，誰個不愛憐着這小動物，叫牠一聲"蠶寶寶"呢？！

我們的祖先，很早就學會了利用這蠶寶寶口裏所吐出來的絲，把牠來製成綿或絮，作爲禦寒的衣服，織成帛和絹，以及紗、羅、綾、緞之

430

類,把我人春、夏、秋、冬四季所用以蔽體章身的需要問題,都全給解決了!

我們的祖先,是富於審美觀念的。自從發明了絲織品之後,又懂得了利用其他物質作爲顏料,把純白的蠶絲染成五色,織成文章,這就叫作"錦"。錦字左邊是個金字,右邊是個帛字。這在我國創造文字的原則上,叫作"諧聲"兼"會意"字。這就說錦是用鑛質的顏料染成五色絲所織成的帛一類的東西,讀音是和金字相近的。錦是絲織品中最美麗的東西。牠有各式各樣的花紋圖案,配上各式各樣的顏色,看起來是異樣美觀的。在晉朝(公元二六五——四一九年)陸翽所著的《鄴中記》裏,就談到石虎(石虎是所謂"五胡亂華"時後趙國主石勒的兒子,羯族人。)宮中有織錦署。這署裏織造的錦,有什麼"大登高"呀,"小登高"呀,"大明光"呀,"小明光"呀! "大博山"(博山是漢朝鑄造的香爐名。大概這錦的花紋圖案,是做博山爐的樣式畫成的。)呀,"小博山"呀,"大茱萸"(茱萸是秋天的藥草。古代民間風俗,在重陽節那一天,人們佩帶着茱萸囊,登上高山,就可以消災避難。大概這錦是用茱萸作圖案的,取消災的意思。)呀,"小茱萸"呀,"大交龍"呀,"小交龍"呀,"蒲桃文錦"呀,"斑文錦"呀,"鳳凰朱雀錦"呀,"韜文錦"呀,"桃核文錦"呀,這許多的名色。有的用青綈(綈音題,是光滑而厚實的絲織品,用作錦的底子的。),有的用白綈,有的用黃綈,有的用綠綈,有的用紫綈。把這五種顏色的綈作爲錦底,配上各種花鳥圖案,怎麼會不光彩奪目呢? 這一批技術工人們,當然都是接受過偉大祖國的優秀傳統,不幸陷没在這羯胡主子的淫威之下而爲他們服役的。

錦是用機杼織成的。我們的祖先,男耕女織,依靠着雙手的勞動來創造自己的美好生活。在夏禹王時代(約在公元前二一九七年?),制定了九州的貢賦,兗州(今山東省境)要貢漆絲和織文(織文就是錦、綺一類的絲織品),揚州(今江蘇省境)要貢織貝(織成貝文的錦,又叫貝錦）。這可見我們的織錦工業，遠在四千年以前，就已很普徧的發達了！

與用機杼織成文采的錦並稱富於藝術性的絲織品，就是用針來刺成各樣花紋圖案的繡。錦和繡總是連帶着的。繡字左邊是個絞絲旁，右邊是個肅字，也是一個"諧聲"字。把絲來刺成五采的花紋，這就叫做繡。

我們祖國的文化，發展到了殷、周時代（約在公元前一七八三——七七一年），更顯得光輝燦爛了！在河南安陽發掘出來的殷墟甲骨文字上面，就已有了飼蠶、織帛等手工業的記載。那麼一般傳説夏桀、殷紂時，王宮裏的婦女們就已盛行着用錦繡製成的衣裳，也未必是什麼荒遠無稽的事了。

到了春秋（公元前七七〇——四〇三年）戰國（公元前四〇三——二二一年）時代，對於織錦和刺繡的手工業，發展到了更高的境地。一般作爲互相酬贈的珍貴禮品，也成了家庭婦女們的專業。我們漢代的大史學家司馬遷先生，在他所著的《史記·貨殖列傳》裏面，就説過"刺繡文不如倚市門"（意思是説，一般家庭婦女們，很辛勤地運用這指頭，一針針地去刺成繡品，供給富豪們的享受，倒不如索性去倚門賣笑，生活還過得舒服些呢！）的牢騷話。這把那一時代婦女們的職業問題和封建社會制度的罪惡，都給反映出來了！

自秦漢以來，一直到隋、唐以後，這織錦和刺繡的手工業，還是在不斷地向前發展着。織錦到了後來，漸漸由家庭婦女們的手工業轉變成爲大規模設立機構進行織造而有政府監督的專業。這其間最著名的要算蜀錦。元朝費著有《蜀錦譜》的著作，説起四川成都，素來就是以出産織錦著名的，所以成都城叫做錦官城，水叫做灌錦江。宋元豐六年（公元一〇八三年），還特地由轉運司在成都設置錦院，招募軍匠五百人從事織造。建炎三年（公元一一二九年）又由茶馬司領導錦院，織造錦綾被褥。那花樣是更加繁富了。他還列了一個表：

（一）轉運司錦院織錦名色

上貢錦三匹花樣

　　八答暈錦

官告錦四百匹花樣

　　盤毬錦　簇四金雕錦　葵花錦　八答暈錦　六答暈錦

　　翠池獅子錦　天下樂錦　雲雁錦

臣僚襖子錦八十七匹花樣

　　簇四金雕錦　八答暈錦　天下樂錦

廣西錦二百匹花樣

　　真紅錦一百匹

　　大窠獅子錦　大窠馬大毬錦　雙窠雲雁錦　宜男百花錦

　　青綠錦一百匹

　　宜男百花錦　青綠雲雁錦

（二）茶馬司錦院織錦名色

黎州

　　皂大被　緋大被　皂中被　緋中被

　　四色中被　七八行錦　瑪瑙錦

叙州

　　真紅大被褥　真紅雙連椅背　真紅雙椅背

南平軍

　　真紅大被褥　真紅雙窠錦　皂大被褥　青大被褥

文州

　　犒設紅錦

細色錦名色

　　青綠瑞草雲鶴錦　青綠如意牡丹錦　真紅宜男百花錦

　　真紅穿花鳳錦　真紅雪花毬露錦　真紅櫻桃錦

真紅水林檎錦　秦州細法真紅錦　鸎黃水林檎錦
秦州中法真紅錦　紫皀段子　秦州粗法真紅錦
真紅天馬錦　真紅飛魚錦　真紅湖州大百花孔雀錦
真紅聚八仙錦　真紅六金魚錦　四色湖州百花孔雀錦
二色湖州大百花孔雀錦

　　四川織造的蜀錦，直到現在，大概有兩千年以上的歷史了，還是在美術工藝上赫赫有名的。

　　我們稍微留心一點中國歷史的人，總還記得漢武帝時有一位四川的大文學家司馬相如和卓文君的戀愛故事吧？卓文君是臨邛縣一位大富翁卓王孫的女兒。她年紀很青，就做了寡婦。恰巧司馬相如到她家去作客，在宴會席上，文君從幕後偷偷看了他一眼，又聽了他的彈琴，就心生愛慕，背着她的父親，和相如一起逃跑了。在成都市上，兩口子合開了一家酒店。文君把她的鷫鸘裘賣了，作爲開店的本錢。有人就把這件非常名貴的鷫鸘裘作爲圖案，製成錦衣，叫作“相如錦”。這也可以推測到成都的織錦工業，在漢代就是很發達的。

　　錦繡作爲華貴的衣裳，是特別引人注目的。所以暗嗚叱咤的西楚霸王項羽，也有“富貴不歸故鄉，如衣錦夜行（衣讀去聲，作動詞用。就是説着了錦衣，在夜間跑路，是不能够引起人們注意的。）”的論調。漢高祖因了南粵王尉佗給他獻了南方的特產鮫魚、荔枝，就用了蒲桃錦四匹作爲答禮。漢武帝從西域搞來了“天馬”，也給他披上絲地五色錦，表示非常的愛護。在這時，因了武帝經營西域，通過河西走廊以達現在的新疆境內，中國的絲綢也就經由新疆，傳抵歐洲。當時羅馬社會，愛着中國綢緞，價值高到一兩黃金一兩綢，那錦繡一類，更不必説了。

　　三國時候，蜀錦正在大量地增產着。所以蜀先主劉備到了成都，賞給諸葛亮、關羽、張飛、法正諸人的錦，就有千匹之多。諸葛亮臨終時給劉阿斗的遺表，也提到"成都有桑八百株，薄田十五頃，子弟衣食，自有餘饒"的話。那八百株桑，不就是用來養蠶、取絲、織錦的嗎？

魏明帝曹叡景初二年（公元二三八年），倭女王派遣大夫難升米等來我國朝獻。明帝給倭王卑彌呼的答禮，有絳地（地即綈字的訛寫）交龍錦五匹，紺地句文錦三匹，銅鏡百枚等。魏齊王曹芳正始元年（公元二四〇年）又派人去倭國，賜給倭王以金、帛、錦、罽、刀、鏡等物。再過四年，倭王派人再來進獻禮物，就有倭錦一項。這對中日兩國的文化交流，也是值得注意的。

吳大帝孫權，建都在現在的南京。他有一位趙夫人，能够在指間把綵絲織成雲霞或龍蛇圖案的美錦，宮裏面的人們，稱讚她叫作"機絕"。她不但精於繪畫，而且能够在一方塊的帛上，繡作軍用地圖，把五嶽、河海、城邑、行陣等等形態，都顯現出來了。獻給孫權，作為行軍之用。那時一般測繪地圖的參謀人員都被她的絕藝，嚇得目瞪口呆，讚美她叫作"鍼絕"。吳國有了這樣一位藝術家作為一般織工和繡工們的模範，那錦繡工業的異樣發達，也就可想而知了。

到了晉朝，還有一位女子蘇蕙，曾經織錦為迴文詩，寄給她的丈夫名叫竇滔的。這上面織了八百多字，宛轉循環讀去，變成了二百多首的情詩，也是我國文學史和藝術史上很有名的傑作。

依靠我們祖先的智慧，在絲織品的手工業上，就創造了這許多驚人的業績！有如上面所説的蜀錦，一直發展到唐、宋時代，都不曾衰歇過。唐詩人歡喜把"蜀錦"與"越（現在的浙江）羅"對舉，四川和浙江的絲織品，就是到現在，也還非常發達。唐人對錦的愛好，不論男女，都喜着錦製的衣裳。大詩人李太白，和友人從采石磯坐船到金陵（南京）去玩，就着上官錦袍，顯示他那神氣十足的模樣。王昌齡寫的"宮詞"也有"昨夜風開露井桃，未央前殿月輪高。平陽歌舞新承寵，日暮春寒賜錦袍"的句子，為千年來所傳誦。錦的本身，就是富有詩意的！

宋代的絲織美術品，除錦繡之外，又發明了一種叫做緙絲（也有寫作刻絲的）。把花鳥禽獸或名人書畫作爲圖案，在用小梭織緯時，留下空白，再把雜色線綴在經緯上面，合成文采。乍看起來好像不相連屬，承空透視，有如雕刻成功的。這織法創自定州（今河北省定縣）。有一位雲間（今江蘇省松江縣）女子朱克柔，最精這門工藝，所織人物、樹石、花鳥，巧妙得像真的一般。她的作品，還有保留到現在的，已經當作國寶一般看待了！這緙絲技法，傳習到清朝的乾隆時代（公元一七三六——一七九五年），都還有很精的出品。

宋繡保留到現在的，也特別被人們重視。明代有露香園顧氏繡，繡的山水、人物、花鳥，就和繪畫一般，也叫作"繡畫"，是顧壽潛的妻子韓希孟創造出來的。她家的婦女們都精於這種手法，所以顧繡的榮譽，是大家所耳聞熟知的。

現在國內有名的絲織品，有四川的錦，浙江的紗、羅、綾、紡，南京的錦緞，湖南長沙的湘繡，江蘇蘇州的蘇繡。雖然製作的精巧，趕不上我們的祖先。等到相當時期，我們的勞動人民，定會運用他們的智慧，學習我們祖先積累下來的豐富經驗，來從事"推陳出新"的工作，把這錦繡工藝，推進到最高峯的。

偉大祖國的錦繡河山，加上熱愛勞動的人民，繼續不斷地發揮他們的智慧，把客觀世界改造得更加美麗，那是確然無疑的了！

我們的祖先，遠在四五千年前，就知道利用這生活在野樹林裏的小蠶兒——蠶寶寶，把牠請到家裏來，如神明一般地供養着牠。這蠶寶寶受了我們祖先的供養愛護，也就"鞠躬盡瘁，死而後已"（諸葛孔明《出師表》裏面的話）的，把牠們一生的精力乃至生命全都貢獻出來了！我們的祖先，感謝蠶寶寶的恩惠，不願意辜負了牠們對於人類的貢獻，更加勤懇地開動腦筋，找出竅門，運用着慣於勞動的雙手和十隻指頭，創造出許多異樣美觀的絲織品，如錦、繡一類的美術工藝，把人們的生活更加美化了！把偉大祖國的錦繡河山，妝飾得更加美麗了！

我們戰國時代一位大思想家荀況先生，作了這樣一個謎兒：

現在有一種小東西，牠的形態，是在生命過程中不斷地變化着。牠的勞績普徧貢獻給了人類，使人類獲得異樣的光彩。所有禮儀和音樂，都得依賴牠的成果，才能夠發揮作用。男女老幼，都得等待牠的報效，才能夠保育生存。牠立了功，就要犧牲掉自己的生命。牠成了事，就會毀滅掉自己的家庭。牠老了，甘願被人們遺棄。牠只希望着緜延牠的種子，子子孫孫毫無條件地服務於人類。你道這究竟是什麼東西，會有這般的神奇？

這不是那身段柔軟像少女一般，而頭部有些和馬首相仿的嗎？這不是那在生命過程中不斷地變化，而不能夠保持着長壽的嗎？這不是那少壯的時代非常精巧，而衰老的時候就變得非常笨拙了的嗎？這不是那容易辨別牠們的父母，而不容易辨別牠們雌雄的嗎？這不是那冬天歡喜躲藏起來，而夏天歡喜在外面遊行着的嗎？這不是那愛喫桑葉而吐出絲來，最初看去似乎很紛亂而後來卻是非常有條理的嗎？這不是那出生在夏季而又受不了暑氣，喜愛溫暖的氣候而又害怕雨天的潮濕，把蛹兒當作媽媽，蛾兒當作爸爸的嗎？這不是那喫了又睡，睡了又喫，三眠、三起，才能夠完成任務的小東西嗎？

你試猜猜，這個謎兒，不是蠶寶寶是什麼？

待我再來講一個蠶寶寶的神話故事，給小朋友們聽聽。

話說太古的時候，有一位大人，出門到遠地方去作客。家裏只賸下一個女兒和一匹牡馬。這女兒親自餵養着這匹馬。閒着沒事時，常是想念着她的爸爸。有一天，她笑着對這馬兒說："我的好馬兒呀！如果你能夠出門去，找着了我的爸爸，把他接了回家，那我就嫁給了你，和你做一對恩愛夫妻，好嗎？"那馬兒聽了這話，點點頭兒，立刻挣脫了韁繩，飛也似的奔向長途去了。一直找到了她爸爸所在的地方。她爸爸看到了他自己家裏養的那匹馬，歡喜的掉下眼淚來，很匆忙地收拾了一些行李,跨上馬背。那馬兒卻又望着牠那後來的道路,只管悲鳴着。她爸爸也喫了一驚,暗自揣量着説:"這馬兒無緣無故的這般狂叫,難道家裏發生了什麼意外的事情麼?"他立刻揚起鞭子,騎着這馬兒飛奔到了家。他想起這畜生,有着非常的情義,把牠特地餵養得好。這馬兒卻像別有心事似的,一直不肯喫東西。牠看到那女兒,進進出出,總是帶着憤怒,想要舉起蹄子去踢她。她爸爸也有些覺察到了,私下去問他女兒。他女兒把上次對馬説的話告訴了爸爸,説:"這馬兒才怪呢!大概真的想要我做牠的妻子吧?"她爸爸聽了這話,低聲悄語地叮囑他那女兒:"你千萬不要説起,這是有辱家門的。你也暫時躲藏起來,不要給這畜生見着吧!"她爸爸終於忍了心,暗地拉了弓把馬兒射殺了。剝下牠的皮,在院子裏面曬着。一天,她爸爸又出門去了。她和鄰家的女兒一道在那張馬皮下面玩耍。她提起腳來把馬皮踢了一下,説着:"你這畜生,真個想要我這女人來做你的妻子嗎?結果遭受了屠殺割剝的慘禍,這是何苦來啊!"話還沒有説完,這張馬皮突然跳了起來,把女兒一股腦兒捲進皮内,向門外奔跑去了。她那女伴嚇的慌了張,也不敢去救她,只得拔步飛跑,去告訴她爸爸。她爸爸趕着回了家,四處找尋那女兒,卻早無蹤無影,不知去向了!隔了好幾天才在大樹枝椏裏發現了一些線索。那女兒和馬皮都蜕化成了蠶寶寶,正在樹枝上作着繭兒呢!

這故事大約就是從荀況先生的謎兒演變出來的。所以蠶寶寶也就得着"馬頭娘"的綽號。

我把蠶寶寶的故事和牠的功績,編造了這一大段話。還得凑上一首讚美詩,拉起弦子唱了起來,爲讀者諸君助興,助興。

偉大的祖國!
偉大的中華!
我們的祖國,

蠶寶寶的故事

東濱太平洋，

西限喜馬拉雅，

北接蘇聯，

南連東南亞。

我們的祖先，

依靠着熱愛勞動的雙手，

創造了四千年光輝燦爛的歷史和高度的文化！

我們的蠶寶寶呀！

我們的祖先，

憑藉着你的忘我精神，

獲得了温暖而發育長大！

積累着我們祖先的智慧，

壯大了我們的祖國，

也壯大了蠶寶寶的家，

更顯得光彩四射！

錦繡般的河山，

輝映着偉大的祖國！

輝映着偉大的中華！

我們的祖國已有了將近六萬萬的人口

融合了多民族成爲一家！

錦繡河山更顯得光芒四射！

偉大的祖國

偉大的中華！

（本文據手稿整理，寫作時間不詳）